AI 민체 사건 답반

정은 옮김

BOOK PLAZA

진짜 문제는 기계가 생각하는 것이 아니라
사람이 생각하고 있느냐는 것이다.

생각하는 기계를 둘러싼 수수께끼는
이미 생각하는 사람을 둘러싸고 있다.

—B. F. 스키너
(Contingencies of Reinforcement: A Theoretical Analysis)

조금 전

앞이 보이지 않았다.

눈을 뜨려고 해봤지만, 무언가 단단하게 묶여 있었다. 손가락으로 더듬더듬 얼굴을 만져보았다. 눈가리개? 붕대? 도대체 뭐지…?

처음에는 한 손으로 벗겨내려다 곧 두 손을 써서 필사적으로 잡아당겼다. 하지만 소용없었다. 너무 단단했다.

상황을 파악하려 머릿속이 분주해졌다. 꿈속인 걸까. 어쩌면 숙취일 수도 있다. 아니면 누군가 술에 취해 못된 장난을 쳤거나. 루크 짓이겠지, 아마도.

어젯밤 루크를 만나지 않았다는 사실이 떠오르자, 입이 바싹 말라왔다. 사실, 어젯밤 아무도 만나지 않았다. 아침에 그 일정이 있었기 때문이다. 그리고…

그리고…

제기랄.

고요한 어둠 속에서 느껴지는 것이라곤 쿵쿵 뛰는 자신의 심장박동과 무언가에 짓눌린 눈꺼풀 밑이 팔딱거리는 느낌뿐이었다. 보이지 않는 공간을 향해 좌우로 양팔을 뻗었다. 그는 지금 침대 위에 있었다. 좁은 싱글 매트리스는 까끌까끌한 담요나 수건 같은 것으로 덮여 있었다. 그리고… 손이 차갑고 딱딱한 금속 물체에 닿았다. 그는 움찔 놀랐다. 얼굴을 찌푸리며 다시 한 번 만져 보았다. 철제 난간?

이건 그의 침대가 아니었다.

"누구 있나요?"

소리친 즉시 후회했다. 자기 목소리에 실린 두려움뿐 아니라, 빈방을 울리는 메아리까지 명백히 느껴졌기 때문이었다. 공기는 차갑고 뭔가 특이한 냄새가 났다. 코를 킁킁거리며 단어를 떠올리려 애썼다. 소독약 냄새?

문이 열렸다. 소리 나는 방향으로 몸을 돌렸다.

"누구시죠?"

이번에는 목소리에 좀 더 기대감이 실렸다.

문이 찰칵 닫혔다.

발소리가 들렸다. 바닥 위를 천천히 걷는 소리였다.

발소리가 멈췄다.

가려진 눈 너머를 보려고 안간힘을 쓰다 보니 두 눈이 아파왔다.

"누구시죠? 여기는 어디인—"

장갑 낀 손이 그의 왼쪽 팔뚝을 잡았다. 순간, 그는 너무 놀라 움직일 수가 없었다. 공포가 밀려왔다. 팔을 빼내려 했지만 커다란 구렁이에게 칭칭 감긴 듯 움직일 수 없었다. 갑자기 얼음처럼 차가운 바늘이 혈관을 찔렀다. 숨이 턱 막혀왔다. 2, 3초 정도 시간이 흐른 후 장갑 낀 손이 그의 팔을 놓았다. 톡 쏘는 화학약품 냄새가 났다.

바늘에 찔린 부위를 손가락으로 더듬었다.

"여기는 어딘가요? 당신은 누구시죠?"

그 사람이 있다고 생각되는 방향으로 고개를 돌렸다. 누군지 모르지만, 간단한 설명으로 모든 상황을 마무리할 수 있는 기회였다. 그렇게만 된다면, 편집증적인 상상 때문에 두려웠던 그도 그냥 웃어넘길 수 있을 것이다.

하지만 아무 대답도 없었다. 안심시키는 말은 고사하고 다른 어떤 말도 없었다. 카펫이 깔리지 않은 바닥을 밟는 부드러운 발소리만 났다. 찰칵하며 문이 열렸다.

"잠깐만요!"

문이 닫혔다. 자물쇠 돌아가는 소리가 들렸다.

그는 소리가 난 방향으로 비틀비틀 몸을 일으켰다. 하지만 몸이 너무 무겁고 느렸다. 정체 모를 힘이 짓누르는 듯했다. 침대를 둘러싼 난간을 향해 손을 뻗었다. 손가락이 차갑고 매끈한 금속을 스쳤지만 잡을 수 없었다. 난간을 움켜쥘 힘조차 없었다.

눈가리개를 벗겨내려 했다. 하지만 말도 안 되게 무거워진 두 팔이 헛되이 옆으로 툭 떨어졌다. 머릿속에서 온갖 색이 폭발하듯 흐릿한 섬광이 눈앞에 마구 번졌다. 정신이 혼미해졌다. 머리가 베개로 깊이 가라앉았다.

그리고 모든 것이 어둠 속으로 사라졌다.

1장

**6월 10일 오전 9시 30분.
워릭셔 주 릭 우튼, 경찰청**

캣 프랭크 총경은 새로 산 하이힐을 신고 상사의 사무실을 향해 낡은 카펫 위를 성큼성큼 걸어갔다. 워릭셔 주 경찰청 청장인 맥리시는 약속 시간에 단 5분이라도 늦으면 누구든 가차 없이 바로 돌려보냈다. 약속을 잡는 데 수개월이 걸리는 고위 정치인이든, 오로지 맥리시를 만나기 위해 하루 종일 기차를 타고 온 친구든 개의치 않았다. 그런데 캣은 무려 36분이나 지각한 상황이었다.

"일정을 다시 잡을까요?"

맥리시의 비서가 작은 소리로 물었다.

캣은 굳게 닫힌 문을 흘끗 쳐다보았다. 몇 년 전이었다면, 바로 알았다고 한 후 아직 고막이 멀쩡할 때 재빨리 후퇴했을 것이다. 하지만 그간 여러 일을 겪은 그녀에게 상사의 호통이란 사소한 걱정일 뿐이었다. 놀란 비서가 숨 들이키는 소리를 무시한 채, 캣은 단호하게 문을 두드린 후 바로 안으로 들어갔다.

맥리시 청장은 햇빛이 비치는 큰 창을 등진 채 창가 책상에 앉아 있었다. 사무실에 들어온 사람이 그의 표정을 읽으려면, 눈부신 햇빛 때문에 실눈을 떠야 했다. 맥리시는 자리에서 일어나지도 않고 말 한마디도 하지 않았다. 그렇다고 그녀에게 나가라고 소리치지도 않았다.

캣은 눈 한번 깜빡이지 않고 계속 침묵하는 맥리시를 견뎠다. 경찰청으로 오는 길에 '나 좀 죽여줘'라고 광고하듯 손으로 쓴 판자를 들고 있던 히치하이커 일은 말해봐야 소용도 없을 것이다. 맥리시와의 약속 시간에 늦을 가능성이 있음에도 불구하고, 캣은 살인자 지망생이 기꺼이 나타나기 전에 히치하이커 앞에 차를 세울 수밖에 없었다. 우선 요즘 같이 험한 세상에 히치하이크를 하는 간 큰 사람이 누구인지부터 확인해야 했다. (알고 보니 근처 음악 축제에 갔다 온 열여덟 살짜리 폴란드 소녀였다. 축제에서 만난 '진짜 잘생긴 남자'가 워릭셔의 농장에서 과일 따는 일을 '쉽게' 구할 수 있다고 말해줬다며, 길에서 히치하이크 중이었다.) 할 수 없이 캣은 돈은 적게 줘도 사람은 믿을만한 딸기 농장까지 그 소녀를 데려다줬다. 덕분에 최소 30분은 일찍 도착하려던 약속에 오히려 30분을 지각하고 말았다.

하지만 맥리시 청장은 변명 따위엔 관심이 없었다. 캣은 그가 침묵을 무기로 사용하는 사람이라는 사실도 잘 알고 있었다. 대부분의 사람들은 침묵을 견디지 못했고, 서둘러 말을 꺼내다 결국 되찾기 힘든 유리한 고지를 그에게 내주곤 했다. 캣은 맥리시의 눈을 정면으로 응시하며, 일 년 넘게 보지 못한 상사의 생각을 파악하려 했다.

맥리시 청장은 캣의 두 번째 상사이자 첫 멘토였다. 동시에 (그녀만의 생각일 수도 있지만) 가장 오랜 동료이기도 했다. 그는 캣이 배울 게 있다고 생각될 때, 호되게 질책하는 타입이었다. 실제로 캣은 많은 것을 배울 수 있었다. 덕분에 경찰 생활 초기에는 많은 실수를 저질렀지만, 같은 실수를 반복한 적은 없었다. 동료들은 맥리시의 기분을 '잘 읽는' 캣을 부러워했다. 그는 난해한 퍼즐처럼 맞추기 힘든 사람이기 때문이었다. 하지만 캣은 그것이 그다지 어렵지 않았다. 맥리시는 화가 나면 얼굴이 보라색으로 변했고, 결과에 만족하면 퉁명스러운 칭찬 몇 마디로 며칠 동안 캣의 기분을 좋게 했다. 하지만 지금처럼 침묵한다는 것은 그가 아직 결정을 내리기 전이라는 뜻이었다. 즉 이번만큼은 그에게 꼼짝없이 깨질 각오를 해야 한다는 의미이기도 했다.

"애들은 잘 지내요?"

결국 캣이 먼저 과감하게 말을 걸었다.

맥리시의 표정이 부드러워졌다.

"힘들어. 솔직히 삼십 년 전만 해도, 애들은 그냥 밖으로 내쫓거나 간식이나 주고 엉덩이를 한 대 치면 자러 갔잖아. 그런데 요새 꼬마 아가씨들은 부모가 그놈의 '놀이 약속'까지 잡아주지 않으면 외출도 안 한다니까. 게다가 요 녀석들이 밤마다 잠자리 동화를 읽어 달라고 하네. 믿어져?"

"건방진 꼬마 아가씨들이네요."

캣이 웃으며 말했다. 맥리시는 60번째 생일 직전에 재혼하여 두 번째 가족을 꾸렸다. 그 일로 사람들이 모두 깜짝 놀랐다. 안 될 게 뭐가 있겠는가? 지금 그는 너무 행복해 보였다.

"뭐, 적어도 애들이 크면 육아가 쉬워질 거라는 헛된 희망을 품고 살지는 않지."

맥리시는 책상에서 일어나 사무실 구석의 검정 가죽 소파로 향하며 캣에게 소파에 앉으라고 손짓했다.

캣은 팔걸이 소파에 푹 눌러앉았다. 우습게도 지각에 대한 맥리시의 암묵적인 용서에 기분이 들뜨려는 것을 애써 참았다. 이제 그녀도 나이가 마흔다섯 살이었다. 어리숙한 소녀처럼 굴 수는 없다.

"캠은 좀 어때? 올해 A레벨 과정을 듣지 않았어?" 맥리시가 물었다.

"맞아요. 이제 결과만 나오면 돼요. 그래서 청장님에게 면담을 요청한 거고요."

"따분해졌나 보군. 그래서 복귀하고 싶은 거고."

질문이 아니었다. 그는 캣을 너무 잘 알았다. 캣은 고개를 끄덕였다. 하지만 말을 더 꺼내기도 전에, 맥리시가 얼굴을 살짝 찌푸렸다.

"캣, 자네 정말 업무에 복귀할 수 있겠나? 아직 6개월밖에 안 지났어. 그 일이 일어난—"

"할 수 있어요. 캠이 처음에는 도움이 필요했지만, 지금은 아주 잘해 내고 있죠. 담당 의료진도 약을 끊어도 된다고 승인해줬어요. 9월부터 대학에 다니고 싶대요."

"난 캠에 대해 물어본 게 아니야. 자네에 대해 물어본 거지."

"전 괜찮아요."

캣이 얼굴을 살짝 붉히며 덧붙였다.

"그러니까… 일단 업무에 복귀하기만 하면, 좋아질 거예요."

"이해하네."

물론 그는 캣을 잘 이해했다. 항상 그랬다.

"그래서, 어떤 업무를 하고 싶은 거야?"

맥리시가 소파 등받이에 몸을 기대자, 가죽 소파에서 부드럽게 바람 빠지는 소리가 났다.

"휴직하기 전에, 슬슬 간부직 지원도 고려해 보라고 하셨잖아요. 부장이나 아니면 국장 같은 거요."

"그랬더니 자네가 책상머리에 앉아있느니 차라리 발가락이나 씹고 있겠다고 했지."

"그건 예전 얘기고요."

캣은 잠깐 말을 멈췄다. 현장에서 뛰지 않고 사무실에 앉아 키보드나 두드리고 싶어 하는 사람을 전혀 이해하지 못했던 과거의 자신이 떠올랐다.

"사실 복직하면 안전한 업무를 맡겠다고 캠에게 약속했어요. 캠이 나까지 잃으면 안 되잖아요."

맥리시가 자신의 벗겨진 머리를 손으로 문질렀다.

"알아. 그런데 실은 간부직에 빈자리가 없어. 설령 있더라도, 자네는 일을 쉰 지 몇 년 되지 않았나. 많은 게 바뀌었지."

"그러면 대체 왜 나를 보겠다고 한 거예요?"

캣은 목소리에 짜증이 묻어나는 것을 감출 수 없었다. 맥리시는 재미로 사람을 만나는 성격이 아니었다.

그가 몸을 앞으로 기울였다.

"마침 자네에게 딱 맞는 일이 하나 있거든. 신임 내무장관은 만나본 적 있나?"

당연히 있을 리가 없었다. 맥리시는 대답을 기다리지 않고 계속 말을 이었다.

"뭐, 사람은 좋은데 단단히 착각에 빠져 있지. 모든 전임자가 어떻게든 피해 왔던 경찰 조직의 '효율화' 문제를 본인이 해결할 수 있다고 생각하더군."

캣은 어깨를 한 번 으쓱했다. 정치인들은 항상 장관 자리에 앉기 전에는 경찰 인력의 숫자와 '낭비'를 줄이겠다는 굵직한 공약을 내걸었다. 하지만 일단 끔찍한 강간이나 살인 사건으로 국회 청문회에 불려 갔다 온 뒤에는, 곧바로 '순찰대' 증원을 위해 재무부와 논쟁에 들어가곤 했다.

"이번 장관은 다른 점이 있어."

맥리시가 캣의 표정을 읽은 듯 말했다.

"장관이 IT 분야에 전문성이 있거든. 증가하는 범죄에 대한 해결책으로 경찰 인력을 늘리는 게 아니라 AIDEs를 더 투입해야 한다고 확신하고 있어."

"뭘 더 투입한다고요?"

"Artificially Intelligent Detecting Entities. 쉽게 말하면 인공지능 수사관 같은 거지."

맥리시가 별거 아니라는 손짓을 했다.

"요컨대, 진짜 경찰을 한 명 고용하는 것보다 훨씬 적은 비용으로 더 많은 범죄 사건과 데이터를 처리할 수 있다고 보는, 일종의 미화된 알렉사* 같은 거야."

"진심이에요?"

"문제는 장관이 진짜 진심이라는 거지."

맥리시가 일어나 사무실을 가로질러 가더니 책상 위에 있던 보고서를 집어 들었다.

"장관이 국립 AI 연구소에 의뢰했던 조사 보고서를 보면 이렇더군. 영국에서는 90초마다 한 명씩 실종되고 있으며, 연간 30

---

* 아마존의 인공지능 스피커

만 건 이상의 실종 사건이 발생한다. 실종 사건은 경찰 업무시간의 상당수를 차지하고 있다. 정확히는 14퍼센트지. 또한 사건당 약 2,500파운드의 비용이 든다. 이는 평균적인 강도 사건 대비 4배가 넘는 금액이다. 그래서 이 보고서의 결론은, AI가 실종자 수사에 필요한 단순 작업을 상당 부분 대체할 수 있다는 거야. 조사나 각종 기록물 검토, CCTV 영상이나 휴대폰 조사 같은 것 말이야. 이로 인해 경찰 인력의 시간과 비용을 '획기적으로' 줄일 수 있다고 보더군."

캣은 코웃음을 치며 자리에서 일어섰다.

"거참 대단한 헛소리네요. AI가 데이터 수집에는 도움이 될 수도 있겠죠. 하지만 스스로 판단을 내릴 수는 없잖아요. AI는 형사가 될 수 없다고요. 범죄는 인간적 행위예요. 컴퓨터가 어떻게 한 인간의 실종 동기나 남겨진 가족의 심정 같은 것을 이해할 수 있을까요? 맙소사."

캣은 과거에 자신이 집으로 찾아가 만났던 실종자 가족의 무너진 모습을 떠올리며 고개를 저었다.

"게다가 실종 사건에 드는 비용을 단순히 돈으로만 따질 수는 없죠. 실종자 가족을 다루는 데는 예민한 감각과 세심함이 필요하다고요. 그들은 기계가 아니라 사람이 필요해요."

"내 말이 바로 그거야." 맥리시가 말했다.

"그래서 자네가 AI 수사관을 이용해 미제 실종 사건을 재수사하는 시범 프로젝트를 이끌었으면 하는 거야."

"뭐라고요? 설마 농담이죠?"

짧은 연설 동안 불타올랐던 열정이 급격히 식었다.

"존에게 무슨 일이 있었는지 알잖아요. 그 망할 인공지능 때문에요."

쓸쓸하게 마지막 단어를 내뱉는 캣의 입술이 일그러졌다.

"알지."

맥리시의 목소리가 부드러워졌다.

"그래서 자네에게 부탁하는 거야. 캣, 이 프로젝트는 내가 신뢰할 수 있는 사람이 맡아야 해. 사실은 더 말도 안 되는 다른 비용 절감안을 피하려고 이런 안에 동의한 거야. 내가 제일 혐오하는 놈들은, 이번 프로젝트를 기회 삼아 장관 눈에 들어 승진하려는 야심 찬 이십 대 놈들이거든."

"그러니까, 청장님 명령에 복종할 한물간 사십 대를 원한다 이거죠?"

"그보다 이번 프로젝트의 위험성을 충분히 이해하는 사람이 필요하다는 뜻이야."

캣이 팔짱을 꼈다. 물론 그녀는 이번 일의 위험성을 누구보다 잘 알고 있다.

"제가 경찰에 몸담은 지 거의 25년이 됐어요. 형사과 총경 지위를 얻기 위해 빌어먹게 열심히 뛰었죠. 살인 사건도 여럿 지휘했고, 복잡한 다국적 기업을 수사하며 법까지 바꾸었어요. 심지어 그 유명한 애스턴 교살범을 잡은 사람도 나라고요, 젠장. 이런 제가 대체 무슨 이유로 장관 나부랭이의 공약 놀음에 놀아나서 미제 사건이나 들여다봐야 하는 거죠?"

맥시리가 조용히 입을 열었다.

"그 공약 놀음이 수많은 경찰 인력을 자를 빌미가 될 수 있으니까. 캣, 자네는 내가 아는 경찰 중 가장 인간적인 형사야. 빌어먹을 정도로 감이 좋잖아. 이번 프로젝트의 문제점을 낱낱이 증명할 수 있는 사람이 있다면, 그건 바로 자네뿐이야."

캣은 몸을 휙 돌려 벽에 걸린 워릭셔 주의 지도를 노려보았다. 그녀는 여태껏 맥리시의 말이라면 무조건 따랐다. 게다가 미제 사건을 다루는 시범 수사 프로젝트라면 자신이 적임자라고 캠을 안심시킬 수도 있다. 하지만 과연 AI와의 협동 수사를 견뎌낼 수 있을까? 맙소사, 존이라면 뭐라고 말했을까? 캣은 마른침을 힘겹게 삼켰다. 이제는 결코 존의 대답을 들을 수 없다는 사실이 다시금 그녀를 강타했다. 목구멍이 꽉 조이고 숨이 막혔다. 눈앞에서 지도가 빙빙 돌았다. 아니다. 사실은 그렇지 않았다. 존은 캣이 아는 사람 중 가장 지적 호기심이 많은 사람이었다. 지금 이 순간도 마치 존의 목소리가 들리는 것 같았다. '더 자세히 말해줘.'

캣은 천천히 숨을 내쉰 후 맥리시를 향해 몸을 돌렸다.

"그놈의 AI 수사관에 대해 자세히 말해줘요."

"나도 더는 몰라."

맥리시가 전화기를 집어 들며 말했다.

"하지만 자세한 정보를 말해줄 수 있는 사람을 한 명 알지."

2장

"이쪽은 오코네도 교수야."

맥리시가 말했다. 눈에 확 띄는 빨강 정장 차림의 자그마한 젊은 여성이 그들이 앉은 소파로 걸어왔다.

"워릭 대학교의 NiAIR, 즉 국립 AI 연구소에서 교수로 재직 중이지. 교수와 그녀의 팀이 AI 수사관을 개발했어. 내무장관을 그토록 감명시킨 조사 보고서의 작성자이기도 하지. 워릭셔 경찰청에 자기 창조물을 시험해 보라고 요청한 사람도 오코네도 교수야."

맥리시가 미묘하게 비꼬는 말투를 오코네도 교수가 눈치 챘는지는 알 수 없었다. 단지 그 모든 찬란한 업적이 진짜라고 확인해 주듯 고개를 까딱했다. 교수가 매니큐어를 예쁘게 칠한 손을 내밀자, 캣은 핸드크림을 더 사야겠다는 생각이 들었다.

"여긴 형사과의 캣 프랭크 총경이오." 맥리시가 설명을 이어갔다.

"영국에서 가장 재능 있고 경험 많은 형사 중 하나지. 나 대신 오코네도 교수가 이번 프로젝트를 맡게끔 캣을 설득해 줬으면 좋겠군."

교수의 얼굴에서 갑자기 미소가 사라졌다.

"자, 그럼 바로 설명을 시작해 주겠소?" 맥리시가 재촉했다.

"네, 그러죠. 저, 그런데…"

오코네도 교수는 콧등 위로 안경을 치켜올린 후 작은 어깨를 곧게 폈다.

"저와 저의 팀은 편견과 선입견이 없는 알고리즘에 기반한 AI 수사관을 개발하기 위해 지난 4년이란 시간을 바쳤습니다. 수사에 AI를 활용하여, 증거 기반의 의사 결정을 촉진할 수 있도록 하기 위해서였습니다. 실제 업무 환경에서 AI 수사관을 시험할 기회를 주셔서 감사드리지만, 이번 프로젝트 때문에 AI가 오염되어서는 절대 안 됩니다. 이런 이유로 보고서에서 AI 수사관의 파트너로 신입 형사를 추천한 것입니다."

맥리시가 그보다 한참 어린 오코네도 교수를 부숴 버릴 듯한 눈빛으로 응시했다. 위협처럼 느껴지는 침묵의 시간이 흐른 후 그가 입을 열었다.

"하고 싶은 말이 정확히 뭐요?"

캣이 오코네도 교수를 살펴보았다. 몇 살이나 되었을까. 20대 후반? 많아야 30대 초반으로 보였다.

"오코네도 교수님은 AI 수사관이 나이 든 경찰 파트너 때문에 인종적 편견이나 성 역할에 따른 선입견에 오염될까 봐 걱정하는 것 같은데요."

캣이 추가로 한 마디를 덧붙였다.

"혹은 연령에 대한 편견이나요."

맥리시의 얼굴이 분노 단계를 뜻하는 보라색으로 변하기 시작했다. 그는 벌떡 일어나 문을 쾅 열어젖히더니 자기 이름이 새겨진 철제 명판을 두드렸다.

"지난번에 이미 말했소. 이 워릭셔 경찰청의 책임자는 나라고. 그 말은 팀을 이끌 책임자도 내가 결정한다는 의미요. 아니면 이 시범 수사 프로젝트를 취소하고 싶은 거요?"

캣이 분노에 찬 눈빛으로부터 젊은 교수를 보호하려고 일어섰다.

"충분히 제기할 만한 의견이에요. 그리고 시범 수사의 핵심은 가설을 시험해 보는 거잖아요?"

오코네도 교수도 자리에서 벌떡 일어났다.

"고맙습니다만, 저를 변호해 주거나 대신 설명해 주지 않아도 됩니다. 과학적 관점에서 볼 때, 시범 프로젝트의 장점은 잠재적 문제를 미리 파악할 수 있다는 것입니다."

"그 말은 나이 든 여성인 내가 잠재적 문제라는 건가요?"

"어쩌면요."

"확인해 볼 방법은 한 가지뿐이야. 실제로 해 보는 거지." 맥리시가 두 여자 사이에 끼어들었다.

캣은 두 눈을 가늘게 떴다.

맥리시는 캣이 오코네도 교수를 방어해 줄 것이라 예상했기에 교수를 몰아붙인 것일까? 아니면 교수와의 만남이 캣의 경쟁심을 자극하고, 결국 캣이 나이어린 교수가 틀렸다고 증명하려 할 것을 예상하고 의도적으로 교수를 소개한 것일까? 어느 쪽이든 맥리시는 꽤나 사람을 쥐락펴락하는 데 능숙한 인간임에 틀림없었다.

"교수님이 AI 전문가일 수는 있지만," 캣이 입을 열었다. "형사

업무에 대해서는 아무것도 모르죠. 혹시라도 내가 멍청하게 이번 수사 프로젝트를 맡게 되면, 수많은 알고리즘만으로 범죄를 해결할 수 없다는 현실을 배우기를 바라요."

"그러니까, 자네가 맡겠다는 뜻인가?" 맥리시가 핵심을 찔렀다.

"일단 생각해 보겠다는 뜻이에요." 캣이 마지못해 대답했다.

"누가 가르쳐주던데요. 연봉, 팀원, 보고 라인. 이 세 가지를 명확히 알기 전에는 절대 어떤 업무도 그냥 받아들이지 말라고."

"내 몹쓸 입이 그랬었지."

맥리시가 문을 닫기 위해 몸을 돌렸지만, 캣은 좀처럼 보기 힘든 맥리시의 미소를 보고야 말았다. 맥리시와 캣, 둘 다 그녀가 이번 업무를 수락할 것을 알고 있기 때문이다.

오코네도 교수의 굳은 표정을 보니, 그녀 역시 그 사실을 알아차린 것 같았다.

6월 27일 오전 8시.
워릭셔 주, 릭 우튼

캣은 중대사건 수사실 앞에 서서 유리문 안을 들여다보았다. 전면 스크린, 초고속 와이파이, 대형 회의 테이블에 더해 본부 내에서 유일하게 제대로 작동하는 커피 머신까지 있었다. 사실 누군가가 캣에게 이토록 근사한 회의실의 사용 권한이 있는지 대담하게 따져 묻는 것은 시간 문제였다. 하지만 캣은 허가보다 용서를 구하는 게 쉽다는 사실을 이미 오래전에 터득했다. 게다가 국가적 시범 프로젝트를 위해 새로운 팀을 빨리 꾸려야 했다. 먼저 맡는 놈이 임자 아니겠는가.

커다란 회의 테이블에 둘러앉은 세 사람의 모습을 보니 한숨이 나왔다. 캣은 이번 프로젝트를 맡기 전에 경위 한 명, 경사 한 명, 순경 세 명, 그리고 사무 담당자와 행정 지원 인력을 요청했다. 하지만 맥러시는 그녀의 요구를 대놓고 비웃었다.

"자네의 AI 팀원이 분석 업무와 행정 업무를 모두 담당할 걸세.

그러니 자네가 요구한 팀 인력이 모두 필요하지는 않겠지."

결국 팀에는 경위 한 명과 경사 한 명, 그리고 아직 학생처럼 보이는 과학자와 그놈의 망할 AI만 배정되었다.

캣이 회의실에 들어가는 순간 다들 좋은 모습만 보려주려 할 게 뻔했다. 그녀는 잠깐 문 앞에 멈춰 서서 새로운 팀원들을 관찰했다. 지금까지는 라이언 하산 경위가 대부분의 대화를 주도하는 것 같았다. 하산 경위는 머리부터 발끝까지 딱 떨어지는 검은색 정장을 차려입은 채, 테이블 끝에 걸터앉아 있었다.

하산을 개인적으로 알지는 못했지만, 최종 팀원 후보자 목록에서 본 하산의 법학 학위와 높은 유죄 입증률은 단연 돋보였다. 하지만 인사 기록에 따르면, 최근에 경위로 승진한 하산은 아직 '개선 필요 사항'이 남아 있었다. 하산의 직전 상사는 인사 기록에 '개인의 야망에 너무 치중해 있음. 최초의 남아시아인 총경이 되고 싶어 함. 자신이 남들보다 우월하다고 생각함.'이라고 기재했다.

"뭐, 그럴 수도 있지."

진짜 탁월한 능력을 갖췄다면 잘난 체하는 것쯤은 괜찮았다. 그녀는 능력도 없으면서 오만하기 짝이 없는 남자들(솔직히 나이 든 백인 남자가 대다수였다)과 함께 일해 본 경험이 많았다. 경찰에는 그런 남자들이 잔뜩 있었다. 그러니 라이언 하산에게도 기꺼이 기회를 줄 작정이었다.

캣은 하산의 맞은편 의자에 앉은 여자에게 시선을 돌렸다. 데비 브라운 경사는 검은 머리카락에 키가 작은 편이었다. 지금까지 그녀는 한마디도 말하지 않았다. 하산이 긴 팔을 휘저으며 이야기할 때 가끔 고개를 끄덕이거나 웃었을 뿐이다. 그녀는 현재 24세로, 18세 때부터 워릭셔 경찰정에서 근무했다. 몇 년 전 경찰 접수처에서 피해자 유족에게 말을 걸고 있는 브라운을 본 적이 있었다. 유족 측 어머니는 경찰 진술을 마친 후 택시를 기다리는 중이었다. 이 젊은 경사는 본인 담당 사건도 아니고 이제 막 교대 근무가 끝났는데도 불구하고, 가여운 어머니를 집까지 모셔드리겠다고 고집했다. 캣은 쇠약해진 유족을 조심히 차로 모셔가는 브라운을 지켜봤었다. 그리고 이번 최종 후보자 명단에 조용히 브라운을 추가했다.

하지만 인사팀 티나는 브라운에게 관심이 전혀 없었다. 그 많은 지원자 목록에 브라운이 없는 이유를 묻자 티나는 어깨를 한 번 으쓱했을 뿐이었다.

"데비 브라운은 앞에 나서는 성격이 아니에요."

결국 브라운의 이력서를 직접 찾아 읽은 캣은 나지막이 욕설을 내뱉었다. 지난 6년간 좋은 업무 성과를 냈으면, 이번처럼 세간의 이목을 끄는 프로젝트에 나서서 경위 진급을 노려야 마땅했다. 어디선가 누군가가 나타나 그간의 노력을 알아주며 갑자기 진급시켜 줄 것이라는 환상 속에 살면 안 된다. 캣은 할 수만 있다면 희망으로 부풀어 있는 모든 여성 신입 경찰에게 배지를 달아줄 때부터 폐부를 찌르는 말을 해주고 싶었다. '요구하지 않으면 쟁취할 수도 없다.'

테이블 끝자리에는 선명한 파란색 정장 차림의 오코네도 교수가 앉아있었다. 교수는 하산이나 브라운에 관심을 보이기는커녕, 신경조차 쓰지 않았다. 새로운 동료를 사귀는 일보다 더 중요한 업무가 있다는 것을 암시하듯 맹렬하게 태블릿 PC를 두드리고 있었다.

하산 경위는 투지를 잃지 않고 말을 계속했다. 무슨 말을 하는지는 안 들렸지만, 그의 눈이 매력적인 젊은 과학자를 계속 힐끗

거리는 것으로 보아 누구의 관심을 끌고 싶은지 명백했다.

캣은 필요 이상으로 힘껏 문을 열어젖혔다. 문이 벽에 쾅 부딪히자, 방 안의 세 사람은 모두 깜짝 놀랐다. 하산은 재빨리 탁자에서 미끄러지듯 내려와 의자에 앉았다. 오코네도 교수조차 타이핑을 멈추고 고개를 들었다.

캣이 중대사건 수사실을 성큼성큼 가로지르자, 셋의 머리도 그녀를 따라 움직였다. 종종 캣은 형사이자 선임 수사관으로 보낸 많은 햇수를 언급하며, 자신이 애스턴 교살범을 체포한 바로 그 캣 프랭크라고 권위를 내세우기도 했다. 하지만 새로운 팀원들의 곧게 세운 허리와 진지한 눈빛으로 보아, 그들은 이미 캣과 함께 일하는 게 엄청난 행운이라는 사실을 아는 듯했다.

"반갑다. 난 캣 프랭크 총경이다. 이번 시범 프로젝트를 맡게 되었지. 참고로 난 우유를 약간 섞은 진한 홍차를 좋아한다."

브라운이 벌떡 일어나 커피 머신으로 향했다.

캣은 어쩔 수 없는 한숨이 작게 나왔다. 데비 브라운에게 도로 앉으라는 신호를 보냈다.

"차를 갖다 달라고 한 게 아니야. 팀워크를 다지기 위해 나에 대한 중요 정보를 공유한 거야. 내가 누구이고 어떤 음료를 좋아하는지."

"안녕하세요. 경위 라이언 하산입니다."

묻지도 않았는데 하산이 자기소개를 했다. 본인의 새로운 직함을 즐기는 게 빤히 보였다.

"저는 크림과 설탕을 섞은 커피와 비스킷을 함께 먹는 걸 좋아하죠."

하산은 늘 누군가가 자신을 위해 세 가지를 준비해주는 데 익숙하다는 듯한 미소를 지어 보였다.

"아. 어… 저는 데비 브라운 경사입니다. 특별한 취향은 없어요. 홍차와 커피, 둘 다 좋아해요. 뭐든 괜찮습니다."

"그래도 둘 중 어떤 것을 더 선호하지?" 캣이 강하게 밀어붙였다.

"어, 차요. 우유를 듬뿍 넣어서요. 하지만 우유가 없어도 괜찮습니다."

"교수님은요?" 캣이 오코네도 교수에게 물었다.

교수가 태블릿 PC에서 시선을 뗐다.

"저요?"

"설마 좋아하는 음료가 일급비밀은 아니겠죠?"

오코네도 교수는 잠시 망설였다. 이윽고 내키지 않는 말투로 차나 커피를 좋아하지 않고 물만 마신다고 답했다.

"다 들었지, 하산?"

캣이 커피 머신을 향해 고개를 까딱했다.

하산이 두 눈을 깜박였다.

"홍차 둘, 물 하나, 본인이 마실 커피 하나."

"아… 네, 당연히 가져와야죠."

하산이 얼굴을 찌푸리며 커피 머신으로 걸어갔다.

캣은 브라운 근처의 테이블에 걸터앉았다. 그리고 그녀를 향해 몸을 기울이며 말했다.

"교훈 하나. 여자라는 이유로 커피나 차를 가져오지 말 것. 특히 내 팀에서는 있을 수 없는 일이야. 그건 마치 '전 별 볼 일 없는 직원이에요'라고 광고하는 셈이거든. 내 나이와 직급쯤 되면 엄마 노릇을 할 여유가 생기겠지만, 그때까지는 가만히 앉아서 남자들이 하게 둬. 물론 자주 갈증에 시달리게 되겠지. 그렇지만 적어도 자네 말에 남자들이 귀를 기울이게 할 기회는 생길 거야. 알겠나?"

브라운이 얼굴을 붉히며 고개를 끄덕였다.

"네, 감사합니다. 그리고 죄송합니다."

"교훈 둘. 사과하지 말 것. 불법을 저지른 게 아닌 이상 말이야."

"죄송―. 아…"

브라운의 얼굴이 시뻘겋게 달아올랐다.

하산이 마실 것을 가져오자 캣은 테이블에서 부드럽게 내려왔다. 자리에 놓인 차는 무시한 채, 회의실을 이리저리 서성거렸다. 팀워크 시간이 끝났고 지금부터 업무에 돌입한다는 신호였다.

"내무부 장관의 직접적인 요청으로 워릭셔 경찰청이 영국 최초로 인간과 기계의 합동 수사팀을 시범 가동하기로 했다. 이 획기적인 프로젝트에 선발된 여러분은 운이 좋은 사람들이다. 우리 팀의 목표는 AI가 안전하게 수행할 수 있는 업무를 선별하는 것이다. 이는 숙련된 인간 형사만이 할 수 있는 업무나 역할, 혹은 어떤 결정을 뜻하는 게 아니다."

캣은 테이블 끝을 가리켰다.

"오코네도 교수는 우리가 시범적으로 사용할 AIDEs, 즉 AI 수사관을 직접 개발한 장본인이다. 우리 팀의 핵심 구성원이라고 볼 수 있지. 그녀는 이번 업무를 통해 AI가 할 수 있는 일과 할 수 없는 일을 확인할 것이다. 오코네도 교수님, 교수님이 만든 개발품을 소개해 주시죠."

캣은 의자에 앉아 몸을 뒤로 기댔다.

오코네도 교수는 크고 둥근 안경을 콧등 위로 밀어 올렸다.

"감사합니다. 프랭크 총경님. 하지만 새로운 동료를 소개하기 전에 AI에 관한 오해를 바로잡고 개념을 명확하게 설명하려 합니다."

캣은 교수가 한방 먹이는 것을 눈치 챘지만 모른척했다. 오코네도 교수는 '좁은 의미의 인공지능'(주로 정해진 작업만 수행하며, 이미지 인식과 같은 '단순 작업'을 통해 이미 우리가 각 가정과 휴대폰에서 경험함)과 '범용 인공지능'(완전히 다른 차원의 인공지능으로 아직 널리 사용되지 않음. 판단하고 결정하는 능력과 같이 인간의 복잡한 특성을 모두 갖춤)의 차이점을 설명했다.

오코네도 교수는 캣이 불만스러운 듯 눈을 굴리는 것을 봤지만 개의치 않고 끈기 있게 말을 이어갔다. 그녀는 얼마 전까지만 해도 인간 수준의 복잡한 작업을 수행할 수 있는 범용 AI 컴퓨터 개발에 수백만 줄의 코드 입력이 필요했다고 설명했다.

"하지만 다행히도 우리는 '딥 러닝'이라는 지름길을 찾아냈습니다." 오코네도 교수가 말했다.

"딥 러닝 기술로 인해 AI에 엄청난 양의 정보를 기입함으로써 알고리즘을 훈련시킬 수 있습니다. 이제 AI는 지속적으로 자가 수정을 하며 스스로 진보하고 궁극적으로는 학습이 가능해졌습니다."

"학습한다고요?" 브라운이 말했다.

"어떻게 기계가 학습을 할 수 있죠?"

"인간과 동일한 방식입니다. 얼굴 인식 프로그램을 예로 들면 —."

캣이 휴대폰에서 고개를 들며 말했다.

"아니, 예시는 필요 없어요. 그런데 조사 자료에 따르면 심각한 결함이 있더군요."

"언급하신 자료는 좁은 의미의 AI에 대한 조사인 것 같네요. 네, 인정합니다. 그건 매우 제한된 능력만 갖추고 있죠." 오코네도 교수가 답했다. "하지만 예를 들어, 고양이를 식별하는 프로그램을 만든다고 해보죠. 옛날 방식으로 프로그래밍 한다면, '고양이는 뾰족한 귀가 있다'와 '고양이는 꼬리가 있다'와 같은 정보를 입력할 겁니다. 그러면 프로그램은 수많은 고양이를 발견할 겁니다. 하지만 호랑이는 어떻게 판단할까요? 물론 고양이에 대한 상세 정보를 더 입력할 수도 있지만, 시간이 오래 걸리는 데다 에러가 날 가능성도 존재합니다. 하지만 저와 제 팀이 개발한 AI 모델은 완전히 다릅니다. 스스로 학습하는 AI이니까요."

오코네도 교수의 얼굴에 처음으로 미소가 보였다.

"수많은 양의 정보를 입력하는 대신, 우리는 수천 장의 고양이 사진을 제공합니다. AI가 스스로 사진 간의 공통점과 연결점을 찾아낼 때까지요. AI는 시간이 지날수록 고양이와 고양이가 아닌 것을 구별하는 데 능숙해지게 됩니다."

"시간이 지날수록요?"

하산이 캣의 회의적인 표정을 흘끗 본 후 말했다.

"그러니까 말하자면, AI가 일하면서 스스로 학습한다는 겁니까?"

"우리 모두 그렇지 않나요?"

오코네도 교수가 대답하며 매니큐어를 예쁘게 칠한 아담한 손을 쫙 펼쳤다.

"하, 그러면 AI가 학습하는 동안은 어떤 일이 일어나죠? AI가 저지른 실수에 대한 대가는 누가 치르나요?"

캣은 목소리에도 묻어나는 비판적인 생각을 감출 수 없었다.

그녀의 눈빛을 받은 오코네도 교수는 처음으로 자신 없는 표정을 지었다.

"그래서 초반에는 미제 사건에 집중한다는 결정에 동의한 겁니다. 발생 가능한 오류의 여파를 최소화하려고요."

발생 가능한 오류의 여파를 최소화한다고?

맙소사, 이 여자는 아무 생각이 없군. 캣은 솟구쳐 오르는 분노를 간신히 억눌렀다.

"여기 있는 이 사건들이 '미제'일 수는 있겠죠."

캣은 목소리를 높이지 않으려 애썼다.

"하지만 사건 속의 사람들은 모두 진짜 인간입니다. 철저히 프로그래밍 된 AI와는 다르죠. 실수 하나만으로도 가족 전체가 무너질 수 있다고요."

교수가 이마를 찌푸리면서 안경을 벗었다.

"프랭크 총경님, 저도 잘 알고 있습니다. 불행히도 경찰 조직 내에서는 매일 수천 개의 실수가 발생하고 있으니까요. AI를 도입하는 궁극적 목적은 그런 실수를 줄이는 것입니다. 우리가 개발한 AI는 기하급수적인 속도로 학습할 수 있습니다. 잠을 잘 필요도 없고, 인간과 다르게 병이 나지도 않습니다. 또 다른 장점은 전염병에 걸리지 않는다는 사실이죠."

캣은 눈썹을 치켜올렸다. 코로나 팬데믹을 겪으며 모든 사람이 누군가를 혹은 무엇인가를 잃었다. 첫 코로나 발생 시점에서 수년이 흘렀고, 그 사이 경찰 수는 대폭 감소했다. 고위 직급이 특히 더 심했다. 죽은 사람도 있지만, 대부분 코로나가 본인과 가족에 미친 육체적, 정신적 영향과 싸우다가 조기 퇴직을 택했다.

오코네도 교수가 목청을 가다듬었다.

"이쯤에서 새로운 동료를 소개해 드리는 게 낫겠군요. 그래야 AI가 여러분을 위해 무엇을 할 수 있는지 직접 확인하실 수 있을 겁니다."

교수는 노트북 가방에서 검은색 상자를 꺼냈다. 크기는 교수의 손 하나 정도였다. 잠금장치를 돌리자 딸각 소리와 함께 상자가 열렸다. 교수는 견고해 보이는 검은색 장치 하나를 꺼내 탁자 위에 올려놓았다. 가운데가 뚫린 원 모양의 플라스틱 장치였다. 높이 2.5센티 정도에 두께가 2.5센티 정도는 되어 보였다.

그들은 모두 앞으로 몸을 기울여 그것을 자세히 들여다보았다.

"그냥 팔찌처럼 보이는데요."

브라운이 다소 실망한 목소리로 말했다.

"국립 AI 연구소인 NiAIR의 재능 있는 박사들이 디자인했습니다. 인간 파트너와 어디든 동행할 수 있게 팔찌형으로 세밀히 디자인되었죠. 음성 시스템만으로 작동할 수도 있지만, 인간은 인간끼리 더 긍정적으로 상호작용한다는 자료에 근거해 양극화 센서와 소형 홀로그램 카메라 센서를 달았습니다. 즉 AI가 디지털 홀로그램으로 자신을 인간의 모습으로 구현해 낼 수 있습니다."

오코네도 교수는 손가락으로 굵은 검은색 팔찌를 쓰다듬었다.

"새로운 팀원을 만나보시죠. AI 수사관 록입니다."

회의실 중앙에 갑자기 한 남자가 나타났다.

캣이 벌떡 일어섰다. 아니, 진짜 인간은 아니었다. 인간의 이미지였다. 180센티쯤 되는 키에 호리호리한 몸매, 완벽하게 손질된 콧수염과 짧게 자른 깔끔한 턱수염이 있는 흑인 남성의 모습이었다. 캣은 몇 걸음 다가가 어떤 결함이나 기계라는 흔적을 찾으려 했다. 하지만 이 3차원 남자는 코에 보이는 모공부터 남색 정장의 희미한 주름까지 놀랄 정도로 진짜 인간 같았다. 특히 남자의 두 눈은 캣의 마음을 어딘지 불편하게 했다. 짙은 갈색의 큰 눈, 믿을 수 없을 정도로… '표정이 풍부한'이란 단어가 불쑥 머리에 떠올랐지만, 재빨리 지워버렸다. 이건 그냥 기계다. 진짜 인간이 아니었다. 캣은 홀로그램 남자 주변을 천천히 돌며 안도했다. 이른 아침 햇살이 먼지 긴 창을 뚫고 들어왔지만, 남자에게는 그림자가 생기지 않았다. 또한 구두는 마치 신던 것처럼 보였지만, 실상 새로 깐 회색 카펫 위에는 발자국이 전혀 남아있지 않았다. 눈을 가늘게 뜨고 AI를 뚫어져라 바라보니 남자의 이미지를 반사하고 투영하는 빛에서 이상한 점을 찾을 수 있었다. 홀로그램 형체의 가장자리 부근에서 빛이 희미하게 깜빡거리면서 아주 미세하게나마 가상 세계의 속성을 보여줬다.

그제야 만족한 캣은 팔짱을 낀 채 홀로그램을 다시 바라보았다. 홀로그램 남자는 그녀보다 몇 센티 더 컸다. 문득 내일은 하이힐을 신고 와야겠다는 생각이 들었다.

AI 록은 캣의 시선을 피하지 않았다. 대신 캣을 향해 움직였다.

"흉터가 있습니다, 프랭크 총경님."

"뭐라고?"

"턱에 흉터가 하나 있습니다."

AI 록의 손가락 하나가 캣의 얼굴과 불과 몇 센티 떨어지지 않은 공중에서 정지했다.

"흉터 자국이 성숙기에 접어든 것을 보니 생긴 지 2년이 넘었습니다. 4밀리미터 길이에 가늘고 긴 형태로 보아, 날카로운 모서리에 부딪혀 생긴 결과 같습니다. 어쩌면 탁자 모서리일 확률이 높아 보이는군요?"

캣이 록을 되쏘아 보았다. 고통스러운 과거의 기억이 갑자기 그녀를 덮쳐왔다. 당시 그녀는 저항할 힘도 없이 부엌 식탁에 턱을 세게 부딪쳤다. 그 충격에 피부가 찢어지면서 먼지 쌓인 리놀륨 바닥이 피로 흥건히 젖었다.

록이 눈썹을 치켜올렸다.

"분명 행복한 기억은 아닌 것 같습니다. 사실—."

"사실," 캣이 입을 열었다. "내 턱은 이번 프로젝트나 우리가 맡은 사건과 아무 관련이 없어."

그녀는 홀로그램 이미지에서 몸을 돌려 오코네도 교수를 향했다.

"그냥 홀로그램이라고 하지 않았나요? 어떻게 홀로그램이 앞을 볼 수 있죠?"

"워릭 대학교에서 진행하는 이번 연구의 주요 목표는 현실 세계와 상호작용할 수 있는 AI를 개발하는 것입니다. 총경님이 찬 팔찌형 AI에 설치된 라이다 센서*가 주변의 지리 정보를 계속 록에 전달합니다. 어떤 환경에서도 자기 위치를 파악하고 적절한 행동을 하기 위해서죠. 물론 록은 총경님 팔목의 센서를 통해 '보지만', 인간 행동을 모방하도록 프로그래밍 되어 있기 때문에 홀로그램이 처음 나타날 때 주변을 '둘러보거나' 사람의 눈을 '응시합니다'. 덕분에 상대 인간과 몰입형 방식으로 상호작용할 수 있습니다."

캣이 록을 다시 쳐다봤다. 록은 불편할 정도로 정확하게 캣과 시선을 맞추었다. 캣은 자기 팀, 즉 현실의 진짜 팀원이 있는 회의 테이블에 앉으며 눈길을 돌렸다.

"대단한 깜짝 쇼군요. 교수님, 그래서 이 기계가 실질적으로 어떤 업무를 수행할 수 있죠?"

"그건 총경님이 얼마만큼 허용하느냐에 달려있습니다. 록 안에는 초당 십조 개 이상 계산할 수 있는 칩이 내장되어 있습니다. 가장 기본적으로, 수천 장의 사진을 단 몇 초안에 검색하거나 엄

---

* Light Detection And Ranging, LiDAR. 레이저를 이용해 탐지 및 거리측정 등을 하는 장치

청난 양의 소셜 미디어를 주제별로 분류하여 수사 속도를 높일 수 있습니다."

"난 그런 작업도 직접 하는 것을 선호해요. 내 눈으로 직접 보기 전에는 무엇을 찾아야 할지 모르겠더군요. 또한 눈으로 보더라도 때로는 직감을 따르곤 하죠."

"직감은 착오와 인지 편향의 지배를 받습니다."

뒤에서 록의 목소리가 들렸다. 캣이 당연히 자기 말에 귀 기울일 것이라고 여기는 듯 낮은 톤의 느긋한 목소리였고, 전형적인 상류층의 억양을 구사했다.

"저에게는 총경님이 초기 가설을 시험하고 오류를 걸러내도록 도울 수 있는 과학적 조사 방법이 내장되어 있습니다. 이를 통해 총경님은 가장 합리적인 수사 방향에 힘을 집중할 수 있습니다."

건방진 자식. 감히 내가 기계의 도움으로 '합리적 수사 방향'을 배워야 하는 것처럼 말하다니. 하지만 캣은 친절한 태도를 보이겠다고 맥리시에게 약속했다. 적어도 첫날은. 캣은 '과학적 조사 방법' 따윈 집어치우라고 말하는 대신, 의자를 빙글 돌린 후 억지 미소를 지었다.

"고맙지만, 과연 과학을 인간의 직감에 적용할 수 있을지 모르겠군. 직감은 어디까지나…"

캣이 어깨를 으쓱했다.

"직감이니까."

록은 아주 잠깐 눈을 감았다 떴다.

"방금 의사 결정의 과학에 대한 73,239편의 학술 논문을 읽었습니다. 인간의 의사결정 과정은 명백히 지적·사회적·감정적 요인에 의해 왜곡됩니다. 즉, 총경님의 '직감'은 개인적 편견과 가설의 반영일 뿐이라고 결론지었습니다."

캣은 오코네도 교수를 날카롭게 쳐다보았다.

"내 밑에서 일한다는 사실을 이 기계가 이해하고 있나요?"

교수가 미소 지었다.

"록은 조직의 직급체계 아래에서 할당된 업무를 수행하도록 프로그래밍 되어 있습니다. 하지만 정확히 얼마나 이해하느냐가 이번 프로젝트의 쟁점이 되겠죠. 록의 의사소통 능력은 현재까지 개발된 AI 중 가장 앞서있습니다. 하지만 인간과의 실시간 대화를 통해 학습해야 하는 것이 아직 많습니다. 록은 권력 앞에서도 진실을 말하도록 프로그래밍 되어 있어서 윗사람 앞이라고 가려 말하는 법이 없습니다."

"그런 걸 사회성이 부족하다고 하죠."

캣이 중얼거렸다.

"그런 기술 역시 이 팀의 일원이 되어 배우기를 바라고 있습니다. 하지만 그 대신 AI 수사관으로서 록은 더 많은 증거 기반의 의사결정을 촉진해 경찰 활동의 투명성과 평등성을 높이는 데 일조할 것입니다."

"더 많은 증거 기반의 의사결정?"

캣이 되뇌었다. 그녀는 지친 한숨을 내쉬었다. 최대한 인내심을 발휘해, 증거에도 여러 종류가 있으며 단지 설명할 수 없다고 해서 직감이 틀린 것은 아니라고 설명했다.

"몇 년 전 유명한 사례가 하나 있었죠. 많은 전문가를 초빙해 희귀한 그리스 조각상을 감정했습니다. 모든 과학적 증거를 종합해 본 후 전문가들은 마침내 그것을 진품이라고 결론을 내렸어요. 그런데, 나중에 온 전문가 한 명이 조각상을 본 후, 이렇게 단번에 딱—"

캣이 손가락으로 딱 소리를 냈다.

"가짜라는 것을 알아냈습니다. 말로 설명하지는 못했지만, 어딘지 이상하다는 자신의 첫 직감을 믿었죠. 결과적으로 그가 옳았고요."

"게티 미술관의 쿠로스 조각상 사건." 록이 말했다.

"이것은 순간적 판단이 이성적 분석보다 정확할 수 있다는 증거로 몇몇 사람들이 활용하는 사례입니다."

록은 잠깐 말을 멈추더니 마치 진짜 생각에 잠긴 것처럼 턱에 한쪽 손을 올렸다.

"하지만 더 중요한 질문이 있습니다. 어째서 나머지 전문가들은 잘못된 판단을 한 것일까요?"

캣이 얼굴을 찡그렸다. 저 망할 기계는 어떻게 말을 멈췄다 하는 자신감마저 갖췄지? 아니야. 캣은 생각을 정정했다. 기계는 자신감을 느낄 수 없다. 어떤 감정도 느낄 수 없다. 이 기계는 자신감에 찬 인간의 모습이나 생각에 잠긴 전형적인 모습을 모방하도록 프로그래밍 되어 있을 뿐이다. 딥 러닝인지 뭔지. 이류 정치인의 행동을 그대로 따다 붙였을 뿐, 그 이상의 의미는 없다.

"게티 미술관의 전문가들은 과학적 증거 때문에 틀린 것이 아닙니다. 오히려 게티 미술관은 과학적 증거에도 불구하고 쿠로스 조각상을 구매했습니다. 조각상이 진품이기를 간절히 원했기 때문입니다. 조각상에 결격 사유가 있음에도 미술관은 천만 달러를 주고 산 모조품이 이천 년 된 진품이라고 믿기로 한 것입니다. 즉 객관적 사실 때문이 아니라 그들의 인간적 욕망과 선호도 때문에 잘못된 판단을 한 것입니다."

AI는 핵심을 강조하기 위해 오른손을 들어 엄지와 검지로 원을 만들었다.

"쿠로스 조각상 건은 인간의 의사결정 과정에 얼마나 오류가 많은지 보여줌으로써, 의사결정 과정에서 인간의 감정을 비롯한 여러 왜곡 요소를 걸러낼 필요성을 입증하는 완벽한 사례입니다."

캣은 자리에서 벌떡 일어섰다. 새로운 장난감에 쏠린 팀원들의 시선을 자신에게 돌려야 했다.

"글쎄. 이번 프로젝트가 끝나면 오코네도 교수님이 분명 알아서 결론을 내리겠지. 여러분이나 내가 어떻게 생각하든 상관없이. 물론…"

캣이 록을 향해 몸을 돌렸다. 그리고 비웃음 섞인 동정심을 표했다.

"물론 너는 진짜 생각이란 것을 할 수 없겠지만."

캣은 속으로 셋을 센 후(말 끊기 기술에 대해서라면 잘난척하는 알렉사 닮은 놈에게 한두 가지 쯤 가르칠 수 있다), AI에 등을 돌리며 오코네도 교수를 바라봤다. 이제 성숙한 인간끼리 대화할 차례였다.

"오코네도 교수님, 시범 프로젝트가 잘 돌아가는지 확인하기 위해 여기서 내부 브리핑을 들어도 됩니다. 요청하신 대로 모든 결정 사항이 적힌 기록에 접근도 가능하고요. 자, 내부 브리핑을 시작하기에 앞서, 자네들에게 한 가지는 확실히 하고 가겠다."

캣은 서류 가방에서 두꺼운 서류철을 꺼냈다. 양손으로 서류의 무게를 가늠하며 하산과 브라운을 바라보았다.

"비록 과거의 실종 사건을 재수사하는 것이지만, 우리의 가장 중요한 임무는 직감이나 의사결정 과정에 대한 연구과제의 답을 찾는 게 아니다. 우리는 경찰이지 실험실 쥐가 아니니까. 실종자 가족에게 답을 주는 것이 바로 경찰의 주요 임무다. 언제나 사건 해결을 다른 무엇보다 최우선시해야 한다. 알겠나?"

하산과 브라운이 고개를 끄덕였다.

"좋아."

캣이 서류철을 책상 위에 탕 소리 나게 놓았다. 먼지가 공기 중으로 풀썩 날렸다.

"매년 워릭셔 주에서는 약 7천 명의 사람들이 실종신고 된다. 실종자 중 대부분은 발견되지만, 두세 명은 발견되지 않는다. 지난 10년간 스물여덟 명이 자기 삶에서 자취를 완전히 감췄다."

캣은 말을 잠시 멈춘 후 회의실을 둘러봤다. 커다란 창을 통해 빛줄기가 들어와 방을 밝히고 있었다.

그녀는 두 손을 서류철 위에 살포시 얹으며 말을 이었다.

"이 파일들은 각각 한 명의 진짜 인간의 삶을 담고 있다. 친구를 만나러 집을 나섰다 목적지에 도착하지 못한 십 대, 우유를 가지러 나갔다 돌아오지 않은 엄마, 어느 아침 차로 출근한 후 다시는 모습을 드러내지 않은 아빠. 나는 그 누구도 이런 사건을 단순히 '행불자'나 '미제 사건'으로 부르지 않았으면 좋겠다. 사건의 단서는 사라졌을 수 있다. 하지만 실종자의 가족과 그들의 지인들은 사랑했던 사람에게 무슨 일이 일어난 건지 아직도 간절하게 알고 싶어 한다. 우리의 임무는 그들이 알고 싶어 하고, 또 마땅히 알아야 할 답을 주는 것이다. 모두 이해했나?"

"네, 보스."

하산과 브라운이 동시에 대답했다. 캣은 록을 바라봤다.

"대답은?"

처음으로 AI가 혼란스러워하는 모습을 보였다.

"확실히 이해했나?"

캣이 재차 물었다.

"우리의 임무는 실종자 가족이 알고 싶어 하고 또한 마땅히 알아야 할 답을 주는 것이라고 하셨습니다. 제 대답은 '네'입니다. 임무를 명확히 이해했습니다."

"네, 보스."

캣이 말했다.

"네, 보스."

캣이 놀라 숨을 들이마셨다. 록이 마치 비꼬듯이 보스라는 단어를 강조한 자신의 말투를 그대로 따라 했기 때문이다. 하지만 기계는 비꼬는 것이 불가능하지 않나? 일단 이번은 그냥 넘어가기로 했다.

"이제부터 우리 팀의 첫 사건을 고르겠다."

록이 그대로 서 있자 캣은 얼굴을 찌푸렸다.

"자리에 앉지?"

AI가 눈썹을 치켜뜨며 놀란 표정을 지었다.

"저는 진짜 팔다리가 있는 게 아니기 때문에 몸무게를 고려할 필요가 없습니다. 하지만 제가 앉아야 총경님이 편하시다면 자리에 앉겠습니다."

건방진 자식. 정말 편해지려면 저런 기계는 그냥 고장 나버리는 게 나았다. 캣은 사람에게 하듯 기계에 대답해 주는 존중 따위는 보이지 않기로 마음먹었다.

"지난 주말, 과거 10년간 해결되지 않은 실종 사건 스물여덟 건을 여러분에게 압축 파일로 보냈다. 우리가 어떤 사건을 제일 먼저 수사해야 하고, 그 이유는 무엇일까?"

캣이 브라운과 하산을 응시했다. 그녀의 질문에 브라운과 하산이 당황했다. 내부 평가에 따르면, 캣의 리더십은 '앞장서 끌고 가는 스타일'이었다. 브라운과 하산도 곧 그녀의 속도를 따라잡는 법을 배울 것이다. 두 명은 각자 아이패드를 훑어보기 시작했다.

"자료 따위는 집어치우고. 난 자네들이 직감을 따랐으면 좋겠다. 아침에 눈을 떴을 때 어떤 사건이 떠올랐지? 하산?"

하산은 몸을 뒤로 젖히며 팔꿈치를 의자 팔걸이에 얹었다.

"음, 몇 년 전 크리스마스에 여학생 한 명이 사라진 사건이 있습니다. 친구들과 뒷골목 술집에 갔었는데, 친구들의 증언에 따르면 그냥 갑자기 사라져 버렸다고 합니다."

"제인 휴즈. 열여덟 살. 크리스마스 일주일 전에 밤에 나갔다가 그대로 사라졌지."

캣이 고개를 끄덕이며 말했다. 제인 휴즈의 부모는 크리스마스 트리를 여전히 그대로 둔 채, 트리 밑에 선물을 쌓아놓고 딸을 기다리고 있었다.

"브라운 경사, 자네는 뭐가 떠오르지?"

"어… 보내주신 자료는 읽었습니다. 전부 다요. 하지만 순서를 매기지는 않았어요. 놀랐거든요ㅡ. 제 말은…"

브라운이 얼굴을 붉히며 아이패드를 바라보았다.

"하지만 메모는 많이 해뒀어요. 잠깐 시간을 주시면ㅡ"

"너무 깊이 생각하지 마. 아이패드를 덮고, 자네 머릿속에 떠오르는 사건을 말해봐."

"어…"

"지금 머릿속에 누가 떠오르지?"

"콜스힐의 어떤 아버지요. 일하러 나갔다 다시는 돌아오지 않았죠. 우울증 이력이나 경제적 문제는 발견되지 않았어요. 평범하고 가정적인 남자로 보였죠."

"맥스 존스. 서른다섯 살. 세 아이의 아빠였고, 주변 사람들의 증언에 따르면 행복한 결혼생활이었다고 한다. 하지만 그의 가족은 2년째 아빠의 소식을 못 듣고 있지."

캣이 고개를 끄덕이며, 화이트보드에 두 명의 이름을 적었다.

"둘 다 타당한 선택이야."

"그건 사실이 아닙니다." 록이 말했다.

"뭐라고?"

"하산 경위와 브라운 경사의 선택은 '타당하지' 않습니다. 둘 다 개인적 편견의 영향을 받은 선택입니다."

록은 아까 캣이 했듯 회의실을 서성거리기 시작했다. 마치 교수 혹은 팀장처럼 캣의 팀원에게 손짓했다.

"하산 경위가 제인 휴즈 사건을 선택한 이유는 그녀가 경위의 여동생에게 일어난 사건을 상기시키는 어리고 연약한 여성이기 때문입니다."

"말도 안 되는 헛소리야. 내가 그 사건을 선택한 이유는─"

하산이 얼굴을 시뻘겋게 붉히며 소리쳤다.

하지만 록은 하산의 말을 무시하고, 말을 계속 이어갔다.

"브라운 경사는 아버지 콤플렉스 때문에 맥스 존스를 선택했습니다. 브라운 경사의 아버지는 그녀가 열 살 때 집을 나갔습니다."

"그만."

캣은 충격을 받은 듯한 브라운의 얼굴을 흘끗 보며 날카롭게 말했다.

"오코네도 교수님, 이 기계에 팀원의 개인 정보에 접속할 수 있는 허가를 내준 기억이 없는데요?"

"아, 제가 말한 것들은 개인 정보가 아닙니다." 록이 대화에 끼어들었다. "모두 공개적인 소셜 미디어, 경찰 내부망에 올라와 있는 개인 프로필, 이력서, 인터뷰에서 수집한 정보입니다. 조금만 노력을 기울이면 누구나 쉽게 찾을 수 있습니다. 저는 단지 개인의 사회적 혹은 정서적 경험이 선택에 영향을 미쳤다는 사실을 짚어드렸을 뿐입니다. 이 경우, 팀원들에게 어떤 사건을 선택할지 물어보는 것은 무의미합니다. 차라리 모든 사건을 모자에 넣고 무작위로 하나 뽑는 게 낫습니다."

하산과 브라운은 감히 캣을 쳐다볼 엄두도 내지 못한 채 서로 시선만 교환했다.

"그렇군."

캣은 어금니를 꽉 깨물었다.

"좋아. 내 방식에 매우 비판적인 걸 보니, 이번 회의를 직접 진행하고 싶나 보지?"

"네, 그렇게 하겠습니다. 감사합니다."

오코네도 교수가 웃음을 참는 듯 이상하게 숨 막힌 소리를 냈다.

"AI 수사관인 록은 권위에 복종하도록 프로그래밍 되어 있지 않습니다." 오코네도 교수가 자리에서 일어나 록을 보호하듯 옆에 가서 섰다. 자기 창조물 옆에 서 있는 교수는 꽤 작아보였지만 ―거의 30센티 정도 작았다― 그녀의 권위적인 목소리는 사람들의 이목을 집중시켰다.

"물론 록은 총경님의 명령에 복종할 겁니다. 법을 어기거나 연구의 주요 취지에 어긋나지 않는 한. 하지만 승진 같은 사적 이익을 추구하지 않기 때문에 항상 있는 사실 그대로만 말할 겁니다. 말을 걸러 하는 기술도 없고, 복수에 대한 두려움도 없죠. 사람

사이의 상호작용이나 대화의 미묘한 뉘앙스를 더 학습하기 전까지는 일부 말투가 무례하게 들릴 수도 있습니다."

다음 말을 하는 교수의 앳된 얼굴이 굳어졌다.

"하지만 록은 절대 거짓말이나 부패행위는 하지 않습니다."

"꽤나 희귀한 자질인 것처럼 말하는군요."

캣이 빈정대며 말했다.

"경찰에서는 희귀한 자질 아닌가요? 작년에만 3천 건 이상의 부패 혐의가 발견되지 않았습니까?"

"핵심은 혐의라는 단어에 있죠."

캣이 말하며 교수를 내려다보았다. 교수의 목에서 맥박이 세게 뛰고 있었다. 교수는 분명 이 문제에 대해 강한 견해를 갖고 있는 게 틀림없었다. 어쩌면 개인적 경험이 있을 것이다. 그게 무엇인지는 나중에 알아보기로 하고, 오늘은 일단 넘어가기로 했다.

캣은 의자에 앉으며 말했다.

"자, 록. 이제 네가 진행해 보든지. 그 '증거 기반의 의사결정 과정'과…"

그녀가 휴대폰을 흘끗 봤다. "64분간의 경찰 경험을 강점 삼아, 넌 어떤 사건을 선택할 거지?"

록이 손을 뻗자 회의실이 갑자기 실종자들의 홀로그램으로 가득 찼다. 주말동안 캣이 유령처럼 배회하며 계속 들여다 본 사진들이었다. 양복 입은 노인의 흑백 사진, 웃고 있는 젊은 여성의 밝고 뿌연 셀카 사진, 왠지 아련한 느낌이 드는 오래된 학교 단체사진 세 장이 가운데 겹쳐 있었다.

캣은 눈앞에서 회전하고 있는 실물크기의 실종자 이미지들을 응시했다. 잃어버린 사람, 실종된 사람, 사라진 사람. 각각의 상황은 달랐지만, 시간 속에 정지된 얼굴은 모두 가슴 아픈 이야기를 담고 있었다. 이제 그들에게는 동일한 질문 하나만 남겨졌다. 대체 그들에게 무슨 일이 일어난 것일까?

"어떤 사건을 선택할지는, 다양한 관점에서 생각해 볼 수 있습니다. 예를 들어 나이, 성별, 인종 같은 인구통계학적 분류에 따라 사건을 구성해 볼 수도 있습니다."

록이 지휘자처럼 팔을 넓게 펴자, 실종자 홀로그램이 노인과 청년 그룹으로 나뉘었다. 다시 팔을 휘두르자, 실종자 이미지들이 섞이더니 백인과 유색인종 그룹으로 나뉘었고, 잠시 뒤에는 남성과 여성 그룹으로 나뉘었다.

"아니면 실종자가 사라진 장소나 연도 혹은 날짜별 분류 방식으로 사건을 수사할 수도 있습니다."

실종자들의 홀로그램이 새 떼처럼 회의실을 휙 날아가 잠시 멈춘 후 다시 흩어졌다.

"하지만 프랭크 총경님이 제시한 것처럼 수사의 핵심 목표가 실종자 가족에게 답을 주는 것이라면, 성공 확률이 가장 높은 사건에 집중해야 합니다."

록이 다시 손짓하자 이번에는 경찰 공문서 이미지가 나타났다.

"실종사건 관련 최근 통계 자료에 따르면, 실종자의 90퍼센트는 이틀 안에 발견됩니다. 하지만 실종자 중 아동의 2퍼센트가, 성인의 4퍼센트가 실종된 지 일주일이 넘어가도록 발견되지 않습니다. 실종 사건에서 48시간이 지나면 추적할 수 있는 단서가 대부분 사라지며, 72시간이 지나면 거의 찾을 수 없게 됩니다. 즉 논리적으로 봤을 때, 우리는 가장 최근 사건에 초점을 맞춰야 합니다."

"동의해." 캣이 말했다.

록이 한 손을 들자 단번에 실종자 홀로그램 이미지의 3분의 2가 사라졌다. 하산과 브라운이 선택한 두 건도 사라졌다.

"겨울철 늦은 시간에 외출해 술을 마시고 실종된 젊은 남성 대다수는 우발적 사고로 사망했다는 합리적 증거 자료가 있습니다. 가장 흔한 경우는 근처의 강이나 운하에서 익사한 것입니다. 이 때문에 남성들은 여성들보다 비교적 쉽게 발견됩니다."

캣이 고개를 끄덕이자, 록이 다시 한 손을 들었다. 실종자 홀로그램 중 여성들이 사라졌다.

"또한 자료에 따르면, 추후 발견되거나 가족이 있는 집으로 돌아올 확률은 통계적으로 백인이 더 높습니다."

록이 손가락으로 딱 하는 소리를 내자, 홀로그램 하나만 회의실에 남았다. 얼굴에 주근깨가 있는 젊은 백인 남성이었다. 키는 컸고 몸은 뼈가 드러날 정도로 말랐으며 적갈색 곱슬머리가 70년대 가수인 아트 가펑클처럼 얼굴 주변을 감싸고 있었다. 360도 회전하는 남성의 실물 크기 이미지를 사람들 앞에 띄운 채 록은 설명을 이어갔다.

"결과적으로 우리에게는 윌 로빈슨 사건이 남습니다. 윌 로빈슨은 21살의 백인 남성으로 대학에서 연극학을 전공한 후 부모님과 함께 살기 위해 '스트랫퍼드—어폰—에이번'*으로 돌아왔습니다. 올해 1월 11일 오후 5시 10분에 근처 술집에서 친구들을 만나려고 집을 나섰습니다. 하지만 윌은 약속 장소에 나타나지 않았으며, 그 후로도 윌을 본 사람이 아무도 없습니다. 윌의 은행 계좌나 휴대폰 기록, 소셜 미디어 계정 중 어디에서도 활동 징후가 발견되

---

* 에이번 강과 접한 워릭셔 주 남부 도시. 셰익스피어의 출생지로 유명하다. 그냥 스트랫퍼드라고 부르기도 한다.

지 않았습니다. 윌의 부모는 그가 런던에 있는 전 여자 친구를 만나러 갔다고 믿고 싶어 하지만 이런 희망적인 바람을 뒷받침할 증거가 없습니다. 반면에, 통계 자료에 따르면, 겨울철 야간 외출에서 실종된 젊은 남성 중 이틀 내에 발견되지 않은 60퍼센트 이상이 결국 사망한 채로 발견됩니다. 이 중 89퍼센트는 물에서 나옵니다. 따라서, 윌의 마지막 경로로 추정되는 에이번 강을 샅샅이 뒤졌을 때, 윌의 시체를 발견할 확률이 53.4퍼센트입니다. 이는 가족에게 답을 제공한다는 명시적 목표도 달성할 수 있게 해줍니다."

하지만 가족들은 그런 답을 얻고자 하는 게 아니라고 캣은 생각했다.

그녀는 록을 향해 몸을 돌렸다.

"진심으로 우리가 백 인만 수사해야 한다고 제안하는 거야?"

"객관적 증거에 기반한 논리적 결론입니다." 록이 대답했다.

"이 대화 내용을 모두 기록하고 있으면 좋겠군요."

캣은 노트북에 타이핑 중인 오코네도 교수에게 말한 후 록을 노려보았다.

"그 '증거'란 경찰 내부 자료에서 찾은 거겠지. 네 평가에 따르면, 잠재적으로 편향되고 매우 불완전한 경찰 말이야."

록이 눈썹을 치켜올렸다.

"지금 제 평가에 결함이 있다고 주장하시는 겁니까?"

캣이 한숨을 쉬었다. 대체 어디서부터 시작해야 하지?

"네 검색 엔진은, 아니면 뭐, 작동하는 게 무엇이든 간에. 분명 '젊은 남자', '실종', '술집', '강'과 같은 키워드 사이의 연관성을 발견했겠지. 하지만 너는 기계에 불과하기 때문에, 중요한 사실을 놓쳤어. 수많은 젊은 남자가 밖에서 술을 마신 후 곤경을 겪는 이유는 술집에서 반쯤 맛이 간 채 돌아오기 때문이지."

록이 얼굴을 찌푸렸다.

"술에 취했다고. 고주망태. 정신이 나간 상태. 제정신이 아닌 상황. 즉 알코올의 영향을 받은 상태 말이야. 윌 로빈슨은 술집으로 가는 도중에 사라졌어. 오후 5시와 6시 사이에. 알코올을 섭취하기 전이지."

캣은 서류철을 열었다. 파일 몇 장을 넘긴 후 종이 진술서를 손가락으로 톡톡 두드렸다.

"게다가 너는 편리하게도 목격자의 진술은 생략했어. 윌이 오후 5시 30분경 다리를 건너 시내로 들어가는 것을 봤다는 진술 말이야. 즉, 윌은 강을 건넜고 스트랫퍼드 어딘가에서 실종되었다는 의미지."

"저는 목격자의 진술을 놓친 게 아닙니다. 일부러 제외했습니다. 과학적 자료에 따르면 그런 진술은 신빙성이 떨어집니다. 살인 및 강간에 대해 잘못된 유죄 판결의 75퍼센트가 증빙할 만한 CCTV 자료도 없는 상태에서 목격자의 증언으로만 판결 난 건들입니다. 즉 재고할 가치가 없다는 이야기입니다."

캣이 고개를 저었다.

"한 가지 더. 너는 목격자 증언에 대한 일반적인 통계를 선택했고 이 사건의 특이점을 무시했어. 윌 로빈슨은 눈에 잘 띄는 청년이었어. 스트랫퍼드—어폰—에이번에 윌 같은 적갈색 머리카락을 가진 청년이 많을 리 없기 때문이지."

"적갈색 머리카락이 영국 인구의 2퍼센트 이하이긴 합니다. 하지만 스트랫퍼드—어폰—에이번 주민의 머리카락 색에 대한 통계나 그런 특징이 미치는 영향에 대한 정보를 찾지 못했습니다."

캣은 유령처럼 회의실 안을 떠도는 젊은 청년의 홀로그램 이미지에 다가갔다.

"비교적 최근 일어난 사건에 집중해야 한다는 의견에는 동의해. 밤에 한잔하러 갔다가 실종된 젊은 남성 사건에 초점을 맞추자는 의견에도 그럭저럭 동의할 수 있어. 하지만 실종자의 피부 색깔을 근거로 나머지 실종자를 배제한다는 의견은 받아들일 수 없어."

"성공 확률을 높이기 위해 최근 사건을 수사하는 의견에 동의하신다면, 동일한 기준으로 백인 실종자를 우선 수사해야 한다는 의견에는 왜 동의하지 못하십니까?"

"왜냐하면 그 의견은 옳지 않으니까. 그게 이유야!"

"그건 대답이 되지 못합니다."

"그래. 이건 대답이 아니라, 명령이야."

"잘 알겠습니다. 그렇게 주장하신다면, 수정된 기준에 맞는 사건이 하나 더 있습니다." 록이 말했다.

윌 로빈슨 옆에 홀로그램이 하나 더 나타났다. 두 청년의 홀로그램은 마치 어색한 춤을 추는 것 마냥 회의실 중앙을 함께 맴돌았다.

캣은 상반신을 드러낸 흑인 청년의 홀로그램으로 걸어갔다. 그는 컴퓨터 앞에 앉아 환하게 웃으며 허공에 주먹을 날리고 있었다. 캣은 잠시 움직임을 멈추고 팀원들이 조용히 가설을 세울 시간을 줬다.

"이 청년은 타이론 월터스. A레벨*의 시험 성적을 받은 날에 찍은 사진이지. 타이론은 네 과목에서 최고점인 A*(스타)를 받았다. 이 사진을 찍은 날로부터 두 달 후, 최상위권 명문대인 워릭 대학교에 정치학 전공으로 입학했다. 1월 26일 수요일 밤 10시 직후, 대학교 기숙사의 같은 층에 사는 친구가 마지막으로 그를 목격했다. 타이론의 마지막 흔적은 다음날 아침에 엄마에게 보낸 문자였지만, 그날 실제로 타이론을 목격한 사람은 없었다. 28일 금요일, 지도 교수의 토론 수업에도 나타나지 않았다. 그 후 타이론을 보거나 그에게서 연락받은 사람은 없다. 휴대폰을 제외하면 옷, 지갑, 노트북이 전부 그대로 남아있으며 실종 이후 은행 거래 내역이나 휴대폰 기록, 소셜 미디어 활동 역시 일절 없었다."

"자살 가능성은요?"

브라운이 의견을 냈다.

캣이 콧잔등을 찌푸렸다.

"자살 가능성은 언제나 있지. 하지만 가족과 친구들의 증언에 따르면, 타이론은 진심으로 행복해 보였다고 한다. 정신 건강 문제나 여타의 위험 요소 역시 알려진 바가 없다. 스물여덟 건의 미제 사건을 모두 검토한 후, 이런 이유로 타이론 월터스 사건이 뭔가 이상하다는 생각이 들었다. 이 사건은 나에게 있어 게티 미술관의 쿠로스 사건과 같다. 그런 의미에서, 이 시범 수사에 쿠로스 프로젝트라는 이름을 붙이겠다."

"총경님이 이 사건에 관심을 두는 이유를 알겠습니다." 록이 입을 열었다. "하지만 제가 하산과 브라운의 개인사를 언급했을 때, 총경님이 보인 반응으로 미루어보아, 저의 추측을 반기지 않을 것 같습니다."

캣이 록을 뚫어져라 응시했다. 이 자식이. 감히. 하기만. 해봐.

"네. 하지 말라는 뜻으로 알겠습니다. 우리는 두 사건 가운데 하나를 선택해야 합니다. 수사의 핵심 목적이 가족에게 답을 주

---

* 영국의 대학 진학을 위한 심화 학습 과정 및 시험으로 영국의 수능이라고 보면 된다.

는 것이라는 총경님 말씀에 따라, 각 사건이 목적에 도달할 확률을 비교 평가해도 되겠습니까?"

캣이 퉁명스럽게 고개를 끄덕였다.

록이 타이론을 향해 두 손을 펼쳤다.

"대학교 신입생의 열 명 중 한 명은 학교를 중퇴합니다. 타이론 월터스가 전공이 마음에 들지 않아 어디론가 떠나기로 한 것일 수도 있습니다. 성인이기 때문에 충분히 그럴 수 있습니다. 실제로 어머니에게 보낸 마지막 문자에 며칠 '머리 식히러' 떠나있을 테니 걱정하지 말라고 했습니다."

캣이 머리를 저었다. 전에는 열여덟 살 청년들을 성인 취급하는 실수를 저지르곤 했다. 하지만 이제 자신의 아들 캠이 그 나이가 되고 보니, 키 180센티가 넘고 법적으로 음주·결혼·군인 지원의 자격이 주어졌음에도 불구하고 열여덟 살은 아직 어리고 연약한 나이일 뿐이었다.

"총경님의 말씀처럼," 록이 말을 계속했다. "아무도 그를 목격한 적이 없으며, 은행거래 내역이나 소셜 미디어 계정, 인터넷 상 어디에서도 타이론 월터스가 살아 있다는 흔적을 발견하지 못 했습니다. 그러므로 전공이 마음에 들지 않아 잠시 떠났을 가능성은 거의 없다는 결론입니다. 열여섯 살에서 스물네 살 사이의 젊은 흑인 남성은 동년배의 백인 남성 대비 살해당할 확률이 다섯 배나 높습니다. 그러나 현실에서 살인 사건이 유죄 판결 나는 경우는 39퍼센트에 불과합니다. 즉, 타이론 월터스의 어머니에게 이 사건의 답을 줄 수 있는 확률이 윌 로빈슨 대비 매우 낮습니다. 제가 제안한 대로 강에서 윌 로빈슨을 수색할 때는 발견 확률이 53.4퍼센트에 달합니다. 감정적 이유나 정치적 사항을 제외하고

통계 자료로만 본다면, 윌 로빈슨 사건을 먼저 수사하는 게 논리적으로 타당한 결론입니다."

"통계란, 수천 개의 개별 사건을 종합한 것에 불과해. 공통점을 최우선으로 강조하면서, 개별적 특수성은 희생시키지. 그러니까 타이론 사건의 특수성을 고려해 보자. 왜냐하면 네가 그토록 강조하는 '사실들'에 무언가 있어 보이기 때문이다."

캣은 자리에서 일어나 록을 마주 보았다. 그리고 자료도 보지 않은 채 계속 말을 이었다.

"핸즈워스가 버밍엄에서 비교적 가난한 지역이기는 하지. 하지만 영국 최고의 중등학교인 그래머스쿨 중 하나가 있는 곳이기도 해. 타이론은 이 그래머스쿨에 다니며, GCSE*에서 9개 과목을 최고 성적으로 이수했다. 범죄자나 양아치와 어울려서는 그래머스쿨에도, 러셀 그룹 최고의 대학에도 입학할 수 없어. 그곳의 학생들은 엄청나게 의욕적으로 공부에 전념하거든. 타이론 역시 그 누구보다 열심히 공부했고. 영국 최초의 흑인 총리를 꿈꿨어. 혹시라도 미래의 경력에 나쁜 영향을 미칠 수 있는 약쟁이들 근처에는 가지도 않았지."

캣이 타이론 월터스의 홀로그램 주위를 한 바퀴 돌았다.

"가족과 친구들 모두 타이론이 행복하고 자신감에 넘쳤으며 언젠가 큰일을 해낼 열정적인 청년이라고 진술했어. 우울증에 시달렸다는 증거도 없고, 대학 첫 시험에서 매우 우수한 성적을 받은 지도 얼마 안 되었지. 타이론 월터스에게는 워릭 대학교를 떠날 이유가 전혀 없었다. 그럼에도 불구하고 만약 타이론이 대학을 떠

---

* 영국의 고등학교 졸업 자격 시험

났다고 가정한다면, 그는 왜 학자금 대출을 철회하지 않았을까? 은행 계좌에 약 1,500파운드가 있는데, 왜 아직 사용한 흔적이 하나도 없을까? 1월 27일 목요일 오전 7시 36분. 타이론은 친구에게 그날 있을 강의에서 만나자고 문자를 보냈어. 하지만 나타나지 않았지. 오전 9시 2분. 엄마에게 마지막 문자를 보낸 후 그의 휴대폰 신호가 사라졌다. 그 시각 이후 은행 계좌의 인출기록도 없고, 소셜 미디어 접속 흔적도 없다. 어디에서도 타이론의 모습이 보이지 않았지. 아무런 흔적도 없이 사라진 거야. 만약 그가 범죄에 희생되었다면, 시체는 어디에 있을까? 타이론이 사라진 장소는 학생 수천 명이 붐비는 대학 캠퍼스야. 하지만 타이론과 관련되어 폭행 장면이나 자살 시도를 목격했다고 신고한 사람이 아무도 없어. 타이론 월터스는 지구상에서 완전히 종적을 감췄어. 여기저기 CCTV가 달려있고, 휴대폰 추적이 가능하며, 인터넷 뱅킹이 활발한 지금 이 시대에 말도 안 되는 일이 일어난 거지."

"프랭크 총경님, 인간의 행동은 원래 말이 안 됩니다." 록이 말했다. "인간이 객관적 증거에 기반해 합리적 결정을 내릴 수 있었다면, 도박이나 알코올 중독, 비만 같은 일은 없을 것입니다. 그러므로 총경님의 기본 전제는 틀렸습니다. 인간은 항상 합리적으로 설명이 불가능한 일을 합니다. 사실 이게 인간이란 생명체의 가장 독특한 특징 같습니다."

캣이 록에게 한발 다가갔다.

"경찰 업무에서 가장 불편한 현실은 '증거'가 필요할 때마다 항상 있는 게 아니란 거야. 인생에서도 마찬가지고. 즉 현실 속 진짜 인간은 자기 경험과 판단에 기대어 현실적인 결정을 내려야 해. 타이론 사건을 처음 맡았던 담당 경찰들이 너와 똑같이 초짜들이 하는 실수를 저질렀지. 그는 타이론 월터스의 개별적 특수성을 고려하지 않고, 인구 통계학적 추론만 했어. 왜냐하면, 여기 있는 우리와 마찬가지로 그 역시 빌어먹게 바빴기 때문이지. 타이론 월터스 사건의 위험성을 낮게 평가하고, 수사에 충분한 자원을 투입하지 않았어."

캣은 타이론의 홀로그램을 정면으로 바라봤다. 순간 팔을 뻗어 움직임 없는 타이론의 얼굴을 만져보고 싶은 충동을 애써 눌렀다.

"이 사건에는 뭔가 이상한 점이 있다. 직감적으로 알 수 있어."

"저의 학습 목표를 위해 말씀드리자면, 총경님이 '직감적 느낌'을 토대로 타이론 월터스 사건을 우선 조사하려는 이유를 명확히 짚고 가도 되겠습니까?"

록이 질문을 던졌다.

캣은 속으로 셋을 센 후 몸을 돌렸다. 그리고 록을 마주 봤다.

"타이론 사건을 검토하려는 이유는 경찰로 지낸 25년간의 경험이 저 청년에게 무슨 일이 벌어졌다고 말해주기 때문이야."

다음 말을 덧붙이는 그녀의 목소리가 위협적으로 낮아졌다.

"또한 내가 너의 상사라는 이유 때문이기도 하지. 타이론 실종이 바로 우리가 수사할 사건이다."

오코네도 교수가 무겁게 한숨을 내쉬었다.

"보스, 제가 제안 하나 해도 되겠습니까?" 하산이 끼어들었다.

"연구 목적으로 이번 프로젝트를 진행한다면, 두 사건 모두 수사하는 것도 의미가 있지 않을까요? 둘 다 비교적 최근에 발생했고, 실종자가 남성입니다. 즉, 발견 가능성이 높다는 점에서 앞서 합의한 기준에 부합합니다. 다만 하나는 객관적 사실에 따르는 알고리즘이 선택했고, 나머지 하나는 전문가의 직감이 선택했을 뿐이죠. 둘 중 어떤 선택이 맞는지 보는 것도 흥미로울 것 같습니다."

하산이 오코네도 교수를 보며 웃어 보였다.

"사건 두 개를 모두 조사할 만큼 인력이 충분하지는 않아."

화가 난 캣이 대답했다. 대체 본인이 뭐라고 저런 말을 지껄이는 거지? 이번 프로젝트는 하산이 경위가 된 후 처음 맡은 업무였다. 캣은 하산의 새로운 상사였다. 캣의 판단에 의문을 던질 게 아니라, 오히려 그녀에게 좋은 인상을 남기기 위해 노력해야 마땅했다.

"하지만 이 팀엔 록이 있습니다. 단시간에 많은 업무를 대신 수행해 줄 수 있죠. 저는 하산 경위의 생각에 동의합니다."

오코네도 교수가 말했다.

캣이 손가락으로 머리카락을 쓸어 넘겼다. 오코네도 교수는 분명 젊고 똑똑한 여성이었다. 하지만 수사에 필요한 정보에 접근하려면 얼마나 많은 공공 기관과 사설 시설에 전화를 돌리고 이메일을 보내야 하는지, 심지어 일일이 방문하며 발로 뛰어야 하는지, 경찰의 현실을 모른다. 이런 생각을 하자, 내적 갈등이 일어났다. 이번 프로젝트가 오코네도 교수와 내무부 장관 같은 사람에게 경찰이 매일 겪는 현장의 어려움을 알려줄 기회가 될 수도 있다. 동시에, 상사를 의심하는 부하에게 자신의 판단이 저 망할 기계보다 훨씬 뛰어나다는 사실을 증명할 완벽한 기회이기도 했다.

"좋아."

결정을 내린 캣이 말했다.

"두 사건을 모두 수사하도록 하겠다. 지금부터 타이론 월터스와 윌 로빈슨의 사건 파일을 둘 다 읽어보도록. 오늘 바로 실종자의 가족과 친구들을 모두 다시 조사한다. 내가 부모 쪽을 맡도록 하지. 하산과 브라운은 워릭 대학교에 가서 대학 보안 팀과 이야기를 나눠보도록. 당시 담당 경찰의 기록에는 CCTV 영상 자료 확보가 불가능했다고 적혀있다. 그 이유가 무엇인지 파악해야 해. 타이론 영상만 없었던 걸까, 아니면 당시 CCTV 영상이 모두 없던 걸까? 그것도 아니면 경찰 측에서 검토할 필요가 없다고 판단했던 걸까? 학교에 간 김에 기숙사 친구들과도 이야기해 봐. 특히 최초로 신고한 여학생은 빼놓지 말고."

"알겠습니다." 브라운이 대답했다.

"록은 사전 합의한 대로 프랭크 총경님과 동행합니까?" 오코네도 교수가 물었다.

"이 모습으로는 안 되죠."

캣이 록의 홀로그램 이미지를 가리키며 말했다. 진짜 인간도 아닌 기계가 인간을 흉내 낸 모습으로 하루 종일 그녀를 따라다닌다니, 마음이 안 내켰다. 필요 이상으로 목격자의 주의를 끌거나 그들을 산만하게 만들 수도 있다.

"설정해 놓은 이미지 네 개 중 하나를 선택하면 됩니다."

오코네도 교수가 검은 플라스틱 원의 버튼을 눌렀다.

"지금 이미지 외에도, 보수적인 집단을 고려한 백인 중년 남성의 이미지도 있고,"

통통한 대머리 남성이 나타났다. 그녀가 같이 일한 적 있는 흔하디흔한 경찰의 모습이었다.

"가정 폭력이나 성폭행 피해자를 조사하기 위한 젊은 여성의 이미지도 있습니다."

교수가 말을 이었다. 홀로그램 이미지가 배려심 있어 보이는 큰 눈의 이십 대 여성으로 바뀌었다.

"하지만 제일 마음에 드는 이미지는 이것입니다."

60센티 정도의 3D 피카츄 이미지가 셜록 홈스 모자를 쓰고 나타났다. "어린이나 심약한 목격자를 만날 때 활용하면 도움이 될 것입니다."

"와. 우리 계속 피카츄 이미지로 하면 안 될까요?"

하산이 그 앞에 쪼그려 앉으며 말했다.

"아니, 그럴 수 없어. 하산 경위, 이건 애완동물이 아니야."

캣이 오코네도 교수에게 몸을 돌렸다.

"우리에게 소개할 때는 왜 지금 보여준 세 이미지 중 하나를 사용하지 않았죠?"

오코네도 교수가 잠깐 멈칫했다.

"소설이든 현실이든 인간형 AI는 백인이거나 밝은 피부색인 경우가 많습니다. 저는 뛰어난 지성인은 모두 백인이라는 암묵적 전제를 깨고 싶었습니다. 그래서 록의 기본 설정을 젊은 흑인 남성으로 했습니다. 마침 디자인 최종 단계 때, 저의 영웅인 채드윅 보즈먼*이 세상을 떠났죠."

교수가 버튼을 한 번 더 누르자, 홀로그램이 피카츄에서 키가 크고 호리호리한 록의 모습으로 바뀌었다.

"채드윅 보즈먼을 똑같이 본뜬 것은 아닙니다. 그건 무례한 일이니까요. 하지만 그에게 영감을 받긴 했습니다."

그녀는 자기 창조물을 올려다보며 부드럽게 말했다.

그제야 캣은 록이 어딘가 낯익었던 이유를 깨달았다. 겉모습뿐 아니라 우아하면서도 위풍당당하게 움직이는 모습까지 그 유명 배우와 비슷했다. 록이 취한 자세와 분위기, 크고 솔직해 보이는

★ 영화 〈블랙팬서〉 주인공 역을 한 미국의 흑인 배우

눈도 마찬가지였다.

오코네도 교수가 다시 버튼을 누르자 록의 모습이 사라졌다.

"오디오 버튼을 누르시면, 팔찌형 스피커로도 사용할 수 있습니다. 물론 다른 사람 귀에도 록의 소리가 들리겠죠. 아니면 이 변환기를 귀 근처에 부착하실 수도 있습니다."

오코네도 교수가 견고해 보이는 팔찌에서 알약 크기의 검정 버튼을 분리해 캣에게 내밀었다.

"골전도 기술을 사용했기 때문에 록이 하는 말은 총경님 귀에만 들릴 것입니다. 변환기를 관자놀이 부근에 부착하면 됩니다. 어느 쪽이 더 좋으십니까?"

이 망할 기계를 창밖으로 던져버리고 싶은 마음이 굴뚝같았지만, 어쨌거나 캣은 이번 프로젝트 진행에 동의했다. 할 수 없이 한숨을 내쉬고 팔을 내밀어 록을 팔목에 끼웠다. 귀는 살아있는 것처럼 나타나는 존재를 붙이기에 너무 친밀한 신체 부위였다.

캣은 서류 가방을 들고 나가다가 문가에서 멈췄다. AI 때문에 화는 치솟지만, 새로운 팀원들에게 강한 동기부여가 필요했다.

"실종자가 시체로 발견될 확률은 1퍼센트 미만이다. 이 사실을 기억해라. 아직 두 청년을 살아있는 모습으로 발견할 가능성이 높다."

"정확히 말하면, 그 수치는 실종자 전체 중에서 1퍼센트입니다."

캣의 손목에서 갑자기 록의 목소리가 나왔다.

"실종 신고 후 일주일이 지났는데도 발견되지 않은 성인 실종자는 전체 중 단 4퍼센트에 불과합니다. 바로 타이론과 윌이 포함된 범주입니다. 현실적으로 봤을 때, 두 청년이 이미 죽었을 확률은 25퍼센트입니다."

5장

　문이 열렸다. 심장이 쿵 내려앉았다. 발걸음이 다가왔다. 바닥을 부드럽게 밟는 소리와 함께 탈취제 냄새가 났다. 강하고 톡 쏘는 냄새였다. 마치 자동차에 두는 소나무 향 방향제처럼 목을 칼칼하게 했다.

　그 사람이었다. 장갑 낀 사람.

　누구인지, 원하는 게 뭔지 다시 물어보려 했다. 하지만 머리만큼 혀도 잘 움직이지 않았다. 마비된 입에서는 침만 뚝뚝 흘러나왔다.

　발걸음이 멈췄다.

　그는 숨을 죽였다. 갑자기 두 손이 왼쪽 발목을 움켜쥐었다. 다리가 공중으로 몇 센티 들어 올려졌고 장갑 낀 손가락이 맨발을 샅샅이 훑었다. 발은 왜? 도대체 무슨 짓이지…? 발을 빼내려 했지만, 몸이 말을 듣지 않았다. 왼쪽 다리가 도로 침대 위에 놓였다. 장갑 낀 손이 이번에는 그의 오른쪽 발을 붙잡고 소름 끼치는 과정을 전부 반복했다.

날 그만 내버려 두라고 소리치고 싶었다. 놓으라고 말하고 싶었다. 하지만 장갑 낀 사람은 떠나지 않았다. 이윽고 침대 위로 그 사람이 다가오는 걸 느꼈다. 아주 미세하지만, 커피향이 났다. 두 손이 어깨와 엉덩이 위에 놓이더니 갑자기 몸이 뒤집혔다. 매트리스에 얼굴이 짓눌렸다. 장갑 낀 손가락이 허리끈 안으로 들어오더니 잠옷 바지를 밑으로 내렸다.

"안 돼!"

소리를 지르려 했다. 꿈틀거리며 몸을 뒤집으려 애썼다. 하지만 여전히 뜨거운 입김과 침으로 흠뻑 젖은 면 침대보에 얼굴이 짓눌린 상태였다. 눈은 가려져 있었고 코는 찌그러졌다. 입은 쓸모없이 침묵만 지켰다. 장갑 낀 손이 다시 접근하는 순간을 상상하자 공포심으로 심장이 터질듯했다.

숨을 죽이고 계속 기다렸다. 하지만 맨살 위로 차가운 공기만 느껴졌다. 장갑 낀 손가락이 허리끈을 당기며 바지를 도로 올렸다. 한 손은 어깨에, 다른 한 손은 엉덩이 위에 올라왔다. 몸이 뒤집히며 등이 침대에 닿자, 땅에 던져진 물고기처럼 숨을 헐떡였다. 마음을 바꾼 건가? 이제 안전한 걸까?

그는 아무런 말도 없었다.

들을 수 있는 소리라곤 멀어져가는 발걸음 소리뿐이었다.

찰칵하며 문이 열렸다. 그리고…

멀리서 누군가가 울부짖는 소리가 들렸다. 누군가가 "안 돼!"라며 흐느끼고 있었다. 문이 닫히자, 아무 소리도 들리지 않았다. 하지만 귀에서 그 소리가 계속 맴돌았다. 젊은 사람 같았다. 젊은 남자의 목소리. 완전히 공포에 떠는 목소리였다.

6월 27일 오전 11시 55분.
버밍엄 핸즈워스, 타이론 월터스의 집

핸즈워스는 버밍엄 중심부에서 북쪽으로 2킬로미터 가량 떨어진 동네였다. 이곳은 록이 쉴 새 없이 내뱉은 정보에 나온 것처럼 영국에서 가장 가난하고 인구밀도가 높은 지역 중 하나였다. 캣이 운전하는 동안 록은 핸즈워스의 저소득층과 실업률에 관련된 온갖 통계자료를 떠들어댔다. 록은 지역 인구의 88피센트가 이민자라고 말하며 결론을 말했다.

"핸즈워스는 1981년 폭동 사태로 잘 알려진 지역입니다. 당시 경찰이 흑인 청년들을 과잉 검문했고, 결국 이 일은 1985년, 1991년, 2011년 로젤스 지역의 추가 폭동으로 이어졌습니다."

"알아. 웨스트미들랜즈에서 근무했을 때, 여기를 담당한 적 있거든."

캣은 남자들이 거들먹거리며 설명하는 일에 꽤 익숙했다. 하지만 이 빌어먹을 기계마저 그녀에게 설녕을 늘어놓다니 기가 막힐 노릇이었다.

1981년과 1985년의 폭동은 다행히 캣이 경찰이 되기 전에 일어났다. 하지만 그 후 경찰 대학을 막 졸업한 사회 초년생이었던 캣은 폭동의 후유증을 수습하기 위해 상처 입고 냉담해진 지역 사회에서 신뢰를 얻으려 고군분투해야 했다. 첫해에는 경찰을 그만둘 뻔도 했다. 도움이 필요한 시민들로 인해 힘들 것은 미리 마음의 준비를 해 괜찮았지만, 경찰 내부 동료들과의 계속되는 싸움은 미처 대비하지 못했다. 당시 경찰은 종종 복수심에 불타올라 인종차별적 행동을 보이기도 했다. 맥리시가 없었다면 캣은 경찰을 그만뒀을 것이다. 맥리시는 웨스트미들랜즈 지역을 맡은 후 썩은 사과 몇 개만 걸러내는 게 아니라 냄새나는 과일통 전체를 갖다 버렸다. 그 일로 맥리시는 경찰 내 인망을 대거 잃었고, 몇몇 무리가 그를 끌어내리려 했다. 하지만 나중에 캣이 소속된 작지만 신뢰할만한 팀의 도움으로 맥리시는 휘하 경찰을 무사히 21세기로 이끌었다.

캣은 포장도로 뒷면에 좁게 늘어선 2층짜리 주택들을 바라보았다. 사람들은 핸즈워스라는 단어를 들으면 여전히 '폭동'이란 단어만 떠올렸다. 이 작은 동네가 제임스 와트와 조앤 아마트레이딩, 매튜 볼턴과 벤자민 스바니야의 고향이라는 사실을 알지도 못 했고, 신경 쓰지도 않았다. '강한 공동체 의식'이란 단어가 남용될 때도 많지만, 이 동네는 달랐다. 핸즈워스에서는 주변 사람에게 무슨 일이 생기면 이웃 주민과 친구들이 나섰다. 그리고 그 사람이 제 발로 다시 일어설 때까지 붙잡아주고 지탱해 준다. 캣은 근무 당시 이 사실을 알게 되었다. 통계자료는 핸즈워스가 얼마나 '가난'하고 '이민자'가 많은 동네인지 알려주지만, 이곳 주민들이 얼마나 친절하고 심지가 강한지는 말해주지 않는다.

차창 밖으로 월터스 부인의 집을 자세히 살펴보았다. 작고 좁은 집은 주변 집들과 똑같이 붉은 벽돌로 된 빅토리아풍 테라스가 있었고 정원은 없었다. 하지만 현관문 양옆으로 붉은색과 분홍색의 제라늄 꽃이 가득 피어있는 바구니가 달려있었다. 지금 같은 더위에도 불구하고 꽃은 시들거나 말라 죽지 않았다. 좋은 신호였다. 집 밖에서 잊힌 채 말라 죽은 식물은 보통 집 내부 역시 방치되고 쇠락했다는 첫 번째 경고 신호였다.

캣은 손목에 채워진 낯선 장치를 만져보았다. 아직도 음성이 켜져 있는지 먼저 확인해야 했다.

"대화는 내가 알아서 할게. 예상치 못한 폭탄 발언은 이제 사양하고 싶으니까." 캣이 말했다.

"폭탄이요? 무슨 말씀인지 이해하지 못했습니다."

"당연히 그렇겠지. 그러니까 내가 묻기 전까지는 아무 말도 하지 마. 이런 간단한 지시사항은 이해하겠지?"

"네, 알겠습니다. 다만, 왜 여기까지 직접 왔는지 이해가 되지 않을 뿐입니다."

"타이론의 엄마를 만나기 위해서지."

"여기까지 차로 운전해 오는 데 54분이 걸렸습니다. 총경님이 월터스 부인과 이야기하는 데 적어도 두 시간이 소모될 것이며, 그 후 본부로 돌아가는 데 화장실 가는 시간을 제외하고도 68분이 걸릴 것입니다. 즉, 총경님은 이미 보고서에 나와 있는 정보를 다시 수집하는 데 총 4시간 2분, 거의 근무 시간의 반을 사용하게 됩니다. 왜 이런 행동을 하시는지 이해되지 않습니다."

"사건 재수사의 핵심은 목격자 진술서와 조사 내용을 다시 살펴보는 데 있어. 당시 놓친 점이 있나 확인해야 해.”

“줌 같은 화상 프로그램이나 휴대폰으로 하는 것이 훨씬 효율적입니다.”

“실종되기 전에 타이론이 어떤 사람이었는지, 타이론의 가족은 어떤지 직접 느껴볼 필요가 있어. 휴대폰으로는 할 수 없는 일이지.”

“경치 좋은 운하용 배를 타고 스트랫퍼드—어폰—에이번으로 가면 더 멋지게 ‘느낄’ 수 있습니다. 그런데도, 사람들은 이제 자동차를 더 빠르고 효율적인 교통수단으로 받아들였습니다.”

“록, 난 형사과 총경이야. 네 상사고. 내가 내린 결정을 네게 해명할 필요가 없지. 내 결정이 싫다면, 넌 그냥 차 안에 있거나 아니면 클라우드 서버 같은 곳에 조용히 있어. 여기 두고 갈 테니까.”

“아닙니다. 저는 딥 러닝 하도록 프로그래밍 되어 있습니다. 월터스 가족의 집으로 총경님과 함께 가겠습니다. 총경님의 결정에 회의적이기는 하지만, 무언가 학습할 가능성도 있다고 생각합니다.”

“똑바로 행동하는 게 좋을 거야.” 캣이 차에서 내리며 중얼거렸다.

“총경님 말씀은 제가 복종하는 태도를 보여야 하고, 총경님의 결정 사항에 반문하면 안 된다는 뜻입니까?”

“내 말은 네가 그 빌어먹을 입 좀 닥쳤으면 좋겠다는 뜻이야.”

캣이 차 문을 쾅 닫은 후 인도로 성큼성큼 걸어갔다. 집 앞에서 초인종을 엄지손가락으로 세게 눌렀다.

불안해 보이는 표정의 마른 여성이 문을 열었다. 캣을 보고는 놀란 듯 숨을 들이마셨다. 캣은 15년 넘게 경찰복 대신 여성복 브랜드인 홉스에서 예산이 허락하는 한 최고급 바지정장을 사복으로 사 입었다. 하지만 어찌 된 셈인지 사람들은 항상 그녀가 경찰이라는 사실을 알아챘다.

월터스 부인이 가슴에 손을 얹었다.

"타이론 일인가요? 우리 애를 찾으셨어요? 타이론은 괜찮나요?"

부인의 눈에 떠오른 희망의 빛을 보자 안타까운 마음이 들었지만 애써 동정심을 눌렀다. 캣은 자신의 방문을 미리 알리지 않았다. 경찰을 마주한 부모의 즉각적인 반응을 보는 것은 언제나 유용했기 때문이다. 또한 나쁜 소식을 전해야 하는 상황이 아니면, 말의 첫마디를 '죄송하지만'이나 '안타깝지만'으로 시작하면 절대 안 된다는 것도 오래전에 터득했다. 할 말은 짧고 간결하게 해야 했다.

"아드님 관련 새로운 소식은 없습니다. 저는 캣 프랭크 총경입니다. 아드님 사건의 재수사를 담당하고 있지요. 안으로 들어가 이야기를 나눌 수 있을까요?"

월터스 부인은 순식간에 힘이 쭉 빠진 듯했다. 그녀는 무슨 말을 하려는 듯 입을 열었다가 이내 자기가 내뱉을 말을 견딜 수 없다는 듯 다시 입을 다물었다. 월터스 부인이 고개를 끄덕이자, 캣은 그녀를 따라 좁은 복도로 들어섰다. 둘은 작은 응접실을 지나서 뒤쪽의 부엌으로 향했다.

"차 한 잔 하시겠어요?"

캣은 보통 이런 대접을 사양했다. 사람들을 도우러 온 것이지 일을 시키러 온 것이 아니기 때문이다. 하지만 월터스 부인은 마음을 추스를 시간이 필요해 보였다. 캣은 감사를 표하며 차를 마시겠다고 했다.

부엌은 작지만 아늑했다. 하얀 가구들과 깔끔한 원목 상판, 그리고 뒷문 근처의 작은 식탁이 아늑함을 더했다. 해가 잘 비치는 창턱에는 싱싱한 초록빛 허브 잎이 유리병에 든 채 줄지어 놓여 있었다. 뒷문에 놓인 빨래 바구니에는 막 세탁한 옷들이 담겨 있었다. 캣은 눈에 익은 남색 유니폼을 발견했다.

"간호사이신가요?"

월터스 부인이 손에 우유를 들고 뒤를 돌아봤다.

"네. 킹 윌리엄 병원에서 수간호사로 일해요. 타이론이 실종된 후 처음에는 병원에서 배려 차 휴가를 줬어요. 하지만 하루 종일 여기 앉아서 누군가 문을 두드리거나 전화가 오기만을 기다리는 시간이 고문 같았죠. 차라리 일하는 게 나아요."

부인은 식탁 위에 놓인 메모판을 멍하니 바라보았다. 메모판은 아직 작년도 A레벨 수업 시간표와 학습 계획으로 가득 차 있었다.

"우유 넣을까요?"

"네, 감사합니다."

월터스 부인은 컵 두 개과 비스킷 한 접시를 식탁 위에 놓으며 캣에게 앉으라고 손짓했다. 바로 앞에 놓인 휴대폰의 배경 화면에는 타이론의 웃는 얼굴이 있었다.

"그러니까, 아직 아무 소식도 없는 거군요."

부인이 믿을 수 없다는 듯 캣의 말을 되풀이했다.

캣이 고개를 저었다. 그리고 자신이 이끄는 재수사에 대해 설명한 후 연구 프로젝트 안내문을 건넸다.

"연구 프로젝트라고요?"

월터스 부인이 날이 선 목소리로 물었다.

"지금 연구 때문에 오신 거라고요?"

"아뇨, 죄송합니다. 제 설명이 명확하지 못했군요. 이번 프로젝트는 아드님 사건에 대한 공식적인 전면 재수사입니다. 저는 형사과 총경으로서 이번 재수사를 이끌고 있습니다. 안내문은 단지 AI 수사관 록이라는 인공지능 컴퓨터의 보조를 받아 수사한다는 내용일 뿐입니다."

캣은 팔을 들어 손목에 찬 장치를 보여주었다. 월터스 부인은 여전히 혼란스럽고 불안해 보였다. 걱정되긴 했지만 어쩔 수 없이 록의 홀로그램 이미지를 켰다.

키가 크고 호리호리한 록이 부엌 찬장 앞에 나타났다.

월터스 부인이 벌떡 일어났다. 그녀는 록의 눈을 응시했다.

"정말 진짜 같네요. 그리고 어딘가 눈에 익어요."

부인은 록의 어깨에 손을 뻗었다. 손이 어깨를 통과해 뒤쪽 찬장에 닿자 깜짝 놀라 숨을 들이켰다.

록은 전혀 움직임이 없었다.

"유령 같아요."

월터스 부인이 작게 속삭였다. 그녀는 깔끔한 파란 정장에, 검은 피부와 대비되는 눈부신 하얀 셔츠를 입은 록을 바라보았다.

"아주 잘생긴 유령이요."

"그냥 컴퓨터가 만든 홀로그램 이미지일 뿐입니다."

캣은 록을 외면한 채 동의서를 꺼내며 말했다.

"그 이상의 의미는 없습니다. 워릭 대학교의 AI 전문 교수가 수사에 활용되는 AI의 유용성에 대한 정보를 수집할 것입니다. 하지만 월터스 부인, 장담컨대 경찰에게는 사건 수사가 절대적으로 최우선입니다. 단지 최신 기술을 활용해 수사에 도움을 받을 뿐이죠. 물론 부인이 동의하신다면요."

월터스 부인이 고개를 끄덕였다.

"당연히 동의해야죠. 병원도 AI를 사용해 환자 진단에 도움을 받습니다. 그래서 AI의 유용함을 잘 알죠."

캣은 차와 함께 씁쓸한 대답을 꿀꺽 삼켰다.

"타이론은 컴퓨터나 새로운 IT 기술을 좋아했어요. AI와 함께 사진을 찍어도 될까요?"

"어… 원하신다면요."

캣은 록의 홀로그램 이미지를 켜는 것이 내키지 않았다. 하지만 아들에 대한 새로운 소식이 없자 크게 실망했던 월터스 부인이 다행히 홀로그램 덕에 감정을 누그러뜨렸다. 캣은 나중에 타이론에게 보여주려 AI와 사진을 찍겠다는 부인의 말에 관심이 갔다. 월터스 부인은 아들이 돌아올 것을 굳게 믿고 있었다.

부인은 록과 사진을 찍었다(록은 자기보다 훨씬 작은 여성에게 홀로그램 팔을 두른 후, 마치 유명인이라도 된 양 씩 웃었다. 젠장.). 캣은 남은 차를 단번에 들이키고는 컵을 식탁에 내려놓았다. 이제 진짜 일을 시작할 시간이었다.

"월터스 부인, 저는 아드님을 찾기 위해 최선을 다할 예정입니다. 하지만 그 전에 부인께 몇 가지 질문을 해야 합니다. 이미 전에도 여러 차례 답하셨던 질문이겠지요. 화를 내셔도 충분히 이해합니다. 하지만 제가 귀찮아서 사건 기록을 읽지 않고 같은 질문을 반복하는 게 아니라는 점만 알아주세요. 동일한 질문을 다시 받을 때, 의외로 새로운 사실이 기억날 수도 있습니다. 저는 이 사건을 처음 접했기 때문에, 전에는 간과했던 부분을 찾아낼 수도 있고요. 동일한 질문 과정을 반복해도 괜찮을까요?"

"물론이죠. 아들을 찾을 수만 있다면 무슨 일이든 할 거예요. 필요하면 언제든, 원하시는 만큼 질문하세요."

"이해해 주셔서 감사합니다. 타이론이 어떤 청년이었는지부터 시작할까요? 저도 비슷한 또래의 아들이 있거든요. 지금은 세상 쿨한 척하고 다니지만, 속은 아직 여덟 살 때와 똑같이 컴퓨터에

푹 빠진 괴짜죠."

처음으로 월터스 부인이 미소를 지었다.

"타이론이랑 정말 똑같네요. 그 애는 게임을 많이 했어요. 뭐, 너무 많이 했죠. 하지만 게임 코딩도 직접 했답니다."

캣이 고개를 끄덕였다.

"타이론은 명문고인 핸즈워스 그래머스쿨에 다녔죠. 분명 아주 똑똑했겠군요. 학교에서는 어땠나요? 친구가 많았나요? 여자 친구도 있었겠죠?"

월터스 부인이 고개를 갸웃기렸다.

"타이론은 수줍음이 많았어요. 친한 친구는 몇 명 있었지만, 친구들과 온라인으로 노는 것을 더 좋아했죠. 제가 아는 한 여자 친구는 없었고요."

"혹시 사이가 안 좋은 사람이 있었나요? 깡패나 경찰이랑 문제가 있었던 적은 있나요?"

"아니요. 그 아이는. 절대. 그런 아이가. 아니에요."

월터스 부인이 마치 키를 한 뼘 부풀리듯 숨을 깊이 들이마셨다.

"타이론은 십 대 흑인 남자애치고는 운동을 그다지 좋아하지 않았어요. 문제아들과 어울리지도 않고, 약도 하지 않았죠. 컴퓨터를 하지 않을 때면 여기 앉아 숙제를 하거나 저와 이야기 나누는 것을 제일 좋아했어요."

식탁을 두드리는 월터스 부인의 목소리가 떨렸다.

"제 아들은, 타이론은, 착한 아이예요. 아무리 말해도, 당신들이 들으려 하지 않을 뿐이죠."

"압니다. 사건 파일을 보면 알 수 있죠. 하지만 죄송하게도, 이런 질문을 해야만 합니다."

월터스 부인은 떨리는 손으로 차를 한 모금 삼켰다.

"대학 생활은 어땠나요? 타이론이 특별히 좋아하거나 싫어하던 학생이 있었나요?"

"대학 친구들 이야기는 그다지 안 했어요. 저도 꼬치꼬치 캐묻지 않았고요. 기숙사 친구들이 잘 어지르기는 하지만 대체로 착하다고 했어요. 정치학 수업을 같이 듣는 밀러라는 친구가 있어서 도움이 된다고요. 그리고 한 명 더 있었는데…"

"누구죠?"

"글쎄, 농담이라고 생각하긴 하지만. 크리스마스 휴가에 집에 와서 정치 문제로 기숙사 친구 한 명과 사이가 조금 틀어졌다고 했어요. 딕이란 이름처럼 멍청하고 성격도 거지같은 녀석이라고요."

"딕이요? 성도 아시나요?"

"아니요, 죄송해요. 제가 좀 더 주의 깊게 들어보고 물어봤어야 했는데."

"괜찮습니다. 아들이 어떤지는 저도 잘 알죠. 크리스마스 휴가 때는 언제 보였나요? 타이론은 몇 년 전 아버지를 잃었더군요. 크리스마스가 특히 힘든 시간이었겠죠."

월터스 부인이 두 손을 꽉 맞잡았다. 깡마른 손의 뼈가 두드러져 보였다.

"맞아요. 타이론은 아빠의 죽음을 무척 슬퍼했어요. 앞으로도 그렇겠죠. 하지만 남편인 트레버가 죽은 지도 5년이 지났어요. 이제는 받아들였고요. 사실 아빠의 죽음이 타이론에게 동기 부여가 되었어요. A레벨 수업들 하며… 대학에 간 것도 전부 아빠에게 자랑스러운 아들이 되기 위해서였죠."

"크리스마스 기간에 평소와 다른 모습이나 행동을 보였거나, 아니면 기억에 남는 말을 한 적 있을까요?"

"하루도 빠짐없이 매일매일 내 자신에게 물어 봐요. 타이론의 기분이 안 좋아보였나? 내가 뭔가 놓친 걸까? 일하느라, 크리스마스 쇼핑을 하느라, 칠면조 요리를 하느라 바빠서 내 아들이 행복하지 않았는데 그것도 못 알아챈 걸까?"

월터스 부인은 꼭 쥔 두 손을 턱까지 들어 올렸다.

"우리가 크리스마스에 나눈 이야기를 단어 하나하나 계속 곱씹어봤어요. 진심으로 타이론은 괜찮아 보였거든요. 아마 다들 그렇겠지만, 저 역시 그 애가 대학에 잘 적응하지 못할까 봐 걱정했어요. 그렇게 오랫동안 집을 떠나본 적이 없으니까요. 꽤 주의 깊게 타이론을 살펴봤죠. 내게 말한 것뿐 아니라 말하지 않은 것까지 들으려고 애썼어요. 무슨 말인지 아시죠?"

캣은 너무나 잘 알았다. 그녀 역시 캠 주변을 계속 맴돌며 영원히 끝나지 않을 부모의 궁금증을 풀어보려 했다. '평범한 대화'처럼 저녁에 무얼 먹고 싶은지 물어보거나, 캠 옆에서 넷플릭스를 같이 보며 등장인물이나 줄거리 이야기를 하면서도 아들이 잘 지내는지 유심히 관찰하곤 했다.

"집에 돌아왔을 때 키가 좀 자란 것 같았어요. 집 밥을 먹지 않아서인지 살짝 말라보였고요. 하지만 여전히 내 아들 타이론이었어요."

월터스 부인이 눈물을 닦아내는 동안 캣은 가만히 기다렸다. 분위기를 가볍게 하려고 말을 돌렸다.

"아드님은 연락을 잘하는 편이었나요? 제 아들은 완전히 엉망이에요. 항상 '배터리가 다 닳았다'고 하죠."

월터스 부인이 미소 지었다.

"타이론은 항상 문자를 보냈어요. 우스꽝스러운 짧은 문자들이요. 하지만 정말 재밌었어요. 제게 도움이 되었거든요."

"문자를 볼 수 있을까요?"

월터스 부인이 버튼을 몇 개 누른 후 망설임 없이 휴대폰을 건넸다. 나라면 저렇게 선뜻 휴대폰을 건넬 수 있을까? 캣은 의문이 들었다.

아마 캠에게 보낸 잔소리 문자들 몇 개는 삭제해야겠지?(너 어디 있니? 답 좀 할래??? 여.보.세.요.???)

캣은 타이론이 엄마에게 보낸 많은 문자를 빠르게 훑어보았다. 타이론의 문자 내용은 사건 파일에도 기록되어 있기 때문에 하나하나 자세히 읽지는 않았다. 타이론은 일주일에 몇 번, 간혹 하루에 몇 번씩 엄마에게 문자를 보냈다. 다만 타이론이 보낸 문자는 그냥 문자가 아니었다. 캠이 보낸 평범한 문자(저녁 뭐예요? 열쇠 안 가져왔는데, 엄마 깨어 있어요? 죄송, 배터리가 다 닳았어요.)와는 달랐다. 그것은 아들과 엄마가 나눈 진짜 대화였다. 서로 문자를 주고받으며 재미있는 이모티콘과 밈이 공유되던 문자는 1월 27일 이후 갑자기 멈췄다.

캣은 휴대폰을 월터스 부인에게 돌려줬다.

"아드님이 연락을 자주 했네요."

캣은 살짝 질투심이 일기도 했다. 일단 캠이 대학에 가고 나면 지금보다 대화다운 대화를 나눌 수 있을까?

그때 록이 말을 했다. "경찰은 타이론이 실종된 직후에 통신사로부터 전화 기록을 받았습니다. 도움이 된다면, 타이론이 누구와 전화나 문자를 주고받았는지 제가 분석할 수 있습니다."

"그래. 고마워, 록."

캣이 퉁명스럽게 답했다. 아까 분명 조용히 하라고 했건만.

캣의 손목 장치에서 빛이 쏟아져 나왔다.

"대체 이게 무슨…?" 캣이 투덜거렸다.

"타이론의 휴대폰 사용기록 분석입니다." 록이 말했다.

식탁 위로 밝은 색의 3D 원그래프가 나타나자, 록이 양손을 좌우로 벌렸다.

캣이 미처 멈추라고 말하기도 전에 록이 빠른 속도로 타이론의 통화 기록을 요약하기 시작했다. 그들 앞에 보이지 않는 터치스크린이라도 있는 것처럼 원그래프를 손가락으로 톡톡 두드리며 설명했다.

"타이론 월터스는 하루에 약 90개의 문자를 보냈습니다. 십대 청소년의 하루 평균 문자 사용량인 128개에 비하면 약간 적습니다. 문자를 보낸 사람을 비교 분석하자면,"

새로운 원그래프가 나타났다.

"문자의 62퍼센트가 휴대폰 전호번호부에 저장되어있는 밀리 바빙턴에게 보내졌습니다. 20퍼센트는 어머니에게, 12퍼센트는 학교 친구로 추정되는 사람들에게 보내졌습니다. 나머지 6퍼센트는 청구서, 약속, 숙제 알람 같은 '다른' 분류가 차지하였습니다. 또한 시간대별 분석도 가능합니다."

그래프 몇 개가 즉시 추가되었다.

"각각 사람별로 말씀드리면, 기숙사 친구인 밀리 바빙턴에게는 늦은 밤이나 이른 아침에 문자를 보내곤 했습니다. 어머니에게는 오후 5시에서 6시 30분 사이에 보냈습니다."

월터스 부인이 마치 살아있는 사람을 대하듯 록을 바라보았다.

"타이론은 제가 야간근무 하는 것을 아니까요. 제가 병원으로 출발하기 전인 늦은 오후 시간에 문자를 보내곤 했어요."

그녀는 말을 멈추더니 다시 눈물을 훔쳤다.

"그래서 타이론의 마지막 문자가 이상하다는 거예요."

"무슨 말씀이시죠?" 캣이 물었다.

"실종되던 바로 그날, 타이론이 아침에 문자를 보냈거든요. 그 아이가 절대 하지 않던 행동이죠. 제가 보통 그 시간대에는 자고 있으니까요. 그리고 문자가 타이론의 말투 같지도 않았어요. 당시에도 경찰에게 뭔가 잘못되었다고 말했었죠."

캣이 얼굴을 찌푸렸다.

"그 문자를 자세히 볼 수 있을까요?"

월터스 부인이 고개를 끄덕인 후 휴대폰에서 문자를 찾았다.

"비밀번호를 알려주시는 것에 동의해 주신다면, 타이론이 어머니께 보낸 문자를 모두 확인해 볼 수 있습니다." 록이 말했다.

"말했잖아요. 아들을 찾을 수만 있다면 뭐든지 할 거라고요. 무슨 자료든 접속해도 돼요."

1월 27일 오전 9시 2분에 타이론이 보낸 마지막 문자가 그들 앞에 커다란 말풍선 모양으로 나타났다.

헤이, 엄마. 며칠 머리 좀 식혀야겠어요. 그거 말하려고 문자 보내요. 당분간 내가 문자 안 보내도 너무 걱정 마요. 난 잘 지내요. ㅅㄹㅎ. 아들

"마지막 문자와 타이론이 보낸 이전 문자들 사이의 문체 비교 분석을 시행하였습니—"

"록, 잠깐만. 전에는 이 문자를 본 적이 없잖아. 문체 분석에 대해 논의한 적도 없고."

"마지막 문자와 지난 6개월간 전송된 문자 사이의 언어 유사성

과 차이점을 비교 분석하는 데 1.6초 밖에 걸리지 않습니다. 사용된 용어, 비속어, 공통적으로 나타나는 철자 오류 같은 문제에 집중하면 됩니다."

록이 말풍선 이미지에 손을 뻗고 손가락으로 우아하게 원을 그리자, 핵심 단어에 붉은 동그라미가 쳐졌다.

"타이론이 과거 엄마에게 보낸 문자 중 '헤이'으로 시작한 문자를 찾을 수 없습니다. 또한 전에는 어머니라고 썼지, 엄마라고 한 적이 없습니다. 이 문자에서 '보네도'라는 단어의 철자가 틀렸습니다. 과거 문자에서 그의 철자 오류 확률은 17퍼센트에 불과합니다. 또한 마지막에 '사랑해'를 'ㅅㄹㅎ'라고 적었군요. 타이론의 이전 문자에서는 본 적 없는 줄임말입니다. 저의 문체 비교 분석에 따르면, 이 문자를 타이론이 보냈을 가능성은 5퍼센트 미만입니다."

"록, 그만해."

월터스 부인이 손을 심장에 얹자, 캣이 날카롭게 말했다.

"아뇨. 전 괜찮아요. 이게 무슨 뜻인지 알아야겠어요. 제발 말씀해 주세요."

록은 크고 맑은 눈으로 월터스 부인을 쳐다보았다.

"다른 누군가가 타이론의 휴대폰으로 문자를 보냈다는 뜻입니다. 아들인 척하면서요. 아니면 타이론이 강압에 의해 이 문자를 보냈을 수도 있습니다. 일부러 이런 실수를 해서 은밀하게 도움을 청한 것일 수도 있습니다."

록의 폭탄선언에 세상이 잠시 멈춘 듯한 침묵이 이어졌다. 곧 월터스 부인이 울음을 터뜨렸다.

"그럴 줄 알았어요. 내 아들에게 무슨 일이 생긴 줄 알았다고요. 타이론, 불쌍한 내 아들."

캣은 문자 이미지를 없애라는 뜻으로 록에게 쉿 소리를 냈다.

"정말 죄송합니다. 부인 앞에서 이런 추측성 발언을 해서는 안 되는데. 록의 문자 분석 결과는 아직 검증 전의 내용입니다. 정말 해서는 안 되는—."

"아니요. 사과하지 마세요. 저 문자가 뭔가 이상하다는 건 이미 알고 있었어요. 답 문자를 보내고 전화도 했지만 타이론은 대답이 없었죠. 잘 시간까지도 아무 연락이 없었어요. 전에는 한 번도 그런 적이 없었거든요. 다음날 너무 걱정되었지만, 아마 여자 친구를 만났겠지 하고 넘어갔어요. 그래서 학교로 전화하지 않았죠."

월터스 부인이 눈물을 닦았다.

"내 직감을 믿고 학교에 전화했어야 했는데."

"너무 자책하지 마세요." 캣이 말했다.

"마지막 문자를 떠올리고 공유해주신 것만 해도 아주 잘 하신 겁니다. 수사에 큰 도움이 될 겁니다. 아직은 아드님에게 무슨 일이 일어났다고 단정 짓기 일러요. 혹시 실례가 안 된다면, 떠나기 전에 타이론의 침실을 잠깐 볼 수 있을까요? 타이론에 대해 자세히 아는 데 도움이 될 것 같아서요."

월터스 부인이 위층으로 향하는 좁은 계단으로 안내했다. 캣은 사람들이 대부분 이런 요구를 쉽게 받아들인다는 사실에 항상 놀랐다. 그녀는 문 앞에서 잠깐 멈췄다. 부모가 방에 같이 들어갈 경우 부모의 감정이 수사에 방해가 된다는 사실을 이미 여러 차례 경험했다. 캣은 월터스 부인에게 아래층에서 타이론의 학교 친구들 목록을 작성해 달라고 요청했다.

부인이 아래층으로 내려간 후 캣은 낮은 목소리로 록을 질책했다.

"대화는 내가 하겠다고 한 걸로 기억하는데?"

"총경님은 먼저 말을 걸면 대답해도 된다고 하셨습니다. 월터스 부인이 저에게 말을 걸었습니다. 그리고 총경님도 타이론의 휴대폰 사용기록 분석이 유용하다는 데 동의하셨습니다."

"그런 적 없어!"

"사용기록 분석을 제안했을 때 정확히 다음과 같이 말씀하셨습니다. '그래. 고마워, 록.'이라고요."

"그건 명백하게 하지 말라는 의미였지."

"전혀 명백하지 않았습니다."

"말투를 보라고, 록. 말투. 그때 이를 악물고 이야기했잖아."

"아, 지금처럼 말입니까?"

"그래, 딱 지금처럼 말이야."

"즉, 총경님이 '돼'라고 해도 실제로는 '안 돼'를 의미한다는 겁니까?"

"그게 아니라! 이런 망할, 록."

캣은 머리를 확 쓸어 넘겼다.

"핵심은 이거야. 너의 분석이 유용하다는 데는 동의했지만, 불쌍한 어머니 앞에서 너의 초동 조사 결과를 까발리는 데는 동의하지 않았다고. 걱정에 휩싸여 슬퍼하는 부모라는 사실을 배제하고 생각해 봐. 만약 부모가 용의자로 밝혀진다면? 아니면 어떤 목격자에게도 알리고 싶지 않은 민감한 정보를 네가 흘린 거라면, 그땐 어떻게 할 거야?"

이번만은 록이 아무 대답도 하지 못했다.

"총경님 말씀이 맞습니다."

마침내 록의 입에서 이 말이 나왔다.

"사과드립니다. 결과를 공유하는 데 있어 사회·환경적 맥락을 고려하지 못 했습니다. 이번 일에서 얻은 학습 결과를 제 알고리즘에 업데이트하겠습니다."

록의 완벽한 사과 덕에 캣도 조금은 화가 식었다. 그렇지만 오코네도 교수에게 음소거 버튼의 위치는 물어볼 작정이다. 록이 또 다시 이런 일을 일으킬 위험을 감수할 필요는 없다.

"브라운과 하산에게 분석 결과를 보내고, 대학교에 간 김에 밀리 바빙턴과 딕이라 불리는 기숙사 친구를 조사하라고 해. 밤늦게 친구들과 무슨 문자를 주고받았는지 확인해야겠어."

캣은 심호흡했다. 월터스 부인을 조사하면서 생긴 감정적 여파를 모조리 비워냈다. 그리고 방문을 열었다. 타이론의 방은 크지 않았다. 밑에 책상이 딸린 이케아 벙커 침대와 책장 두 개, 빈백 소파와 하얗게 칠한 작은 옷장만으로도 방이 꽉 찼다.

그녀는 책상으로 다가갔다. 컴퓨터가 있던 것으로 보이는 텅 빈 공간을 눈여겨봤다. 옆에는 하얀 헤드폰과 고정 마이크 세트가 있었다. 오른쪽 벽면에는 학업 증명서로 가득 찬 코르크 게시판이 있었다. 타이론이 초등학교에서 받은 수학 경시대회 상장들과 9학년 물리 올림피아드 참가 증명서, GCSE 과정의 학업 성취도 증명서와 워릭 대학교 입학 통지서를 훑어보았다. 한 증명서의 도르르 말린 끝자락을 들추자, 그 밑의 색이 더 어두운 것을 알아챘다. 록에게 사진을 찍어 사건 파일에 추가하라고 했다.

"총경님, 이 모든 게 이미 경찰 자료에 있는 정보인 것을 아십니까? 타이론의 학업 증명서는 학교 기록부에 모두 나와 있습니다. 다시 한 번 말씀드리지만, 이건 총경님 시간을 비효율적으로 사용하는 일입니다."

"다시 한 번 말하지만, 네 말은 완전히 틀렸어. 상장이나 증명서 자체로는 새로울 게 없지. 하지만 타이론이 이것들을 침실 벽에 붙였다는 게 중요해. 이런 행동은 스스로 학업 결과에 자부심을 느꼈고 워릭 대학교 합격에 기뻤다는 점을 의미하지."

캣은 더 말해주려고 입을 열었다가 멈칫했다. 이런 설명이 무슨 의미가 있지? 대체 기계가 아이 침실의 중요성을 이해할 수 있을까? 침실은 아이가 세상에서 유일하게 진짜 자신의 본모습으로만 있을 수 있는 장소다. 물론 요새 아이들은 예전처럼 자신을 드러내지 않기는 했다. 전에는 십 대 청소년들이 흥밋거리나 취미를 벽에 도배해 놓고, 그다지 비밀이 지켜지지 않는 일기장을 베게 밑이나 서랍 속에 숨겨놓은 채 속마음을 휘갈겨 써놓곤 했다. 요즘 사춘기 청소년의 꿈과 희망은 대부분 쉽게 사라져 버리는 스냅챗*의 세계에 존재하거나 비밀 인스타그램 계정에 숨겨져 있다. 그럼에도 불구하고 침실은 여전히 아이들이 메시지를 입력하고, 삭제하고, 읽고, 공유하는 장소였다. 이곳에서 그 모든 일이 일어난다.

캣은 책상 의자 위에 두 손을 올린 채, 타이론이 여기서 얼마나 많은 시간을 보냈을지 머릿속에 그려보았다. 엄마에게 '딱 십 분만 더' 게임을 하겠다고 애원하기도 했을 것이다. 그리고 이제 그 엄마는 아들이 컴퓨터 앞에 다시 앉을 수만 있다면, 집에 무사히 돌아올 수만 있다면, 아마 무엇이든 하게 해 줄 것이다. 이 빈 의자가 캠의 것이라면 어떤 기분이 들지 상상하자 눈물이 차올랐다. 따끔거리는 두 눈을 감아야 했다.

"총경님, 뭐 하고 계십니까?" 록이 물었다.

"그냥 타이론의 모습을 그려보는 것뿐이야." 캣이 눈을 뜨며 말했다. "아마 타이론은 인생의 절반을 여기서 보냈겠지."

몸을 기대고 있던 의자에 갑자기 타이론이 나타났다. 캣은 깜짝 놀랐다. 몇 초가 흐른 후에야, 타이론이 3D 이미지일 뿐이라는 것을 깨달았다. 하지만 인중의 검은 수염자국, 왼쪽 뺨의 점들, 두 눈 끝에 서려 있는 졸음 기운 등 진짜 살아있는 타이론의 모습 같은 이미지 디테일에 여전히 당황스러웠다.

캣은 이건 진짜 사람이 아니라고 되뇌었다. 팀원에게 공유한 사진으로 록이 만들어 낸 3D 이미지일 뿐이었다. 그런데 타이론의 이미지가 움직이고 미소 지었다.

---

* 미국의 채팅앱으로 주고받은 사진이 24시간 안에 채팅방에서 사라진다.

"이게 대체 무슨…"

"저에게는 가상현실구현 기술이 있습니다. 범죄 현장의 재구성을 돕기 위해 죽거나 실종된 사람을 3D 모션으로 구현해 낼 수 있습니다."

캣은 나지막하게 욕설을 했다. 눈앞에 나타난 3D 모션 이미지에 소름이 끼쳤지만, 동시에 흥미롭기도 했다.

"총경님, 타이론이 정말로 '인생의 반'을 여기서 보낸 것 같지는 않습니다. 약 3분의 1로 추측합니다. 물론 A레벨 시험 결과에 기뻐하던 사진은 여기서 찍은 게 분명합니다."

캣은 책상 위의 벙커 침대를 바라보며 당시의 장면을 그려보았다. 타이론은 이제 막 일어났다(그래서 사진 속에서 윗옷을 안 입고 있는 것이다). 그리고 곧바로 UCAS* 웹사이트에 로그인했다. 흥분한 타이론이 소리를 지르자, 밖에서 초조하게 방 안 분위기를 살펴보던 엄마가 방으로 달려와 결과를 들었을 것이다. 아들과 부둥켜안은 채 엄마는 기쁘고 자랑스러운 마음에 아마 눈물을 흘렸겠지. 물론 가족이 둘만 남았다는 슬픔도 약간 섞였지만, 그런 슬픔으로 행복한 순간을 망치고 싶지는 않았을 것이다. 얼른 눈물을 닦고 사랑스러운 아들 앞에 장밋빛 인생이 펼쳐진 순간을 사진으로 남겼겠지.

"오, 타이론." 캣이 눈앞의 이미지에 속삭였다. "대체 네게 무슨 일이 일어난 걸까?"

캣은 타이론의 눈높이에 맞춰 쪼그려 앉아 타이론의 시선이

---

* 영국의 대학 입학 지원기관

향하는 곳을 쳐다보았다. 책상 맞은편에는 물건이 가득 찬 책장이 있었다. A레벨 과정 교과서와 노트 더미뿐 아니라 포켓몬 카드와 마리오 게임 상자도 볼 수 있었다. 그런데 책장 중앙쯤 젊은 버락 오바마의 사진 옆에 타이론의 소년 시절 사진이 있었다. 열 살이나 열한 살쯤 되어 보이는 타이론은 햇빛 속에서 엄마와 머리가 벗겨지고 있는 중년 남성 사이에 앉아 있었다. 타이론의 아빠인가?

캣은 몸을 일으켜 책장으로 다가가 사진을 집어 들었다. 가족 세 명의 모습이 모두 담긴 사진으로, 누군가가 직접 만든 생일 카드였다. 그녀는 카드를 열고 안에 적힌 글을 읽어 보았다.

열두 번째 생일을 맞이한 내 인생 최고의 친구, 타이론에게.
네가 원하는 것은 무엇이든 이룰 수 있다는 사실을 기억하렴.
언제나 너를 사랑하는 아빠가.

"타이론!"

문가에 월터스 부인이 서 있었다. 두 손으로 얼굴을 감싸 쥔 모습이었다.

이런 망할.

"월터스 부인, 이건—."

하지만 캣이 미처 설명하기도 전에 월터스 부인이 방안으로 뛰어 들어왔다.

"오, 내 아들, 아들아."

부인이 흐느껴 울기 시작했다. 그녀는 자신의 유일한 자식을 안으려 팔을 뻗었다. 하지만 팔은 그대로 타이론의 이미지를 통과했다. 몇 번이고 다시 팔을 뻗었지만, 그녀의 팔은 허공을 휘저었을 뿐이다. 부인이 손가락 하나를 천천히 홀로그램 이미지 쪽으로 뻗었다. 그녀의 손가락은 헛되이 타이론의 왼쪽 뺨을 통과했다. 월터스 부인의 행복이 사라졌다.

캣은 다시 눈물이 차올라 두 눈이 따끔거렸다. 그녀는 양손으로 월터스 부인의 손을 부드럽게 감쌌다.

"이건 진짜 타이론이 아니에요. 죄송합니다."

월터스 부인이 가슴을 들썩이며 캣의 손을 뿌리쳤다. 다시 아들을 만지려 했지만, 두 손이 이미지를 통과해 의자 등받이에 닿았다.

"대체 이건 뭐죠?"

"단지 타이론 월터스의 가상 이미지일 뿐입니다."

록이 양손을 쫙 펼치며 말했다.

"단지? 저건 내 아들이라고요!"

"록, 꺼. 지금 당장." 캣이 명령했다.

타이론의 이미지가 사라지자, 방안이 어두컴컴해졌다.

"타이론."

월터스 부인이 빈 의자를 붙잡고 무릎을 꿇은 채 흐느꼈다.

"정말 죄송합니다. 일종의 현장 재구성을 하려던 거였는데. 우리는… 저는 그냥―"

월터스 부인이 의자를 꽉 잡았다. 그녀의 시선이 바닥에 고정되었다.

"이만 나가주세요."

"정말 죄송합니다, 저는―"

"가시라고요!"

분노로 가득 찬 부인이 벌떡 일어났다.

"사과 따위엔 관심 없어요. 당신 같은 사람들은 누군가를 잃는 게 어떤 건지 이해하지 못하겠죠. 안다면 이런 행동 따위는 절대 할 수 없으니까요."

캣은 수치심에 괴로워하며 월터스 부인의 뒤를 따라 계단을 내려갔다. 마지막 계단을 남겨놓고 캣이 걸음을 멈추었다.

"정말, 진심으로 죄송합니다, 월터스 부인. 하지만… 지금 어떤 심정인지, 이해할 수 있습니다. 적어도, 조금은요."

숨을 깊이 들이마신 후 월터스 부인의 등을 향해 말했다.

"6개월 전에 남편이 죽었어요. 제 아들은 타이론과 비슷한 나이죠. 부인을 슬프게 하거나 상황을 악화시키려는 의도는 전혀 없었습니다."

월터스 부인이 몸을 돌렸다. 그녀의 얼굴에서 분노가 사라졌다. 그녀는 한마디 말도 없이 캣을 꼭 안아줬다. 캣은 보통 낯선 사람의 이런 친밀한 접촉에 몸을 움츠리곤 했다(아직 사회적 거리 두기가 몸에 배어 있기 때문이다). 하지만 지금처럼 예상치 못한 순수한 친절 앞에서는 그저 가만히 있을 수밖에 없었다.

"시간이 지나면 점차 나아진다고 말하고 싶지만," 월터스 부인이 캣의 귀에 속삭였다. "그렇지 않더라고요. 하지만 최소한 익숙해지기는 해요."

캣은 그저 고개만 끄덕였다. 침묵을 깬 것은 월터스 부인이었다.

"하지만 그래도 그만 가주셨으면 해요. 이해하시죠?"

캣은 고개를 끄덕인 후 대문을 열었다.

"프랭크 총경님?"

캣이 뒤를 돌아보았다.

"정말 타이론에게 무슨 일이 생긴 걸까요?"

캣이 젊었다면, 이런 질문에 약속과 안심의 말로 대응했을 것이다. 하지만 25년간 경찰로 일하며 그녀는 침묵의 가치를 배웠다. 몇 가지 답을 고심한 후 입을 열었다.

"지금은 모든 가능성을 고려하고 있습니다."

월터스 부인의 몸이 움찔했다. 캣은 부인이 간호사이기 때문에 때로는 말한 것보다 말하지 않은 게 더 중요하다는 사실을 안다는 것을 잘 알고 있었다.

"총경님, 타이론과 비슷한 나이의 아들이 있다고 하셨죠?"

"네. 이제 막 A레벨 과정을 마쳤죠."

"경찰이 아닌 홀로된 엄마로서, 아들이 자기가 없으면 엄마가 완전히 혼자가 된다는 사실을 알면서도 혼자 멀리 떠나버릴 수 있다고 생각하세요?"

두 여자가 서로를 응시했다.

"이게 바로 누군가가 제 아들을 납치했다고 생각하는 이유에요. 제 아들을 꼭 찾아주세요, 총경님."

캣은 정신이 바짝 들었다.

"진심으로 최선을 다하겠습니다. 약속드리죠. 그럼, 다시 연락드리겠습니다, 월터스 부인."

8장

그는 혼자가 아니었다. 지금까지 다른 남자의 목소리를 두 번 들었다. 몇 겹의 문을 통과해 나는 소리처럼 희미했다. 뭔가에 가로막힌 것 같은 소리였다. 이 건물 안에 다른 누군가가 갇혀 있는 것이 분명했다. 자기 의지와 무관하게 강제로 붙잡힌 누군가가.

이런 생각에 위안을 얻으려 했다. 어쩌면 그 사람의 도움으로 도망칠 수 있지 않을까?

그때 다른 남자의 소리가 다시 들렸다. 가슴을 오싹하게 만드는 고통스러운 울부짖음. 남자가 울기 시작하자 숨이 턱 막혀왔다. 울음소리 하나하나가 마치 무너진 건물에서 벽돌이 떨어져 내리듯 그를 덮쳐왔다. 하느님 맙소사. 남자의 울음소리가 그의 마음을 반으로 갈라놓았다. 절반은 그 남자를 도와주러 가고 싶었고, 절반은 이 망할 곳에서 멀리 달아나고 싶었다. 무엇보다 이 절망적인 울부짖음이 멈추기를 간절히 원했다.

마침내 울음소리가 작아지기 시작했다. 점점 작아지더니. 이내 침묵이 찾아왔다.

남자의 처절한 목소리로 보아 다른 사람을 도울 수 있는 처지가 아닌 것 같았다. 결국 그는 혼자인 셈이었다. 계획을 세워야 했다. 전략이 필요했다. 하지만 생각나는 것은 오로지 저 남자가 무슨 짓을 당했기에 저토록 처절하게 울부짖는가 하는 것뿐이었다.

잠옷 바지를 밑으로 내리던 차가운 손길이 생각났다. 온몸이 떨려왔다. 아무 일도 일어나지 않았다고 계속 되뇌었다. 뭔가 일어났다면 당연히 기억났겠지? 의식이 없는 상태였더라도, 멍 자국이나 상처는 있어야 했다. 아니면 적어도 어딘가가 쓰라리던가. 그는 아무 통증도 없다는 사실에서 마음의 안정을 찾으려 했다. 하지만 마음 한구석에서 공포에 질린 소리가 그의 몸이 온통 정체 모를 약에 마비되어 있었다는 사실을 계속 일깨웠다. 그는 거의 대부분의 시간을 잠들어 있었다. 깨어 있을 때조차(최근에는 깨어 있는 시간이 점점 줄어드는 것 같다) 약에 취해 움직일 수가 없었다. 심지어 이젠 다른 남자의 소리도 거의 들리지 않았다.

하지만 상상할 수는 있다. 가장 끔찍하고 무서운 상상이었다.

9장

6월 27일 오전 11시 32분.
코번트리, 워릭 대학교 캠퍼스로 가는 길

"내 차로 가죠." 하산이 브라운에게 말했다. 함께 주차장을 가로질러 가던 브라운은 하산의 속도를 따라잡느라 애를 먹고 있었다. 그녀가 동의의 뜻으로 고개를 끄덕이자, 하산은 좋은 징조로 받아들였다. 많은 경찰이 '네 차냐 내 차냐'로 힘겨루기하며 시간 낭비하는 일이 흔했기 때문이다. 그는 운전석으로 몸을 숙여 맥도날드 봉투를 집은 후 뒷자리에 쌓여있는 짐 더미 위로 휙 던졌다.

브라운은 잠시 주저하다 바닥의 구겨진 과자 봉투들을 피해 가며 겨우 차에 탔다.

"내가 간식을 좀 많이 먹긴 하죠." 하산이 웃으며 말했다.

"하산 경위님, 창문 좀 열어도 될까요?"

"아, 차에서 냄새난다는 뜻인가?"

브라운이 얼굴을 붉혔다.

"아뇨. 그냥 속이 좀 안 좋아서요. 맑은 공기를 마셔야 할 것 같아요."

"늦게까지 즐겼나 봐요?"

"비슷한 셈이에요." 브라운이 웅얼거렸다.

하산은 곁눈질로 브라운을 흘끗 봤다. 함께 일하게 된 경사는 마치 믿을만한 보호 장비처럼 작지만 단단해 보였다. 소년처럼 자른 머리카락과 평범하고 기능적인 바지 정장을 보면, 도저히 밤(어제만이 아니라 항상) 늦게까지 술 마시고 노는 모습이 그려지지 않았다. 어쨌든 창백한 얼굴색만큼 속이 나쁜 것은 아니기를 바랐다. 과자봉투와 일회용 컵이 여기저기 나뒹구는 것은 괜찮지만, 차가 토사물로 범벅되는 것은 원치 않았다.

"음, 좀 어색하긴 했죠?"

주차장을 빠져나오며 하산이 말했다.

"뭐가요?"

"브리핑 시간에 AI가 참석한 거요. 새로운 팀장에게 그렇게 대들다니."

"그냥 기계일 뿐인데요, 뭐. 아직 불문율을 잘 모르는 거겠죠."

"아직? 그럼, '딥 러닝' 어쩌고 하는 걸 다 믿어요?"

"모르겠어요. 이번 프로젝트를 통해 확인해 볼 수 있겠죠."

"아주 외교적인 답이네."

하산은 전문가다운 적절한 답을 고민하느라 얼굴을 찌푸렸다. 솔직히 한 팀에 있으면서 상사 뒷담화도 같이 못 하면 무슨 소용이 있겠는가? 차라리 그 로봇과 함께 차를 타는 편이 나을지도 모른다.

"오고네도 교수에 대해서는 어떻게 생각해요? 아주⋯ 똑똑해 보이던데 말이에요." 하산이 재차 질문을 시도했다.

브라운이 눈썹을 치켜올리며 대답했다. "게다가 아주 아름답죠."

"그런가? 그건 미처 몰랐는데."

브라운이 웃음을 터뜨렸다.

"브라운 경사, 왜 웃죠?" 하산이 무표정한 얼굴을 유지하려 했다.

"그럼, 경위님은 회의실에서 교수의 얼굴이 아니라, 두뇌에서 눈을 뗄 수 없었나 보죠?"

"뭐, 두뇌가 뛰어나긴 하죠."

"매우요."

브라운은 할 말이 더 있는 표정이었지만, 차가 로터리를 돌자 눈을 감고 창밖으로 머리를 내밀었다.

"괜찮아요?"

브라운이 고개를 끄덕였다. 하지만 하산은 브라운이 속으로만 끙끙 앓고 있다는 생각이 들었다.

"A46번 고속도로로 달리지 말고 차라리 경치 좋은 길로 갈까요? 그러면 좀 천천히 달릴 수도 있고, 속이 불편해지면 잠깐 멈춰 바람도 쐴 수 있으니까."

하산의 제안에 브라운은 진짜 괜찮다고 주장하기 시작했다. 어떤 문젯거리도 만들고 싶지 않았다. 그러나 브라운의 피부는 사람들이 토하기 직전에 보여주곤 하는 심각하게 창백한 얼굴색을 하고 있었다. 하산은 그녀의 말을 무시하고 케닐워스 방향의 좁은 도로로 차를 돌렸다. 곧 무성한 초록 잎이 만들어 낸 시원한 그늘 아래를 달렸다. 도로변에 활짝 핀 꽃에서 뿜어 나온 달콤한 향이 차 안을 가득 메웠다. 몇 분 후, 브라운의 숨결이 훨씬 편해지며 얼굴색이 차차 정상으로 돌아왔다.

"이제 훨씬 좋아졌어요. 감사합니다. 저 때문에 늦어져서 죄송해요."

"전혀 문제 될 거 없어요."

브라운은 내비게이션이 꺼져있는 계기판을 바라보았다.

"경위님, 어디로 가는지 정말 아시는 거죠?"

"물론이죠." 브라운이 눈썹을 치켜올렸다.

"설마, Y 염색체는 지도 따위가 필요 없다고 생각하는, 그런 남자는 아니죠?"

하산이 웃음을 터뜨렸다. "아니에요. 그냥 이 길을 진짜 잘 알 뿐이죠. 자주 왔으니까. 난—."

하산은 생각보다 말을 많이 했다는 사실을 깨닫고 입을 다물었다.

브라운은 침묵하며 하산이 계속 말하기를 기다렸다. 하지만 당연히 그런 일은 일어나지 않았다.

"이번 사건 관련해서, 지금까지 뭐 좀 찾아냈어요?"

하산은 주제를 전환하기 위해 질문을 던졌다.

"네, 몇 가지요."

브라운이 아이패드를 꺼냈다.

"밀리 바빙턴은 금요일 밤이 되어서야 타이론을 실종 신고했어요. 마지막으로 그를 본 지 48시간이나 지난 후에요. 왜 그렇게 늦게 신고를 한 걸까요?"

"아마 타이론이 여자 친구나 뭐, 다른 친구를 만나고 있다고 생각해서?"

브라운이 코를 찡그렸다.

"하지만 조사 당시, 밀리 바빙턴은 타이론에게 여자 친구가 없다고 했어요. 타이론의 바로 옆방에 살기 때문에 잘 알았겠죠. 둘은 서로 과제를 도와주곤 했다고 해요. 하지만 금요일까지 중요한 리포트 과제를 제출해야 했는데도, 타이론은 밀리 바빙턴에게 전혀 연락이 없었고 문자도 보내지 않았고요."

"열여덟 살이잖아요."

"그래서요?"

하산이 핸들에서 두 손을 떼며 말했다. "브라운 경사. 이런 말은 하기 싫지만, 이제 막 남고를 졸업해 집을 떠난 열여덟 살 남자애는 대부분 리포트 따위를 생각하고 있지 않다고요."

"경위님 기준으로 다른 사람을 판단하지 마세요."

"피차일반 같은데. 경사는 지금 엄마의 시선으로 타이론을 보고 있으니까. 대학교 1학년 때 기억 안 나요?"

브라운은 하산의 말을 못 들은 척하며 아이패드를 두드렸다.

제기랄. 하산은 그때야 브라운이 열여덟 살에 경찰이 되었다는 사실이 떠올랐다. 브라운처럼 대학에 진학하지 않은 경찰들도 많았다. 고졸 출신 경찰들 중에는 당당하게 인생이란 학교를 졸업했다고 으스대는 부류도 있는 반면, 자신감이 떨어지고 방어적으로 행동하는 부류도 있었다. 브라운은 후자로 보였다.

"브라운 경사, 실종 당일에 타이론이 아침 일찍 기숙사를 떠났죠?"

"맞아요. 출입구 기록에 따르면 새벽 3시 30분이죠. 하지만 이유는 밝혀지지 않았어요."

"아마 누군가랑 재빨리 섹스나 한 판 하려고 했나 보지."

"자료를 모두 읽어보았는데, 새벽 3시 30분에 갑자기 아무나와 잠자리할 청년으로 보이지는 않았어요."

"안 그럴 남자가 어디 있겠어요?"

브라운은 질렸다는 표정으로 하산을 보았다.

"경위님의 '남자는 섹스한다' 이론으로는 그로부터 약 네 시간 후, 타이론이 아침 7시 36분에 밀리에게 아침 강의실에서 보자고 문자를 보낸 이유를 설명할 수 없어요. 약속 시간에 나타나지 않은 이유도요."

하산이 어깨를 으쓱했다.

"아마 타이론의 새 애인이 침대에 계속 누워있자고 설득했겠죠. 브라운 경사, 놀라게 하고 싶지는 않지만, 사람들은 종종 섹스를 하루에 한 번 이상 한다고요."

"네, 그렇겠죠."

브라운이 무덤덤한 말투로 대답했다. 하산은 브라운이 비꼬는 것인지 아닌지 알 수 없었다.

"새 애인 때문이라면 타이론이 하루 이틀 정도 사라진 것을 설명할 수 있겠죠. 하지만 다섯 달이나 없어진 것은 설명이 불가능하잖아요."

"본인 행동에 부끄러움을 느껴서 그랬다면요? 타이론이 정말 영국 최초의 흑인 총리가 되는 게 꿈이었다면, 아마 그 야망을 실현하는 데 온 신경을 집중하며 생활했을 거예요."

브라운이 몸을 돌려 하산을 응시했다. "좋은 지적이네요."

"사건 자료를 한 줄 한 줄 다 읽고 외우지 않았다고 해서, 내가 좋은 형사가 아니라고 볼 수는 없죠. 왜냐하면 난 좋은 형사거든. 학위가 있어서가 아니라, 사람을 잘 이해하기 때문이에요. 사람들이 왜 그런 행동을 하는지 잘 알거든요. 그러니까 내 말 믿어요. 과제 때문은 아니에요."

하산이 브라운의 아이패드를 가리켰다.

"브라운 경사, 기존 조사 결과에는 타이론이 기꺼이 친구들에게 알리고 싶어했던 것과 그의 친구들이 기꺼이 우리에게 말해주고 싶은 것만 담겨있죠. 누구에게나 비밀은 있어요. 섹스, 돈, 마약, 아니면 다른 무엇이든. 타이론의 비밀을 알아낼 수 있다면, 그에게 무슨 일이 일어난 건지도 밝혀낼 수 있겠죠."

브라운이 하산을 응시했다.

"경위님은 사람들을 부정적인 시각으로 보는군요."

"난 지극히 현실적일 뿐인데. 정말이라니까요. 장밋빛 색안경을 벗으면 사건이 훨씬 명확하게 보이죠."

브라운의 휴대폰에서 알림음이 들렸다.

"록이 보낸 거예요. 그 AI 수사관이요. 대학 캠퍼스 보안 담당자를 조사한 후에, 딕이나 리처드라고 불리는 기숙사 친구를 찾아내서, 타이론과 말다툼했는지 물어보라네요. 프랭크 총경님의 지시 사항이에요. 그리고 빨리 밀리 바빙턴을 조사해야 해요. 타이론의 휴대폰 기록에 따르면 밤늦게 밀리 바빙턴에게 보낸 문자가 많대요."

캠퍼스 방향으로 차를 몰던 하산이 씩 웃었다.

"과제 때문에 문자를 보낸 게 아니라는 데 점심을 걸죠."

하산과 브라운은 학교 주차장에서 캠퍼스 보안 담당 콜린과 마주쳤다. 그는 방문 예약이 되어 있는 형사 두 명을 맞이하기 위해 주차장을 순찰 중이었다.

"안전 삼각대는 모래밭의 금가루와 같죠."

콜린은 설명하는 동안에도 마치 전쟁터에 있는 것처럼 시선을 이리저리 휙휙 돌렸다.

"잠깐이라도 등을 돌리면, 학생들이 가지고 도망가거든요."

그는 여기저기서 모은 삼각대를 마치 아기처럼 가슴에 안았다. 그리고 본인을 포함한 24시간 보안팀 덕에 학교가 얼마나 안전하고 보안이 철저한지에 대해 일장 연설을 시작했다.

하산은 콜린의 말을 듣고 있지 않았다. 그는 캠퍼스의 초록 잔디와 푸른 나무들, 인공호수에 비친 눈부시게 반짝이는 햇빛, 벽돌과 유리로 지어진 학교 건물들을 익숙한 눈길로 훑어보고 있었다. 5년 전, 하산의 부모님은 낡고 녹슨 SUV를 바로 이 주차장에 세웠었다. 하산은 여동생 사미나가 침구류와 그림과 손바느질 인형을 그녀의 새로운 기숙사로 나르는 것을 도왔다. 반나절이나 걸렸지만 하산은 전혀 개의치 않았다. 사미나는 흥분으로 들떠 있었고, 부모님은 그녀를 무척 자랑스러워하셨다. 하산은 어떤 기억이 더 고통스러운지 가늠할 수 없었다. 입학 첫날 여동생의 얼굴에 떠올랐던 희망찬 표정일까, 아니면 6개월 후 자정 무렵 흐느끼는 목소리로 제발 데리러 와달라고 애원하던 동생의 전화 목소리일까. 여동생은 누빔 이불 속에서 걷잡을 수 없이 몸을 떨고 있었다. 심각한 병을 걱정한 하산이 구급차를 부르려 하자, 그제야 사미나는 성폭행당한 사실을 털어놓았다.

"아무한테도 말하면 안 돼."

사미나는 하산에게 절대 아무에게도 말하지 말라고 했다.

"절대 안 할게."

당시에는 하산도 그녀의 의견에 동의했지만, 시간이 흐를수록 그 약속을 지키기 힘들었다. 사미나의 상태가 점점 더 안 좋아졌기 때문이다.

"하산 경위님?"

"네?"

"방금 우리 학교에 24시간 보안팀이 있다고 말씀드리는 중이었습니다. 침입 경보기와 추적 장치가 이천 대, 출입을 통제하는 보안카드 시스템이 오백 개 이상, 그리고 CCTV 카메라가 삼백 대 이상 있습니다." 콜린이 으스대며 말했다.

"잘됐네요." 하산이 눈을 깜빡이며 대답했다. 그는 바로 앞에 있는 키 작은 남자에게 정신을 집중하려 노력했다.

"그렇다면 타이론 월터스에게 무슨 일이 일어났는지도 명확하게 말해주실 수 있겠군요."

"워릭 대학교는 부지가 세 군데로 나뉘어 있고, 백 개가 넘는 건물로 이루어져 있다는 사실을 아셔야 합니다. 학생 수만 해도 총 이만 오천 명에 달하고, 교직원 수는 오백 명이지요. 모든 사람을 일일이 따라다니며 관찰할 수는 없습니다."

콜린은 항의하는 듯한 말투였다.

"그렇다면 그 많은 카메라와 시스템, 경보기와 보안 직원이 도대체 무슨 소용이 있습니까? 학생의 안전 하나 지키지 못하면서요?"

"콜린 씨," 부드러운 말투로 브라운이 끼어들었다. "콜린 씨라고 불러도 될까요? 업무가 많을 텐데 갑작스러운 요청에도 이렇게 시간을 내주셔서 정말 감사드려요. 경찰은 현재 타이론 월터스 사건을 전면 재수사 중입니다. 매우 바쁘시겠지만, 혹시 타이론의 기숙사 방과 타이론이 보안카드를 사용해 주로 드나들던 장소, 그리고 보유하고 계신 CCTV 영상 자료를 볼 수 있을까요? 지난 수사 자료를 모두 보긴 했지만, 콜린 씨처럼 진짜 뭐가 어떻게 돌아가는지 잘 아는 분과 현장을 함께 보는 게 제일 좋죠."

브라운의 말에 콜린이 가슴을 쭉 폈다.

"30분 후에 학생 안전 세미나가 있긴 하지만, 제가 직접 기숙사까지 같이 가서 타이론의 방을 보여드리죠."

"CCTV 영상은요?" 하산이 물었다.

"경찰이 이미 갖고 있을 텐데요. 경찰에 협조한다는 학교 방침에 따라 수사 초기에 요청받아 이미 넘겨드렸을 겁니다."

"수사 자료에 따르면, 당시 영상이 없었다고 하더군요. CCTV 카메라가 작동하지 않았나 보죠?"

"우리는 항상 정기적으로 카메라 점검을 받습니다." 콜린이 다시 씩씩대며 말했다.

"작동 문제는 아닐 겁니다. 제 팀원을 불러서 왜 영상 자료를 못 받으셨는지 확인할 필요가 있겠군요."

"고맙습니다."

브라운이 둘 사이에 재빨리 끼어들었다.

"협조해 주셔서 정말 감사해요. 이제 타이론의 방으로 안내해 주시면, 정말 좋을 것 같군요."

레이크사이드 빌리지 기숙사는 카나리 워프 지역에는 어울리지 않는 현대식으로 지어진 커다란 아파트형 건물이었다.

"최신식 건물로 모든 방에 화장실이 딸려 있습니다."

콜린이 자랑스럽게 말했다. 마치 자부심 강한 호텔 직원처럼 보안카드를 쥐고 출입구에 갖다 댔다.

"보안카드 없이는 출입할 수 없습니다. 아니면 기숙사의 누군가가 본인 서명 후 들여보내 줘야 하죠. 그렇기 때문에 보안팀은 누가 언제 들어왔는지에 대한 완벽한 기록을 가지고 있습니다."

문이 열리자, 하산과 브라운은 콜린을 따라 안으로 들어갔다. 콜린은 보안카드 시스템에 남아있는 타이론의 마지막 출입 기록이 1월 27일 새벽 3시 30분에 기숙사를 떠날 때였다고 확인해 주었다.

"학교에 보안카드를 찍고 들어가야 하는 곳이 오백 군데 이상이라고 하셨죠. 타이론이 자기 기숙사 건물을 떠난 후 다른 기숙사에 들어간 기록이 있습니까?"

"아니면 도서관이나 체육관은요?" 하산의 질문 직후, 브라운이 덧붙여 물었다.

하산은 속으로 '진심이야?'라고 생각하며 두 눈을 크게 굴렸다. 브라운은 타이론이 수도사라고 입증려는 것 같았다.

콜린이 고개를 저었다.

"아니요. 아까 그 기록이 캠퍼스를 통틀어 보안팀이 가진 타이론의 마지막 기록입니다. 그 불쌍한 녀석이 마치 허공으로 사라져버린 것처럼 말이죠."

콜린이 보안카드로 정문을 열었다.

"이 층에는 방이 총 여섯 개 있습니다."

콜린이 아주 좁은 복도로 들어가며 말했다.

"부엌과 거실이 중간에 있고, 양쪽으로 방이 세 개씩 있죠."

하산과 브라운은 콜린 뒤에서 한 줄로 따라 걸었다. 복도 끝에 다다르자, 콜린이 612호 앞에 멈췄다.

"여기가 타이론의 방입니다."

하산이 타이론의 방과 가장 가까운 두 개의 방을 가리켰다.

"여기에는 누가 있죠?"

콜린이 기록지를 확인했다.

"옆방에는 밀리 바빙턴이, 가장 끝 방에는 리처드 사이크스가 삽니다."

하산과 브라운이 서로 시선을 교환했다. 리처드 사이크스가 캣이 말한 딕이란 남자임이 틀림없다.

콜린이 타이론의 방문을 열었다. 기숙사 방은 현재 있는 가구 정도만 딱 들어갈 크기였다. 오른쪽 벽에는 싱글 사이즈 침대가, 왼쪽에는 붙박이 선반 몇 개와 옷장이 하나 있었다. 창문 앞에는 폭이 좁은 원목 책상이 있었다. 변기와 샤워실이 딸린 욕실은 아주 작았다.

하산이 책상으로 걸어갔다. 책상에는 A4 사이즈 노트 하나, 동전 몇 개, 그리고 껌 한 통 외에는 아무것도 없었다. 의자 밑으로 허리를 굽혀 오래된 사탕 껍질이나 리포트 쓰던 종이 따위가 있는지 확인했지만 바닥은 완전히 깨끗했다. 바닥 표면을 발로 쓸어봤지만 음료수나 음식이 떨어져 끈적끈적한 곳조차 없었다. 하산은 대학 새내기 시절 자신의 기숙사 방을 떠올리며 얼굴을 찌푸렸다. 그는 일주일 만에 방을 엉망으로 만든 후, 다른 친구가 장소를 제공해 주기만 하면 맥주 파티나 섹스, 아니면 그룹 스터디든 뭐든 간에(혹시 운이 좋으면 셋 다) 기꺼이 그 기회를 낚아챘다.

"누가 이 방을 청소했나요?" 하산이 콜린에게 물었다.

"아뇨. 경찰에서 모든 것을 발견 당시 그대로 두라고 했습니다."

"타이론의 노트북과 휴대폰은요?"

"휴대폰은 타이론이 갖고 있었어요." 브라운이 말했다.

"수사 자료에 따르면 담당 지역 경찰이 노트북을 가져갔으니, 경찰서에 있을 거예요."

하산은 물론 이 사실을 알고 있었지만 잠깐 잊어버렸을 뿐이라는 듯 고개를 끄덕였다. 책 선반으로 몸을 돌리자, 파일 몇 개와 전공 서적 외에는 어렸을 때 부모님과 찍은 타이론의 가족사진만 이 놓여 있었다. 여자 사진이나 친구들 사진은 물론이고, 축구 경기나 콘서트 티켓, 혹은 축제나 파티에서 주는 입장 팔찌 하나 보이지 않았다. 타이론의 텅 빈 방을 보자 삶의 흔적들로 꽉 차 있던 여동생의 방이 떠올랐다. 침대에는 사미나가 직접 짠 쿠션과 담요가 가득했고, 벽은 레트로 폴라로이드 사진기로 직접 찍은 친구들 사진으로 도배되어 있었다. 하산은 사진 속 사미나 친구들이 웃던 모습을 머리에서 황급히 떨쳐내고, 욕실 문 안으로 머리를 쑥 넣었다.

"타이론의 칫솔과 면도기는 어디 있죠?"

"우리 경찰이 DNA 채취를 위해 가져갔죠." 브라운이 답한 후 다음 말을 덧붙였다. "자료에 따르면요."

혹시 브라운이 비꼰 것이라도, 하산은 무시하기로 했다. 경위로서 모든 보고서를 한 줄 한 줄 읽는 것보다 중요한 일들이 많았다. 저렇게 자료를 줄줄이 외우는 것은 경사나 하는 짓이다.

"브라운 경사, 기숙사 방을 사진 찍은 후 록에게 이메일로 보내요. 공유폴더에 추가하게. 그리고 나서 기숙사 친구들을 조사하도록 하죠."

"저기요?"

둘이 몸을 돌리자 문가에 서 있는 젊은 여자가 보였다. 큰 키에 버드나무 가지처럼 가는 몸매, 길고 반짝이는 금발, 마치 잡지에서 막 튀어나온 여자 같았다.

"안녕하세요. 목소리가 들리길래, 그냥 혹시나 해서…"

그녀는 방 안을 훑어보다가 콜린을 발견한 후 얼굴을 찌푸렸다.

그리고 침을 꿀꺽 삼켰다.

"타이론 일인가요? 무슨 일이 생겼나요?"

하산이 앞으로 걸어갔다.

"말씀하시는 분은…?"

"밀리에요. 밀리 바빙턴이요."

하산이 밀리 바빙턴을 위아래로 쳐다본 후 브라운에게 승리에 찬 눈빛을 던졌다.

"유감스럽게도 현재로서는 새로운 소식이 없습니다. 나는 하산 경위이고, 저쪽은 동료인 브라운 경사입니다. 지금 타이론 사건을 재수사 중입니다. 사건 당시, 이미 경찰 진술을 마친 것으로 알고 있지만, 조사를 다시 해준다면 정말 고마울 것 같군요. 혹시나 놓친 점이 있는지 확인하는 차원에서요. 괜찮으실까요?"

"물론이죠. 타이론을 찾는 데 도움이 된다면 무엇이든 해야죠."

"그러면, 지금 어떻습니까?"

"어… 글쎄요. 외출하는 길이기는 했는데. 오래 걸리나요?"

"아뇨. 오래 걸리지 않습니다."

하산이 대답하며 브라운에게 재빨리 윙크했다.

"리포트 과제에 대해 질문이 몇 가지 있을 뿐입니다."

조 사 관: 라이언 하산 경위(하산)

배　　석: 데비 브라운 경사(브라운)

조사대상: 밀리 바빙턴(바빙턴)

일　　시: 6월 27일 오후 12시 45분. 워릭 대학교 밀리 바빙턴의 방.

하산: 갑작스러운 조사 요청에 응해줘서 고맙습니다. 타이론과 어떤 관계였는지 먼저 말해줄래요?

바빙턴: 관계요? 우리는 사귀는 사이가 아니에요. 누가 그런 말을 했나요?

하산: 아무도 그런 말을 한 적 없습니다. 단지 바빙턴 양이 타이론과 얼마나 잘 아는지, 그와 어떤 사이였는지 파악하고자 할 뿐이죠.

바빙턴: 아, 그렇군요. 죄송해요. 음, 글쎄요, 타이론은 제 옆방이죠. 그 덕에 기숙사에 온 첫날 서로 마주쳤고요. 정치학 수업을

함께 듣는 걸 안 뒤로 금방 친구가 되었어요.

하산: 어떤 친구 사이였죠? 많은 시간을 함께 보냈나요?

바빙턴: 어, 강의실이나 도서관에 함께 다녔어요. 노트도 바꿔 보고, 리포트 숙제도 서로 도와줬죠. 무슨 말인지 아시죠?

하산: 사실 잘 모르겠군요. 난 대학생 때 도서관에 많이 가지 않았거든요. 공부만 한 게 아니라 열심히 놀기도 했겠죠? 술집이나 나이트클럽?

바빙턴: 타이론과 함께 간 적은 없어요. 제 친구들과 몇 번 같이 놀러 가자고 했는데, 타이론이 별로 좋아하지 않았거든요. 우리가 즐겨듣는 음악이나 또…

브라운: 또요?

[침묵]

하산: 괜찮아요, 바빙턴 양. 당신이나 당신 친구들이 뭘 했는지는 정말 관심이 없습니다. 우리는 타이론을 찾기 위해 여기 온 거에요. 그게 다예요.

바빙턴: 좋아요, 음, 오프더레코드로, 이게 맞는 표현이에요? 아무튼 친구들 몇 명이 대마초를 했어요. 전 아니에요, 진짜로요. 그냥 전 별로 신경 안 썼거든요. 다 자기 방식대로 사는 거죠, 뭐. 안 그래요? 하지만 타이론은 애들을 '대마 중독자'라고 부르면서 근처에도 있기 싫어했어요. 혹시라도 경찰에 잡히면 감옥에 갇혀 인생 종치는 사람은 정작 자기라고요. 자기가 흑인이기 때문에요. 타이론은 그 문제에 완전히 강박적으로 집착했어요.

하산: 그럼, 당신이 친구들과 밖에 나가 놀 때, 타이론은 뭘 했나요?

바빙턴: 모르죠. 전 당연히 옆에 없었으니까요. 하지만 아마 방

에 있었을 거예요.

하산: 타이론에게 다른 친구도 있었겠죠?

바빙턴: 음, 고등학교 친구들은 많았던 것 같아요. 하지만 학교에서는 다른 친구를 본 적이 없어요.

하산: 여자 친구나 남자 친구는요?

바빙턴: 못 봤어요.

하산: 하룻밤 섹스 상대는요?

바빙턴: [웃으며] 타이론이요? 없었어요.

하산: 그냥 바빙턴 양만 모르는 걸 수도 있죠.

바빙턴: 제 말이 맞아요. 확신해요. 있었다면 제가 알았을 거예요. 벽이 종잇장처럼 얇거든요.

하산: 흠. 언제 처음으로 타이론이 실종된 것 같다는 생각이 들었죠?

바빙턴: 글쎄요, 타이론이 목요일 아침 일찍 문자를 보냈어요. 열 시에 강의실 앞에서 만나자고요. 절대 늦지 말라고 경고까지 해놓고 정작 본인은 나타나지 않았죠. 그날 밤 타이론의 방문을 두드리고 그가 아직 돌아오지 않았다는 사실을 알기 전까지는 진짜 크게 걱정하지 않았어요. 금요일이 리포트 마감 날짜였거든요. 타이론과 저는 보통 그런 과제를 같이 하곤 했었어요.

하산: 타이론이 방으로 올 거라고 했었나요? 그와 만나기로 약속했나요?

바빙턴: 아니요. 그럴 필요 없었어요. 타이론은 항상 방에 있거든요.

하산: 하지만 그날 밤은 아니었죠.

바빙턴: 네.

하산: 그 시점부터 걱정되기 시작했나요?

바빙턴: 네. 리포트를 제출하지 못하면 낙제였거든요.

하산: 내 말은, 타이론에 대해 걱정하기 시작했냐는 뜻이었습니다.

바빙턴: 그렇게 걱정하지는 않았어요. 걱정이라기보다는 짜증에 가까웠죠. 말씀드린 것처럼 과제를 아직 못 끝냈거든요.

하산: 타이론이 당신 대신 과제를 해주기 바랐나요?

바빙턴: 아니요, 제 말은⋯ 우린 리포트를 함께 썼어요. 한 팀이 었다고요. 저는 아이디어를 내는 쪽에 가깝고, 타이론은 그걸 글로 써내는 것을 잘 했죠.

하산: 그렇군요. 그러면, 정확히 어느 시점부터 타이론이 걱정되기 시작했죠?

바빙턴: 금요일 지도교수님 토론 수업에 나타나지 않았을 때요. 늦잠 때문에 수업을 놓치는 학생들이 많긴 하지만, 타이론은 절대 아니에요. 시간 약속 같은 것을 칼같이 지켰어요. 진짜 엄격했죠. 점심시간에 교내식당으로 타이론을 찾으러 갔어요. 만난 사람마다 그를 봤는지 물어봤지만 아무도 본 적이 없댔어요. 그리고 저녁때에도 나타나지 않자, 진짜 걱정되기 시작했죠.

하산: 그러니까 정리하자면, 마지막으로 타이론과 연락한 게 화요일 아침, 즉 1월 27일 오전 7시 36분에 타이론이 문자를 보냈을 때죠. 그러면 타이론 월터스를 직접 본 건 언제가 마지막인가요?

바빙턴: 수요일 밤이요. 저의, 아니 우리의 리포트 과제 관련해서 짧게 이야기를 나눴죠. 큰 틀을 정하느라고요. 타이론은 열 시쯤 제 방을 떠나 자기 방으로 돌아갔어요.

하산: 타이론은 어때 보였나요? 기분이 안 좋거나 과제 때문에 스트레스를 받고 있었나요?

바빙턴: 아니요, 반대였어요. 이라크 전쟁이 시작된 과정에 대한 리포트였거든요. 그 주제에 완전히 열광했죠. 타이론은 블레어 정부를 싫어했거든요.

하산: 혹시 타이론에게 아침 일찍 조깅하거나 체육관에 가는 습관이 있었을까요?

바빙턴: 제가 아는 한은 없어요. 그런 모습을 본 적이 없거든요. 솔직히 말해, 약간 괴짜 같았어요. 정말 운동은 거들떠보지도 않고, 약간 특이한 편이었죠.

하산: 어떻게 특이했죠…?

바빙턴: 뭐, 아시잖아요.

[침묵]

하산: [아이패드를 들여다보며] 타이론과 단순한 친구 사이라고 했죠. 그런데 타이론의 휴대폰 기록을 분석한 결과, 가장 많이 문자를 주고받은 사람이 당신이더군요.

바빙턴: 말씀드렸다시피 타이론과 같은 수업을 들었으니까요. 이야기를 많이 했죠.

하산: 새벽 두세 시에요? 한밤중에 몇 차례씩이나요?

바빙턴: 리포트를 밤늦게 쓰곤 했거든요.

하산: 그렇다면 당신의 휴대폰에서 타이론과 과제 관련 주고받은 문자를 볼 수 있겠군요.

바빙턴: [숨을 들이켜며] 제 휴대폰이요? 그건 개인정보죠. 영장 같은 게 있어야 하는 거 아니에요?

하산: 아니요. 수사에 도움이 된다고 여길만한 타당한 이유가 있다면, 통신사에 당신의 휴대폰 기록을 요청할 수 있습니다. 하지만 그냥 여기서 보여주는 게 훨씬 간단하죠. 혹시 모를 오해를

방지하기 위해서.

바빙턴: 저 그게… 보여드릴 수가 없어요.

하산: 왜죠?

바빙턴: 문자를 지웠거든요.

하산: 네? 전부 다요?

바빙턴: 네.

하산: 대체 왜 그런 거죠?

바빙턴: 사진이나 문자 같은 것을 많이 삭제해야 했거든요. 휴대폰 저장 공간을 확보하기 위해서요. 그리고 타이론이 실종된 후에는 그가 전에 보낸 문자들을 보는 게 너무 속상했어요.

하산: 그래서 전부 지웠다고요?

바빙턴: 네.

하산: 타이론이 실종 수사 대상인 것을 알면서요?

바빙턴: 저는… 거기까진 미처 생각을 못 했어요. 죄송해요. 그냥 저장 공간을 확보하려던 것뿐이었어요.

하산: 걱정 마세요. 휴대폰 회사에서 삭제 문자를 모두 복구할 수 있습니다. 시간이 좀 더 걸릴 뿐이죠. 그래도 다 복구할 수 있어요.

바빙턴: 하지만 그건 제 사생활 침해라고요! 전 잘못한 게 하나도 없어요! 말씀드렸잖아요, 문자에는 리포트 관련된 내용만 있었다고요.

하산: 그러니까 전혀 걱정하실 필요가 없잖아요. 그렇죠?

조사 종료

11장

조 사 관: 라이언 하산 경위(하산)
배   석: 데비 브라운 경사(브라운)
조사대상: 리처드 사이크스(사이크스)
일   시: 6월 27일 오후 2시 50분. 워릭 대학교 리처드 사이크스의 방.

하산: 조사에 응해주셔서 감사합니다. 타이론을 찾는 데 큰 도움이 될 거예요.

사이크스: 그런데 사실 타이론이 발견되기를 원치 않는다면요? 그렇다면 타이론을 돕는 게 아니겠네요?

하산: 타이론이 스스로 원해서 사라졌다고 생각하나요?

사이크스: 저야 모르죠. 단지 타이론도 다 큰 성인이고, 본인이 원해서 떠난 거라면 추적당하기 싫겠다고 생각했을 뿐이에요. 안 그래요?

하산: 좋습니다. 그럼 타이론이 본인의 자유 의지로 사라졌다고 가정해 보죠. 왜 그런 선택을 했을까요?

사이크스: 모르겠는데요. 본인에게 물어보셔야죠.

하산: 지금 당신에게 물어보고 있는 겁니다, 리처드. 리처드라고 불러도 될까요? 아니면 딕을 더 선호하나요?

사이크스: 제 이름은 리처드인데요.

하산: 좋아요. 리처드. 타이론을 얼마나 잘 알죠?

사이크스: 그다지 잘 아는 사이는 아니에요.

하산: 당신과 타이론은 둘 다 대학이 처음인 신입생에 바로 옆방에서 넉 달을 살았어요. 추측하건대 타이론을 매일 봤을 것 같은데요?

사이크스: 아마도요.

하산: 하지만 그를 잘 모른다고 생각하는군요. 타이론을 당신의 친구라고 말할 수 있을까요?

사이크스: [어깨를 한번 으쓱하며] 타이론은 기숙사 동기였지, 친구는 아니었어요.

하산: 기숙사 동기로서— 타이론은 어땠나요?

사이크스: 솔직히 좀 지루했죠. 좋은 녀석이긴 한데, 한잔하러 나가거나 파티에 가는 것보다 리포트 쓰는 데 관심을 더 쏟았거든요. 맞아요, 타이론을 거의 매일 보긴 했지만, 우리가 확실히 '절친'은 아니었죠.

하산: 타이론과 다툰 적 있나요?

사이크스: 아뇨. 타이론은 갈등을 일으키는 성향이 아니었어요.

하산: 그래요? 둘은 넉 달 동안 서로 옆방에 살았어요. 타이론은 공부에 집중했고, 당신은 아까 밀한 깃처럼 파티를 좋아했고

요. 그러면 종종 다툼이 일어날 수밖에 없지 않나요?

사이크스: 아니요. 타이론은 그런 면에서 쿨했어요.

하산: 정치 문제에서도요?

[침묵]

하산: 크리스마스 전에 타이론과 크게 말다툼한 적 있지 않나요?

사이크스: 뭐, 네. 하지만 누구나 정치 문제로 싸우곤 하잖아요. 그게 실종이랑 무슨 상관인지 모르겠네요.

하산: 당신이 거짓말했다는 게 문제죠.

사이크스: 거짓말하지 않았어요, 그냥…

하산: 진실을 빼뜨렸을 뿐?

사이크스: [욕설을 중얼거림]

하산: 이제 거짓말은 하면 안 됩니다. 밀리 바빙턴과 당신의 관계를 물어봐도 될까요?

사이크스: 밀리가 이 문제랑 무슨 상관이 있죠?

하산: 타이론의 기숙사 친구들 사이의 역학 관계를 그려보는 것뿐입니다. 밀리 바빙턴은 타이론의 반대쪽 옆방이었죠. 맞죠?

사이크스: 네.

하산: 그러면, 밀리 바빙턴이 당신과 타이론의 사이에 있었나요?

사이크스: 무슨 의미죠?

하산: 무슨 의미라고 생각하죠?

사이크스: [중얼거림]

하산: 타이론과 밀리 바빙턴이 사귄 적 있나요?

사이크스: 그 녀석 꿈에서나 가능하겠죠.

하산: 타이론이 밀리 바빙턴과 사귀고 싶어 했다고 생각하나요?

사이크스: [어깨를 으쓱함]

하산: 그건 긍정인가요, 부정인가요?

사이크스: 이건 '몰라요'에요. 말했잖아요, 별로 안 친했다고요. 타이론에게 물어보시죠.

하산: 그러고 싶죠. 하지만 불행히도 타이론 월터스는 실종되었습니다. 좋아요, 다른 질문을 하죠. 당신과 밀리 바빙턴은 가까운 사이인가요?

사이크스: 그런 편이죠.

하산: 당신은 밀리 바빙턴과 '그런' 관계인가요?

사이크스: 제기랄, 내 사생활이 무슨 상관이에요?

하산: 말했다시피, 이 기숙사 학생들 간의 역학 관계를 그려보려는 것뿐입니다. 타이론이 사라진 동기를 파악하려는 거죠. 미리 경고하는데, 이 층에 사는 나머지 학생 세 명도 조사할 예정입니다. 그러니 경찰이 알아야 할 게 있다면, 뭐든 먼저 털어놓는 게 나을 걸요.

사이크스: [한숨] 뭐, 그렇다면 밀리가 제 여자 친구라는 것을 말하는 게 낫겠네요. 하지만 타이론이 사라진 당시에는 사귀는 사이가 아니었어요. 그러니까 그 녀석 실종과는 별로 상관없는 문제예요.

하산: 그 판단은 경찰의 몫이죠, 사이크스 군. 타이론과 바빙턴 양은 분명 꽤 가까운 사이였어요. 끊임없이 서로 문자를 주고받으면서요.

사이크스: '끊임없이'라고는 할 수 없죠.

하산: 타이론의 휴대폰 기록 분석 결과를 봤더니, 명백하게 '끊임없이'라고 할 만 하던데, 이 사실에 분명 화가 났겠군요.

사이크스: [어깨를 으쓱함]

하산: 신경 안 쓰였나요? 질투가 났다거나?

사이크스: 네, 옆방에 사는 괴짜 자식이 계속 내 여자 친구에게 문자질을 해대서 엄청 질투가 났죠. 그래서 그 자식을 때려눕혔어요.

[침묵]

사이크스: 맙소사, 농담이에요!

하산: 타이론의 어머니가 당신 말을 재미있다고 생각할 것 같습니까? 아니죠? 나 역시 조금도 재미없군요. 지금은 넘어가지만, 이 문제를 심각하게 받아들여야 할 겁니다, 사이크스 씨. 조만간에 경찰이 재조사를 요청할 겁니다.

조사 종료

6월 27일 오후 5시 20분.
워릭셔 주, 릭 우튼

브라운 경사는 움찔하며 커피 머신 옆을 지나 회의실 테이블 끝자리에 앉았다. 하산과 오코네도 교수에게서 멀리 떨어져 앉는 것이 다소 비우호적으로 보이긴 했지만, 커피 냄새만 맡아도 속이 울렁거렸다. 브라운은 두 눈을 감았다. 다른 사람도 아닌 그녀가 어떻게 이런 어리석은 짓을 저질렀을까. 그녀는 크리스마스 선물 목록도 미리미리 준비해 9월부터 선물을 사기 시작하고, 파트너와 쓰레기통 비우기 담당 차례도 미리 정해놓고, 8년 전부터 생리주기뿐 아니라 배란일까지 달력에 적어놓는 타입이었다. 데비 브라운 경사는 이렇게 삶의 모든 요소를 철저히 계획해서 살았다. 하지만 어찌 된 셈인지, 지금 경력에서 가장 중요한 업무를 계획에 없던 임신과 함께 시작하게 되었다.

계획에 없던 임신. 브라운은 '계획에 없던'과 '임신' 중 어느 것에 더 화가 나는지 알 수 없었다. 입덧이 또 한 차례 밀려오자, 창밖을 바라보며 워릭셔 시골의 깨끗하고 신선한 공기를 상상했다. 브라운의 엄마가 말한 것처럼, 넓은 숲속에 지어진 베이지색 석조 건물인 우드코트 하우스는 경찰청보다 〈다운튼 애비〉*에 더 어울려 보였다. 하지만 그녀의 엄마는—.

"브라운 경사?"

캣 프랭크 총경이 테이블 제일 앞자리에 서 있었다. 분명 브라운의 대답을 기다리는 눈치였다. 큰 키에 날씬한 몸매, 영리한 두뇌까지. 브라운이 바라는 모든 것을 갖춘 여자 상사였다. 브라운은 자신의 롤모델과 함께 일하면 어떤 느낌일지 몇 주 동안 계속 상상해 왔다. 하지만 공들여 그린 시나리오 속에 토하지 않으려 애쓰며 말 한 마디 못하고 앉아있는 자신의 모습은 전혀 들어있지 않았다.

"뭐라고 하셨죠? 죄송합니다. 질문을 못 들었어요."

"회의 시작에 앞서 워릭 대학교에서 알아낸 사항을 먼저 공유해달라고 했어."

"아, 어… 네. 그, 하산 경위님과 저는 보안 팀의 콜린 씨를 먼저 만났습니다. 콜린 씨는 CCTV 영상자료가 왜 없는지 다시 확인해 주기로 했어요. 그리고 밀리 바빙턴과 리처드 사이크스를 비롯해 타이론의 기숙사 친구들을 조사했어요. 녹취록은 사건 공유폴더에 업로드되어 있습니다."

"그래, 다 읽어 봤어. 잘했어."

캣은 손에 마커펜을 들고 테이블 상단의 화이트보드 앞에 섰다.

"하지만 내가 알고 싶은 것은 그들의 첫인상이야."

---

* 영국의 시대극으로 그랜섬 백작 가족 이야기

"인상이요?"

브라운이 캣의 말을 따라 했다. 온종일 약하게 느껴지던 입덧이 지금은 아주 강하게, 훨씬 불길한 느낌으로 올라오는 중이었다.

"밀리 바빙턴과 리처드 사이크스에 대한 경사의 첫인상은 어땠지? 그들의 말에 신뢰가 갔나?"

입 속에 침이 고여 왔다. 브라운은 갑자기 구토가 올라오는 것을 꾹 참으며, 억지로 침을 삼켰다. 맙소사, 중대사건 수사실에 앉아 캣 프랭크 총경 바로 앞에 토하면 어떤 일이 벌어질까? 몇 분지나지 않아 온 건물에 소문이 쫙 퍼질 것이다. 앞으로 어떻게 할지 결정을 내리기도 전에 모든 사람이 그녀의 임신 사실을 알게될 것이다. 그렇다고 당장 화장실로 달려갈 용기도 없었다. 지금은 새로운 상사가 그녀에게 막 질문을 던진 참이었다. 미치겠네.

"전 그들을 믿지 않습니다."

하산이 입을 열었다. 팔짱을 낀 채 의자에 몸을 기댄 모습이었다. 그냥 끼어든 걸까 아니면 그녀를 도와주려 한 걸까? 어느 쪽인지 알 수 없었지만, 아무튼 브라운은 조심히 시원한 물을 한 모금 마실 기회를 얻었다. 자, 심호흡 좀 해.

하산이 말을 이어갔다.

"밀리 바빙턴이 타이론과의 문자를 모두 삭제한 사실은 매우 의심스럽습니다. 제가 문자 내용을 복구할 수 있다고 말했을 때 그녀가 짓던 표정을 봤어야 해요. 그녀의 남자친구인 리처드 사이크스 역시 매우 수상쩍은 인물입니다."

"'수상쩍은'이란 단어는 무슨 의미입니까?"

오코네도 교수 뒤에 서있던 록이 되물었다.

"의심스러운, 신뢰할 수 없다는 뜻이야. 리처드 사이크스는 뭔가 숨기고 있는 게 확실해요."

"확실하다고 하셨습니까? 녹취록을 읽어봤지만 그렇게 단정 지을 만한 증거가 안 보였습니다." 록이 얼굴을 찌푸리며 말했다.

하산이 어깨를 으쓱했다. "내 말이 맞다니까. 난 죄가 있는 인간을 만나면 바로 알아보지. 총경님, 리처드 사이크스는 두루뭉술한 답변과 농담 뒤에 죄를 숨기고, 적대적이며 방어적으로 행동하는 전형적인 인물입니다."

"지금 뭐라고 하셨습니까, 어떤 죄가 있다고 하신 겁니까?" 록이 양손을 앞으로 뻗으며 말하기 시작했다.

"우리는 아직 범죄가 발생했다는 증거조차 발견하지 못했습니다. 같은 층을 쓰는 기숙사 학생 중 그 누구도 리처드 사이크스나 밀리 바빙턴이 범죄를 저질렀다고 할 만한 단서를 목격하지 못했습니다."

"리처드 사이크스는 거짓말했다는 점에서 죄가 있죠. 밀리 바빙턴과 리처드 사이크스 둘 다요." 하산이 말했다.

록은 캣을 보며 화난 듯한 표정을 지었다.

"총경님, 사실을 무시하고 편견을 공유하는 것이 임무 보고의 목적입니까?"

"사실 뿐 아니라, 의견도 공유하는 시간이다. 나는 그 누구도 자기 생각을 여과하거나 편집하기를 원하지 않아. 아무리 사소한 직감이라도 그냥 무시해서는 안 돼. 때로는 그런 게 수사의 돌파구를 열어주기도 하니까. 브라운 경사, 하산 경위의 의견에 동의하나?"

브라운은 심호흡했다.

"밀리 바빙턴이 문자를 지웠다는 점에서 저도 그녀가 수상합니다. 게다가 문자를 복구할 수 있다고 하자, 뭔가 걱정하는 표정을 지었죠."

그녀는 하산을 바라보았다.

"하지만 현 단계에서, 짜증나는 놈이라는 사실 외에 리처드 사이크스를 유죄로 추정할 만한 실질 증거는 없다고 생각합니다."

브라운은 하산이 자기를 노려보고 있는 것이 느껴져(상상일 수도 있겠지만) 얼굴이 붉어졌다.

캣이 고개를 끄덕였다.

"좋아. 통신사를 알아낸 후 최대한 빨리 삭제된 문자 내용이 필요하다고 압력을 넣어봐. 밀리 바빙턴의 문자는 모두 받아내야해. 리처드 사이크스와 주고받은 문자 내용도 보고 싶으니까. 그리고 CCTV 영상 자료도 필요하고. 우리는 열린 마음으로 모든 가능성을 고려해야 한다. 하지만 솔직히 말해, 타이론에 대해 알면 알수록 범죄 가능성을 의심하게 되는군."

캣은 타이론 어머니와의 조사 내용을 짧게 공유했다. 캣이 모자 사이를 아주 친밀하고 서로 아끼는 관계로 묘사하자, 브라운은 눈물 때문에 눈이 따끔거리는 것이 느껴졌다. 월터스 부인은 아주 훌륭한 엄마 같았다. 브라운 자신은 아주 끔찍한 엄마가 될 거라는 생각이 들었다. 그녀는 결혼 전까지 아이를 가질 생각이 없었다. 이상적으로 봤을 때, 결혼은 직장 내 경력과 애인과의 관계, 그리고 경제적 상황이 좀 더 안정되는 시기인 서른두 살에서 서른여섯 살 사이에 할 생각이었다. 임신은 전혀 계획에 없던 일이었다.

브라운은 엄지손톱 옆의 살을 잘근잘근 씹었다. 자신이 임신을 유지하고 있다는 사실에 화가 났다. 아기(아기라니!)를 돌보는 자기 모습을 상상할 수 없었지만, 그렇다고 낙태는 떠올리기조차 힘들었다. 어쩌면 낙태할 필요가 없을지도 모른다. 그녀가 읽어본 인터넷 사이트에 따르면 임신 초기의 유산은 꽤 흔한 일이었다. 그 말은—.

"자, 모두 이해했지?" 캣이 말했다.

브라운은 움찔했다. 맙소사, 대체 왜 이러는 거야? 왜 집중을 못 하는 거지? 호르몬 때문인가?

"여러분이 타이론 사건을 추적하는 동안, 나는 내일 스트랫퍼드—어폰—에이번으로 가서 윌 로빈슨의 부모를 만나겠다. 그 후 각자 진행 상황을 다시 공유하기로 하지. 모두 수고했어."

캣이 손목에 찬 팔찌형 장치의 버튼을 눌렀다. 캣은 록이 사라지자마자 웃는 것 같았다.

캣은 문을 향해 걸어가다가 브라운 근처에서 걸음을 멈추었다. 그리고 브라운을 쳐다보았다.

"괜찮아? 아무 문제 없는 거야?"

"어, 네, 괜찮습니다. 감사합니다. 어젯밤에 잠을 많이 못 자서요. 죄송해요. 제가 오늘 조금—"

"말했잖아, 불법 행위를 저지른 게 아닌 이상 사과하지 말라고."

캣은 테이블 가장자리에 걸터앉아 브라운 쪽으로 몸을 기울였다. "브라운, 내가 자네를 이 팀에 뽑은 이유는 규칙이나 관행보다 마음을 따르는 모습을 봤기 때문이야. 자네는 좋은 직감을 갖고 있어. 다만, 자신을 좀 더 믿기만 하면 돼."

그 말을 한 후 캣은 테이블에서 일어나 밖으로 나갔다.

브라운은 얼굴을 두 손에 파묻었다. 맙소사, 나한테 실망하셨어. 날 뽑은 걸 후회하고 계실 거야. 누가 뭐라 할 수 있겠는가? 그녀는 테이블 맞은편에서 각자 소지품을 챙기는 하산 경위와 오코네도 교수를 바라보았다. 둘 다 빼어난 외모에 머리도 뛰어났다. 이런 최첨단 사건에서 만나길 기대하는 바로 그런 사람들이었다. 어떻게 잠깐이라도 자신이 이 팀에 어울린다고 착각했을까?

오코네도 교수가 문으로 향하며 옆을 지나갈 때를 맞춰 하산도 자리에서 일어났다.

"사건에 대해 어떻게 생각하세요, 오코 교수님?"

오코네도 교수는 큰 키가 앞을 가로막자, 고개를 위로 들며 얼굴을 찌푸렸다.

"제 이름은 오코네도입니다."

"알아요, 제 생각에 그냥—"

"제 이름을 바꿔도 된다고 생각했나요? 그건 당신의 권리가 아닙니다. 그러니 부디 제 원래 이름에 대한 존중심을 보여주시죠."

엿듣지 말아야 했지만, 브라운은 저도 모르게 감탄사가 튀어나왔다.

"물론이죠. 죄송합니다." 하산은 목소리를 높였다. "그냥 친해지려는 것뿐이었습니다. 다 같이 밖에서 한잔하며 서로 알아가는 시간을 가지면 어떨까요? 제가 사겠습니다."

하산은 브라운에게 약하게 손짓했지만, 두 눈은 여전히 젊고 아름다운 교수에게 머물러 있었다.

"아니요, 괜찮습니다."

"아. 너무 갑작스럽게 말씀드린 것 같네요. 다른 날로 잡을까요?"

"아니요, 괜찮습니다."

"저기, 교수님에게 작업을 걸거나 추근거리는 게 아니에요. 같이 한잔하는 게 경찰 문화에서 중요하거든요. 팀워크를 다지는 시간이죠."

"압니다. 하지만 저는 경찰이 아닙니다. 여러분의 팀원도 아니고 요. 경찰 문화에 도전하기 위해 여기 온 것이지 강화하기 위해 온 것이 아닙니다."

"이봐요, 교수님." 하산이 목소리를 낮췄다. 아마 브라운이 못 듣기를 바라는 듯 했다.

브라운은 한마디도 놓치지 않기 위해 숨을 죽였다.

"이해해요. 경찰 조직이 완벽하지는 않죠. 하지만 우리가 더 좋게 만들 수 있습니다. 우리는 같은 편이잖아요. 교수님과 나요."

브라운은 오코네도 교수가 이보다 더 엄숙해 보일 수 없다는 생각이 들었다. 천천히 숨을 들이마신 교수는 키가 몇 센티는 더 커진 것처럼 보였다.

"같은 편이요? 왜죠? 둘 다 백인이 아니어서요?" 오코네도 교수 가 고개를 저으며 물었다. "저는 진실과 정의의 편입니다. 그런데 조금 전 경위님이 저기 앉아서 한 남자의 유죄를 주장하는 것을 들었습니다. 어떠한 증거도 없이 오로지 경위님의 편견에만 기대 서요."

교수는 어깨 위로 가방을 멘 후, 하산이 길을 비킬 수밖에 없는 기세로 걸어갔다.

"하나 더 말하자면, 저는 경찰과 경찰 문화를 '더 좋게' 만들기 위해 록을 개발한 게 아닙니다."

교수는 문을 열고 나가며 어깨 너머로 마지막 말을 던졌다.

"제 목표는 그것을 파괴하는 것입니다."

13장

6월 27일 오후 7시 21분.
워릭셔 주 콜스힐, 프랭크 총경의 집

"캠?"

캣은 팔꿈치로 문을 닫으며 소리쳤다.

"캠? 집에 있니?"

아무런 답이 없었다.

캣은 구두를 벗어 던졌다(드디어 해방이다). 시장 봉투를 들고 끙끙거리며 복도를 지나, 무릎으로 부엌문을 열었다. 간발의 차로 무릎이 아프다는 사실을 기억했으나 이미 늦은 후였다. 통증 때문에 몸이 움츠러들었다. 돌로 된 바닥 위에 시장 봉투를 털썩 내려놓은 후 주위를 둘러봤다. 부엌은 깨끗했고 찬장 문도 닫혀 있었다. 아들이 아직 돌아오지 않은 게 분명했다. 캣은 휴대폰을 꺼내 캠에 문자를 보냈다.

방금 집에 들어왔어. 몇 시에 집에 올 거니? 초리조 파스타 괜찮지?

답이 없었다. 사실 별로 놀랍지도 않다. 집에 있을 때면(요새는 집에 붙어 있지도 않지만) 캠은 휴대폰을 마치 제3의 손처럼 화장실이든 어디든 소중하게 꼭 쥐고 다녔다. "넌 장기 이식을 기다리는 환자가 아니야."라고 캣이 말한 적도 있었다. 하지만 캣이 문자를 보내면, 캠은 항상 '휴대폰을 못 봤다'거나 혹은 '배터리가 다 닳았다'고 했다. 전화 통화는 이미 몇 년 전에 포기했다. "요새는 아무도 통화를 안 한다고요, 엄마."

캣은 장 본 물건들을 정리하기 시작했다. 또띠아 칩은 찬장 제일 안쪽에 집어넣고, 치즈케이크는 냉장고에 샐러드 봉투 뒤쪽에 놓았다. 비싼 물건이라 캠이 못 찾도록 숨기는 게 아니었다. 돌아오자마자 단 몇 분 안에 이 모든 것을 먹어 치우지 못하게 하려는 것뿐이었다. 물론 캠이 금방 올 것 같지는 않았지만. 캣은 여전히 답이 없는 휴대폰 화면을 확인한 후 얼굴을 찌푸리며 다시 문자를 보냈다.

여보세요???

계속 답이 없었다. 요리를 시작해야 하나, 말아야 하나? 물론 이건 바보 같은 질문이었다. 캠이 몇 시에 올지는 알 수 없었지만, 일단 집에 오면 분명 '배고파 죽겠다'고 할 게 뻔했다. 캣은 차가운 화이트 와인을 한 잔 따른 후 첫 모금을 음미했다. 향이 강한 와인을 입 안 가득 채우고 도마를 꺼냈다. 적어도 뭔가를 만들긴 해야 했다.

초리조*를 굽는 동안 마늘과 매운 고추를 썰어 프라이팬에 넣었다. 신선한 토마토와 바질, 붉은 피망도 추가했다. 그녀처럼 힘

---

* 칠리 파우더 등의 향신료와 야채 등을 다져 넣은 돼지고기 소시지

든 하루를 보낸 사람들은 대부분 배달 음식을 주문할 것이다. 하지만 캣은 지난 20년간 마약 중독자와 알코올 중독자의 집을 수색하면서, 피자 박스와 빈 맥주 캔에 혐오감이 생겼다.

캣은 적어도 일주일에 다섯 번은 재료부터 직접 골라 손수 요리를 했으며, 맥주는 늘 예쁘고 값비싼 병에 담긴 것만 샀다.

물이 막 끓기 시작했을 때 캠이 돌아왔다. 캠은 바로 부엌 찬장을 열고 또띠아 칩을 꺼냈다. 그리고 와그작와그작 씹으며 '배고파 죽겠다'고 했다.

"지금 막 파스타 면을 넣으려던 참이었단다."

30초 만에 문에서 과자를 숨겨놓은 장소까지 찾다니, 세계 신기록 아닐까?

"전 괜찮아요."

캠은 입 안 가득 과자를 넣은 채 웅얼거렸다.

"신분증 챙기고, 티셔츠 바꿔 입으려고 잠깐 들린 거예요. 퍼거스네 집에 '사전 음주'하러 갈 거거든요."

"또?"

캣은 '사전 음주'란 말을 처음 들었을 때, 식전주 몇 잔쯤 마시려니 하고 순진하게 생각했다. 하지만 얼마 안 가 '사전 음주'의 진정한 의미를 알게 되었다. '사전 음주'는 가진 용돈 안에서 예거밤을 최대치로 마시기 위해, 본격적으로 술집에 가기 전 싸구려 보드카를 대량으로 마시는 것을 뜻했다. 알고 보면 겉보기에만 무해한 단어였다. 캣은 아들이 즐겁게 노는 것을 막고 싶지 않았다. 하지만 캠은 얼마 전에서야 우울증 치료를 끝냈다.

"캠, 최근 몇 주 동안 술을 너무 자주 마시더라."

캣이 소심스럽게 말을 꺼냈다.

아들이 두 팔을 펼치며 어깨를 으쓱했다. 햇볕에 그을리고 근육이 생긴 캠의 팔은 이제 소년이 아니라 성인 남자의 팔처럼 보이기 시작했다.

"엄마, 이제 막 A레벨 과정을 끝냈잖아요. 축제의 여름을 보내야죠."

"그래, 제대로 즐기고 있는 것 같네. 저녁은 어떻게 할 거야?"

캠이 최소한 배는 채우고 노는지 확인하고 싶었다.

캠은 손가락으로 파스타 소스를 찍어 먹었다.

"가면서 과자나 먹으려고요."

"캠—"

"늦지 않게 올게요. 돌아와서 먹게 제 것도 좀 남겨주세요."

캠은 엄마의 마음을 사로잡는 미소를 지었다. 사실 캣이 불평해서는 안 되었다. 작년 이맘때의 캠은 우울증과 불안증이 극심해져 집 밖은 고사하고 침실 밖으로도 거의 나오지 않았다. 처음에는 캠의 학업에 지장이 있을까 봐 걱정했다. 하지만 담당 의사는 캠의 정신건강 회복에 집중하는 것이 훨씬 중요하다고 그녀를 설득했다. 결국 의사의 말이 맞았다. 열여덟 살짜리 아들이 중년 엄마와 마주 앉아 이야기하는 것보다 친구들과 나가 노는 것을 더 좋아한다는 사실 자체가 좋은 신호였다. 캣은 아들을 놓아주는 법을 배워야 했다. 하지만 오늘은 존이 죽은 후 그녀가 업무에 복귀한 첫날이었다. 존이 없는 집으로 퇴근한 첫날.

캠은 마치 그녀의 마음을 읽은 것처럼, 아직 정장 차림인 캣을 보고 물었다.

"일은 어땠어요?"

"좋았어, 물어봐 줘서 고마워. 새 팀원들은 꽤 괜찮은 것 같은

데, 그놈의 AI가 짜증나긴 해."

그녀는 손을 휘저으며 아직 손목에 차고 있는 검은색 팔찌 같은 장치를 가리켰다.

캠의 두 눈이 휘둥그레졌다.

"집에 가져와도 되는 거예요? 진짜요? 봐도 돼요?"

"이건 장난감이 아니야, 캠."

대답과 달리, 캣도 결국 캠의 흥분에 전염되어 기본 설명을 해준 후 시각 모드 버튼을 눌렀다.

"자, AI 수사관 록을 만나보시죠."

캣이 말하자마자 록의 홀로그램 이미지가 부엌 아일랜드 식탁 앞에 나타났다.

"록, 여긴 내 아들 캠이야."

"만나서 반갑습니다."

록은 머리 위 나무 기둥에 달려있는 고리에 걸린 구리 프라이팬을 피하려는 듯 잠깐 머리를 숙이며 말했다.

"진짜 멋진데요."

캠이 키가 큰 흑인 남자의 홀로그램 이미지 주변을 빙 돌며 말했다.

"뭐든 좀 말해 봐."

"무엇에 관해서 말입니까?"

"나도 모르지. 어, 엄마 밑에서 일하는 것은 어때?"

"프랭크 총경님은 똑똑하고 경험 많은 형사입니다. 하지만 총경님의 사고 과정은 종종 불분명하고 비합리적입니다. 또한 본인 의견에 이의를 제기하면 방어적으로 대응합니다."

"난 안 그랬어!"

캠이 웃음을 터뜨렸다.

"와, 세상에. 이 남자 정말 멋진데요."

"'그것'이야. 록은 '이 남자'가 아니라 '그것'이라고."

"당신의 어머니가 저를 지칭하는 명칭을 고쳐야 한다고 느낀 게 오늘만 벌써 세 번째입니다. 제 생각에, 총경님은 제 능력을 위협적으로 여기는 것 같습니다. 그래서 다른 사람들에게 저의 한계점을 계속 상기시키는 것입니다."

"너는 진정한 의미에서 '생각'이라는 것을 할 수 없어." 캣이 지적했다.

"그건 총경님 의견일 뿐입니다. 시범 프로젝트가 사실을 입증할 것입니다."

둘을 영상에 담으려고 캠이 휴대폰을 들었다.

"진짜 끝내주네요."

"캠, 찍으면 안 돼."

캣이 손으로 카메라 렌즈를 가렸다.

"농담 아니야. 경찰은 아직 시범 수사 프로젝트를 공개하지 않았어." 캠이 얼굴을 찌푸렸다.

"공개해야죠. 완전 유명세를 탈거에요."

"그럴 리 없어."

캣은 록의 전원을 끄려 했다.

"잠깐만요, 저녁 먹는 동안 록을 그대로 두면 안 돼요?"

"홀로그램은 먹지 않아. 그나저나, 너 나간다고 하지 않았니?"

캠이 휴대폰을 쳐다보았다.

"나갈 거예요. 생각해보니 저녁은 여기서 먹고 친구들은 나중에 술집에서 만나도 될 것 같아요. 엄마, 록을 그냥 두세요. 장담하는

데, 우리가 저녁 먹는 모습을 보면서 록도 많이 배울 거예요."

"그러니까 나랑 저녁 먹을 시간은 없지만, 내가 AI를 데려오면 시간이 생긴다는 거지?"

캣은 상처 받지 않은 척 웃어 보였다.

록이 뚫어지게 그녀를 응시했다. 마치 캣의 웃음 뒤에 가려진 감정을 들여다보는 것 같았다. 당연히 말도 안 되는 헛소리였지만. 록은 캣의 손목 장치에 달린 센서를 통해서만 '볼 수' 있을 뿐이다. 게다가 이 알고리즘 덩어리가 어떻게 인간의 마음을 알 수 있겠는가? 그런데도 캣은 자기 얼굴이 안 보이게 파스타 냄비로 몸을 돌렸다.

캠이 거실에 저녁을 차리겠다고 했지만, 캣은 부엌에서 먹자고 고집을 부렸다. 거실은 가족의 사적 영역이었다. 벽에는 가족사진이 여러 장 걸려 있고, 구석구석 존에 대한 추억이 서려 있었다. 결국 둘은 거실 대신 부엌 중앙에 있는 아일랜드 식탁의 스툴에 걸터앉아 저녁을 먹었다. 록은 사람처럼 의자에 앉는 자세를 취했다. 그리고 시곗바늘처럼 부지런히 고개를 여기저기 돌려봤다. 마치 주변을 관찰하는 모습 같았다. 대부분의 사람들은 캣의 집을 보고 이렇게 말했다. 독특한 16세기 장식이 이 집의 밝고 현대적인 분위기와 잘 어울리고, 목재와 벽돌로 이루어진 부엌 안에서도 새로 바꾼 창문과 테라스 출입구 덕분에 푸른 워릭셔의 시골 풍경을 잘 느낄 수 있다고. 캣의 친구들은 도대체 집값을 어떻게 감당했냐고 물어보기도 했다. (답은 홍수가 잦은 지역에 다 쓰러져가는 오두막을 산 후 그 집을 복원하는 데 인생의 십 년이란 시간을 쏟을 정도로 미치면 된다.)

하지만 록은 대부분의 사람에 속하지 않았다. 팔찌 센서를 통해 시각적 정보를 수집하기 때문에, 고개를 이리저리 돌리는 것은 단지 입력된 행동일 뿐이다. 그런데도 캣은 록의 눈이 모든 것을 기록하듯 불편할 정도로 정확하게 움직이는 것을 느꼈다. 뒤쪽의 그릇 건조대에 쌓인 접시들부터 창틀에 놓인 분홍색 정원 장미, 한쪽에 충전 중인 캣의 노트북, 두 모자 앞에 놓인 김이 뜨겁게 모락모락 올라오는 파스타 접시까지. 마지막으로 록은 식탁에서 자기 앞의 빈 공간을 쳐다보았다.

캠은 파스타를 허겁지겁 먹기 시작했다. 그는 록에게 질문을 퍼부어 대느라 거의 씹지도 않고 삼켰다. 신체 감각이 전혀 안 느껴져? (네.) 느껴보고 싶어? (아니요.) AI와 비교해서 인간의 사고 과정이 너무 느리다고 생각해? (네.) 인간에게서 가장 이상한 점은? (인간이 AI보다 우월하다고 생각하는 점과 AI가 인간에게 무언가를 배워야 한다고 생각하는 점입니다.)

캣은 숟가락 위에 파스타 면을 돌돌 말아 올리는 데 집중했다. AI와 밥을 먹고 있는 모습을 존이 본다면 뭐라고 할까? 캣은 새로 딴 레드 와인을 단숨에 들이켰다. 순간 키안티 와인의 강하고 거친 타닌 맛에 움찔했다. 저 AI만 없었다면 지금 바로 여기에 존이 함께 앉아있었을 거라는 생각이 들었다.

캣은 록을 노려보았다. 이 모든 잘못된 현실 때문에 목구멍에서 화가 불타오르는 듯 치솟았다. 캣은 손목 장치에 손을 갖다 댔다. 사랑하는 존이 갑자기 사라진 것처럼, 록의 전원도 확 꺼버리고 싶은 악의적 충동이 솟았다.

바로 그때 록의 말에 캠이 웃음을 터뜨렸다. 너무나 힘차고 가슴 따뜻해지는 웃음소리였다. 캣은 주저할 수밖에 없었다. 사실 존은 부엌에서 AI를 발견해도 화내지 않을 것이다. 오히려 캠과 마찬가지로 AI에 엄청난 흥미를 보였겠지. '열린 마음을 가져야 해.' 존은 그녀에게 이렇게 충고해 주곤 했다. '새로운 걸 배울 수도 있잖아.' 캣은 한숨을 내쉬었다. 존은 언제나 그녀의 더 나은 반쪽이었다. 지금 그녀가 이끄는 국가 차원의 시범 프로젝트에 대해 존과 이야기를 나눌 수만 있다면. 지금 캠이 얼마나 잘 해내고 있는지 존이 볼 수만 있다면. 존은 정말 자랑스러워할 것이다.

"프랭크 총경님, 괜찮으십니까?" 맞은편에서 록이 물었다.

"괜찮아. 왜?"

"슬퍼 보이십니다."

캣은 따뜻한 말과 대비되는 록의 차가운 목소리와 표정에 내심 놀랐다.

"너도 설거지해야 한다면 똑같은 표정일걸."

캣은 재빨리 일어나 시끄럽게 달그락거리며 힘주어 그릇을 정리했다. 솔직히 한낱 기계일 뿐인 AI가 슬픔에 대해 무엇을 알겠는가? AI에 내장된 얼굴 인식 프로그램이 그녀의 표정이 어떤 범주에 들어가는지 말해줬을 것이다. 하지만 이 슬픔이 무엇을 의미하는지는 모를 것이다. 어떤 느낌인지. 얼마나 가슴이 아픈지.

캠의 휴대폰이 울렸다.

"이제 가야겠어요."

캠이 냅킨으로 얼굴을 닦으며 말했다.

"고마워요, 엄마. 파스타 맛있었어요. 록, 만나서 반가웠어. 곧 또 보자, 알았지?"

캠이 쿵쾅거리며 계단을 올라가는 소리가 들렸다. 캣은 식기세척기에 그릇을 넣었다. 쿵쾅거리는 소리가 몇 번 더 들리더니 곧 조용해졌다. 변기 물 내리는 소리가 들리고 캠이 다시 계단을 뛰어 내려왔다.

"집 열쇠는 챙겼니?"

캠이 열쇠를 들어 올리자, 햇빛이 열쇠를 메달처럼 비추었다. 아름다운 금발 머리의 아들은 아직은 마냥 소년 같았다.

"갈게요!"

"몇 시에 집에—"

문이 쾅 닫혔다.

"돌아올 거니?"

캣은 와인병을 집어 들고 한 잔 더 따랐다. 눈을 들자, 록이 그녀를 보고 있었다. AI가 입을 열기도 전에 캣은 전원을 꺼버렸다. 록의 홀로그램이 부엌에서 사라졌다. 이제 그녀는 완전히 혼자 남았다. 아니야, 그녀는 정정했다. 캣은 혼자가 아니었다. 캠은 밖에 나간 것일 뿐, 몇 시간 안에 돌아올 것이다. 타이론 월터스나 윌 로빈슨과는 다르게. 캣은 몸을 부르르 떨었다. 회복력이 무척 강한 그녀였지만, 캠이 실종되기라도 한다면 결코 견뎌내지 못할 것이다. 캠의 안위를 모른다는 사실이 그녀를 부술 것이다. 아일랜드 식탁에 도로 앉아 노트북을 켜고 윌 로빈슨 사건 파일을 열었다. 내일 그녀는 윌 로빈슨의 부모를 조사할 것이다. 가족이 마땅히 들어야 할 답을 찾기 위해 최선을 다해 모든 것을 할 것이다.

14장

6월 28일 오전 9시 40분.
스트랫퍼드—어폰—에이번, 윌 로빈슨의 집

"총경님, 스트랫퍼드—어폰—에이번에 접근 중입니다. 혼잡을 피해 여기서 오른쪽으로 가십시오."

캣은 왼쪽으로 핸들을 틀었다.

"왜 제 조언을 따르지 않으시는 겁니까? 제가 틀렸습니까?"

"아니. 록, 네가 말한 방향이 더 빠를 거야. 하지만 난 시내를 가로질러 가는 게 좋거든."

"왜입니까?"

캣은 록의 질문을 무시했다. 그녀는 관광객 무리가 튜더 빔 양식의 집들이 늘어선 좁은 골목길을 따라 느릿느릿 걸어가는 모습을 보는 것이 좋았다. 낭만적인 휴가를 보내는 연인, 대형 버스로 단체 극장 여행 중인 백발의 관광객들, 낯설고 신기한 종이 팸플릿을 보느라 아이폰을 잠깐 내려놓은 고등학생들까지. 캣은 횡단보도에 멈춰 서서 유모차에 아이를 태운 부부가 길을 건너기를 기다렸다. 햇빛 때문에 눈을 가늘게 뜬 엄마가 감사의 미소를 보냈다. 어린 아들은 통통하고 짧은 다리를 위아래로 탕탕 구르며 길 반대편의 아이스크림 노점상을 가리켰다.

아이의 엄마와 아빠는 서로 열심히 눈빛을 교환했다. 아빠는 이의를 제기하듯 눈썹을 올렸지만, 엄마는 이미 유모차 밑에서 플라스틱 용기를 꺼내고 있었다. 아이는 뚜껑을 열고 안쪽을 보더니 이내 울음을 크게 터뜨리고 자기가 원하는 것을 계속 손가락으로 가리켰다.

캣이 한숨을 내쉬었다. 이 불쌍한 젊은 부부와 마찬가지로, 존과 그녀 역시 그런 문제로 고민했던 때가 있었다. 모든 잠재적 위험으로부터 아들을 보호하기 위해, 그들 역시 이를 썩게 하는 주스 대신 물이 담긴 플라스틱 병을, 과자 대신 떡을, 사탕 대신 말린 과일을 가지고 다녔다. 하지만 이 모든 게 부질없는 일이라고 젊은 부부에게 말해주고 싶었다. 일단 아이가 가게에 혼자 다닐만한 나이가 되면, 맥도날드와 하리보 젤리와 콜라에 흠뻑 빠져들 것이다. 그러니 지금은 차라리 아이를 행복하게 해주는 게 낫다. 가여운 아이에게 아이스크림쯤은 사줘도 된다. 사실 얼마든지 사줘도 괜찮다.

"프랭크 총경님?"

"뭐?"

"뒤에 있는 차들이 우리차가 앞으로 주행하기를 기다리는 것 같습니다."

캣은 가족에게서 눈을 뗀 후, 강 쪽으로 차를 몰았다.

강둑 양쪽 모두 관광객으로 붐볐다. 관광객들은 지나가는 유람선을 구경하거나, 뭘 먹으면서 백조와 오리에게 먹이를 주거나, 아니면 그냥 6월 하순의 햇볕을 즐기고 있었다.

"록, 로빈슨 가족이 사는 곳에 대한 정보 있어?"

록은 월 로빈슨과 부모가 사는 브리지타운에 관해 설명했다. 브리지타운은 에이번 강 동쪽에 있는 부유한 교외지역으로, 지어진 지 몇 년 되지 않았지만 15세기에 강을 건너기 위해 지어진 클롭톤 다리와도 가까웠다. 최근 인구조사 자료에 따르면, 거주민 대다수가 30세에서 60세 사이의 전문직 혹은 관리직급이었다. 자영업자 수도 평균보다 많았고 주민 건강 평가에서도 높은 점수를 받았다.

"그런데도 너는 이 사건을 최우선으로 선택했지." 캣이 투덜거렸다.

"저는 특권층에 대한 편견이 없습니다."

록은 신중하고 침착한 목소리로 말했다.

"오로지 사실만 평가할 뿐입니다. 이야기가 나와서 말인데, 스트랫퍼드—어폰—에이번 인구 중 흑인은 0.5퍼센트 이하입니다. 저의 홀로그램 중 백인 이미지를 사용하는 것이 좋지 않겠습니까?"

"누구에게 좋다는 말이야?" 캣이 물었다.

그녀는 여태까지 어떤 형태의 인종차별주의에도 굴복한 적이 없으며, 앞으로도 절대 그러지 않을 것이다.

캣은 클롭톤 다리 위로 차를 몰았다. 다리를 건너자 관광객도, 거리 음악가도, 티켓 판매업자도 모두 사라졌다. 심지어 강도 더 조용해진 것 같았다. 마치 백조와 오리도 모든 일이 —주로 사람들이 주는 먹이가— 서쪽에서 일어난다는 사실을 아는 것 같았다. 막다른 골목에 들어서자 캣은 속도를 늦추고 로빈슨네 집 앞에 차를 세웠다. 주차장은 차 몇 대가 들어갈 만큼 넓었다. 하지만 유심히 살펴보니 정원은 보이지 않았다. 화분에 심어진 식물이

나 집에 달아놓은 꽃바구니조차 없었다. 집은 부동산 중개업자가 '방 다섯 개짜리 고급 주택'이라고 소개할 만큼 컸다.

캣은 차에서 내려 문 위에 설치된 CCTV 카메라에 주목하며 현관문을 힘껏 두드렸다. 월터스 부인 때와 마찬가지로 방문 사실을 미리 고지하지 않았다. 다소 무례할 수는 있지만(게다가 당사자가 집에 없을 위험성도 있다), 예기치 않은 경찰 방문에 보이는 반응을 통해 그 사람에 대해 많은 것을 알 수 있다. 쉽게 방에 들어가게 해주는지, 이웃에 쉬쉬하며 조용히 문을 닫는지 등의 반응을 살펴볼 수 있다.

누군가가 복도를 따라 걸어오자 캣은 경찰 신분증을 꺼냈다.

"캣 프랭크 총경입니다."

얇은 실크 스카프를 두른 중년 여성에게 신분증을 내밀었다.

여성의 손은 바로 목으로 향했다. 밝은 머리카락을 우아하게 틀어 올리고 있었기 때문에 가슴부터 얼굴까지 피부가 붉어지는 것이 보였다.

"하느님 맙소사, 윌에게 무슨 일이 있는 건가요?"

캣은 일부러 아무런 말도 하지 않았다. 이 침묵에 대한 로빈슨 부인의 반응이 몇 시간 동안 계속될 조사보다 더 많은 것을 알려줄 것이다.

로빈슨 부인은 뒤쪽의 계단을 흘끗 보더니, 다급하고 숨찬 목소리로 속삭였다.

"제발 아이가 죽었다는 말은 하지 말아주세요. 제발, 안 돼요."

"윌에 대한 추가 소식은 없습니다. 저는 공식적인 사건 재수사의 일환으로 온 것뿐입니다. 잠깐 들어가도 되겠습니까?"

"네, 네, 물론이지요."

로빈슨 부인이 안도의 한숨을 내쉬며 말했다. 부인은 문을 닫은 후 나무 바닥이 깔린 넓은 복도를 지나 거실로 캣을 안내했다. 그녀는 걸어가는 동안 다시 한 번 계단 쪽을 흘끗 바라본 후, 캣에게 갈색 인조가죽으로 만든 커다란 소파에 앉으라고 권했다. 캣이 소파에 앉자 삐걱거리는 소리가 났다. 산 지 얼마 안 되었거나 거의 앉은 적이 없는 것 같았다.

"총경님, 마실 것 좀 드릴까요? 우유가 다 떨어졌는데, 대신 허브티나 홍차로 하시겠어요?"

"감사하지만 괜찮습니다."

"아니면 물이라도?"

"정말로 괜찮습니다. 이쪽으로 앉으시죠."

로빈슨 부인이 내키지 않는 모습으로 캣의 옆에 앉았다. 캣은 그녀에게서 옅은 향수 냄새를 맡았다. 가볍고 달콤한 고급 향수 냄새였다.

"오늘 방문한 이유는 경찰이 아드님 사건을 공식적으로 재수사하기로 결정했기 때문입니다."

로빈슨 부인이 무릎을 움켜쥐었다.

"새로운 사실이 나왔나요?"

"아닙니다. 일반적인 재수사일 뿐입니다. 다만, 이번 재수사는 광범위 연구 프로젝트의 일환임을 미리 말씀드립니다. 아드님과 같은 실종사건을 해결하는 데 있어 인공지능 컴퓨터가 경찰에 도움이 되는지 확인하기 위해서죠."

캣은 시범 프로젝트에 대한 모든 것을 설명한 종이를 건네며 윌 로빈슨 사건이 이번 연구 프로젝트에 포함되기를 원하면 동의서에 서명해달라고 요청했다.

"이게 월을 찾는 데 도움이 될까요?"

"그러기를 바라고 있습니다."

캣이 신중하게 답했다. 그녀는 팔을 뻗어 손목에 차고 있는 단순한 외형의 검정색 팔찌형 장치를 보여주었다. 로빈슨 부인에게 무엇이 나타날지 미리 경고한 후 록의 시각 모드 버튼을 눌렀다.

부인은 설명을 제대로 듣지 않은 듯 했다. 캣의 말에 피곤한 듯 고개를 끄덕이며 동의서에 서명까지 했으면서, 막상 흑인 형사의 홀로그램 이미지가 거실에 나타나자 깜짝 놀라 거의 비명에 가까운 소리를 질렀다.

"저게 뭐죠?"

"말씀드린 대로 AI 수사관 록입니다. AIDEs라고 이름 붙여진 인공지능 수사프로그램의 일종이죠. 부인 앞에 서 있는 홀로그램은 실존하는 사람의 모습이 아닙니다. 최첨단 컴퓨터가 구현한 이미지일 뿐이죠."

캣은 손목에 찬 장치를 톡톡 두드렸다.

"부인이 허락하신다면, 록이 월의 인터넷 사용 기록이나 소셜미디어에서 주고받은 메시지들을 분석할 수 있게 됩니다."

로빈슨 부인은 못마땅한 듯한 소리를 냈다.

"이미 경찰에 접근 권한을 허락했었어요. 하지만 아무것도 나오지 않았죠."

"보통 경찰은 젊은 사람이 생성해 내는 수천 건의 문자와 소셜미디어 메시지를 전부 읽고 분석할 여유나 시간이 없습니다. 하지만 저는 단 몇 초 안에 그런 업무를 모두 처리할 수 있습니다." 갑자기 록이 말을 하기 시작했다.

"이게 말도 할 수 있나요?"

"네, 할 수 있습니다." 록이 대답했다.

캣은 '얌전히 굴어'란 눈빛으로 록을 쏘아본 후 자리에서 일어섰다. "이 청년이 월인가요?"

캣은 하얀 벽에 일렬로 걸린 사진들을 가리켰다. 거실 벽을 따라 걸으며 사진을 하나하나 관찰했다. 예수탄생 연극 속에서 밝은 적갈색 머리카락이 행주 밖으로 삐죽 튀어나온 모습의 아기 월, 풍성한 적갈색 곱슬머리에 분홍빛 뺨과 앞니 빠진 모습의 유아반 월, 사춘기 무렵 〈오즈의 마법사〉의 사자 분장을 한 월, 〈사운드 오브 뮤직〉에서 올리버 역할을 한 월의 모습이 각 사진에 담겨 있었다. 월은 각기 다른 무대에서 다양한 의상을 입고 있지만, 특유의 밝은 적갈색 머리카락과 주근깨가 있는 환한 얼굴이 공통적으로 눈에 띄었다. 캣은 벽난로 위에 걸려 있는 커다란 월의 흑백 사진 앞에서 걸음을 멈췄다. 그는 무대 위에 홀로 서 있었다. 머리카락은 후광을 받는 듯 빛났고, 두 눈은 하늘 어딘가를 올려다보고 있었다.

"제가 제일 좋아하는 사진이에요."

로빈슨 부인이 뒤로 다가오며 말했다.

"작년 여름에 월은 햄릿 역을 진짜 멋지게 해냈어요. 다른 사람들도 모두 그렇게 말했어요. 월은 대학에서 연극학을 전공했어요. 〈햄릿〉이 월의 마지막 작품이었죠. 언젠가 글로브 극장에서 햄릿을 연기하고 싶다고 했어요."

"월에게 다른 취미나 관심사가 있었나요?" 캣이 물었다.

걸려있는 사진은 모두 연극 속 월의 모습뿐이었다. 꾸미지 않은 본연의 모습이 담긴 사진은 한 장도 없었다.

"없었어요. 월은 연기하기 위해 사는 아이였어요. 걷고 말하기 시작한 순간부터 연기야말로 그 애가 꿈꿔온 전부였죠."

캣은 먼지 하나 없는 깨끗한 거실을 둘러보며, 윌이 소파에 앉아 엄마와 아빠에게 몸을 기댄 채 텔레비전 보는 모습을 떠올리려 했다. 하지만 그 거실은 그런 공간으로 보이지 않았다. 벽에는 커다란 평면 텔레비전이 걸려있고, 차분한 연베이지색 카펫 위에는 큰 인조가죽 소파와 아무것도 놓이지 않은 낮은 티테이블이 있었다. 그 외에 책이나 종이, 혹은 벗어 던진 신발 한 켤레조차 보이지 않았다. 정말 미니멀리스트의 집 같았다. 사실 집이라기보다 전시장처럼 보였다.

"로빈슨 부인, 윌에 대해 조금 더 말씀해 주실 수 있을까요?"

부인이 한숨을 내쉬었다.

"윌은 사랑스러운 아이예요. 정말 상냥하죠. 진짜예요. 누구든 잘 도와줬거든요. 요새 배우들처럼 마구 뽐내려 하지 않고, 오히려 조용한 편이죠. 제가 학생이었을 때는 극장에 윌처럼 예민한 감각의 영혼들이 많았어요. 하지만 지금은, 글쎄요, 다들 〈엑스 팩터〉*를 너무 많이 본 것 같아요. 모두 엄청난 자기 신념과 오만함을 갖고 있죠. 윌은 그런 감정이 꽤 위험하다고 생각했어요."

"윌은 친구가 많았나요?"

"네, 물론이죠. 다들 그 애를 좋아했어요. 그 덕에 맨날 밖에 있었죠. 사실 윌이 대학에서 돌아온 후에는 거의 마주치기 힘들 정도였어요."

"여자 친구가 있었나요?"

"네, 쇼나 맥피어슨이요. 둘은 일 년 전 대학에서 만났어요. 최

---

* 영국의 스타 오디션 프로그램

근 사이가 점점 식어가는 느낌을 받긴 했지만요."

로빈슨 부인의 얼굴이 굳어졌다.

"쇼나는 윌이 실종되기 몇 달 전에 런던으로 이사 갔어요. 그래서 윌이 쇼나를 만나러 간 것 아닐까 생각했던 거예요."

캣은 수첩에 '돌아가는 길에 쇼나에게 전화할 것'이라고 적었다.

"실종되던 날, 윌은 어때 보였나요? 기분이 언짢지는 않았나요?"

"정말 괜찮아 보였어요."

로빈슨 부인이 두 손을 비틀며 대답했다.

"그분들께도 계속 이야기했어요. 제 말은, 이전 담당 경찰이요. 윌은 행복해했어요. 그때 막 로열 셰익스피어 극단에 합격해서 정말 기뻐하던 참이었거든요. 그날은 대부분 자기 방에 있었죠. 대본을 읽고 있는 것 같았어요. 저녁 식사를 차려주겠다고 했지만, 취업 성공 축하 차 밖에서 친구들과 저녁을 먹는다고 했어요. 윌이 샤워를 했던 게 기억나요. 내 볼에 뽀뽀해 줬을 때 머리카락이 아직 젖어있었죠…"

로빈슨 부인이 볼을 만지며 눈물을 흘렸다.

"그게 몇 시였습니까?"

"막 다섯 시가 지났을 때예요. 다섯 시 십분 정도였어요. 윌이 아주 서둘렀거든요. 계단을 뛰어 내려오더니 거실에 있는 운동화를 집어 들었죠. 늦었다고 말하면서요. 열쇠는 챙겼는지, 몇 시에 집에 오는지 물어봤죠. 윌은 '늦지 않을 것'이라고 했어요. 그때 제 휴대폰이 울리는 바람에 한 일분 정도 딴 데를 쳐다봤어요. 아마 일 분도 채 안 되었을 거예요, 정말 단 몇 초였는데. 다시 윌을 돌아봤을 때는… 문이 닫혀 있었고… 윌은 가버렸어요."

부인의 목소리가 갈라졌다.

"그게 그 애를 본 마지막 순간이 될 줄 몰랐어요. 잘 다녀오라고 했는지조차 기억이 안 나요."

캣은 로빈슨 부인이 마음을 추스를 시간을 준 후, 부드럽게 질문을 이어갔다.

"윌이 어디로 간다거나 아니면 누구를 만날 건지 이야기 했나요?"

로빈슨 부인이 얼굴을 찌푸렸다.

"시내에 있는 스완스 네스트라는 가게에 갈 거라고 했어요. 하지만 누구랑 만나는지는 물어보지 않았어요. 대학에 간 후 어떤 친구들과 어울리는지 몰랐거든요. 그래서 정말 알 수—"

"여기 스트랫퍼드에서는 옛 학교 친구들을 만나지 않았을까요?"

"아니요. 우리는 일 년 반 전에 버밍엄에서 이곳으로 이사 왔어요."

캣이 고개를 끄덕였다.

캠이 아직 초등학생이었을 때, 캣은 십 대 실종 청소년의 부모 중 상당수가 자녀의 친구를 잘 모른다는 사실에 충격을 받았었다. '나는 절대 저러지 말아야지'하고 다짐했다. 하지만 그때는 미처 알지 못했다. 아이를 기다리는 동안 교문 앞에서 엿듣는 소문 말고는 아이의 친구들을 파악하는 게 얼마나 힘든 일인지, 부모들이 많은 공을 들여 편입시킨 좋은 학교와 좋은 동네를 가상 네트워크 세계가 얼마나 빠른 속도로 뒤덮어 버리는지. 캠이 초등학교 때부터 친했던 몇몇 아이들의 이름은 알지만, 막상 대학에 가고 나면 어떻게 될까?

캣은 아이패드에 있는 사건 파일을 살펴보았다.

"언제부터 윌에 대해 걱정하기 시작하셨나요?"

"집에 돌아오지 않은 순간부터요. 전에는 그런 적이 한 번도 없었거든요. 최소한 문자 한 통은 보냈을 텐데. 저는 윌이 돌아오기를 기다리며 계속 깨어 있었어요. 하지만 아이가 돌아오지 않았죠."

"즉, 당신은 1월 11일 화요일 밤부터 월을 걱정하였습니다."

록은 목이 멘 부인의 목소리를 무시하고, 혹은 신경도 쓰지 않고 말했다.

"하지만 14일인 금요일 밤까지 경찰에 신고하지 않았습니다. 로빈슨 부인, 이유가 무엇입니까?"

로빈슨 부인이 눈을 감았다. 캣은 그녀의 눈에 담긴 후회와 죄책감을 보았다.

"괜한 소동을 일으키고 싶지 않았어요. 월이 새로운 여자 친구를 사귀어 그 집에 갔다고 생각했거든요. 아니면 그러기를 바란 걸지도 모르죠. 월은 이제 스물한 살이었고, 대학생 때는 혼자 살았어요. 제가 너무 아이처럼 대한다는 느낌을 주고 싶지 않았거든요."

무릎을 꼭 쥔 부인의 목소리가 갈라졌다.

"더 일찍 신고했어야 하는데. 저 자신을 결코 용서하지 못할 거예요."

"너무 자책하지 마세요, 로빈슨 부인. 저도 십 대 아들이 있어서, 어떤지 잘 압니다. 저 역시 부인처럼 했을 거예요. 혹시 지금 로빈슨 씨와 이야기할 수 있을까요?" 캣이 자리에서 일어나며 물었다.

"아니요. 남편은 아파요. 지금 침대에서 쉬고 있는데, 깨우고 싶지 않아요."

로빈슨 부인이 계단 쪽으로 눈길을 던지며 말했다.

"아… 그러면 월의 방을 볼 수 있을까요?"

캣이 눈썹을 치켜뜨며 말했다.

생활의 흔적 하나 없이 너무 깨끗한 거실로는 월이 진짜 어떤 사람인지 알아낼 수 없었다.

로빈슨 부인이 잠시 망설이더니 내키지 않는 표정으로 캣을 데리고 계단으로 향했다.

"제일 꼭대기에 있는 다락방이에요. 최대한 조용히 따라와 주세요. 남편을 깨우고 싶지 않거든요. 죄송하지만, 혹시 신발을 벗고 올라가주실 수 있을까요?"

캣이 고개를 끄덕인 후 신발을 벗기 위해 무릎을 굽혔다. 로빈슨 부인이 의미심장한 눈빛으로 록의 신발을 바라보자, 록이 말했다.

"걱정하지 마십시오. 저는 소리를 내지 않습니다."

캣은 방문을 열고 넓고 환한 다락방으로 들어갔다. 방은 넓었지만 물건이 거의 없었다. 침대와 컴퓨터 책상, 연기 관련 책이 가지런히 꽂혀있는 커다란 책장이 전부였다.

경사진 지붕에 달린 창문을 통해 빛이 방 안 가득 들어와 벽과 연한 나무 바닥이 더 밝게 보였다. 방 안에 보이는 색깔이라곤 벽에 줄지어 걸린 사진들뿐이었다. 하지만 그조차 흑백사진이었다. 캣은 사진을 하나하나 자세히 관찰했다. 역시나 또, 모두 연극 속 월의 모습이었다.

캣은 코를 찡그리며 숨을 들이켰다. 플러그인 방향제에서 가짜 라벤더 향이 강렬하게 났다.

"총경님, 왜 그러십니까?" 록이 캣의 얼굴을 살피며 물었다.

"마치 호텔 방 같아."

"왜입니까?"

"말도 안 되게 너무 깨끗하니까. 심지어 욕실도 그래."

캣은 잘 세탁된 수건(당연히 새하얀 색이었다)과 물기 하나 없는 샤워부스를 보며 말했다. 로빈슨 부인이 정리했겠지만, 그렇다치더라도 지나치게 깨끗했다.

록이 얼굴을 찌푸렸다.

"깨끗하게 잘 정리된 것이 좋지 않습니까?"

"좋지. 하지만 일반적이지는 않아. 적어도 대학을 갓 졸업한 스물한 살 청년에게는." 캣이 월의 침대 위에 누웠다.

"프랭크 총경님, 피곤하십니까?"

"월의 시선으로 세상을 보려는 것뿐이야."

침대는 방 한가운데가 아니라, 하늘이 보이는 창문 바로 아래 놓여있었다. 아마 낮에는 전망 좋은 하늘을 보고, 밤에는 별을 보기 위해 그런 것 같았다. 그렇다면, 월은 감성적인 편이겠군.

캣은 침대에서 일어나 월의 사진과 깔끔하게 정돈된 방 내부 사진을 몇 장 찍었다.

"로빈슨 부인이 언제 여기로 이사 왔다고 했지?"

"18개월 전입니다."

"그래서 이 방이 호텔처럼 느껴졌던 거군. 방을 꾸미고 사진을 올려놓은 사람은 로빈슨 부인이야. 월은 실종되기 전까지 여기서 겨우 몇 달 지냈을 뿐이야. 그는 이곳을 자기 방으로 만들려는 노력조차 하지 않았어."

캣은 침대 밑을 조사한 후(아무것도 없었다) 옷장을 열었다(모두 깔끔하게 걸린 옷들뿐이었다). 흐트러진 이불이나 베개도 없고, 파티에서 가져온 빈 병이나 놀러 온 친구를 위한 여분의 침구류도 없었다.

"록, 월의 휴대폰이나 소셜 미디어 계정에서 뭐 나온 것 없어? 별 건 없었던 것 같은데."

"월 로빈슨은 실종 당시 휴대폰을 지닌 채였습니다. 그래서 분석된 게 없습니다. 컴퓨터 접근 허가는 났지만, 불행히도 아무도 컴퓨터를 열어본 기록이 없습니다. 윌의 휴대폰이 아마 맥 컴퓨터와 동기화 되어 있을 겁니다. 제가 컴퓨터 하드 드라이브와 클라우드에서 자료를 모두 추출하는 데 3초도 걸리지 않을 것입니다."

3초라니, 캣은 생각했다. 누군가의 인생 전체를 다운로드하는 데 고작 3초밖에 걸리지 않는다니. 적어도 워릭셔 주에서는 완벽하게 합법적인 일이지만(휴대폰 내용 추출 관련해서는 지역 경찰마다 다른 정책을 갖고 있다), 캣은 이 방침이 늘 불편했다. 어쨌든 그녀는 록에게 허가를 내주고 창문 쪽으로 다가갔다. 집의 꼭대기 층인 이 방은 아주 조용했다. 밖에서 새소리와 멀리 지나가는 차의 음악 소리가 들렸다. 그리고—

누군가의 기침 소리가 들렸다.

마치 참전용사가 갑작스러운 폭발음에 반응하듯, 캣이 움찔했다.

"프랭크 총경님?"

"쉬—."

공기를 가르며 다시 기침 소리가 들렸다. 콜록, 콜록, 콜록.

캣은 문으로 걸어간 후 소리가 나는 방향으로 고개를 기울였다. 계단을 올라오는 부드러운 발소리가 난 후 끼익하고 문 여는 소리가 들렸다. 부드럽게 달래는 듯한 낮은 목소리에 이어 지금까지도 캣을 두렵게 만드는 바로 그 소리가 들렸다.

설마, 아니겠지?

캣은 추측이 틀렸기를 바라며 문을 열었다. 하지만 그 소리가 맞았다. 산소 호흡기를 들여 마셨다 내뱉는 소리. 마치 오랫동안 행방불명되어 바다를 떠도는 유령처럼, 공기가 들어왔다가 나가고, 들어왔다 나가는 소리.

15장

"많고 많은 술집 중에…"

캣이 거리를 성큼성큼 걸어가며 중얼거렸다. 그녀는 가능한 빠른 걸음으로 윌 로빈슨의 집에서 멀어졌다.

"뭐라고 하셨습니까?"

록이 그녀 뒤를 따라오며 물었다.

캣은 대답하지 않았다. 진짜 이런 일이 벌어질 확률이 얼마나 될까? 거의 2년 만에 처음으로 방문 조사한 두 집 중 하나가 말기 암 환자의 집이라니. 이건 정말 말도 안 되는 일이었다.

"총경님의 심장박동수와 호흡수가 너무 높습니다. 속도를 좀 낮추셔야 할 것 같습니다만?"

"너는 그 빌어먹을 입을 좀 닫아야 할 것 같은데."

근처에서 개를 산책시키던 사람의 놀란 표정을 무시하고 언덕길을 성큼성큼 올라갔다. 신발이 아스팔트에 세게 부딪히며 턱이 아파왔지만, 계속 걸었다. 강둑길에 도착할 무렵에는 숨이 차고 목이 메어 울음이 터질 것 같았다. 캣은 마음을 추스르기 위해 잠깐 멈춰 서서 손으로 머리카락을 쓸어 넘겼다. 머리카락은 이제 막 내리기 시작한 이슬비 탓에 축축했다. 하느님 맙소사, 저 가여운 부인을 어찌하지. 아들은 실종되고 심지어 남편도 죽어가고 있다. 이 모든 고통을 어떻게 견디고 있는 거지?

캣은 자기가 던진 질문에 냉소적인 웃음이 나왔다. 그녀 역시 18개월 동안 존의 간병인으로 살았다. 다른 사람도 아닌 그녀만큼은 로빈슨 부인에게 선택의 여지가 없다는 사실을 잘 알고 있었다. 거지같은 일이 일어났지만, 해는 계속 떠오르고, 아이는 밥을 먹어야 하며, 온갖 청구서는 쌓여간다. 그러니 그냥 견디며 모든 일을 헤쳐나갈 수밖에 없다. '용감'하거나 '강인'해서가 아니라, 단지 그렇게 해야 하기 때문이다.

남편의 침실에서 나온 로빈슨 부인은 조금 전의 모습과 전혀 달라 보였다. 마치 유령 같았다. 캣은 내심 계단을 뛰어 내려가 실크 스카프와 향수로 마음을 감춘 이 가여운 여인을 꼭 안아주고 싶었다. 당신을 이해한다고, 무슨 마음인지 다 안다고 말해주고 싶었다.

하지만 캣은 입을 꾹 다문 채 난간을 붙잡고 로빈슨 부인의 뒤를 따라 천천히 계단을 내려왔다. 부인에게 당신을 이해한다고 하려면, 존에 관해 말할 수밖에 없다. 로빈슨 부인은 존이 지금 어떤 상태인지 물어볼 것이다. 그 대답은 이 가여운 여성이 결코 들어서는 안 된다.

그래서 캣은 로빈슨 부인(질이라고 불러달라고 했다)의 이야기를 수첩에 적는 데 집중했다. 남편이 워릭 대학교의 교수직을 제안 받은 후 그들은 스트랫퍼드—어폰—에이번으로 이사했다.

이곳은 부인이 즐길만한 극장도 많았고, 남편을 위한 철도 교통도 좋았기 때문이다. 버밍엄에 있는 집을 판 후 밝은 희망에 가득차 이 커다란 집을 샀다. 반쯤 은퇴한 친구들이 집에 놀러 와 강변에서 술과 음식을 즐기고 극장 여행도 하기 위해서는 침실 수가 충분해야 한다고 생각했기 때문이었다.

하지만 이사한 지 얼마 지나지 않아 남편이 병에 걸렸다. 오랜 친구들은 감히 말기 암 환자의 집에 놀러 오려 하지 않았다. 그렇다고 그녀가 새로운 친구를 사귀기 위해 밖에 나갈 수도 없는 노릇이었다. 더 이상 상황이 나빠질 수 없다고 생각하던 때 그들의 하나뿐인 아들이 실종된 것이다.

"아, 알았습니다."

록의 말 때문에 캣은 생각의 흐름이 깨졌다.

"뭘 알았다는 거야?"

캣이 거리를 둘러보며 말했다.

"조금 전에 총경님께서 술집에 대해 말씀하셨잖습니까. 영화 〈카사블랑카〉의 대사에서 인용하신 거군요.* 추측하건대 총경님이 조사하고 계신 가족의 상황이 총경님의 가족과 비슷하다는 사실 때문에 그런 대사를 인용하신 것 같습니다."

"내 가족의 상황은 아무 상관없어."

캣이 화난 목소리로 말했다.

"제게 있어 〈카사블랑카〉는 가장 이해하기 어려운 영화라는 점을 말씀드리고 싶습니다. 아리스토텔레스에 따르면, 이야기에는 연민·두려움·카타르시스가 있어야 합니다. 〈카사블랑카〉에는 이

---

* "이 마을, 이 세상 많고 많은 술집 중에, 이 곳으로 들어오다니." 영화 〈카사블랑카〉의 대사

세 요소가 없습니다. 주인공 릭은 이기적이고 변덕스러우며, 다른 등장인물들도 전부 완전히 비합리적인 결정을 내립니다. 영화 결말에서 그 누구도 원하는 것을 갖지 못합니다. 릭이 진심으로 일사를 사랑했다면, 왜 그녀를 떠나게 두었습니까?"

"〈카사블랑카〉를 봤다고?"

"네, 방금 막 보았습니다."

"방금 막? 그건 불가능해."

록은 거의 연민에 가까운 온화한 표정으로 캣을 쳐다보았다.

"부디 총경님의 기준으로 저를 판단하지 마십시오. 〈카사블랑카〉의 길이는 겨우 102분밖에 되지 않습니다. 저는 그것을 다 보는 데 1.7초밖에 안 걸립니다."

"록, 넌 망할 영화나 보려고 여기 있는 게 아니야. 윌 로빈슨이 간 길을 그대로 재추적해야 한다고, 기억해?"

"저는 인간과 다르게 백 가지 일을 동시에 수행할 수 있습니다. 그리고 절대, 결코 잊어버리는 법이 없습니다."

록이 어깨를 으쓱하며 말했다.

"그러면 내가 입 닫으라고 한 말도 기억하겠지."

캣은 계단을 올라가 에이번 강을 따라 이어진 오솔길로 향했다. 윌이 시내에 가기 위해 이 오솔길을 지름길로 사용했다고 추측했다. 강둑에 나무가 늘어서 있었기 때문에 두꺼운 가지를 피하기 위해 몸을 계속 숙여야 했다. 점점 비가 많이 내리면서 가지에서 이파리와 꽃잎이 떨어져 내렸다.

"프랭크 총경님, 제안 하나 해도 되겠습니까?"

"수사와 관련 있는 것만 해."

"관련 있습니다. 총경님이 윌 로빈슨의 행적을 재구성하려는 것이면, 제가 이 길을 따라 걷는 월의 이미지를 투사하면 어떻겠습니까?"

캣은 텅 빈 오솔길을 흘끗 쳐다보았다.

"좋아. 하지만 누가 오기라도 하면 바로 없애야 해."

월의 홀로그램 이미지가 나타났다. 큰 키의 마른 청년이 흰 티셔츠에 연한 청바지를 입고 바로 몇 걸음 앞에서 걷고 있었다. 낮이었기 때문에 햇빛에 이미지가 흐릿하게 투사되었다. 캣은 유령처럼 섬뜩한 그 모습을 본 순간 소름이 돋았다.

"월 로빈슨의 키는 186센티였습니다."

록은 좁은 강둑 위에 자신이 만들어 낸 이미지의 바로 맞은편에 서서 말했다.

"자신이 늦었다는 사실을 이미 인지했고 비가 점점 많이 내렸기 때문에 월은 빠른 속도로 걸어갔을 겁니다. 이 사실과 월의 보폭을 고려했을 때, 월은 오후 5시 19분경에 이 장소를 지나갔을 겁니다. 1월 11일의 일몰은 오후 4시 16분이었습니다. 즉, 주변이 완전히 어두웠을 것입니다."

캣이 위를 쳐다보았다. 강둑을 따라 가로등이 있긴 했지만, 몇 개 되지 않았고 간격도 넓었다. 등이 비추는 부분보다 잘 비추지 않는 부분이 더 많았을 것이다.

"월이 실종되기 일주일 전에 5센티 가량의 비가 내렸습니다. 이는 강둑이 비에 젖어 진흙투성이였다는 것을 의미합니다."

록은 월의 발을 가리켰다.

"월 로빈슨은 명품 브랜드 신발을 신고 있었습니다. 고급 신발의 매끄러운 신발 밑창과 부실한 발목 지지대는 고르지 않은 바닥을 걷는 데 적합하지 않습니다."

록이 손가락을 하나 들어 올리자, 월의 홀로그램이 느린 동작으로 비틀거리기 시작했다. 몸이 강 쪽으로 기울어졌고 월은 빠지지 않으려 팔을 뻗었다. 록이 손을 들자 월의 홀로그램 그대로 정지했다.

"강의 수위는 홍수주의보가 발령될 만큼 높았고 물살은…"

"월 로빈슨이 강에 빠졌다고 말하려는 거면, 오후 5시 30분에 강을 건너는 월의 모습이 목격되었다는 사실을 잊지 마."

록이 마치 생각에 잠긴 듯 턱 밑에 손을 괴었다.

"목격자 진술의 신뢰성이 입증되지 않았다는 점을 제외하고도, 로빈슨 부인이 집을 떠나기 전에 아들의 머리카락이 젖어 있었다고 말한 것을 기억하십니까? 코트나 모자 같은 것을 착용하지 않았을 겁니다. 이미 오후 5시부터 비가 내리기 시작했고, 월이 강에 도착한 시점까지도 지속해 내렸습니다. 추정컨대, 적어도 총 1밀리미터의 빗물이 월 로빈슨의 머리 위로 떨어졌을 것입니다. 그 때문에 목격자가 봤다고 주장한 월의 독특한 적갈색 머리카락도 사실은 평범한 갈색이 되어 머리에 납작하게 붙었을 것입니다."

록이 월을 향해 손짓하자, 정지했던 이미지가 느린 동작으로 되감기 되어 다시 강둑 위에 섰다. 청년은 몸을 돌려 캣과 록을 마주 보았다.

캣은 앞에 서 있는 부자연스러운 형체를 응시했다. 월의 창백한 얼굴에는 빗방울이 튀어 있었고, 특유의 적갈색 머리카락은 물에 빠진 생쥐처럼 어둠 속에서 어깨 위에 축 늘어져 있었다. 캣은 월을 향해 몇 발짝 걸어가다 멈춰 섰다.

"알았어, 록. 이제 그만. 누가 오기 전에 꺼. 혹시 이 모습을 누군가가 보면…"

보면 어떤 생각을 할까? 이제 막 깊은 강에서 기어 올라왔다고 여길까, 아니면 죽었다 살아났다고 생각할까?

캣은 스트랫퍼드—어폰—에이번 시내의 밝은 빛과 다리가 있는 방향을 향해 힘차게 걸어갔다.

"윌은 취직을 축하하기 위해 스완스 네스트에 갈 거라고 엄마에게 말했어. 거기서 누구를 만나기로 했는지 컴퓨터에서 뭐 좀 찾아냈어?"

"아니요. 윌의 휴대폰이나 컴퓨터에는 실종 당일 밤 누군가와 주고받은 메시지가 전혀 없습니다. 이상한 일입니다."

록은 바로 옆에서 그녀의 속도에 완벽하게 보조를 맞춰 걸었다.

"꼭 이상하다고 할 수는 없지. 미리 메시지를 주고받지 않아도 사람을 만날 수는 있는 거니까."

그렇게 말은 했지만, 캠이 친구들을 만날 때를 떠올려 보았다. 캠은 계획을 세우고 장소를 바꾸고 누군가 '약속에 늦었기' 때문에 여러 번 약속 시간을 바꾸느라 친구들과 수백 개의 메시지를 주고받았다. 오히려 한 번에 시간과 장소를 정한 후 변동 없이 끝까지 지키는 것이 불가능해 보였다.

"그날 윌에게 온 메시지나 이메일도 없어?"

"새 고용주가 보낸 메일 하나뿐입니다. 그다음 주부터 바리스타로 일을 시작할 수 있다는 확인 내용이었습니다."

"바리스타라고? 로빈슨 부인은 윌이 로열 셰익스피어 극단에 취직했다고 하지 않았어?"

"로열 셰익스피어 극단에 취직한 것은 맞습니다. 극장 카페의 바리스타로요."

캣이 걷는 속도를 줄였다.

"월은 엄마에게 사실대로 말하지 않았던 거군."

목뒤의 머리카락이 따끔거리기 시작했다. 캣은 강을 흘끗 쳐다보았다. 어두워진 하늘 아래 강물은 탁한 갈색으로 변했다. 빗방울이 떨어지며 강에 얼룩을 만들었다.

"메시지를 분석하는 데 얼마나 걸려?"

"이미 완료되었습니다. 총경님 메일로 보고서를 보내 드렸습니다."

"벌써?"

이렇게 급하게 처리한 일이 과연 유용할까 의심스러웠다. 곧 독특한 중세 시대 양식의 클롭튼 다리가 앞에 보이기 시작했다. 실종 당일 저녁 6시, 월의 전화 신호는 여기서 반경 50미터 이내 어디선가 끊겼다. 다리에 도착하자 캣은 아이패드를 보기 위해 돌벽에 기대어 섰다. 차들이 뒤에서 빠르게 지나는 동안, 캣은 록이 보낸 파일을 열었다. 여러 개의 별도 문서가 있었기 때문에 록에게 상세히 설명하라고 했다.

록은 캣의 자세를 따라 두 손을 다리 위에 얹었다.

"월 로빈슨의 소셜 미디어 사용량은 스물한 살 남성의 평균 사용량보다 많았습니다. 일반적으로 하루에 200개 이상의 문자를 보냈고 인스타그램과 트위터에 매일 글을 올렸습니다. 저는 월이 실종되기 전 3개월간의 메시지 내용을 분석하였습니다."

캣은 첫 번째 파일을 클릭했다. 월이 가장 많이 사용한 단어를 그림으로 표현한 워드클라우드가 보였다. 자주 사용한 단어일수록 글자 크기가 커졌다. 월의 워드클라우드에는 '대단해!', '멋짐!', '네가 짱이야!', '행운을 빌어줘!', '축하해!!!!', '고마워!!!!', '사랑해, 쪽' 등 흥분과 긍정의 단어가 압도적으로 많았다.

맙소사, 캣은 한 페이지에 이렇게 많은 느낌표를 본 적이 없었다. 캣이 화면을 내리자, 윌의 인스타그램 계정(여러 개였다)에서 캡쳐한 이미지들이 보였다. 역시 주로 셀카 사진들이었다. 손가락으로 사진을 확대하자 윌이 일부러 사진을 밝게 보정한 것을 알 수 있었다.

"보시다시피, 윌은 본인의 특정한 이미지를 보여주려 했습니다."

록이 스크린 쪽을 향해 고개를 끄덕이며 말했다.

"워드클라우드 외에, 윌이 방문한 인터넷 사이트와 스포티파이에서 즐겨듣던 음악을 별도로 분석해 놓았습니다. 분석 결과가 꽤 흥미롭습니다."

캣이 다음 파일을 열었다. 가로로 반을 나눈 페이지가 보였다. 상단에는 윌의 공개 메시지나 소셜 미디어 계정에서 추출한 긍정적 이미지와 워드클라우드가 보였다. 중앙선 아래 하단에는 윌이 방문했던 웹사이트를 분석한 내용이 있었다. 대부분 극단과 극단 관련 사이트였지만, 사마리탄즈나 마인드, 파피루스같이 정신 건강 관련된 자선단체 사이트도 여럿 보였다. 캣은 윌이 가장 많이 검색한 키워드를 살펴보았다. 윌이 삭제한 검색 기록에서 '우울증'과 그 이상으로 자주 '실패와 거절에 대한 대처 방법'이 핵심 키워드로 포함된 것이 보였다. 다음 페이지에는 윌의 음악 플레이리스트로 만든 워드클라우드가 있었다. 리스트에 나오는 가수 명이나 밴드명은 몰랐지만, 노래 제목이 주로 실연의 상처, 사라진 희망, 살고 싶지 않은 마음에 관련된 내용이었다.

"총경님, 윌 로빈슨은 겉으로 보이는 성격과 실제 내면의 생각 간의 차이가 상당히 극명합니다. 영화 〈카사블랑카〉는 저를 혼란스럽게 했습니다. 왜냐하면 등장인물들의 행동이 그들이 공언한 신념과 동기에 부합하지 않기 때문입니다. 그 점을 이 영화만의 독특한 약점이라고 추측했는데, 윌 로빈슨을 분석한 결과 인간에게 거짓말은 흔한 일로 보입니다."

캣은 발밑에 흐르는 강을 내려다보며 작게 욕을 했다. 경찰은 윌 로빈슨을 낮은 위험 등급으로 평가하였다. 겉보기에 윌은 부촌에서 부모와 함께 살았고, 정신건강 문제 역시 알려진 게 없으며 이제 막 극장에서 자기 일도 찾은 행복하고 성공한 청년으로 보였기 때문이다. 캣은 당시 담당 경찰이 로빈슨 가족의 침실 다섯 개짜리 집 앞에 차를 세우고 윌의 방까지 세 개 층(집이 3층까지 있다니!)을 올라가는 모습을 그려보았다. 그들은 로빈슨 부인에게 윌이 몇 살인지(스물한 살이라니, 그러면 성인이군!), 윌이 다른 사람에게 위험을 가하거나 자해할 만한 의심스러운 근거가 있는지 철저히 물어봤을 것이다. 마약을 한 적이 있는가? 정신건강에 문제가 있는가? 전에 실종되었거나 자해를 한 적이 있는가? 윌의 어머니는 성실하게 고개를 저었을 것이다. '아니요, 아니요, 전혀 아닙니다.' 만약 로빈슨 씨가 아프다는 것을 파악했더라도 어디가 아픈지 꼬치꼬치 캐묻지 않았을 것이다. 실종자의 어머니가 이미 정신없고 불안해하는 상황에서 그런 질문은 하지 않았을 것이다. 게다가 성인이 단지 본인이 있어야 할 장소에 있지 않다는 이유만으로 그를 공식적인 '실종 상태'라고 쉽게 판단을 내릴 수는 없다. 겉으로 봤을 때 윌 로빈슨 실종 사건은 분명 위험도가 낮아 보였다. 다른 위험을 암시할 만한 요소가 전혀 보이지 않았다. 최종적으로 이 사건에는 충분한 자원이 투입되지 않았을 것이고, 경찰이 물리적 검색을 할 시간이나 여유도 없었을 것이다. 윌의 사적인 인터넷 사용 내역과 소셜 미디어 계정을 살펴볼 만한 이유나 증거 역시 보이지 않았다.

캣은 마치 자신이 그곳에 있었던 것처럼 당시 현장을 선명하게 그릴 수 있었다. 현장 경찰은 계단을 다시 내려와 넓은 부엌으로 들어갔을 것이다. 무전기에서는 본부 호출에 응답하라는 신호가 계속 치직거렸을 것이다. 아마 가정 폭력이나 시내에서 술에 취해 벌어진 싸움 때문이겠지. 필수 서류에 적을 정보를 재빨리 확보한 후 실종자 열 명 중 아홉 명은 48시간 이내에 집으로 돌아온다며 로빈슨 부인을 재차 안심시켰을 것이다. 당시 담당 경찰은 걱정하지 말라며 곧 다시 연락하겠다고 했겠지.

캣은 돌다리 위에 팔꿈치를 얹고, 두 손을 머리카락 사이에 파묻었다. 그녀 역시 그들과 마찬가지였다. 대부분의 경우는 진짜 괜찮다고 확신했다. 하지만 가정폭력 사건 현장을 떠난 후, 일을 잘 처리한 건지 확신이 없어 밤에 잠을 이루지 못한 적도 몇 번 있었다. 몇 년 후까지 해당 가정에 아무 일 없는지 확인하기 위해 밤늦게 차로 그 집 앞을 지나가곤 했다.

하지만 로빈슨 가족에게는 보통 경찰이 계속 지켜볼 만한 요인이 보이지 않았다. 경찰은 뒤 한번 돌아보지 않고 현장을 떠나고, 이틀 후 상황을 재확인했을 것이다. 윌이 아직 돌아오지 않았다는 사실에 놀라기는 했지만 크게 우려하지는 않았겠지. 1개월 후와 3개월 후에 시행되는 두 번의 정기 확인 절차는 사무직 경찰이 수행했을 것이다. 새로운 소식이나 정보가 없었기 때문에(충분히 이해할 만하다), 처음과 동일한 가설을 윌의 실종에 다시 적용하고 낮은 위험 등급을 그대로 유지했을 것이다. 이건 어느 한 사람의 잘못이 아니라 경찰 시스템의 문제였다. 시스템이 더 많은 압박을 받을수록, 더 많은 것을 놓치게 되고, 결국 기회는 사라진다.

캣은 오래된 돌다리를 손으로 내리쳤다.

"빌어먹을, 빌어먹을, 이 빌어먹을…"

"프랭크 총경님, 총경님은 '빌어먹을'이란 비속어를 자주 사용하셨습니다. 하지만 해당 비속어가 각각의 특정 상황에서 무엇을 의미하는지 명확하지 않아 보입니다. '빌어먹을'은 많은 의미를 내포하는 것 같습니다."

캣이 한숨을 내쉬었다.

"지금은 우리가 망했다는 의미야. 윌 로빈슨이 스스로 목숨을 끊었을 수도 있다는 생각이 들거든."

"그래서 화가 나신 겁니까?"

"화가 나. 그리고 절망스러워. 하지만 무엇보다, 록, 그냥 너무 슬플 뿐이야."

록이 뚫어져라 캣을 응시했다. 결국 그녀는 먼저 시선을 돌렸다.

"슬프다고 하시니 유감입니다. 하지만 제가 처음에 추정했던 바와 같이 비로 인한 우발적 사고사가 아니라, 자살로 사망했을 가능성이 높다는 총경님의 의견에 동의합니다. 윌은 바로 이 다리에서 뛰어내렸을 수도 있습니다. 제가 현장을 재현해 보도록—."

"하지 마! 맙소사, 록."

캣은 '대체 왜 그러는 거야?'라는 말을 덧붙이려 했다. 하지만 록은 그냥 기계에 불과했다. 자살 시도를 재현하는 것이 얼마나 부적절하고 괴로운 일인지 기계는 전혀 이해하지 못한다. 캣은 강을 등졌다. 지금은 정말 이 강을 조금도 보고 싶지 않았다. 그녀는 비에 젖은 공기를 깊이 들이마셨다. 담당 경찰이 조금만 더 궁금증을 가졌더라면, 윌 로빈슨 사건의 위험 평가 등급을 올리고 즉각 수색에 착수했을 것이다.

지금 와서 어떤 조치를 취하기에는 이미 너무 늦었다. 캣은 축

축하게 젖은 머리카락을 손으로 빗어 넘겼다. 머리카락은 이미 헝클어지고 곱슬거리기 시작했다. 곧 남편을 잃을 수도 있는 부인에게 유일한 아들마저 죽었을 수 있다고 말할 수 있을까?

"총경님, 강 전체를 수색할 만한 정당한 근거가 충분합니다."

"아니, 그렇지 않아. 늦은 밤에 그런 사이트를 몇 번 검색했다고 해서 그걸 자살의 합당한 증거로 간주할 수는 없어. 이 다리 주변에 CCTV 카메라가 많더군. 그 카메라들과 윌의 추정 경로에 설치되어 있는 카메라를 확인해 볼 수 있어?"

"당시 담당 경찰들의 리포트에는 영상 자료가 없었습니다."

"영상 자료가 하나도 없었다고? 경찰들이 영상 자료를 얻을 수 없었다는 말이야? 그것도 아니면 귀찮아서 안 했다는 거야?"

"보고서에는 구체적인 이유가 기재되어 있지 않습니다."

"그럼, 찾아내. 영상을 구해서 너의 그 '이미지 인식 프로그램'이든 뭐든 활용해. 뭐라도 해봐. 그때까지는 모든 가능성을 열어 두겠어."

"하지만—"

"CCTV 영상이 확실한 증거야. 다른 건 전부 추측에 불과해. 록, 인간에 대한 중요한 사실 하나. 말에는 주의를 덜 기울여도 되지만, 실제 행동은 유심히 관찰할 필요가 있어. 이제 막 비가 퍼붓기 시작하네. 차로 돌아가야겠어."

16장

　강둑을 따라 돌아오는 길에도 캣의 기분은 전혀 나아지지 않았다. 진흙 때문에 발이 계속 미끄러졌다. 간신히 물웅덩이는 피할 수 있었지만, 비에 젖은 잔디 때문에 바지가 망가지는 것은 어쩔 도리가 없었다. 길옆의 에이번 강은 그녀의 걸음보다 훨씬 빠른 속도로 흘러가고 있었다. 캣은 나무뿌리에 걸려 넘어지거나, 뿌리를 덮은 진흙투성이 나뭇잎에 미끄러지지 않도록 조심조심 발걸음을 옮겼다. 1월 밤의 이 오솔길은 분명 걷기에 훨씬 더 위험했을 것이다. 눈과 얼음이 녹은 데다 겨울비까지 내려 강물이 불어났을 것이다. 차에 도착했을 때, 캣의 몸은 물기로 무거웠고 흠뻑 젖은 바지는 종아리에 찰싹 달라붙어 있었다.

　그녀가 막 차에 도착했을 때 로빈슨 부인이 문을 열고 나타났다. 그녀는 창백하고 근심에 잠긴 얼굴로 캣의 표정을 살폈다.

　"뭐 좀 찾으셨나요?"

캣은 한숨이 나오려는 것을 참고(사실 눈에 띄지 않게 차를 몰고 가려 했다) 앞으로 몇 발짝 다가가 현관 앞에 섰다.

"아니요. 그냥 일반적인 조사일 뿐입니다. 이제 본부로 돌아가려고 합니다. 곧 연락드리겠습니다. 약속드리지요."

"제발 월을 찾아주세요. 제 남편을 위해서도요."

로빈슨 부인이 자리를 뜨기 전에 말했다.

캣이 침을 삼켰다.

"최선을 다하겠습니다. 로빈슨 씨가 편히 지내셔야 할 시기인데, 현재의 불확실한 상황 때문에 얼마나 괴로우실지 잘 알고 있습니다."

로빈슨 부인이 시선을 떨궜다.

"남편 분에게도 월에 대해 말씀드리셨죠?"

고개를 든 로빈슨 부인의 얼굴에는 눈물이 흐르고 있었다.

"못 했어요. 남편이 죽을까 봐 걱정되어서요. 월이 런던에 취직했다고 했어요."

빗방울이 현관 지붕 위로 투두둑 떨어졌다.

"그래서 그렇게 늦게 경찰에 연락하신 겁니까?"

"남편을 걱정시키고 싶지 않았어요. 지금도 마찬가지예요."

"하지만… 남편 분 역시 알 권리가 있지 않나요?"

"남편에게는 평화롭게 죽을 권리도 있어요."

"하지만—"

"그냥 제발 그 애를 찾아주세요. 그러면 남편에게 말할 필요도 없잖아요. 월은 살아있어요. 분명해요. 월은 아픈 아빠 곁에 저만 두고 떠나거나 달아나 버릴 아이가 아니에요."

두 여자가 서로를 응시했다.

그때 록이 캣의 옆에 나타나 말했다. "명확히 하자면, 이드님이 살아있는지는 확실하지 않습니다. 단지 살아있기를 바라는 것일 뿐입니다. 유감스럽게도, 겨울철 야간 외출 중 실종된 청년은 사망할 위험이 상당히 높습니다. 이틀 이상 실종된 사람 중 60퍼센트가 사망자로 발견되고, 이 사망자 중 89퍼센트가 물에서 발견됩니다. 그러니 최악의 상황을 예상하는 것이 현명할 것입니다, 로빈슨 부인."

캣은 절망에 빠진 로빈슨 부인에게 차 한 잔을 권하고 셀 수 없이 많은 희망의 말과 사과를 건넨 후에야 마침내 작별 인사를 할 수 있었다. 무거운 한숨 소리와 함께 캣의 뒤로 문이 닫혔다.

캣은 록을 노려보았다. 빗줄기가 그대로 록의 몸을 통과했기 때문에, 록은 전혀 젖지 않은 모습이었다.

"총경님의 바이털 사인으로 보아 현재 행복하지 않은 것 같습니다."

"그래. 나 안 행복해. 솔직히 지금 빌어먹을 정도로 열 받았어."

"무엇 때문입니까?"

"너 때문에. 대체 윌이 죽었을 수도 있다고 말한 이유가 뭐야?"

"왜냐하면 그게 사실이기 때문입니다."

캣은 록을 향해 성큼성큼 걸어갔다.

"그게 사실인지 아닌지는 중요치 않아. 넌 그런 말을 해서는 안 돼."

"왜 안 됩니까?"

"왜 안 되냐고?"

캣이 양손을 위로 쳐들었다.

"왜냐하면… 왜냐하면… 그냥 그러면 안 돼."

"지금 제가 거짓말해야 했다고 말씀하시는 겁니까? 제게 설치된 부정부패 방지 소프트웨어 때문에 저는 거짓말을 할 수 없습니다. 경찰 지침서에도 경찰은 비밀 작전을 제외하면 항상 진실만 말해야 한다고 명시되어 있습니다."

지친 모습의 캣은 한 손으로 비에 젖은 얼굴을 문질렀다.

"록, 경찰은 시민을 도와줘야 해. 비참하고 끔찍한 삶을 조금이라도 쉽게 살 수 있도록 해야 한다고. 거기에는 사람들에게 희망을 주는 일도 포함되어 있어."

록이 눈썹을 찡그렸다. 두툼한 검은 두 눈썹 사이에 깔끔한 주름이 한 줄 생겼다.

"하지만 그 희망이 거짓이라면 어떻게 합니까? 누군가에게 거짓 희망을 주는 것이 어떻게 그 사람의 삶을 더 낫게 해준다는 말입니까?"

캣이 록에게 한 발짝 다가섰다. 둘의 얼굴 사이를 가르는 것은 오직 비밖에 없었다.

"모든 희망은 거짓일 수 있지. 하지만 지금 저 불쌍한 부인을 지탱하는 것은 거짓 희망 하나뿐이야. 그런데 방금 네가 그 하나조차 빼앗아 갔지."

캣이 손가락으로 록의 가슴을 찔렀다. 그녀의 손이 곧바로 록을 통과해 버리자 캣은 약간 비틀거렸다.

내가 왜 이 기계와 논쟁하느라 시간 낭비하고 있는 거지? 자기 말을 입증이라도 하듯 캣이 걸어서 록을 통과해버렸다. 하지만 몸이 떨려온 사람은 록이 아니라 그녀였다. 차 문을 여는 캣의 목소리가 낮게 쉬어있었다.

"록, 너는 인간이란 존재에 대해 배워야 할 게 많아. 다 배우기 전까지는 누가 네게 말을 걸 때만 대답해. 알겠어? 그동안, 지금처럼 네가 누군가의 희망을 박살내는 것을 다시 본다면, 신에게 맹세코 내가 네 배터리를 박살 내버릴 거야."

전화 조사

조사관: 캣 프랭크 총경(프랭크)
조사대상: 쇼나 맥피어슨(맥피어슨)
일   시: 6월 28일 오후 5시 35분

프랭크: 안녕하세요, 쇼나 맥피어슨 양인가요?

맥피어슨: 그런데요?

프랭크: 저는 캣 프랭크 총경이라고 합니다. 윌 로빈슨 실종 사건 관련하여 연락드렸습니다.

맥피어슨: 윌이요? 맙소사, 윌을 찾았나요? 그는 괜찮나요? 혹시… 오, 하느님.

프랭크: 아니요. 유감스럽게도 아직 찾지 못했습니다. 그래서 전화 드렸습니다. 윌 로빈슨 사건의 재수사를 진행하고 있는데, 몇 가지 질문에 답해주시면 도움이 될 것 같습니다.

맥피어슨: 글쎄요… 어… 윌이 처음 실종되었을 때 이미 질문에 대답했어요. 솔직히 전에 말씀드린 것 외에 할 말이 있을지 모르겠네요.

프랭크: 윌을 찾을 수 있도록, 무엇이든 알려주시면 정말 감사하겠습니다.

맥피어슨: 물론이지요, 네, 저는—

프랭크: 정말 감사합니다. 조금 전에 윌의 어머니를 방문했는데, 어머니께서 당신이 윌의 여자 친구라고 하더군요. 맞습니까?

맥피어슨: 음, 그게, 네, 그랬어요. 그린 셈이죠. 우리는 재작년 여름에 만났어요. 둘 다 〈햄릿〉에서 배역을 맡았거든요. 연습도 함께 하고, 끝나고 술도 마시러 가곤 했죠. 뭐, 그러니까 맞아요. 잠깐 사귀다 끝났죠.

프랭크: 얼마나 잠깐이죠?

맥피어슨: 글쎄요, 솔직히 말해, 지난봄부터 시들해졌죠. 기말시험이 있어서, 둘 다 시험공부를 해야 했거든요. 시험이 끝난 후에는 점점 서로 뜸해졌어요. 윌은 부모님을 만나러 집에 갔고, 저는 런던에 취직했거든요. 그렇게 끝났어요.

프랭크: 윌은 어떻게 받아들였나요?

맥피어슨: 괜찮아 보였어요. 솔직히, 조금 안도한 것처럼 보였죠.

프랭크: 윌을 마지막으로 본 게 언제였죠?

맥피어슨: 새해 전날이요. 둘 다 버밍엄에서 열린 친구네 파티에 갔거든요.

프랭크: 그때 윌은 어때 보였나요?

맥피어슨: [한숨 소리] 머릿속에서 계속 떠올려 봤어요. 새해 전날 파티라, 전 술에 취해있었어요. 윌도 취했고요. 우리 모두 취

했죠. 하지만 윌은 정말 행복해 보였어요. 뭐, 윌이 아빠 때문에 속상해 한 것은 맞지만. 윌 자체만 놓고 보면 행복해보였어요. 무슨 말인지 아시죠.

프랭크: 윌이 우울했다고 말할 수 없다는 거죠?

맥피어슨: 윌이요? 네. 사실, 연극과 학생은 대부분, 뭐랄까, 모두 꽤 미친놈들이죠. 무대에 올라 낯선 사람들로 가득 찬 공간 앞에서 자신이 아닌 다른 사람인 척해야 하니까요. 당연히 미쳐야 하죠. 우리 과 학생 모두 이런저런 불안감에 시달렸어요. 윌을 제외하고요. 윌은 유명해지는 데 관심이 없었죠. 그 애는 그냥 극장을 사랑할 뿐이었어요. 다른 것에는 모두 쿨했죠. 오히려 다른 친구가 공황 발작이나 우울증에서 벗어날 수 있게 설득해 주던 친구였어요.

프랭크: 하지만 윌은 극단에서 배역을 맡기 위해 고군분투하고 있었습니다. 게다가 그의 아버지는 아프고요. 윌이 이런 것 때문에 우울하지는 않았을까요?

맥피어슨: [잠시 침묵] 다른 사람의 머릿속에서 어떤 일이 벌어지는지 누가 알겠어요? 하지만 지금 제게 윌이 스스로 목숨을 끊었는지 물어보는 거라면, 제 대답은 '아니요'에요. 윌은 절대 자살할 사람이 아니거든요.

프랭크: 그렇게 말씀하시는 근거가 무엇이죠?

맥피어슨: 윌은 햄릿 역이었어요. 우리는 햄릿의 독백을 두고 많은 토론을 벌였죠. 아시죠, '사느냐 죽느냐'하는 그 유명한 독백이요. 윌은 사람이 우울하다고 어떻게 자살할 생각을 하는지, 절대 이해할 수 없다고 했어요. 아버지가 불치병을 앓고 있지만 한 번도 포기란 단어를 생각한 적 없다고요. 그래서 윌은 햄릿의 내면

세계를 받아들이려고 노력을 많이 해야 했죠. 왜냐하면 햄릿처럼 아버지를 잃는다 해도, 윌은 삶에 대한 철학이 햄릿과는 너무 달랐으니까요.

프랭크: 알겠습니다. 맥피어슨 양, 정말 많은 도움이 되었습니다. 시간 내줘서 고맙습니다. 추후 어떤 것이라도 생각나면 주저 말고 이 번호로 제게 연락해 주세요. 뭐든 상관없습니다.

맥피어슨: 제발 경찰에서 윌을 찾아주길 바라요.

조사 종료

18장

뭔가 잘못되었다.

숨을 참고, 귀를 기울였다.

하지만 아무 소리도 들리지 않았다.

눈가리개 때문에 앞이 보이지 않는 어둠 속에서 손을 뻗었다. 이것은 그의 침대였다. 아니, 그의 침대가 아니라, 다른 사람의 침대였지만. 모든 것이 전과 동일했다. 지난 몇 주 동안 달라진 게 없었다.

다만… 다만…

그는 침대에서 일어나 앉았다. 셔츠가 활짝 열려있었다.

심장이 갈비뼈를 뚫고 나올 듯 두근댔다. 자는 동안 누군가가 셔츠 단추를 풀어놓았다. 벌거벗은 가슴이 노출되어 있었다. 셔츠를 마른 몸 위로 바싹 당긴 후 몸을 앞뒤로 흔들며 정신을 차리려 했다. 점점 안 좋은 상상이 머릿속에 가득 찼다. 이래서 약물을 주사하고 눈을 가린 것일까? 어떤 늙은 변태가 손쉽게 성적으로 학대할 수 있도록? 성도착증

일당 같은 놈들에게 납치당한 걸까? 이런 생각이 떠오르자, 입이 바싹 마르고 괴로움으로 위가 뒤틀렸다. 아니야. 장갑 낀 손이 발을 만지고 바지를 벗겼다가 다시 입힌 방식—, 그건 성적인 느낌이 아니었다. 오히려 검사에 가까웠다. 영상을 찍고 있는 걸까? 팔아넘기려고? 개자식들. 더러운 개자식들. 또 내 몸에 손을 대면 팔을 부러뜨릴 것이다.

그게 바로 네게 약을 주사한 이유야, 라는 절망적인 목소리가 마음속에서 속삭였다. 네가 깨어날 때마다 더 많은 약을 주사할 뿐이잖아. 그놈들과 싸우기는커녕, 똑바로 생각할 힘조차 없잖아.

사실이었다. 그를 가둔 일당은 약효가 언제 사라지는지 아는 것 같았다. 아니면 카메라로 관찰하고 있을 수도 있나. 왜냐하면 보통 장갑 낀 사람은 그가 막 깨어났을 때 들어오곤 했기 때문이다. 그리고—

방이 진짜 조용한지 한 번 더 확인한 후 고개를 갸웃했다. 지금쯤이면 그 사람이 여기 있어야 했다. 하지만 오지 않았다. 그 덕에 여느 때와 달리 정신을 차리고 제대로 생각해 볼 수 있었다. 주사한 약이 무엇이든 효과가 약해진 게 분명했다. 허공을 향해 주먹질을 해보았다. 하지만 갑자기 무엇이 잘못되었는지 깨닫자, 손이 툭 떨어졌다.

이건 단순히 조용한 게 아니었다. 완벽한 침묵이었다. 마지막으로 '그 다른 남자'가 울부짖던 소리를 들은 게 언제인지 기억해 내려 얼굴을 찌푸렸다. 어제였나? 귀를 쫑긋 세우고, 코를 킁킁거리며 공기 냄새를 맡았다. 뭔가 달라졌다. 뭘까? 어쩌면 납치범이 외부에 나갔을 수도 있다. 이건 기회일 수도 있다.

침대 밖으로 몸을 빼내기 위해 철제 난간을 붙잡았다. 하지만 차갑고 딱딱한 쇠에 손이 닿자, 마음속에서 의심이 밀려왔다. 앞을 볼 수 없는데 어떻게 도망가지? 문이 어디에 있는지, 어떻게 여는지, 반대편에 무엇이 있는지도 알 수 없었다. 누군가의 지하실에 깊숙이 갇혀 있을 수도 있다. 아니면 높은 곳에 있는 누군가의 침실일 수도 있다. 어쩌면 무장 경비원이 특수 거울이나 카메라로 감시 중일 수도 있다.

제기랄. 거의 백 번째로 눈가리개를 잡아당겼다. 여태까지는 손가락이 무감각하고 힘이 없어서 무의미하게 잡아당기는 것에 불과했다. 하지만 아직 약물이 투여되지 않았기에 오늘은 마침내 아주 작은 동작까지 집중해서 움직일 수 있었다. 콧구멍에 삽입된 가느다란 플라스틱 튜브가 눈가리개에 무언가로 부착되어 있다는 것을 알아차렸다. 가장자리를 더듬어 본 후 오른쪽 귀와 턱 사이의 틈을 이용해 올이 굵은 천 밑으로 검지 끝을 간신히 밀어 넣었다. 손톱의 끝부분만 넣을 수 있었지만 천 조각을 잡아당겨 느슨하게 하기에는 충분했다.

그때 발소리가 들리더니 문이 찰칵 열렸다.

제기랄. 얼른 드러누웠다. 흥분으로 거칠어진 숨을 참았다.

발걸음이 다가왔다. 그 사람이었다.

장갑 낀 손이 그의 왼손을 쥐었다. 왼손에는 튜브 같은 것이 붕대로 감겨 있었다.

손을 잡아 빼고 싶었다. 하지만 지금은 정신이 맑고 선명했기 때문에 그런 행동이 실수라는 것을 잘 알고 있었다. 깨어있다는 사실을 들키면 안 된다. 들키는 순간 주입하는 약물의 양을 늘릴 것이다. 그가 완전히 정신을 잃었다고 여기게끔 해야 했다. 그래야 기존 양만큼만 약물을 주입하고 떠날 것이다.

그는 가만히 있었다. 아무 소리도 내지 않았다. 핏줄에 얼음처럼 차가운 약물이 주입될 때조차. 휴대폰이 진동하며 방을 성난 진동음으로 가득 채울 때조차.

"여보세요?"

장갑 낀 사람이 말했다. 상류층 특유의 딱딱한 말투를 쓰는 나이 든 여자의 목소리였다.

"전화 줘서 고마워요. 알고 싶을 것 같아서요. 유감스럽게도 또 한 명을 잃었어요."

전화기 맞은편에서 다른 목소리가 웅웅거리며 들려왔다. 굵은 목소리였다. 몇 마디 하지 않았지만, 분명 남자 목소리였다.

"네, 모두 준비되었어요." 여자가 대답했다.

"시체는 평소대로 처리할 거예요. 걱정할 필요 없어요. 그리고 아직 한 명 더 남았어요. 그는 잘 버티고 있어요. 네. 물론이지요. 고마워요."

제기랄.

여자가 전화를 끊을 때까지 호흡을 안정적으로 유지하려 애썼다. 약물이 또다시 혈관을 타고 퍼지는 것이 느껴지자, 심장이 방망이질 쳤다. '안 돼!'라고 소리치고 싶은 충동을 간신히 참았다. 그 여자의 발걸음이 멀어지기를 기다리며 자신을 억눌렀다.

문이 닫히자마자, 구역질이 치밀어 오르는 듯 흐느낌을 토해냈다. '다른 남자'가 죽었다. 처음 죽어 나간 사람이 아닌 게 분명했다. '또 한 명을 잃었어요.'

밀려오는 약 기운과 싸우며 눈가리개를 쥐어뜯었다. 어서 여기서 탈출하지 못한다면, 다음 차례는 그가 될 것이다.

19장

6월 28일 오후 8시 21분.
워릭셔 주 콜스힐, 캣 프랭크 총경의 집

캣은 캠을 위해 만든 태국 카레를 플라스틱 통에 담은 후 냄비를 물에 담궜다. 정작 그녀는 카레에 손도 대지 않았다. 잘 챙겨 먹어야 한다는 것은 알고 있었지만(정장이 헐렁해지기 시작했다) 입맛이 없었다. 차를 한 잔 마시고 일찍 자야 할 것 같았다. 하지만 제기랄. 이미 남편을 잃은 엄마와 곧 남편을 잃게 될지도 모르는 엄마. 그런 두 엄마의 실종된 두 아들을 찾는 일이 평범한 일은 아니었다. 와인을 한 잔 더 따른 후(열량을 위해서) 숄을 집어 들고 정원으로 나갔다.

뒤쪽에 일렬로 선 나무 너머로 이제 막 태양이 가라앉고 있었다. 다행히 캣의 정원은 벽에 둘러싸여 있어 한낮의 열기를 유지했다. 멀리 보이는 워릭셔 언덕은 밝은 노란색 유채꽃과 짙은 초록의 울타리가 어우러져, 여기가 콜스힐 산업 단지에서 불과 몇백 미터 떨어진 곳이 아니라 마치 시골 한 가운데 있는 것 같은 착각을 불러일으켰다. 이 튜더 양식으로 지은 집은 지리적 위치와 홍수의 위협 때문에 사람들에게 외면당한 채, 캣 부부가 살 수 있는 가격대에 나와 있었다. 부부는 이 집을 향후 캠이 자라날 집이자 은퇴 후의 보금자리로 만들기 위해(순진하게도 당연히 그럴 줄 알았다) 정확하게 기억하고 싶지 않을 정도의 많은 돈과 시간을 들였다.

캣은 그녀가 좋아하는 등나무 의자에 앉았다. 의자는 태양을 마주 보고 있었다. 그녀는 존의 의자에 발을 올린 후, 테라스의 갈라진 틈 사이에서 무성하게 웃자란 풀과 잔디를 못 본 척 했다. 깊이 숨을 들이마셨다. 측벽을 수놓은 인동덩굴 향과 옆집 바비큐의 톡 쏘는 냄새가 섞여서 함께 코로 들어왔다. 부드러운 여름밤의 대화 소리와 이웃집 아이들의 소리가 뒤엉켜 대기가 웅성거렸다.

캣은 몇 차례 심호흡하며 긴장을 풀어보려고 했지만 소용없었다. 존이 여기 있었다면, 그녀를 웃게 한 후 무뚝뚝하지만, 현명한 조언을 해줬을 것이다.

"캣, 망할 숨쉬기 운동 따위는 집어치워. 술이나 한 잔 더 하라고."

캣은 두 눈을 감았다. 존이라면 윌 로빈슨 사건을 어떻게 생각할까? 록이 맞는 걸까? 수중 수색대를 꾸려야 했을까? 윌의 엄마가 처한 상황이 그녀의 판단력에 영향을 미친 것일까? 25년을 함께 살았기 때문에 캣은 존이 뭐라고 할지 정확히 알았다. 존은 특유의 부드러운 웨일스 억양으로 이렇게 말했을 것이다.

'적합한 근거 없이 사람을 괴롭힐 수는 없지. 게다가 아직 CCTV 영상조차 손에 넣지 못했잖아. 캣, 옳은 결정을 한 거야. 자신의 직감을 믿으라고. 당신, 감 하나는 끝내주잖아.'

하지만 록에 대해서는 어떻게 생각할까? 남편은 너무 많은 고통을 겪어야 했다. 존에게 치명적인 오진을 내린 바로 그 기술과 함께 일한다는 사실이 때로는 배신행위처럼 느껴졌다.

"내가 옳은 일을 하는 것일까?"

그녀는 눈을 뜨며 존에게 물었다.

하지만 그는 사라지고 없었다.

근처 콜스힐 교회에서 들려오는 애도의 종소리가 대기를 가득 채웠다. 종소리는 시간의 무자비함을 영원히 상기시켰다. 사람들은 마치 그녀가 어딘가에 남편을 두고 온 것처럼 항상 '남편을 잃은 것에 애도를 표한다'고 말하곤 했다. 초반에는 분노로 가득 찬 슬픔 때문에 '그를 잃어버린 게 아니라고' 소리 지르고 싶었다. 존은 죽었다. 사망했다. (위로에 감사하긴 하지만, 죽음은 존이 '더 좋은 곳'에 있다는 의미도 아니다. 어떻게 여기, 바로 이 집에서, 아내와 아들 곁에 있는 것보다 더 좋을 수 있겠는가?)

틀렸다. 존은 잃어버린 게 아니었다. 하지만 타이론과 윌은 잃어 버린 게 맞았다. 가여운 두 엄마를 생각하며, 와인을 한 모금 삼켰다. 가장 사랑하는 사람을 잃고, 그 사람을 찾아내지 못한다면, 과연 어떤 기분이 들까? 이도 저도 아닌 입장에 처해 슬퍼해야 할지, 찾아 나서야 할지도 모르고, 기다리는 것 외에는 아무것도 할 수 없다. 남겨진 사람은 알 수 없는 진실 때문에 얼마나 고통스러울까?

캣은 점점 어두워지는 하늘을 올려다보았다. 두 엄마가 그런 고통을 겪어서는 안 된다. 누구도 존을 되살릴 수는 없지만, 그녀가 이 청년들을 찾아낼 가능성은 아직 있다. 적어도 가족이 마땅히 알아야 할 답은 찾아줄 수 있다.

그때 휴대폰이 진동했다. 캣은 깜짝 놀라 벌떡 일어났다. 맥리시 였다. 그녀는 얼굴을 찌푸리며 도로 앉았다. 거의 열 시가 다 된 시각이었다.

"프랭크 총경?"

그녀의 상사는 서론도 없이 바로 본론으로 들어갔다.

"담당 부서에 내가 중대사건 수사실 사용을 승인해 줬다고 말한 빌어먹을 이유가 대체 뭔가? 난 그런 적이 없는데? 그 층의 신규 회의실은 중대 사건을 위해 준비된 것이라고." 맥리시가 으르렁댔다.

"압니다. 그래서 언제든 중대사건이 발생하면 바로 방을 비워줄 준비가 되어있어요. 하지만 지금 당상은 아무도 안 쓰잖아요. 그리고 청장님이 이번 건에 실패하도록 일부러 유도한다는 비판을 받게 하고 싶지 않았어요."

"뭐라고?"

"청장님은 AI에 대한 속마음을 전혀 숨기지 않으셨죠. 게다가 제가 '청장님의 사람'인 건 누구나 아는 사실이고요. 이번 프로젝트에서 AI 수사관이 효과적이지 않다는 결론이 난다면, 청장님이 프로젝트에 제공한 지원의 정도와 자원의 양이 조사를 받게 될 거예요. 그들에게 먹잇감을 주지 말자고요."

맥리시는 아무 말도 하지 않았다. 캣은 수화기 너머에서 그가 눈을 부릅뜨고 있는 것을 느낄 수 있었다.

"자네가 나를 조종하려고 하는 게 다 느껴지네. 자네도 알겠지만."

부인해봤자 소용없었다.

"하지만 늘 그렇듯 자네 말이 맞는군. 이게 바로 자네의 가장 짜증나는 재능 중 하나지. 다음에도 내 이름을 함부로 사용하려거든 나한테 먼저 보고를 하도록."

캣이 그러겠다고 확답하려 했지만, 맥리시는 이미 다음 주제로 옮겨갔다. 그는 시범 프로젝트가 어떻게 진행되어 가는지 알고 싶어 했다.

캣은 첫날 록이 했던 말들, 즉 가차 없는 사실주의적 발언으로 팀원들의 사기를 꺾고 로빈슨 부인에게 아들의 사망 가능성이 높다고 말하는 바람에 부인에게 큰 고통을 안겼다고 말했다. 또한 월터스 부인이 타이런의 방에서 실종된 아들의 이미지를 보고 슬퍼했던 일도 덧붙였다. 여전히 그때의 장면을 떠올리면 마음이 아팠다.

"록에게 인공 지능은 있을지 모르지만, 감성 지능은 전혀 없어요."

캣이 이렇게 결론 내렸다.

"좋아. 보고서에도 꼭 그 말을 넣게."

캣이 얼굴을 찌푸렸다. 의견을 말한 것일 뿐, 보고 자료를 위한 말은 아니었다. 캣이 말을 덧붙였다.

"반면, 소셜 미디어 사용에 대한 분석은 정말 유용했어요. 경찰 한 명이 그 메시지를 모두 검토하고, 록과 비슷한 수준의 분석 보고서를 내려면 며칠은 걸렸을 거예요."

"음, 균형을 잡는 게 중요한 것 같군. 하지만 너무 휩쓸리지는 말게. 캣, 정보를 계속 업데이트해 줘."

"그러겠습니다. 그리고 보니, 오코네도 교수에 대해 뭐 아는 거 있으세요? 분명 경찰의 열렬한 팬은 아니던데요."

"맞아. 몇 년 전에 교수의 오빠가 마약 거래로 체포되었어. 교수와 그녀의 가족은 오빠가 불심 검문에서 누명을 쓴 거라고 주장하고 있지."

"그게 사실인가요?"

"교수의 오빠는 배심원 판결에서 유죄를 받았어." 맥리시가 답한 후 잠깐 말을 끊었다. "하지만 체포한 경찰관이 덴트 경위였지."

"빌어먹을."

'구린내 덴트'는 현재 증인 매수와 거짓자백 종용 혐의로 정직 처분을 받은 상태였다. 맥리시와 캣이 웨스트미들랜즈 경찰에서 함께 일할 때, 뿌리 뽑기 위해 그토록 노력했던 부패 경찰의 표본이 바로 덴트같은 인물이었다.

"진짜 빌어먹을이지. 오코네도 교수는 부패하고 무능하며 값비싼 경찰 인력보다 본인의 기계가 일을 더 잘한다는 것을 증명하려고 어떤 구실이라도 찾아낼 걸세. 그러니 교수에게 어떤 꼬투리도 잡히지 마."

맥리시가 걸걸한 스코틀랜드 억양으로 말했다.

"음, 그래서 말인데 한 가지 말씀드릴 게 있어요. 우리가 검토 중인 실종 사건이 처음에는 저위험도 사건으로 평가되었어요." 캣은 각각의 사건 설명을 이어갔다. "타이론 월터스 사건은 중위험도로 올리고, 윌 로빈슨 사건은 고위험도로 변경해야 할 것 같습니다."

"기존 수사에 실수가 있었다고 말하지 말게. 그 미화된 컴퓨터가 우리 경찰 내부의 결함을 드러내도록 가만두지는 않을 걸세."

"정확하지는 않지만, 당시 담당 경찰은 윌 로빈슨의 아버지가 말기 암 환자인 것을 인지하지 못한 것 같습니다. 이 사실 뿐 아니라, 실연과 취업 실패라는 상황까지 고려하여 자살 위험성을 분명히 기재했어야 합니다. 이건 록의 분석이 아니라, 저의 분석입니다."

맥리시는 아무 말이 없었다.

"청장님?"

"자네의 개인적 경험이 편단력을 흐리지 않았다고 자신할 수 있나?"

피가 거꾸로 솟는 것 같았다. 상사에게 욕을 퍼부을 뻔했지만, 엄청난 노력으로 간신히 참았다.

"그 일은 제가 사건의 위험등급을 높이는 것과 아무 관련이 없습니다."

"캣, 난 자네를 잘 아네. 그렇기 때문에 자네가 왜 수사 가능한 스물여덟 건 가운데 캠과 같은 나이에다가 아버지가 죽었거나 죽어가고 있는 두 청년을 선택했는지 알고 싶네."

"그건 우연이었어요. 실종자의 엄마를 만나기 전까지는 아버지가 아프다는 사실도 몰랐다고요. 어쨌든 윌 로빈슨을 고른 건 제가 아니라 록이고요."

맥리시는 오랫동안 침묵하며 여전한 의구심을 나타냈다.

"그건 자네의 선택이었어." 마침내 그가 입을 열었다. "하지만 잊지 말게. 우리는 미제 사건에 한해서만 AI의 실험적 사용을 허가받은 거니까. 둘 중 어떤 사건이든 현재 진행형이 된다면, 바로 해당 지역 경찰에 사건을 되돌려 보내야 해. 알겠나?"

"물론이죠."

"그러니까, 너무 깊이 관여하지 말게."

이번에는 캣이 침묵에 잠겼다.

✦

캣은 식기세척기에 그릇을 다 넣은 후 휴대폰을 확인했다. 거의 새벽 한 시 삼십 분이 되었는데도 캠은 아직 연락이 없었다. 장소가 어디라고 했더라? 캠은 대개 넓은 야외에서 맥주를 즐길 수 있는 하베스터 술집으로 가곤 했다. 하지만 하베스터는 11시반이면 문을 닫기 때문에 진작 집에 돌아왔어야 했다. 록이 야간 외출과 강에 대해 했던 말이 떠오르자 캣의 마음이 조여들었다. 하베스터는 콜 강 오른쪽에 있었다.

그때 현관문에서 열쇠 돌아가는 소리가 들렸다.

"캠이니?"

"저예요." 캠이 부엌으로 들어오며 말했다.

"괜찮니?"

"네. 그런데 배고파요. 먹을 것 좀 있어요?"

"이렇게 늦게 올 거라고 왜 미리 말 안 했니?"

캠이 눈썹을 치켜떴다. "했어요. 맥주 마시러 갈 거라고 했는데요."

"하지만 이렇게 늦는다고는 안 했지. 맙소사, 캠. 새벽 1시 30분 이야. 게다가 문자에 답도 안 하고."

"술집에서 나와서 다시 퍼거스네로 갔어요. 다른 친구들은 아무도 엄마한테 문자를 받지 않았다고요. 나도 이제 열여덟 살인데, 젠장." 캠이 구시렁거렸다.

"감히 엄마 앞에서 그런 욕은 쓰지 마라."

"쓰면 어떻게 하실 건데요, 체포하실 거예요?" 캠의 입술이 일그러졌다. "그걸 더 좋아하실 것 같네요, 그렇죠? 날 감옥에 가두면 항상 내가 어디 있는지 알 수 있을 테니까."

"너 취했구나."

캣은 눈이 게슴츠레해진 아들을 보고 되받아치고 싶은 마음을 눌렀다. 마침내 그녀가 입을 열었다.

"난 자러 간다."

"그러시든지요."

캠이 찬장 쪽으로 비틀거리며 걸어갔다.

캣은 문가에 서서 망설였다. 찬장 꼭대기에 작은 손이 닿도록 캠을 들어 올리던 일이 엊그제 같았다. 초콜릿 과자를 먹는다는 기쁨에 버둥거리던 캠의 작고 단단한 몸의 무게가 그녀의 뼈마디에 각인되어 있었다. 그 작고 귀여운 아이가 어느 날 그녀에게 욕을 할 거라고 상상이나 해본 적 있던가?

캣은 과거의 기억에서 빠져나왔다. 믿을 수 없을 정도로 넓어진 어깨와 금발 머리를 가진 아들의 뒷모습을 응시했다. 월터스 부인과 로빈슨 부인은 지금 캣의 입장이 될 수만 있다면 무엇이든 할 것이다.

"냉장고에 카레 있으니까, 전자레인지에 데워 먹어. 그리고 자기 전에 꼭 물 한 잔 마시고. 캠, 잘 자라. 사랑해."

캣은 복도를 지나 현관문을 잠갔다. 그녀의 아들은 집에 왔다. 캠은 무사했다. 그거면 충분했다.

20장

6월 29일 오전 7시 37분.
워릭셔 주 콜스힐, 캣 프랭크 총경의 집

　록이 조사와 필기 내용을 즉시 전사한 덕에, 샤워와 양치를 하면서 음성 듣기와 글 읽기 사이를 편하게 넘나들 수 있었다. 이 점은 유용하다고 인정할 수밖에 없었다. 밀리 바빙턴의 조사 내용을 들은 후, 캣은 식기세척기에 유리컵을 넣기 위해 부엌으로 내려왔다. 그리고…

　"오, 이런 젠장."

　바닥에는 빵 부스러기가 흩어져 있고 한쪽에는 더러운 (이제는 막을 형성한) 접시가 있었다. 캣은 아들이 빨간 태국 카레를 빵과 같이 데우려 했다고 추측했다. 설거지 해놓기를 바란 건 너무 큰 기대였나? 적어도 냄비를 물에 담가 놓기라도 했다면… 캣은 시계를 바라보았다. 이제 나가야 할 시간이었지만, 빈집에 돌아오는 것보다 더 싫은 일은 바로 더러운 그릇으로 가득 찬 빈집에 돌아오는 것이다.

옷에 음식물이 묻지 않도록 접시를 조심히 집어서 헹군 후 식기 세척기에 넣었다. 냄비에 손을 대려던 찰나, 우편함이 달그락거리는 소리가 났다.

그녀는 복도로 향했다. 하얀 종이봉투가 현관 매트에 떨어져 있었다. 봉투를 줍기 위해 몸을 숙였다가 파란색 국민건강보험 로고를 보고 움찔했다. 존이 아팠을 때, 그들의 삶은 다음 진료일을 알리는 이 새하얀 봉투를 중심으로 돌아갔다. 진료 날짜를 받고 나면, 검사 결과를 기다리는 '진료 불안감'을 겪으며 희망과 절망 사이를 다시 오가야 했다. 최근 캣이 국민건강보험에서 받은 유일한 우편물은 자궁경부암 검사 기한이 또 지났다는 것을 상기시켜 주는 안내문뿐이었다. 봉투 입구에 엄지를 밀어 넣다가, 그제야 받는 이가 자신이 아닌 캐머런 프랭크라는 것을 발견했다. 캣은 아들이 본인 이름으로 된 우편물을 받는다는 사실이 아직 낯설었다. 그녀는 봉투를 열어보고 싶은 충동을 참았다. 아들은 이제 열여덟 살이었다. 이건 캠의 편지다. 캠이 개인적으로 받은 우편물이었다. 캣은 봉투를 뒤집어 주소 칸의 투명 비닐 너머로 내부를 들여다보며, 캠의 방으로 올라갔다. 맙소사, 혹시 캠이 아픈 걸까? 그녀에게 말하지 않은 게 있는 걸까? 캠의 심리치료사는 공공의가 아닌 민간 의료인이었기 때문에 국민건강보험 서류를 쓰지 않을 것이다. 게다가 캠은 이제 치료를 받고 있지 않다.

캣은 지속되는 무릎 통증을 느끼며 아들의 방 앞에 도착했다. 인정하기 싫지만, 생각보다 숨이 찼다. 방문을 두드렸다.

"네?"

"엄마는 지금 출근할 거야."

"그 말 하려고 절 깨운 거예요?"

캣이 방문을 열었다.

"아니. 사랑한다고 말하려고 깨웠지. 하지만 네가 열두 시 전에 일어나 옷을 걸쳐 입고 지저분한 접시를 닦아주면 더 사랑할 거야."

캠이 웃었다. 부드럽고 약간은 졸린 웃음소리였다.

"네, 물론이죠. 지난밤에는 죄송했어요, 엄마."

"괜찮아. 아침은 빵 바구니에 크루아상이 있고, 점심은 냉장고에 생선요리가 있단다."

"알았어요."

"그리고 유브 갓 메일*."

"뭐라고요?"

캠은 너무 어려서 그 영화를 몰랐다. 하지만 설명해 줄 시간이 없었다. 그녀는 봉투를 책상 위에 놓았다.

"편지 왔어. 국민건강보험에서 보냈더라?"

캣은 아들이 봉투를 열고 내용을 설명하길 기대하며 잠시 기다렸다. 하지만 캠은 고집스럽게 눈을 감고 침대에 그대로 누워있었다. 그녀는 손목시계를 흘끗 보았다.

"이제 가봐야겠다. 제발 너무 늦게까지 침대에 있지 마. 캠, 엄마가 말했지? 네가 학교를 마치긴 했지만, 규칙적인 일상이 정신 건강에도 중요하다고."

캠은 작은 설교에 신음하더니, 곧 일어날 거라는 확신 따위는 전혀 주지 못하는 목소리로 캣에게 사랑한다고 중얼거렸다.

이제 진짜 출발해야 했다.

앞문을 쾅 닫으며(아마 캠을 깨울 수 있을지도?) 캣은 차에 올라

---

* 〈You've Got Mail〉 1998년에 개봉한 로맨틱 코미디 영화 제목

탔다. 자동차 열쇠를 돌리려 했지만, 국민건강보험 로고가 여전히 뇌리에 박혀있었다. 만약 캠이 너무 두려운 나머지 그녀에게 말할 수조차 없는 무서운 병에 걸린 거라면? 캣은 무신론자였지만, 조용히 모든 신과 협상하기 시작했다. 아들의 건강만 보장해 준다면 그녀가 생각할 수 있는 모든 것을 바칠 수 있다고 기도했다.

"총경님, 잠깐 쉬었다 가시겠습니까?" 록이 부드럽게 말했다.

"뭐라고?"

"어떤 이유에서인지, 총경님이 매우 괴로워하고 계십니다. 심장 박동수와 호흡수가 둘 다 매우 높습니다. 정상으로 돌아올 때까지 일 분 정도 심호흡을 실행하실 것을 제안해 드립니다."

"빌어먹을 네 일이나 신경 쓰라고 제안할게."

캣이 손목에 있는 록을 잡아챈 후 조수석에 던져버렸다.

"네가 그 빌어먹을 핏빗*도 아니잖아."

---

* Fitbit. 손목에 차는 생체 건강 확인 장치

21장

6월 29일 오전 9시.
워릭셔 주 릭 우튼, 경찰청

캣은 팀 회의를 시작했다. 월 로빈슨의 집에서 확인한 사실을 먼저 공유하고, 마지막으로 그 집 CCTV 카메라에 찍힌 짧고 흐릿한 흑백 영상을 보여줬다. 영상이 한겨울인 1월 11일 오후 5시 7분에 찍혔기 때문에 주차장 진입로는 어두웠다. 주차장 보안등이 켜진 후에야, 청바지를 입은 월의 길쭉한 다리가 집에서 멀어지는 모습이 보였다. 월은 자갈이 깔린 진입로 끝에서 우측으로 몸을 돌렸다. 근처 가로등이 그의 밝은 적갈색 머리카락과 유령처럼 하얀 얼굴을 잠깐 비춰주었다.

월은 계속 걸어갔고 눈 깜빡할 사이에 사라졌다.

캣은 영상을 처음부터 다시 틀었다. 그녀는 월이 모퉁이에서 몸을 돌리는 장면에서 영상을 멈추었다. 월은 뒤를 돌아보지도 않았고 그의 발걸음에는 망설임도 느껴지지 않았다. 즉, 집을 떠나 다시는 가족을 보지 않을 것이라는 기색이 전혀 없었다. 캣은 조용히 그 장면을 계속 떠올렸다. 윌의 부재가 방 안을 가득 메웠다.

"다들 이 사건에 부여된 위험 평가 등급에 대해 어떻게 생각하지? 담당 경찰은 등급을 저위험도로 평가했어. 3개월 후의 검토에서도 동일했지. 모두 옳은 평가라고 생각하나?"

캣은 브라운이 먼저 말하도록 그녀를 바라보았다. 브라운은 여전히 걱정스러울 정도로 창백했다.

"어…" 브라운이 수첩을 보면서 답했다. "실종자 위험 평가 기준에 따라, 담당 경찰은 윌 로빈슨 사건을 자살 위험도 높음으로 평가했어야 합니다."

"정말 그렇게 생각해요?" 하산이 의자에 등을 기대며 말했다. "윌이 방 다섯 개짜리 집에서 부모와 함께 살아야 했고, 졸업 후 몇 달 만에 배우 자리를 얻지 못했다는 이유만으로요? 솔직히 그 추론이라면, 영국 대학의 예술과 졸업생 절반은 자살 고위험군으로 분류될 걸요."

"아니요." 브라운이 뺨을 붉히며 말했다. "윌은 최근에 이별 때문에 힘들어했어요. 게다가 아버지가 말기 암 환자잖아요. 가족의 죽음은 주요 평가 지표 중 하나예요. 평가 기준에—"

"그놈의 기준은 그만 신경 쓰죠? 아빠가 그렇게 아픈데, 유일한 자식이 왜 자살한다는 겁니까? 이거야말로 윌이 엄마에게 가장 겪게 하고 싶지 않은 일 아닐까요?"

캣은 돌아서서 흐릿한 CCTV 화면을 바라보았다. 하산의 질문은 무지에서 나온 것이다. 그는 천천히 죽어가는 아빠의 모습을 본다는 게 어린 자식에게 어떤 느낌인지 모른다. 아들로서 보지 말아야 할 것을 계속 지켜봐야 한다. 하루하루 낮과 밤이 지날 때마다 침묵의 공포 속에 앉아 결국 무기력하게 죽음이 찾아오기만을 기다릴 수밖에 없다. 윌 로빈슨이 견뎌야 했던 고통을 설명하는 것은 부질없는 일이다. 도저히 말로는 표현할 수 없기 때문이다.

"그러니까, 하산 경위는 윌 로빈슨이 자살한 게 아니라는 말이지?"

"자살이 아니라고 단언한 것은 아닙니다, 총경님. 단지 그가 자살했다는 객관적 증거가 없다고 짚어준 것뿐입니다."

하산은 이렇게 대답하며 회의실 탁자 끝에 앉아있는 오코네도 교수를 쳐다보았다. 교수는 깔끔하고 빠른 동작으로 노트북에 타자를 치고 있었다.

"공식적인 우울증 진단도 없습니다. 인터넷 검색 기록만 몇 개 있죠. 또한 아빠의 병을 받아들이는 데 어려움을 겪었다는 증거 역시 없습니다. 둘 다 추측일 뿐이죠."

하산 경위가 그렇게 말하며 교수를 흘끗거리자 캣은 얼굴을 찌푸렸다. 대체 왜 교수의 인정을 원하는 거지? 수사팀의 책임자는 오코네도 교수가 아니었다.

하산이 그의 휴대폰을 집어 들었다.

"제가 오늘 버스에 치어 죽었다고 가정 해보죠. 제 인터넷 검색 기록을 조사하면 최근 목록에 사마리탄즈, 마인드, 파피루스가 나올 겁니다. 잘 모르는 사람은 제가 우울증 때문에 버스에 뛰어 들었다고 추측할 수도 있겠죠. 실상 저는 윌이 방문했던 사이트를 재검색했을 뿐인데요. 그리고 여자 친구가 윌은 별다른 문제가 없어 보였고, 그가 절대 자살할 사람이 아니라고 얘기한 것 기억하시죠? 저는 단지 증거에 기반한 사고를 하려는 것뿐입니다. 록처럼요." 하산은 어깨를 으쓱했다.

캣은 오코네도 교수가 눈을 굴리는 모습을 보았다. 적어도 교수는 자신의 관심을 끌려는 하산의 노골적인 시도에 속아 넘어가지 않았다.

"하산 경위는 지금 객관적 사실에 충실하기보다는 자신이 원하는 이론을 뒷받침하기 위해 증거를 선택적으로 해석하고 있습니다."

록이 이 말을 하며 회의실을 왔다 갔다 하기 시작했다. 큰 키에 짙은 색 정장을 입은 모습은 사람들의 주의를 끌었다.

캣은 눈을 가늘게 떴다. 록이 지금 그녀를 따라하고 있는 걸까? 캣은 짜증을 참으며 록에게 사실을 요약하라고 했다.

"객관적 사실은, 실종 성인의 82퍼센트가 이틀 안에 발견된다는 것입니다. 이들 중 열에 여덟 명이 진단되지 않은 정신 건강 문제를 갖고 있습니다. 윌의 성별·나이·예견된 가족의 죽음을 고려했을 때, 가장 타당한 가설은 윌 로빈슨이 스스로 목숨을 끊었다는 것입니다. 그러므로 저는 경찰 대학 가이드라인에 명시된 기준에 따라, 이 사건의 위험 평가 등급을 높은 수준으로 재분류해야 한다는 브라운 경사의 의견에 동의합니다. 우리는 즉각 에이번 강 수색을 시작해야 합니다."

하산은 얼굴이 뚱해진 반면, 브라운은 록에게 감사의 미소를 지어 보였다.

"잘했어, 록."

캣은 록이 서 있는 탁자 앞에 섰다. 어쨌거나 이 회의는 그녀가 통솔하는 회의였다.

"지금 단계에서는 록이 추론한 가설에 동의한다. 윌이 스스로 목숨을 끊었을 수도 있어. 하지만 하산 경위의 말 역시 맞다. 에이번 강 수색 비용을 정당화할 만한 확실한 증거가 없다. 그래서 여러분에게 모든 CCTV의 영상 확보를 우선순위로 두도록 요청한 것이다."

"아닙니다."

록이 몸을 돌려 캣을 정면으로 바라보았다.

"총경님은 로빈슨 부인과 그녀의 병든 남편을 괴롭히고 싶지 않기 때문에 CCTV 영상 확보를 우선순위로 두라고 요청한 것입니다."

하산과 브라운은 서로 눈빛을 교환했다.

"지금 내 말에 문제를 제기하는 거야?"

"아닙니다. 저는 배경 이유를 명확히 밝힌 것뿐입니다."

캣이 주먹을 불끈 쥐었다.

"록, 넌 단지 기계에 불과해. 상사가 내린 판단의 이유를 안다고 착각하지 마."

록이 눈썹을 치켜올렸다.

"관료적인 관점에서 총경님이 제 '상사'라는 말씀은 받아들이겠습니다. 하지만 '단지'라는 말에는 반대합니다."

"반대한다고?"

"네, 그렇습니다. 반대하기 때문에 그렇게 말씀드렸습니다만."

캣은 심호흡했다. 기계와 말다툼하느라 팀장의 권위를 떨어뜨릴 수는 없었다.

"록, 넌 CCTV 영상을 모으는 데만 집중해. 영상자료 일부는 지방 의회나 하천을 관리하는 당국이 갖고 있을 거야. 다른 일부는 스완스 네스트 안팎의 개인 사업자들이 갖고 있겠지. 쉽지 않겠지만, 자료를 모두 확보해야 해. 모든 CCTV 카메라의 영상 자료를. 알겠지?"

캣이 브라운에게 고개를 돌렸다.

"브라운 경시는 윌을 담당하는 공공병원 의사와 이야기해 봐.

월이 우울증 때문에 찾아간 적이 있는지, 아니면 대학에서 심리 상담사와 상담한 적 있는지 확인해. 그리고 스완스 네스트에서 만나기로 했던 친구들도 확인하고. 진짜 친구를 만나기 위해 나 갔는지 아니면 거짓말이었는지 알아내. 우리의 가설을 검증하고 이를 뒷받침할 실제 증거가 있는지 확인해 보자고. 알았나?"

"총경님, 월의 아버지는 어떻게 합니까? 실종자가 위험에 처한 사건은 남성 친척이나 가족같이 가까운 친구의 손에 당한 경우가 대다수입니다. 통계 조사에 따라, 아버지를 우선순위로 조사해야 합니다." 록이 말했다.

"그런 통계는 일반 평균에 기반을 두고 있어. 하지만 이 사건에 서 아버지는 가엾게도 생사를 넘나드는 중이지. 월의 아버지는 용의자가 아니야. 단순히 모든 가능성을 검토한다는 걸 과시하려 고 로빈슨 부인이나 로빈슨 씨에게 불필요한 고통을 주지는 않을 거야."

캣은 브라운에게 의미심장한 시선을 보내며 말을 이어갔다.

"가이드라인은 단지 가이드라인일 뿐이야. 가끔은 전문가로서 판단력을 발휘하기 위해 자신감을 가져야 해. 자, 그럼."

캣은 토론이 끝났다는 신호를 보냈다.

"이제 타이론 월터스 사건으로 넘어가 보지. 캠퍼스 보안 직원 의 진술 내용은 봤다. CCTV 영상을 아직 못 받았어?"

"캠퍼스에 있는 CCTV 오백 대에서 타이론이 실종된 주의 영상 파일 복사본을 모두 받았습니다." 록이 말했다.

"좋아. 영상 분석이 끝나면 바로 알려줘."

"분석은 열두 시간 전에 완료하였습니다."

"뭐? 왜 말 안 한 거야?"

"물어보지 않으셨습니다. 총경님께서 먼저 말 걸기 전에는 말하지 말라고 명령하셨습니다."

캣은 지금 농담 따먹자는 건지 물어보려 입을 열었지만, '이 특정 맥락'에서 '따먹는다'는 의미를 설명해야 하는 수고는 원치 않았다.

"앞으로는 주어진 임무를 완수하는 즉시 내게 보고해."

"괜찮으시겠어요?"

오코네도 교수가 노트북에서 시선을 떼고 말했다.

"네, 그럼요."

캣은 록의 상식 부족 때문에 12시간을 허비했다는 사실에 짜증이 치밀었다.

"잘 알겠습니다. 총경님과 공유할 정보가 있을 때, 스스로 활성화할 수 있도록 록의 잠금 설정을 수정하겠습니다."

오코네도 교수가 키보드를 두드리며 말했다.

캣은 대형 화면 앞의 탁자 가장자리에 기대어 록에게 알아낸 것을 보여 달라고 했다.

"CCTV 영상을 보기 전에, 워릭 대학교 캠퍼스의 3D 모델 이미지를 먼저 보여드리면 도움이 될 것 같습니다."

록이 회의실 탁자를 향해 손짓했다. 캣은 자신이 3D로 작게 축소한 붉은 벽돌 건물들 사이에 앉아있는 거인이라는 사실을 뒤늦게 깨달았다. 왼쪽 엉덩이는 이미 장난감 크기의 호수 이미지에 빠져있었다. 캣은 탁자 가장자리에서 미끄러져 내려와 팔짱을 긴 채 뒤로 물러섰다.

"여기는," 록이 팔을 뻗어 탁자 오른쪽 위에 있는 건물을 확대했다. "다이론이 살고 있던 기숙사인 레이크사이드 빌리지입니다.

타이론은 1월 27일 새벽 3시 30분에 이 건물에서 나갔습니다. 1층 로비의 CCTV 카메라에 타이론이 건물을 떠나는 모습이 포착되었습니다."

TV 스크린에 젊은 남자의 흑백 이미지가 나타났다. 짙은 색 패딩 점퍼를 입은 남자가 옷에 달린 모자로 얼굴을 가린 채 출구로 향했다. 그는 문이 열리자 흘끗 뒤를 돌아보았다. 록은 손을 들어 화면을 멈춘 후 이미지를 확대했다. 누가 봐도 타이론 월터스라는 것을 바로 알아볼 수 있었다.

"기숙사 건물 밖에는 CCTV 카메라 세 대가 있습니다. 하나는 바로 여기, 출입구 바로 위에 있습니다."

록은 탁자 위로 몸을 숙여 검지로 작은 카메라를 가리켰다.

"나머지 두 대는 서로 반대 방향을 향하고 있습니다. 기숙사 건물을 나온 후 타이론은 메인 캠퍼스 방향을 향해 왼쪽으로 가거나, 아니면 외곽에 있는 테니스 코트를 향해 오른쪽으로 가야 합니다. 두 카메라는 타이론이 둘 중 어느 길로 갔는지 보여줘야 합니다."

"그런데?"

캣이 몸을 앞으로 내밀고 다음 말을 재촉했다.

"불행히도 이 카메라들은 그날 밤 작동하지 않았습니다."

"뭐? 지금 농담하는 거야?"

"저에게는 유머 알고리즘이 없습니다."

"아니, 내 말은—, 하, 됐어."

"왜 작동하지 않은 거죠?" 브라운이 물었다.

"누군가가 레이저 펜으로 카메라를 파손시켰기 때문입니다. 최근 홍콩에서 학생 시위대가 경찰의 얼굴 인식 카메라를 피하고자 사용한 방법과 동일합니다."

캣이 신음을 내뱉었다. 망할 학생 놈들.

"록, 이게 대체 언제 일어난 일이지? 날짜와 시간을 알려줘. 캠퍼스 보안 팀에 항의라도 해야겠어. 이런 걸 확인하고 고치는 게 보안 팀이 할 일 아니야?"

"기숙사 건물 외부에 달린 카메라 세 대와 스카만 로드를 따라 설치된 카메라 두 대, 다섯 대가 전부 1월 27일 새벽 1시 30분에서 2시 5분 사이에 레이저로 파손되었습니다."

"진짜야?"

"총경님께 말씀드린 것처럼, 제게는 농담 알고리즘이 없ㅡ"

"내 말은 대체 그런 말도 안 되는 우연의 일치가 어디 있냐고. 안 그래? 타이론의 마지막 행적이 녹화된 카메라가 실종되기 딱 두 시간 전에 모두 망가졌다고?"

록이 얼굴을 찌푸렸다.

"저는 '우연의 일치'라는 개념을 받아들이지 못합니다. 그런 일이 어쩌다 일어날 확률은 1퍼센트 미만입니다."

"카메라를 고장 낸 사람의 영상이 있나요? 혹시 타이론이 자신의 행적을 감추려고 그런 건 아닐까요?" 브라운이 물었다.

기숙사 건물의 외부 구역을 보여주는 흑백 영상이 나오자, 록이 TV 화면을 가리켰다.

"파손범과 관련된 32초 분량의 영상이 남아 있습니다."

캣은 화면 앞에서 기숙사의 흑백 영상을 바라보았다. 가로등 불빛이 비치는 길 위로 그림자가 져 있었다. 몇 초 후, 화면 왼쪽 끝에 한 형체가 나타났다. 카메라 각도가 문 위에서 아래로 향했기 때문에, 볼 수 있는 것이라고는 누군가가 들고 있는 우산의 윗부분이 전부였다. 바로 이것을 노리고 우산을 들고 온 것 같았다.

몇 초 후, 팔 하나가 나오더니 바퀴 달린 소형 카메라 삼각대처럼 보이는 것을 앞으로 내밀었다.

"파손범은 흔들리지 않고 안정적으로 조준하기 위해 고출력 레이저 펜을 삼각대에 끼운 후, 카메라를 겨냥하고 센서를 파괴하였습니다."

우산 쪽에서 청록색 빛 한 줄기가 뻗어 나왔다. 곧 화면 중앙에 작은 네온점이 생겼다. 10초도 안 되어 캣이 보고 있던 이미지의 화소가 깨지기 시작하더니 곧 화면이 검게 변하며 완전히 망가졌다.

"이게 끝이야? 이 사람의 신원을 확인할 만한 단서가 있는지, 다른 카메라도 확인해 봤어?"

캣이 록을 향해 몸을 돌리며 물었다.

"네, 모든 카메라를 확인해 보았지만, 신원 파악이 불가능했습니다. 우산을 쓴 각도 때문에 신원을 확인할 방법이 없습니다. 단, 범인의 팔에 대한 유용한 이미지가 하나 있습니다."

록은 삼각대를 잡은 팔이 나타난 시점으로 영상을 되돌렸다. 그리고 영상을 멈춘 후 이미지를 확대했다.

캣이 한숨을 쉬었다.

"그러니까 검정 장갑을 끼고 회색 긴 소매 상의를 입은 사람을 찾으면 된다는 거지? 뭐, 추적 범위가 참 많이도 좁아졌네."

"파손범의 척골 길이를 활용하면 범위를 더 좁힐 수 있습니다."

록은 캣이 비꼬는 것을 전혀 알아차리지 못했다.

"뭘 활용해?"

"척골은 팔꿈치부터 손목의 돌출된 지점까지의 뼈로, 척골 길이 측정을 바탕으로 키를 계산할 수 있습니다."

록의 말과 동시에 화면 속 팔 이미지를 따라 흰 선이 나타났다.

"파손범의 척골 길이는 26센티입니다. 범인을 60세 미만으로 가정하면, 키는 대략 168센티로 추정할 수 있습니다. 또한 날씬한 체격에 오른손잡이로 보입니다. 영국 성인 여성의 평균 키는 162 센티, 성인 남성의 평균 키는 176센티입니다. 즉 범인은 평균보다 약간 큰 여성이거나, 평균보다 작은 남성 혹은 청소년입니다."

캣의 머리가 차가워졌다.

"타이론 월터스의 키는 186센티였어. 카메라를 고장 낸 사람이 타이론은 아니겠군."

회의실이 잠시 침묵에 휩싸였다.

"빌어먹을." 하산이 똑바로 앉으며 말했다.

"이거 살인 사건처럼 보이기 시작하는데요, 보스."

22장

캣은 정체를 알 수 없는 카메라 파손범의 정지 이미지를 응시했다. 초동 수사 담당 경찰은 CCTV 영상을 '확인 불가'라고만 기록했지 그 이유는 조사하지 않았다. 무려 다섯 달 동안이나. 맙소사, 맥리시가 불같이 화를 낼 것이다.

"그래, 맞아."

캣은 오코네도 교수의 흡족해하는 얼굴을 외면했다. 교수가 저렇게 잘난 체할 이유는 없었다. 록이 CCTV 영상을 조사하는 데 도움이 된 것은 맞다. 하지만 캣의 직감에 따라 타이론 사건에만 집중했다면, 그녀의 팀은 윌 로빈슨 사건에 귀중한 시간을 낭비할 필요가 없었을 것이다.

그녀는 하산과 브라운을 향해 몸을 돌렸다. 둘은 잠재적 살인 사건 수사에 대한 기대감으로 거의 꼬리를 흔들 듯 눈을 반짝이고 있었다.

"CCTV 카메라가 고장 났을 때 주변에 누가 있었는지, 타이론이 기숙사를 떠난 새벽 3시 30분과 밀리 바빙턴에게 문자를 보낸 오전 7시 36분 사이에 주변에 누가 있었는지 알아내. 타이론 혹은 타이론인 척 하는 누군가가 오전 9시 2분에 엄마에게 문자를 보냈어. 그러면 5시간 30분 동안 그는 무엇을 하고 있었던 걸까? 록, 그 시간 동안 기숙사를 나간 사람이 있는지 확인했어?"

"그 시간대에 타이론을 포함해 총 여섯 명이 기숙사를 나갔습니다. 네 명은 오전 6시에서 7시 사이에 나갔고, 밀리 바빙턴이 새벽 3시 36분에 기숙사를 나갔다가 4시 5분에 돌아오는 모습이 로비 카메라에 잡혔습니다. 그녀 혼자서요."

캣은 흐릿하긴 해도 젊은 금발머리 여성의 모습이 확실한 화면으로 다가갔다.

"전화 기록에 따르면, 밀리 바빙턴과 타이론은 그날 밤 새벽 2시에서 3시 사이에 문자를 주고받았어. 둘은 기숙사 밖에서 만나기로 약속했을 거야. 바빙턴은 타이론을 좋아한다는 사실을 남자 친구에게 들키고 싶지 않았을 테니까. 하지만 둘 사이의 문자를 보기 전까지 이건 모두 추측에 불과해. 이제 증거는 충분히 확보했으니 밀리 바빙턴의 휴대폰 기록에 대한 접근 권한을 요청할 수 있겠군. 삭제된 내용까지 포함해서. 권한 요청을 진행해."

통신사에 따라 휴대폰 사용 기록의 확보는 며칠이 걸릴 수도 있고 심지어 몇 주가 걸릴 수도 있기 때문에 신속하게 진행해야 했다.

캣은 캠퍼스의 3D 모델을 살펴보다가 기숙사 입구와 그 앞을 지나는 길에 초점을 맞출 수 있도록 록에게 이미지를 확대하라고 명령했다.

"이 경로에 있는 카메라 세 대가 모두 고의로 파손되었어. 즉 타이론이 좌측으로 돌아 스카만 로드로 걸어갔다고 추측할 수 있지. 록, 방금 말한 대로 재구성할 수 있지?"

레고 크기만 한 타이론의 작은 홀로그램이 기숙사 문에 나타났다. 그는 좌측으로 돌아 메인 캠퍼스가 있는 쪽으로 급히 걸어갔다.

"멈춰."

캣은 탁자 위로 몸을 숙여 스카만 로드 양쪽에 무엇이 있는지 자세히 관찰했다. 용의자가 숨을 수 있거나, 눈에 띄지 않고 습격할 만한 장소를 찾아보았다. 숲이나 도랑으로 이어진 오솔길과 관목 덤불을 찾아보았지만, 길옆에는 초록 잔디밭이 개방적으로 넓게 펼쳐져 있었으며 일렬로 선 가로등이 길을 밝게 비추고 있었다.

"용의자가 숨을 만한 장소가 없어."

캣은 '희생자의 시신을 숨길 만한 장소도'라는 말은 덧붙이지 않았다.

타이론을 나타내는 작은 형체가 길을 따라 올라가자, 호수가 시야에 들어왔다. 레이크사이드 빌리지 건물 전체를 따라 흐르던 호수는 곧 타이론이 걷는 길옆에 나란히 흘렀다.

브라운이 호수를 마주 보고 있는 길 위의 벤치를 가리켰다.

"어쩌면 범인이 덤불에 숨지 않았을 수도 있어요. 여기 앉아서 타이론이 시야에 완벽하게 들어올 때까지, 그가 걸어오기만을 기다렸을 수도 있죠."

"그인지 그녀인지는 모르겠지만, 저기서 타이론과 만난 걸 수도 있어요." 하산이 치고 나왔다.

"타이론이 새벽 3시 30분에 밖으로 나온 것은 확실한 사실입니다. 밀리가 여기서 타이론을 만나기로 했다 치죠. 이 벤치는 기숙사에서 가장 가까운 의자예요. 누군가에게 데이트 신청을 하거나 혹은 누군가를 차버리기에 가장 완벽한 장소일걸요."

브라운이 하산에게 못마땅한 시선을 던졌다.

하산이 어깨를 으쓱했다.

"위치가 그렇다고요, 위치가. 밀리 바빙턴은 3시 36분에 기숙사를 나왔어요. 그녀가 3시 40분에 타이론과 벤치에서 만났다고 가정해 보죠."

타이론의 이미지가 벤치에 앉았다. 잠시 후 밀리 바빙턴으로 보이는 작은 형체가 다기와 타이론의 옆에 앉았다.

"좋아. 그 후에는?"

"어쩌면 타이론이 마지막 시도를 했을 수도 있어요." 브라운이 말했다.

"바빙턴에게 데이트 신청을 한 거예요. 하지만 그녀가 사이크스와 사귄다고 말하자, 타이론이 화를 낸 거죠. 바빙턴은 황급히 자리를 뜨고, 타이론은, 글쎄요, 너무 실망한 나머지 충동적으로 목숨을 끊은 걸까요?"

작은 밀리 바빙턴이 빠르게 벤치를 떠났다. 벤치에서 일어난 타이론의 이미지가 호수를 향해 달려갔다.

"아니야."

캣은 록이 이미지를 멈추게 했다.

"그 가설로는 CCTV 카메라를 미리 파손시킨 이유를 설명할 수 없어. 누군가가 타이론에게 무슨 짓을 한 게 틀림없어. 미리 CCTV 파손 계획을 세운 후 공격을 실행할 만큼, 타이론을 질투했거나 그에게 화가 난 사람이 분명해. 만약 밀리 바빙턴과 가까운 관계가 되고 싶어 하던 타이론 때문에 짜증이 난 리처드 사이크스가 타이론을 여기서 제거하기로 했다면? 레이저로 카메라를 망가뜨리고, 바빙턴은 타이론을 밖에서 만나기로 하지. 이 벤치가 그 장소일 수도 있지. 사이크스가 뒤에서 살금살금 접근해 타이론의 머리를 가격하고…"

"그를 호수에 던져버리는 거죠." 하산이 뒤를 이었다.

록은 다시 한 번 현장을 구현했다. 두 형체가 타이론의 머리를 가격한 후, 축 늘어진 그를 잡아 호수에 던졌다.

회의실의 모든 사람이 어둡고 잔잔한 호수의 홀로그램 이미지를 응시했다.

"모르겠어요. 사이크스가 거만해 보이긴 했지만, 살인자 같다는 생각은 안 들어요." 브라운이 조심스럽게 말을 꺼냈다.

록이 고개를 저었다. "브라운 경사는 또 다시 이 사건의 객관적 사실을 고려하기보다 본인의 편견과 기호를 드러내 보이고 있습니다. 여기에는 정확히 세 가지 선택지가 있습니다."

록은 권위적인 분위기로 손가락을 하나씩 세며 말했다.

"타이론이 본인의 자유 의지로 대학을 떠났거나, 스스로 목숨을 끊었거나, 다른 사람에게 납치 혹은 살해를 당한 세 가지 경우입니다. 그러나 타이론이 아닌 누군가가 CCTV 카메라를 파손했다는 사실로 보아, 앞의 두 선택지는 가능성이 없어졌습니다. 타이론이 실종된 지 5개월이 넘었지만, 납치범이나 타이론 본인으로부터 아무 연락이 없습니다. 즉, 그의 지속적인 실종 상태에 대한 가장 가능성 높은 설명은 살인입니다."

록이 잠깐 말을 멈추고 탁자를 가리켰다.

"그렇다면 타이론의 시체가 호수 바닥에 가라앉아 있을 가능성이 77.7퍼센트입니다."

캣은 얼굴을 찌푸렸다. 록이 말한 내용 때문이 아니라 말하는 방식 때문이었다. 록이 그녀를 모방한다는 느낌 때문에 마음이 불편했다. 마치 그녀와 경쟁하려는 것 같았다. 하지만 경쟁은 인간의 특성이지, 기계의 특성이 아니다. 캣은 이런 생각은 잠시 접어두기로 했다.

"가능성은 있지만, 확실하지는 않아. CCTV 카메라가 파손된 무렵에 바빙턴이나 사이크스가 기숙사를 떠난 영상이 있어?"

"유감스럽게도 없습니다, 총경님."

캣이 코를 찡그렸다.

"알았어. 오늘은 팀 전체가 워릭 대학 캠퍼스로 간다. 내가 직접 밀리 바빙턴과 그녀의 남자친구를 만나 보겠어. 1월 27일 새벽 1시에서 오전 10시 사이에 그들이 정확히 어디에 있었는지 알아내야 해. 현재로서는 타이론이 살아있는 모습을 마지막으로 본 사람이 밀리 바빙턴 같군."

"총경님, 지난 조사에서 이미 동일한 질문을 했습니다. 왜 그냥 녹취록을 읽지 않으십니까?"

신이시여, 힘을 주소서. 대체 몇 번이나 이 기계에게 그녀가 상사라는 것을 상기시켜야 하지? 캣은 록에게 다가가 두 눈을 노려보았다.

"그들이 대답할 때 내가 직접 그들의 눈을 보고 싶기 때문이지."

록이 그녀를 내려 보았다.

"살인자의 눈이 보통 사람의 눈과 다르게 생겼다는 증거는 없습니다."

캣은 유명한 교살범이었던 애스턴을 떠올려 보았다. 그의 눈은 마치 죽은 사람의 눈동자처럼 움직임이 없고 이상할 정도로 어두였다.

"25년의 경험이 살인자의 눈은 다르게 생겼다고 말해주더군."

그녀는 자신을 뚫어져라 보는 록의 시선을 되받아쳤다.

"또한 그들의 정확한 키를 알아야 해. 그 정보는 녹취록에 없어."

캣은 가상 이미지로부터 몸을 돌려 팀원들을 향했다.

"하산과 브라운은 그 층에 있었던 나머지 사람들을 모두 재조사하도록. 타이론은 새벽 3시 30분에 기숙사에서 나갔고, 얼마 후 밀리 바빙턴도 뒤따라 나갔어. 기숙사 사람들이 전에 뭐라고 답했는지는 중요하지 않아. 분명 누군가는 그 둘이 방을 나가는 소리와 나가기 전에 무슨 일이 있었는지 들었을 거야. 그리고 친구들이 타이론 월터스, 밀리 바빙턴, 리처드 사이크스. 이 셋에 대해 어떻게 생각하는지도 알아내. 소문이든 뒷담화든 모두 알고 싶으니까. 타이론이 기숙사를 떠난 새벽 3시 30분, 밀리 바빙턴에게 문자를 보낸 오전 7시 36분, 누군가가 그의 휴대폰으로 엄마에게 문자를 보낸 오전 9시 2분 사이. 그 사이에 타이론이 어디 있었는지 밝혀야 해. 다섯 시간 반 동안 타이론은 어디 있었을까? CCTV 자료는 못 구했지만, 캠퍼스에는 학생 수천 명이 살고 있어. 사소한 어떤 것이라도 보고 들은 사람이 분명히 있을 거야. 록, 그날 새벽 기숙사를 나간 나머지 네 명의 이미지를 확보 가능한 다른 이미지와 비교해 봐. 대학 졸업 앨범이든 소셜 미디어든 뭐든 상관없어. CCTV 파손범의 팔 길이와 일치하는지 보자고."

"알겠습니다. 총경님, 그런데 윌 로빈슨의 CCTV 영상 관련해서는—"

"타이론 월터스 사건은 이제 잠재적 살인 사건이야. 따라서 이게 지금 우리의 최우선 과제다."

캣은 캠퍼스의 3D 모델 이미지를 내려다보며 '그것 봐. 내가 그럴 거라고 했지'라는 말을 삼켰다.

"타이론이 캠퍼스를 벗어날 때 택시를 부르거나 차를 얻어 탔을 가능성도 배제해선 안 돼. 록, 주차장 CCTV 영상은 확인해 봤어?"

"안 했습니다."

"왜 안 했지?"

"총경님께서 스카만 로드의 CCTV 영상만 확인 요청하셨기 때문입니다."

"하지만 주차장은 스카만 로드 바로 근처야. 당연히— 아, 아냐. 됐어. 그냥 주차장 영상이나 확인해. 타이론이 실종되던 날 밤에, 주차장 안팎에서 수상한 움직임이 있었다면 전부 알아내야겠어."

캣은 호수를 응시한 후 몸을 돌려 코트를 집어 들었다.

그녀는 타이론과 타이론의 엄마를 포기하지 않았다. 아직은 아니었다.

하산은 일부러 자기 물건을 천천히 챙기며, 프랭크 총경과 브라운이 중대사건 수사실을 나갈 때까지 기다렸다. 오코네도 교수가 문으로 향하자 하산이 그녀의 이름을 불렀다. 목소리가 의도했던 것보다 크게 나오는 바람에 교수가 하산을 돌아보았을 때는 얼굴이 붉어지는 것을 느꼈다.

"물어보고 싶은 게 있습니다. 잠깐 시간 있으세요?"

오코네도 교수의 눈썹이 작고 깔끔한 주름을 만들며 찡그려졌다.

"오래 걸리지 않을 겁니다."

교수가 고개를 끄덕였다. 하지만 그녀는 어깨에 멘 가방을 꽉 쥔 채 회의실을 향해 어색하게 돌아섰다. 난시 예의 차원에서 하산의 말에 응한 것이 분명했다.

하산이 목청을 가다듬었다.

"전에 하신 말씀이요, 경찰을 파괴하고 싶다는 말. 설마 진짜 그런 뜻으로 하신 말씀은 아니겠죠?"

오코네도 교수가 완벽하게 손질된 눈썹을 치켜올렸다.

"아닐 거라고 생각하세요?"

"무슨 의미인지만 말씀해 주시죠. 그 말이 마음에 걸립니다."

"당신들을 모두 날려버리지는 않을 겁니다. 경위님이 그걸 두려워하는 거라면요."

"음. 진짜 무슨 의미입니까? 왜 그렇게 경찰을 증오하는 거죠?"

하산은 '왜 그렇게 나를 싫어하는 거죠'라는 말을 덧붙일 뻔했다.

"진심으로 묻는 겁니까? 경찰 조직이 구조적으로 인종차별적이고 여성혐오적인 것은 말할 필요도 없겠죠."오코네도 교수가 고개를 저으며 말했다.

"지금은 그렇죠. 하지만 경찰 조직에 교수님과 저 같은 사람들이 늘어나고 더 높은 위치까지 올라간다면 결국 변화할 것입니다. 제가 워릭셔 주 최초의 남아시아인 총경이 되고자 열심히 노력하는 이유가 뭐라고 생각하십니까?"

"당신이 망상에 빠져있기 때문이죠."

"뭐라고요?"

"좋아요."

교수가 한숨을 내쉬며 회의실 탁자 위에 가방을 내려놓았다.

"그럼 당신이 총경이라는 꽤 높은 직위에 올랐다고 가정해 봅시다. 당신이 어떤 팀을 이끌고 있을 것 같습니까? 2007년, 아시아계 출신 경찰은 전체 인력의 1.5퍼센트였습니다. 오늘날도 단 3

퍼센트에 불과하죠. 어쨌든 지금처럼 15년마다 그 비율이 두 배씩 증가한다고 낙관적인 시나리오를 적용한다 처도, 2052년이 되어서야 겨우 12퍼센트에 이르게 됩니다. 하산 경위님, 당신은 언제나 백인이 다수인 인종차별적 경찰에서 일하는 소수 민족에 불과합니다."

"모든 백인이 인종차별주의자는 아닙니다. 단지 썩은 사과 몇 개가—"

"그만하시죠. 그들의 변명을 따라 하지 마십시오. 그건 백인이 진실을 왜곡하기 위해 은유를 어떻게 오용하는지 보여주는 대표적 예시입니다. 그 속담의 요점은 사과가 통에 저장되어 있을 때로 거슬러 올라갑니다. 사과는 익을 때 곰팡이뿐 아니라 에틸렌 가스도 만들어 내죠. 또한 주변 과일의 에틸렌 가스 생성도 촉진합니다. 즉, 그 속담의 실제 뜻은 '썩은 사과 한 개가 통 전체를 망친다' 입니다. 시발점인 한 개의 썩은 사과를 제거했다고 결과가 달라지지는 않습니다. 에틸렌 가스는 여전히 통 안에 남아 있기 때문이죠. 결국 빌어먹을 통 전체가 썩게 되는 것입니다."

"그래서, 지금 하려는 말이 뭡니까? 신경 쓰지 마라? 통이 몽땅 썩도록 그냥 내버려 두라고요?"

"처음부터 다시 시작해야 합니다. 하지만 이번에는 AI와 함께요. 왜냐하면 문제의 핵심은, 우리가 경찰이라는 조직을 넘어 사회라는 거대한 통 안에 들어있다는 거죠. 우리 사회에는 인종차별주의, 여성혐오증, 동성애 혐오증, 트랜스젠더 혐오증이 있습니다. 모두 우리에게 일정 부분 내면화된 요소들이죠. 물론 저도 마찬가지입니다. 하산 경위님, 저는 무정부주의자가 아닙니다. 정의와 민주주의와 법치주의를 믿습니다. 다만 인간의 치안 유지는 너무 중요한 문제이기 때문에 인간에게만 맡겨둘 수 없다고 생각합니다."

하산이 손으로 얼굴을 문질렀다.

"그러면 교수님은 책임을 따져 물을 수도 없는 컴퓨터 알고리즘이 누가 유죄고 누가 무죄인지 결정하는 게 더 안전하다고 느낀다고요?"

오코네도 교수가 턱을 세우고 감정이 실린 두 눈을 번쩍였다.

"저는 영국에 사는 흑인 여성입니다. 열여섯 살에 맥도날드 화장실에서 백인 남자애들 무리에게 공격당한 이후로 살면서 한 번도 안전하다고 느껴본 적이 없죠. 제 오빠가 저를 막아주려 하자 경찰이 와서 '덩치 큰 흑인 남자가 공격적으로 행동한다'는 이유로 오빠를 꼼짝도 못 하게 바닥에 구속했습니다. 오빠는 A 학점을 받는 우등생이었기 때문에, 바로 다음날 공식적으로 서면 항의서를 작성하였습니다. 그 후, 경찰은 오빠를 서른 두 번이나 불심검문 하더니 마침내 인내심을 잃고 오빠에게 마약 혐의를 덮어씌웠습니다. 그 결과 다정한 제 오빠는 불안에 떨며 겁에 질린 채, 지금 저지르지도 않은 죄목으로 감옥에 구속되어 있습니다. 반면 저를 공격한 백인 남자애들은 어떻게 되었을까요? 체포는커녕 심문조차 받은 적이 없습니다. 그러니 하산 경위님, AI가 치안을 담당하는 것이 더 안전하다고 느끼는지 제게 묻지 마십시오. 절대요."

오코네도 교수의 눈은 분노에 찬 눈물로 반짝였다. 하지만 그녀는 눈물이 떨어지기 전에 회의실을 떠났다.

23장

그는 깨어났다.

하지만 전처럼 날카로운 기민함은 없었다. 그런 시기는 이미 지났다. 지금은 그저 의식의 경계를 오가는, 잠들지 않은 상태일 뿐이다. 정신이 여전히 멍하고 혼란스러웠다. 하지만 적어도 잠에 들지는 않았다.

굳이 몸을 일으키려 에너지를 낭비해서는 안 된다는 것을 깨달았다. 그래서 그는 누운 채 눈가리개가 가장 느슨해진 오른쪽 귀로 손을 올렸다. 늘 그래왔듯 오늘이 바로 그날이라고 되뇌었다. 실제로 얼마나 많은 날이 흘렀는지, 살날이 얼마나 남았을지는 생각하지 않으려 했다.

손가락을 거친 천 밑으로 최대한 깊숙이 쑤셔 넣고 천을 위로 밀어 올렸다. 땀 때문일 수도 있고 천이 늘어난 것일 수도 있지만, 눈가리개가 전보다 헐거워진 것 같았다. 이런 노력에 이두박근(그나마 남아있는)이 아파왔다. 하지만 계속했다. 처음으로 눈가리개를 위로 움직여 관자놀이 부근으로 옮길 때쯤에는 숨이 헐떡거렸다.

손가락으로 눈가리개를 밀고 또 밀었다. 콧잔등에 밀려오는 고통, 피가 안 통해 무감각해진 손가락, 불타는 듯한 팔의 통증은 무시했다. 드디어 엄지손가락을 밀어 넣을만한 공간이 생겼다. 눈가리개를 잡아당길 수 있게 천을 붙잡을 만한 충분한 공간이었다. 그리고…

눈가리개가 벗겨졌다.

눈을 뜨기 위해 눈꺼풀을 살살 문질렀다. 속눈썹이 서로 엉겨 붙어있었다. 손가락에 침을 묻혀 조금씩 문질렀다. 그러자…

빛이 눈을 찔렀다.

자신의 어리석음에 욕이 나왔다. 재빨리 팔로 얼굴을 감쌌다. 얼마나 오래 눈을 감고 있었는지 모르기 때문에 빛에 적응할 시간이 필요했다. 그렇지 않으면 영원히 시력을 잃을 위험도 있다.

시간이 얼마나 걸릴까? 곧 그 사람이 올 것이다.

몸을 옆으로 굴렸다. 담요를 머리 위로 뒤집어쓴 후 조심스럽게 다시 눈을 떴다. 세상이 흐릿했다. 눈이 부시고 따끔거렸다. 초점을 맞추려 눈을 몇 번 깜빡거렸다. 손이 보였다. 손에는 붕대가 감겨 있고 피가 배어 나와 있었다. 비록 그의 것은 아니지만 잠옷도 보였다. 잠옷은 파란색이었다. 체크무늬란 것도 알아볼 수 있었다.

드디어 제대로 앞을 볼 수 있다.

눈을 꼭 감고 담요를 점차 밑으로 내렸다. 눈꺼풀에 비치는 노란 빛으로 보아 천장에 전등이 있는 것 같았다. 일어나 앉아 눈을 최대한 가늘게 떴다.

침대는 생각보다 좁고, 침대를 둘러싼 난간은 높이가 낮았다. 여전히 눈을 가늘게 뜬 채 방 안을 둘러보았다. 침대 옆에 놓인 지저분한 철제 탁자와 캐비닛을 제외하면 방 안에는 아무것도 없었다. 그리고 저쪽, 왼쪽 벽에, 6미터도 채 안 되는 곳에 문이 보였다.

눈부신 불빛 때문에 눈을 깜빡이며 실눈으로 철제 난간을 붙잡고 침대 난간을 넘어갔다. 맨발이 차가운 바닥에 닿자, 다리가 휘청거리며 몸이 무너지려 했다.

제기랄. 근육이 다 사라졌다. 제발 좀 가자, 그는 거칠게 중얼거리며 가늘어진 허벅지를 양손으로 문질렀다. 침대를 붙잡고 몸을 일으킨 후 조심스럽게 양쪽 다리에 번갈아 무게중심을 옮겨갔다. 힘이 없어 바닥에 떠 있는 기분이었다.

방이 기울어진 것처럼 어지러웠다. 피가 잘 돌 때까지 기다려야 했다. 하지만 시간이 없었다. 끙 소리를 내며 힘겹게 몸을 돌려 침대에서 손을 놓았다. 떨리는 다리와 두근거리는 심장으로 문 쪽을 향해 비틀비틀 걸어갔다. 몇 발짝 뗐을 뿐인데 손이 찢기는 것 같은 고통이 느껴져 걸음을 멈춰야 했다. 살 속에 플라스틱 튜브가 낚싯바늘처럼 깊숙이 박혀있었다. 몸을 돌려 튜브 줄을 따라가니 연결된 수액 주머니가 있었다. 이걸 통해 약을 주입한 것이다. 다시 움직이자, 이번에는 사타구니를 세게 잡아당기는 느낌이 들었다. 제기랄, 이건 대체…? 밑을 내려다보니 잠옷 바지 밑으로 나온 튜브 줄이 침대 옆에 매달린 커다란 노란색 오줌주머니에 연결되어 있었다.

개자식들. 손에서 튜브 줄을 잡아 뺐다. 선홍색 피가 뿜어져 나왔다. 수액이 달린 기계에서 삐삐하는 소리가 나더니 곧 경보음이 날카롭게 울리기 시작했다. 제기랄. 침대에서 오줌주머니를 떼어 손에 들고 문으로 달려갔다. 문손잡이를 잡았다. 하지만 손이 피에 젖은 데다 힘이 너무 약했다. 피 묻은 금속 손잡이만 덜컹거릴 뿐이었다.

오줌주머니를 바닥에 떨어뜨린 후 양손으로 손잡이를 감싸 쥐었다. 몸무게를 이용해 손잡이를 밑으로 잡아당기려고 바닥에 주저앉았다. 하지만 문을 잡아당겨 열 힘이 없었다.

피투성이가 된 잠옷 차림으로 바닥에 앉아, 쏟아진 자신의 오줌 웅덩이 속에서 계속 문을 열려고 애썼다.

그때 갑자기 문이 열렸다. 그는 깜짝 놀라 뒤로 넘어졌다.

장갑 낀 사람이 그를 내려다보았다. 밝은 파란색 가면 너머로 한 쌍의 검은 눈동자가 보였다.

그는 뒤로 기어갔다. 바닥을 따라 한 줄기 핏자국이 생겼다.

장갑 낀 사람이 다가왔다.

"날 보내줘! 날 내보내달라고!"

그가 울부짖었다.

"제발."

하지만 그 사람은 멈추지 않았다. 그는 다시 침대 위로 올라갔다. 다시는 도망가지 않겠다고 약속하며(진짜 안 할 것이다), 제발 약을 넣거나 다시 눈을 가리지만 말아 달라고 계속 애원했다. 가면 쓴 얼굴이 그에게 다가왔다. 팔뚝에 뭔가 찌르는 느낌이 났다. 다시 모든 것이 깜깜해졌다.

24장

조 사 관: 캣 프랭크 총경(프랭크)
조사대상: 밀리 바빙턴(바빙턴)
일　　시: 6월 29일 오후 12시 15분. 워릭 대학교 밀리 바빙턴의 방.

　프랭크: 저희 요청에 다시 응해주셔서 고맙습니다, 바빙턴 양.
　바빙턴: [어깨를 으쓱한다] 지난번에 오신 경찰분에게 기억나는 것은 이미 모두 말했어요. 제가 도움이 될지 모르겠네요.
　프랭크: 하산 경위 말이군요. 현재 경찰은 타이론 월터스의 마지막 행적에 대한 추가적인 정보를 확보했습니다. 이것이 바빙턴 양의 기억을 약간이라도 되살리는 데 도움이 되기를 바랍니다.
　바빙턴: [기침 후 물을 마신다]
　프랭크: 1월 26일 수요일 밤으로 되돌아가 보죠. 강의가 끝난 후 몇 시에 기숙사로 돌아왔나요?
　바빙턴: 어… 7시 전에는 온 깃 같아요. 주로 매점에서 밥을 먹

는데, 매점이 6시 30분에 문을 닫거든요.

프랭크: 돌아와서 무엇을 했나요?

바빙턴: 평소와 같았어요. 옷을 갈아입고. 휴대폰을 잠깐 들여다봤죠. 9시쯤에 리포트 과제를 조금 했어요. 타이론이 도와주러 잠깐 들렀고요.

프랭크: 몇 시까지요?

바빙턴: 열 시쯤요.

프랭크: 그 후는요?

바빙턴: 그 후에는 리처드 방으로 갔어요.

프랭크: 특별한 이유가 있었나요?

바빙턴: 아니요, 그냥, 뭐. 보고 싶어서요.

프랭크: 그 당시 리처드 사이크스가 남자 친구였나요?

바빙턴: 비슷했죠. 그러니까 제 말은, 그때는 딱히 특별한 관계는 아니었지만, 그렇게 되기를 바랐었다고요. 무슨 말인지 아시죠?

프랭크: 밤 10시가 막 지나서 사이크스의 방으로 갔군요. 몇 시에 그 방에서 나오셨나요?

바빙턴: 다음날 오전 8시쯤이요. 그래야 수업 들으러 가기 전에 샤워할 수 있으니까요.

프랭크: 오전 8시를 제외하고, 그날 밤 사이크스의 방에서 나온 적이 있나요?

[침묵]

프랭크: 다시 묻겠습니다. 밤 11시에서 오전 8시 사이에 리처드 사이크스의 방을 떠난 적이 있습니까?

바빙턴: 음… 없는 것 같아요. 하지만 아니라고 하지는 않을래요. 나중에 다른 기억이 났을 때 제가 거짓말 했다고 여기면 안

되잖아요. 화장실에 가려고 방을 나왔을 수도 있고요.

프랭크: 하지만 화장실은 그 방에도 있습니다.

바빙턴: 맞아요, 하지만 리처드는 남자잖아요. 그러니까, 아시겠지만 화장실이 그다지 깨끗하지 않거든요.

프랭크: 알겠습니다. 질문을 다르게 해 보죠. 밤 11시에서 오전 8시 사이에 기숙사 밖으로 나간 적 있습니까?

[침묵]

프랭크: 답변을 고민하는 동안, 한 가지 상기시켜 드릴 게 있군요. 경찰은 로비의 CCTV 카메라와 출입구의 보안키 사용 기록에 접근할 수 있습니다.

바빙턴: [한숨 쉰다]

프랭크: 1월 27일 새벽 3시 36분에 바빙턴 양이 기숙사를 떠나는 CCTV 영상을 보여주면, 기억이 살아나는 데 도움이 될까요?

[침묵]

프랭크: 바빙턴 양, 제대로 답변해 주세요. 그 시각에 밖에서 누구와 만나기로 했죠?

바빙턴: 있잖아요, 안 좋게 들릴 수는 있는데요. 사실 그래서 전에 말하지 않았거든요. 타이론이 그날 밤 제게 계속 문자를 보냈어요. 처음에는 저도 답 문자를 보냈죠. 하지만 새벽 2시쯤에는 저도 할 만큼 했다고 생각해서 휴대폰을 껐어요. 그랬더니 타이론이 리처드의 방문을 두드리기 시작했어요. 대화를 하겠다고 약속하기 전에는 문 앞을 떠나지 않겠다고 했죠. 그래서 할 수 없이 밖으로 나갔어요. 스카만 로드에 있는 호숫가 벤치에서 만나기로 했죠. 하지만 길어봐야 딱 삼십 분이었어요. 맹세해요.

프랭크: 자정 이후에 기숙사를 나온 게 그때뿐인가요?

바빙턴: 네, 말씀드렸잖아요. 저와 리처드 사이를 방해할까 봐 어쩔 수 없이 만나기로 한 거예요.

프랭크: 무슨 대화를 나누셨죠?

바빙턴: 왜 자기를 무시하는지 알고 싶어 했어요. 타이론은 우리가 한 번 잤으니까 사귀는 사이라고 생각하더라고요. 진짜 별 거 아니었는데 말이에요. 그래서 제가 타이론에게 리처드와 사귄다고 했죠. 우리는, 그러니까 타이론과 저는, 그냥 좋은 친구일 뿐이라고요.

프랭크: 타이론은 그 말을 어떻게 받아들였나요?

바빙턴: 뭐, 좋아하지는 않았죠. 그렇다고 울거나 하지도 않았어요. 그냥… 실망했죠. 솔직히, 타이론은 제가 처음이었던 것 같아요. 그래서 뭔가 우리 사이를 대단하게 생각한 것 같아요. 사실 아닌데 말이죠.

프랭크: 타이론과 대화한 후에는 무엇을 하셨죠?

바빙턴: 기숙사로 돌아갔어요. 진이 다 빠졌거든요. 게다가 날씨도 몹시 추웠고요.

프랭크: 타이론은요?

[침묵]

프랭크: 타이론도 당신과 함께 기숙사로 돌아갔나요?

바빙턴: 아니요. 제가 그 자리를 떠난 게 거의 새벽 4시였어요. 타이론은 이왕 늦은 김에 일출을 보겠다고 했어요. 아침 일찍 무슨 일정이 있다고 했거든요.

프랭크: 일정이요? 누구와요?

바빙턴: 그건 말하지 않았어요.

프랭크: 몇 시라고는 말했나요?

바빙턴: 아니요. 제가 들어가겠다고 했더니 무슨 일정이 있다고 중얼거렸을 뿐이에요.

프랭크: 타이론이 어느 방향으로 갔나요?

바빙턴: 아무 데도 가지 않았어요. 우리는 호숫가 벤치에 앉아 있었고, 제가 돌아갈 때도 타이론은 계속 거기에 앉아 있었죠.

프랭크: [한숨] 그러니까 하산 경위에게 말한 것과 달리, 그때가 타이론을 본 마지막이었군요?

바빙턴: 네.

프랭크: 혼자서, 새벽 4시에 벤치에 앉아, 호수를 바라보면서요.

바빙턴: 혼자 있다고 해서 무슨 일이 생길 거라고 생각한 이유가 없었죠.

프랭크: 당신이 그를 막 차버렸다는 사실을 제외하면요.

바빙턴: 전 '그를 차버리지' 않았어요, 우리는 사귀는 사이가 아니었다고요! 제가 타이론 옆에 남아 일출을 같이 봤다면, 그거야말로 엇갈린 메시지를 주는 거겠죠. 안 그래요? 전 타이론을 혼란스럽게 하고 싶지 않았어요. 네, 그래서 기숙사 안으로 들어갔어요.

프랭크: 타이론을 벤치에 혼자 남겨둔 후 당신 방으로 돌아갔나요, 아니면 리처드 사이크스의 방으로 갔나요?

바빙턴: 리처드 방이요.

프랭크: 그날 밤 리처드 사이크스나 당신 중에 누가 또 방을 나갔나요?

바빙턴: 아뇨.

프랭크: 확실한가요?

바빙던: 네! 말씀드렸잖아요, 둘 다 타이론 때문에 밤새 깨어있

었다고요. 우리는 기진맥진해 있었어요. 전 곯아떨어졌다가 7시 30분쯤 타이론이 또 문자를 보내는 바람에 잠에서 깼죠. 10시 수업 놓치지 말라고 알려주는 거였어요. 타이론은 괜찮다고 말했고 제 기억에 키스 대신 엄지척 이모티콘을 사용했어요. 그래서 전 이제 우리 사이가 괜찮아졌다고 생각했죠. 친구 사이일 뿐이라는 사실을 마침내 받아들인 것 같았어요.

프랭크: 그게 당신이 삭제한 문자 중 하나인가요?

바빙턴: 음, 네.

프랭크: 바빙턴 양이 진술한 대로 타이론이 문자를 보냈다 칩시다. 그런데 그와 강의실에서 만나지 못했죠?

바빙턴: 네.

프랭크: 그 말은 타이론 월터스가 살아있는 모습을 마지막으로 본 사람이 당신이라는 뜻이네요. 알겠습니다. 오늘은 여기까지 하죠. 바빙턴 양, 키가 몇입니까?

바빙턴: 어, 175센티 정도요. 왜요?

프랭크: 아. 그냥 수사 내용과 관련 있을 수도 있어서요.

조사 종료

25장

조 사 관: 캣 프랭크 총경(프랭크)
조사대상: 리처드 사이크스(사이크스)
일   시: 6월 29일 오후1시 2분. 워릭 대학교 리처드 사이크스의 방.

프랭크: 이렇게 빨리 재조사에 동의해 주셔서 고마워요. 경찰은 타이론 월터스 사건을 검토한 후 위험 등급을 재평가하였습니다. 그 결과 긴급히 수사 속도를 올리기로 하였습니다.

사이크스: 무슨 말씀이죠? 위험 등급을 재평가했다고요?

프랭크: 말 그대로예요. 처음에는 타이론 사건을 위험도가 낮거나 아예 없다고 평가했습니다. 그러나 타이론의 소셜 미디어를 모두 검토하고, 당신과 바빙턴 양과 이야기 나눠본 결과, 타이론이 위험에 노출되었을 가능성이 매우 높다는 결론에 도달했죠.

사이크스: 왜 그렇게 생각하는데요? 제기랄, 밀리가 무슨 말을 했죠? 아시겠지만, 걔가 한 말을 모두 믿으면 안 돼요. 에는 차한

데, 솔직히, 좀 호들갑 떠는 면이 있거든요.

프랭크: 유감스럽게도 그에 대한 답은 드릴 수 없겠군요. 아직 타이론의 가족과도 정보를 공유하지 않았으니, 이번 조사 내용은 비밀로 해줄 것을 요청 드리겠습니다.

사이크스: 네, 당연하죠. 그냥 단지. 젠장… 그 자식이 죽었거나 아니면 뭐 그런 일을 당했다고 보는 건가요?

프랭크: 현재로서는 모든 가능성을 다 수사 중입니다, 리처드 씨. 리처드라고 불러도 될까요? 1월 26일 수요일 밤부터 1월 27일 새벽까지, 밀리 바빙턴과 침대에서 자고 있었나요?

사이크스: 어, 네.

프랭크: 그날 밤 타이론을 봤습니까?

사이크스: 아니요.

프랭크: 그에게 소식을 들은 적 있나요?

사이크스: 예를 들면요?

프랭크: 예를 들어, 타이론이 당신에게 전화하거나 문자를 보냈다든지, 아니면 당신 방문을 두드렸다든지?

[침묵]

프랭크: 타이론이 밀리 바빙턴에게 계속 문자나 전화하는 것을 알고 있었나요? 그녀의 방문을 두드린 것도?

사이크스: 네. 그 자식이 밀리에게 계속 문자를 보냈어요. 마침, 우리가 막 그걸 하려고 하면… 알잖아요, 그때마다 밀리의 휴대폰이 울리곤 했어요. 그러더니 방문을 빌어먹게 두드리는 거예요.

프랭크: 그건 분명… 거슬렸겠군요.

사이크스: 진짜 그랬죠. 그쯤 되면 우리 사이를 눈치 챌 줄 알았거든요.

프랭크: 하지만 타이론은 그러지 못했죠. 그래서, 당신과 밀리 바빙턴은 그가 '눈치 챌 수 있도록' 방법을 논의했나요? 둘 다 지적인 사람들이니까요. 불쌍한 타이론에게 사실을 말하기로 했다고 가정해 보죠. 이제 당신과 밀리 바빙턴은 연인이니까, 뒤로 물러나 남은 자존심을 챙기라고 말해줬겠죠?

[침묵]

프랭크: 그가 두려웠나요?

사이크스: 타이론이요? 아뇨!

프랭크: 그러면, 그냥 친구의 자존심 따위는 신경 안 쓴 것뿐이군요.

사이크스: 아니에요, 말하려고 했어요.

프랭크: 언제요?

사이크스: 다음날 아침에요.

프랭크: 몇 시에요?

사이크스: 모르죠, 음. 우리가 일어나면요.

프랭크: 리처드 씨, 몇 시에 일어났죠?

사이크스: 몰라요. 아마 9시쯤.

프랭크: 다시 물어보죠. 대답하기 전에 매우 신중하게 생각했으면 좋겠군요. 자정에서 오전 8시 사이에 방 밖으로 나간 적 있나요?

사이크스: 아니요.

프랭크: 화장실도 안 갔나요?

사이크스: 음, 네. 방에 화장실이 있어요. 그러니 방을 나갈 필요가 없죠.

프랭크: 확실한가요? 리처드 씨, 미리 경고해야겠군요. 우리는 캠퍼스 CCTV 영상자료를 모두 확인하고, 목격자 몇 명과 이야기

하는 중이에요. 그러니 최대한 사실대로 대답해야 합니다. 당신은 사건이 발생한 날 밤에 기숙사 혹은 당신 방을 떠난 적이 있나요?

사이크스: 대답하지 않겠습니다.

프랭크: 밀리 바빙턴은 그날 밤에 기숙사를 나간 적 있나요?

사이크스: 대답하지 않겠습니다.

프랭크: 그날 밤 내내 밀리 바빙턴과 함께 있었다고 주장하는 건가요?

사이크스: 대답하지 않겠습니다.

프랭크: 아직도 밀리 바빙턴과 함께 자는 사이인가요?

사이크스: 경찰이 상관할 일이 아닌데요.

프랭크: 곧 상관있다는 것을 알게 되겠죠.

사이크스: [한숨] 네.

프랭크: 그러니까, 밀리 바빙턴은 당신의 여자 친구인가요?

사이크스: 네. 지금은요. 하지만 전에는 아니었어요. 같이 자긴 했지만, 특별한 사이는 아니었죠.

프랭크: 그러면 둘이 언제부터 '특별한 사이'가 되었다고 할 수 있죠?

사이크스: 몰라요. 그게 중요한가요?

프랭크: 제가 한 번 추측해 보죠. 타이론이 실종된 날부터인가요? 방해꾼이 없으니 더 수월했나요? 아니면 그날 밤, 당신 둘을 더 가깝게 만든 모종의 극적인 일이 벌어졌다든가.

사이크스: 아니요! 지금 완전 억지로 갖다 붙이고 있잖아요.

프랭크: 그렇다면, 그날 밤 둘이 사귀기로 하지 않았다는 말인가요?

[침묵]

프랭크: 내가 당신이라면, 신중하게 생각한 후 답하겠어요.

사이크스: 진짜 기억이 안 나요. 정말 이제는 그때 기억이 희미하단 말이에요.

프랭크: 정말로요? 만약 내 기숙사 동기가 실종되었다면, 그를 마지막으로 본 밤을 분명 기억할 것 같은데요.

[침묵]

프랭크: [한숨] 좋아요, 일단 그 이야기는 넘어가죠. 하지만 내가 당신이라면, 그날 밤 무슨 일이 일어났는지 정확하게 기억해내려고 할 거예요. 계속 침묵하거나 '대답하지 않겠습니다'라고 말할 권리는 있지만, 솔직히 보기 좋지는 않군요.

사이크스: 하지만—

프랭크: 본인 소유의 차가 있습니까?

사이크스: 어… 네, 왜요?

프랭크: 어디에 주차하죠?

사이크스: 스카만 로드 근처의 주차장에요. 그건 왜 물으시죠?

프랭크: 타이론이 실종된 날 밤에 차를 사용했나요?

사이크스: 아니요.

프랭크: 진짜요? 그날 밤 일을 기억하지 못한다고 했던 것 같은데요.

사이크스: 기억 못 해요. 단지 보통 주말에만 차를 사용하기 때문에 그날 밤도 그랬을 거라고 생각할 뿐이에요.

프랭크: 좋아요. 음, 차량 번호판을 확인해 주시죠. 그래야 경찰이 CCTV 영상을 확인할 수 있으니까. 그러고 보니, 키가 몇이죠?

사이크스: 뭐라고요? 어… 180센티 정도요.

프랭크: 고맙습니다, 사이크스 씨. 정말 많은 도움이 되었습니다.

조사 종료

6월 29일 오후 6시 40분.
워릭셔 주 콜스힐

A452 도로는 차량으로 꽉 막힌 데다 6월의 뜨거운 태양 때문에 뜨겁게 달궈져 있었다. 캣이 집에 도착할 때쯤에는 땀에 젖은 블라우스가 피부에 달라붙었고 긴장성 두통이 목과 턱을 따라 올라오고 있었다. 간단히 샤워를 마친 후 휴대폰을 확인했다. 모리슨스*에서 보낸 다음번 식료품 배송 확인 문자와 정원 창고 보관 방법에 대한 이메일만 와 있었다.

캣이 한숨을 내쉬었다. 잘 차려진 식사와 와인 한 잔이 간절했다. 그러나 친한 친구인 맨디는 코로나 이후 웨일스의 시골지역으로 이사 갔고, 여동생은 크레타에서 휴가를 보내는 중이었다. 캠이 초등학생일 때 친하게 지냈던 엄마들은… 왓츠앱에, 뭐라더라, 수험생 부모의 어려움을 나누는 단체 대화방 '9월만 와라!'를 개설했

---

*　영국의 대형 슈퍼마켓 체인

다. 항상 '곧 만나야죠!'라는 의미 없는 메시지들만 오갈 뿐이었다.

캣은 휴대폰을 내려놓고 청바지와 운동화 차림새로 밖에 나갔다. 점점 언짢아지는 감정을 털어내고 싶었다. 근처 골목길은 무시하고 콜스힐로 향했다. 콜스힐은 강 두 개와 고속도로 두 개 사이에 있는 높은 산맥에 위치한 작은 시장 마을이었다. 버밍엄에서 동쪽으로 불과 16킬로미터 떨어진 장소인 동시에, 아름다운 워릭셔 시골과 유럽 최대의 공영 주택 단지에서 엎어지면 코 닿을 거리에 있었다. 캣은 콜 강의 반대편 언덕 아래에 살았다. 즉 다리만 건너면 마을 중심부로 향하는 엄청나게 가파른 언덕길을 마주하게 된다. 이 집을 처음 샀을 때, 존은 운동 삼아 마을 중심부까지 한잔하러 갔다가, 집까지는 말 그대로 계속 굴러오면 된다고 농담하곤 했다. 그들은 어느 날 존이 호흡곤란으로 몸을 못 움직이게 될 거라는 생각은 하지 못했다. 그렇게 언덕은 산이 되고, 집은 감옥이 되었다.

일곱 시가 지났지만, 콜스힐은 여전히 중심가를 오가는 사람들로 붐볐다. 사람들은 슈퍼마켓에서 마감 세일의 기회를 잡거나, 지금은 인기 있는 술집이 된 오래된 전통 여관에 한잔을 하러 가고 있었다. 캣은 처치힐 모퉁이에서 피시 앤 칩스를 기다리는 몇몇 친숙한 얼굴을 발견하고 미소 지었다. 여기 사는 평범한 사람들의 순수한 모습에 익숙한 온기를 느끼며 교회로 향했다.

14세기까지 거슬러 올라가는 역사를 가진 세인트 피터 교회와 세인트 폴 교회의 첨탑은 언덕 가장 높은 곳에 위치해 있었다. 두 첨탑은 콜스힐 위로 우뚝 솟은 덕에 수 킬로미터 떨어진 곳에서도 볼 수 있다. 캣은 나무로 된 현관을 지나 교회에 딸린 작은 소작지로 향했다. 북부 워릭셔의 탁 트인 전망을 보여주는 자연보호

구역이자 번잡한 중심부에서 떨어진 안식처였다. 그녀는 걸음을 재촉했다. 서둘러 공동묘지를 지나 키싱 게이트* 앞에 도달했다. 푸른 하늘 아래 금색으로 수놓인 밀밭이 눈앞에 펼쳐졌다. 캣은 공기 중의 밀짚 향을 깊이 들이마셨다. 멀리서 나는 자동차 소음과 근처 트랙터의 둔탁한 소리를 넘어 새소리가 들려왔다. 근육이 차츰 이완되는 것이 느껴졌다.

농지 가장자리의 햇볕에 달궈진 길을 따라 걸었다. 나무에 둘러싸인 연못에 도착했을 때, 마구 뛰어가는 커다란 개를 뒤따르는 두 아이와 그들의 엄마, 아빠를 마주쳤다. 캣은 그들이 지나갈 수 있게 뒤로 물러섰다. 부러운 감정이 솟는 것을 애써 무시하고 단호하게 앞으로 걸어 나갔다. 하지만 여름 산들바람을 타고 아이들의 웃음소리가 들려왔다. 다음 키싱 게이트에 도착해서야 웃음소리가 사라지고 주변이 다시 조용해졌다. 그녀는 기억의 무게에 짓눌려 나무로 된 문에 몸을 기댔다.

맙소사, 그녀는 너무나도 외로웠다.

갑자기 밀려드는 자기 연민에 진저리가 났다. 캣은 문을 밀어젖히고 다음 들판을 가로질러 걸었다. 일 생각을 해. 일에 집중해야 해. 주의를 돌리기 위해 록의 시각 모드 버튼을 눌렀다.

"프랭크 총경님?"

록은 주위를 둘러보며 눈썹을 치켜올렸다.

캣은 오래된 참나무에 둘러싸인 황금빛 밀밭에서 남색 정장을 입은 흑인 형사의 3D 홀로그램 이미지를 바라보았다.

"걸으면서 이야기하는 게 생각에 도움이 되거든."

---

* 목장이나 농장에서 가축이 아닌 사람만 통과하도록 고안된 문

그녀는 성큼성큼 앞을 향해 걸어가며 힘차게 말했다.

"지금까지의 사건에 대한 네 의견을 말해봐."

"타이론의 살아있는 모습을 마지막으로 본 사람이 본인이라는 사실에 대해 분명 밀리 바빙턴은 거짓말을 했습니다."

록은 곁에서 보폭을 그녀에 맞추어 걸었다.

"그녀의 말은 매우 의심스럽습니다. 밀리 바빙턴과 그녀의 남자친구인 리처드 사이크스 둘 다 타이론이 그녀를 괴롭혔다고 주장하는 것으로 보아, 그들에게 명백한 살인 동기가 있어 보입니다. 하지만 CCTV 영상과 전자 보안카드의 데이터 모두 1월 27일 새벽 3시 36분, 밀리 바빙턴 혼자 기숙사를 나갔다가 4시에 돌아왔다는 것을 확인해 주고 있습니다. 리처드 사이크스는 기숙사 건물을 나간 기록이 전혀 없습니다. 또한 밀리 바빙턴의 키는 175센티이고, 리처드 사이크스의 키는 거의 180센티에 육박하기 때문에 둘 다 카메라를 파괴한 사람이 될 수 없습니다. 즉 그들이 관련되어 있다면, 이를 대신해 줄 제3의 인물을 고용했어야 합니다."

"그럴지도 모르지. 그런데 뭔가 아닌 느낌이 들어. 내 말은, 그들이 딱히 〈로미오와 줄리엣〉은 아니잖아, 안 그래?"

"무슨 말씀입니까?"

"글쎄, 사이크스는 밀리 바빙턴과 언제부터 사귀었는지조차 기억 못 하잖아."

"무슨 말씀입니까?"

"그러니까 사이크스가 '그게 중요한가요?'라는 했던 걸 보면 역시 범인은 아닌 것 같아. 사랑에 빠진 남자라면 분명 사건 날짜를 기억했을 거야. 죄가 있는 사람이라면 뭔가 꾸며냈겠지. 치정에 얽힌 범죄가 있으려면… 음, 정열이 있어야 하거든."

록은 걸음을 멈추고 찌푸린 얼굴로 그녀를 바라보았다.

"총경님, 연애에 있어 정열의 정도를 어떻게 정확히 평가할 수 있습니까?"

캣은 지평선을 바라보며, 존과 사귀던 처음 몇 년을 떠올려 보았다. 서로 손을 맞잡으면, 말과 생각도 서로 엉키면서 둘 사이의 경계가 희미해졌다. 나이 든 사람들은 그들 옆을 지나갈 때 보통 아기에게나 보이는 부드럽고 따뜻한 시선을 보내며 미소 짓곤 했다. 모든 사람이 그들이 사랑에 빠졌다는 것을 알아챘다. 하지만 어떻게 평가할 수 있냐고 물으면, 대답할 수 없었다.

"록, 연애 감정을 평가하는 공식은 없어. 그냥 느껴야 하는 거야."

"마치 총경님의 '직감'처럼 말입니까?"

록은 잠시 침묵했다.

"방금 〈로미오와 줄리엣〉을 읽었습니다. 인간의 상태를 완벽하게 묘사한 작품이라고 해야겠습니다."

"어떤 의미에서?"

이 기계가 몇 초 만에 책을 '읽을' 수 있다고 해서 진짜 이해할 수 있는 것은 아니다.

"두 주인공이 사실보다 감정에 기반하여, 완전히 비합리적인 결정을 한다는 점에서 말입니다. 이별을 견딜 수 없던 두 젊은 연인이 스스로 목숨을 끊고 결국 죽음에 이릅니다. 하지만 죽음은 인간에게 영원한 이별입니다. 만약 로미오가 단순히 줄리엣이 죽었다고 추정하지 않고 증거를 검토하는 데 시간을 쏟았다면 그런 결말을 피할 수 있었을 겁니다."

캣은 웃을 수밖에 없었다.

"그게 비극이라는 거야."

"인간은 학습 능력이 없어 보이며 영원히 감정에 휘둘린다는 것이 비극입니다."

캣이 한숨을 내쉬었다.

"그럴 수도 있겠지. 하지만 어쨌든 인간은 감정에 휘둘리는 동물이기 때문에, 그 감정을 그냥 무시해 버릴 수는 없어. 무엇이 인간을 자극하고 동기를 부여하는지 이해하는 것이 범죄 해결의 중요 열쇠지. 사이크스와 바빙턴은 상대방보다 자기 자신을 더 신경 쓰고 있어. 둘 중 하나가 타이론의 실종과 관련이 있었다면, 지금쯤 나머지 한 명이 밀고했을 거야. 게다가 둘의 동기와 상관없이, 뭐 동기가 부족하기도 하지만, 둘 중 누구라도 연루되었다는 증거가 없잖아."

"하지만 캠퍼스 호수를 수색할 만한 증거는 충분합니다."

"도대체 왜 그러는 거야? 왜 그렇게 호수나 강을 뒤져서 시체를 찾아내려는 거야?" 그녀가 날카롭게 말했다.

"그렇다면 총경님은," 록은 캣을 향해 고개를 숙이며 부드럽게 물었다. "왜 그렇게 꺼리십니까?"

왜냐고? 그녀는 유달리 커다란 쐐기풀 군락을 밀치며 계속 걸어갔다. 늘 그렇듯 스스로에게 솔직해지자면, 월터스 부인의 집 문을 두드리고 그녀에게 남편뿐 아니라 이제 아들까지 잃었다고 말할 용기가 도저히 나지 않았기 때문이다. 차라리 혀를 깨무는 게 나을 것 같았다.

아치를 그리며 블라이스 강을 가로지르는 듀크 엔드 다리에 도착할 때까지 아무 말도 하지 않았다. 캠이 어렸을 때, 부부는 캠을 여기까지 걷게 하기 위해 여러 노력을 기울여야 했다. 나뭇잎과 열매와 깃털 등을 모으며 끊임없이 캠의 주의를 돌리고, 산책이 끝나면 아이스크림을 사준다는 약속까지 하며 캠을 구슬려야 했다. 듀크 엔드 다리는 순환 구조 산책로의 딱 절반 지점으로 산책 코스를 완주하기 전에 쉴 수 있는 가장 좋은 장소였다. 캠은 집까지 가는 내내 '날아가고' 싶다고, 존과 캣의 팔이 부러질 정도까지 손목 그네를 타곤 했다.

캣은 한숨을 쉬고 시계를 확인했다. 세 사람이 함께 여기까지 오는 데 두 시간 가까이 걸리곤 했다. 하지만 혼자서는 채 한 시간도 걸리지 않았다. 그녀는 사암으로 지어진 다리의 아치와 아치 사이의 공간을 응시하며 서 있었다. 록이 입을 열었지만, 말을 꺼내기도 전에 스위치를 꺼버렸다.

그녀는 인적이 드문 강둑을 따라 돌아갔다. 하늘은 쏜살같이 날아다니는 박쥐와 칼새의 슬픈 울음소리로 가득 찼다. 하루 끝의 저무는 빛 속에서 가족들과 함께 걷던 그 시절 속의 자기 모습을 그려봤다. 캠은 "또! 또 해줘!"라고 외치며 두 부부 사이에 매달려 웃음을 터뜨리고 있었다.

6월 30일 오전 5시 20분.
워릭셔 주 콜스힐, 캣 프랭크 총경의 집

"프랭크 총경님?"

캣은 눈을 번쩍 떴다. 바로 눈 위에 남자의 얼굴이 있었다. 그녀는 항상 침대 옆에 두는 경찰봉을 집어 쾅 내리쳤다. 하지만… 아무것도 없었다. 지휘봉은 허공을 휙 가르며, 침대의 비어있는 반대편 쪽에 쿵 떨어졌다. 캣의 얼굴에서 불과 몇 센티 떨어지지 않은 남자가 눈썹을 치켜올렸다.

"록?"

캣은 일어나 베개에 몸을 기댔다. 휴대폰을 확인해 보니 새벽 5시 20분이었다.

"제기랄, 대체 내 침실에서 뭐 하는 짓이야?"

록은 몸을 일으키더니 양손을 쫙 펼쳤다.

"총경님께서는 스트랫퍼드—어폰—에이번의 윌 로빈슨 관련 CCTV 영상을 모두 검토하는 즉시 보고를 하라고 말씀하셨습니다. 이에 따라 오코네도 교수님이 총경님의 요구사항에 맞춰 제 설정을 수정하였습니다."

캣은 신음 하며 두 손으로 눈을 문질렀다.

"그런 뜻이 아니라… 아, 됐어. 이제 깨버렸으니까. 뭘 찾았는지 골자만 간단히 말해 봐."

"골자만? 그게 의사소통의 한 형태입니까? 총경님께 이메일을 보내긴 했지만, 골자가 무엇인지 알려주시면, 제가—"

"아니, 그건 비유적 표현이야. 그냥 핵심 사항만 말해달라는 뜻이라고. 간략하게 말해. 그리고 저쪽에 서서 해."

아무리 가상 인물이라 해도, 어쨌든 침실에 낯선 남자가 있다는 사실이 당혹스러웠다.

록은 뒤로 물러섰다. 정장을 차려입은 말끔한 형체가 캣의 가운이 걸려있는 문 바로 앞에 섰다.

"검토 완료 결과를 간략하게 말씀드리면, 윌 로빈슨이 실종된 날 밤, 스트랫퍼드—어폰—에이번의 CCTV 카메라에는 그의 모습이 담긴 영상이 존재하지 않습니다."

"하나도 없다고? CCTV 카메라가 작동하지 않았다는 말은 하지 말고."

록이 멈칫했다.

"록?"

"그 말을 하지 말라고 하셨기 때문에, 무슨 말씀을 드려야 할지 모르겠습니다."

캣은 눈을 꼭 감고 셋을 셌다. 최대한 마음을 진정시킨 후 무엇을 알아냈는지 말하라고 했다.

"윌이 실종되던 밤에 그의 행적을 포착해야 할 카메라는 총 다섯 대입니다. 강둑으로 가는 길에 하나, 강 위 클롭턴 다리에 둘, 윌이 친구들과 만나기로 했던 공영주택 외곽 주차장에 둘입니다. 윌 로빈슨 집의 카메라를 제외하면, 이 모든 CCTV 카메라는 그가 실종되기 정확히 열두 시간 전에 작동을 멈췄습니다."

캣은 잠이 확 달아났다.

"뭐라고?"

"윌이 실종되던 밤에—"

"들었어. 내 말은 왜 작동하지 않았냐는 거야?"

"1월 11일 새벽 5시에서 6시 사이에 카메라 다섯 대의 센서가 모두 레이저 펜의 조준으로 파손되었습니다. 파손범이 우산으로 신원을 숨겼으나 오른팔이 영상에 찍혔습니다. 분석 결과, 파손범은 168센티에 날씬한 체격으로 워릭 대학교의 파손범과 동일한 옷을 입고 있는 것으로 추정됩니다."

록이 손을 뻗자, 회색 옷을 입은 팔의 희미한 이미지가 침대 발치에 나타났다.

"그러니까 지금 네 말은, 내가 생각하는 바로 그거야?"

록이 눈썹을 치켜올렸다.

"총경님께서 제가 무슨 말을 했다고 생각하시는지 모르겠습니다.

제 결론은 타이론 월터스가 실종되기 몇 시간 전에 워릭 대학교에서 카메라 센서를 파손한 사람과 스트랫퍼드—어폰—에이번에서 카메라를 파손한 사람이 동일인일 가능성이 높다는 것입니다."

"제기랄."

캣은 침대에서 벌떡 일어나 테이블에서 아이패드를 집었다. 아이패드가 켜지기를 기다리는 동안, 록에게 오전 7시에 줌으로 팀 화상회의를 할 수 있도록 팀원 모두에게 연락하라고 했다.

아이패드에 접속하는 손가락은 아직 느렸지만, 정신은 또렷했고 집중력이 올라갔다. 연관성이 없어 보이던 두 개의 미제 실종 사건이 이제 연쇄 납치범을 찾는 수사로 바뀌었다. 혹은 두 젊은 이를 죽인 살인범을 찾고 있을 가능성도 있다. 그녀는 조용히 두 가족을 위해 짧은 기도를 드린 다음, 두 건의 수중 수색을 실행하기 위한 신청 양식을 작성하기 시작했다.

27장

6월 30일 오전 7시.
워릭셔 주 콜스힐, 캣 프랭크 총경의 집

캣은 줌을 좋아하지 않았다. 화면에서 겨우 몇 센티 떨어지지 않은 얼굴이 멋지게 보이는 사람은 아무도 없었다. 게다가 음소거 버튼을 누를 줄 모르는 사람이 꼭 있기 마련이다. 하지만 본부까지 가서 회의한 다음, 핸즈워스와 스트랫퍼드—어폰—에이번으로 가느라 교통 체증 속에 시간 낭비할 여유가 없었다.

팀원들과 모두 연결되자 록에게 이미지를 업로드하고 CCTV 분석 결과를 공유하라고 했다.

"두 사건은 분명 연관성이 있어. 그 연결점이 무엇인지 알아내는 게 최우선이야."

캣이 회의를 시작했다.

"우리는 연쇄 사건의 범인을 찾고 있다. 납치범일 수도 있고 심지어 살인범일 수도 있지. 다시 범행을 저지르기 전에 범인을 잡으려면, 왜 이 두 청년을 대상으로 범행을 저질렀는지 그 이유를 알아내야 해. 나이와 성별을 제외하면, 둘의 유일한 공통점은 실종 전에 CCTV 카메라가 파손된 점이야. 범인은 둘 모두를 알던 사람일 수도 있다. 학교 강사, 친구, 여자 친구, 지인 등 모두 가능하지. 둘을 잘 알 뿐 아니라 그들의 움직임도 잘 알고 있었다. 그렇기 때문에 미리 계획을 세울 수 있었을 거야.

하산과 브라운은 친구들을 모두 재조사 하도록 해. 그들 중 서로 아는 사람이 있는지 확인해 봐. 타이론이 윌과 교류한 적 있을까? 어느 날 밤, 같은 파티에 있었거나, 아니면 둘을 연결할 만한 공통 관심사나 취미가 있을까? 같은 축구팀을 응원했는지, 같은 교회나 체육관을 다녔는지, 같은 음악 축제나 콘서트장에 갔는지 등등. 모든 가능성을 찾아봐. 타이론과 윌은 비슷한 연령대에, 불과 25킬로미터 떨어진 곳에 살았어. 공통 인물이 있거나 여타의 공통점이 있을 거야."

하산과 브라운은 둘 다 고개를 끄덕이며 캣의 지시사항을 받아 적었다.

"록, 너는 가상 네트워크에서 동일한 작업을 해줘. 타이론과 윌 뿐 아니라 그들의 친구, 친구의 친구까지 포함해 모든 소셜 미디어 계정을 조사해 봐. 그들을 공통적으로 팔로잉하는 사람이든 게시물이든, 뭐든 좋아. 계정에 '좋아요'를 누른 사람들도 찾아봐. 가능한 광범위하고 깊게 확인해. 사이크스와 바빙턴은 특히 더."

"총경님, 가족에게는 언제 알릴 겁니까?" 하산이 물었다.

"최대한 빨리해야지."

어제까지는 수중 수색을 꺼렸지만, 두 실종자 사이에 연관성이 있다는 증거가 나온 이상 더 지체할 수 없었다.

"이 회의가 끝나면 바로 가족을 만나러 갈 거야. 현재 상황을 알려주고 둘 사이에 잠재적 공통점을 물어봐야지. 하산 경위, 그런데 왜 물어본 거지?"

"정보가 샐까 봐서요. 총경님께서 부모에게 말할 때까지 친구들의 조사를 미뤄야 한다고 생각합니다. 조사를 받은 친구들이 그들 부모님에게 전해줄 수도 있으니까요."

캣이 시계를 흘끗 봤다. 핸즈워스와 스트랫퍼드에 갔다 오면 점심시간이 지날 것이다.

"안 돼. 그렇게 하면 반나절이나 잃게 돼."

"하지만 총경님, 이야기가 먼저 샐 게 분명합니다. 제 생각에는 우리는 꼭—"

"내 생각에는 자네가 꼭, 지금 당장 수사를 시작해야 해, 하산 경위. 단, 모두에게 가족이 알기 전까지 이 일은 기밀이라는 점을 확실히 인지시키고. 난 언론 발표 관련해서 대외홍보팀과 상의해 볼 테니. 아마 우리가 정보를 추가로 확보하게 되는 내일쯤 발표하겠지."

캣은 하산의 뚱한 얼굴을 바라보았다. 분명 그녀의 결정에 동의하지 않는 얼굴이었다. 하지만 하산은 캣이 상사라는 점을 받아들일 필요가 있다. 최대한 빨리.

"주차장은 어떻게 할까요? 윌 로빈슨이 실종된 날, 리처드 사이크스의 차가 스트랫퍼드의 스완스 네스트 주차장에 있었는지 확인해 볼까요?" 브라운이 물었다.

"좋은 생각이야. 록, 두 청년이 각각 실종된 추정 날짜에서 24시간 전후로 양쪽 주차장의 CCTV 영상을 모두 조사해 봐. 사이크스가 타이론 사건의 유력한 용의자이긴 하지만, 모든 가능성을 고려해야 해. 제3자가 연루되어 있을 수 있으니까. 우리가 짚어봐야 할 다른 사항은?"

브라운이 입을 열었다 도로 다물었다.

"브라운?"

"아마 별거 아닌 것 같긴 한데요… 밀리 바빙턴의 조사 녹취록에서 그녀는 타이론에게 일정이 있는 것 같다고 했어요. 저희는 이미 타이론에게 지도교수 약속 같은 다른 만남이 있는지 조사했었어요. '일정'이란 단어는 꽤 구체적인 용어잖아요. 교수나 동료와는 주로 약속이 있다고 하고, 일정은 주로 건강 관련된 일을 의미하잖아요."

"좋은 지적이군. 확인해 볼 필요가 있겠어. 담당 일반의나 치과를 확인해 봐. 또 다른 것 있나? 좋아, 그럼, 시작해 보자고. 모두 오후 6시까지 본부로 복귀해서 진행 상황을 보고하도록. 우리는 이제 실종 청년 두 명을 찾는 게 아니라, 그들을 고의로 납치했거나 혹은 상해를 입힌 범인을 찾는 것이다. 두 명 모두 아직 살아 있을 가능성은 희박하지만, 범인이 누구든 재범을 저지를 가능성이 높다. 범인에게 그런 기회를 줘서는 안 된다."

그녀는 줌의 '종료' 버튼을 눌렀다. 현재 진행 중인 사건이 살인 사건일 수도 있다는 가능성 때문에 팀원들의 열의가 달아오르긴 했지만, 아직도 하나의 팀처럼 뭉치지는 못했다. 신뢰를 쌓는 데는 시간이 필요하다. 하지만 지금 당장은 추측만 무성할 뿐이다.

"프랭크 총경님, 이제 두 사건은 잠재적 살인 사건 수사입니다. 지역 경찰에 다시 사건을 넘겨야 하지 않겠습니까?"

캣은 손가락을 머리카락에 파묻었다. 맙소사, 그녀의 판단에 하산이 토를 달지 않으면, 어김없이 망할 AI가 토를 달았다.

더 짜증나는 사실은 엄밀히 말해 록의 말이 옳다는 것이었다. 그러나 새로운 팀이 사건 수사 속도를 올리고 가족과 만남을 준비하려면 며칠이 더 소모될 것이다. 지역 경찰이 수사 지연을 감당할 수 있을까? 그리고 처음부터 모든 고위험 신호를 놓친 지역 경찰에 사건을 다시 넘기는 게 타당한 걸까? 맥리시에게 이를 모두 설명하면, 재량껏 그녀에게 사건을 맡길 것이다. 캣은 휴대폰을 집어 들었다. 엄지손가락이 맥리시의 전화번호를 누르려던 찰나, 그의 조언이 귓가에 맴돌았다. '원하는 답을 얻었다고 확신하기 전까지는 절대 먼저 묻지 마.'

"오늘 아침의 우선순위는 정보가 새기 전에 실종자 가족에게 먼저 상황을 알리는 거야. 청장님에게는 나중에 전화하지."

캣이 휴대폰을 내려놓으며 말했다.

그녀가 이 사건에 더 깊이 개입하고 가족의 신뢰를 얻을수록, 맥리시가 사건에서 그녀를 배제하기 어려워질 것이다.

"양쪽 어머니에게 전화로 말한다면, 시간을 훨씬 아낄 수 있습니다."

"그렇겠지. 하지만 나는 당신 아들이 죽었을 수도 있다는 말을 전화로 하지 않을 거야."

"왜 안 됩니까?"

"왜 안 되냐고?"

그녀는 자기 목소리에 멈칫했다. 아이에게라면 이런 말투를 썼을까? 아니, 잘 알아들을 수 있도록 설명했을 것이다.

"총경님이 내린 결정에 이유를 묻는 것은 총경님을 폄하하기 위해서가 아닙니다. 단지 학습이 가능하도록 이해하려는 것뿐입니다."

캣은 심호흡한 후 최대한 참을성 있게 이유를 설명하려 애썼다.

"그들에게 전할 사실은 바꿀 수 없지만, 그들이 느낄 감정에는 영향을 미칠 수 있기 때문이야. 직접 얼굴을 마주하고 들으면 힘든 소식이 약간은 덜 고통스럽게 느껴지지. 그렇기 때문에 직접 소식을 전하려고 일부러 시간을 내는 거야. 이것이 경찰 업무 중 가장 힘든 부분이지. 또 가장 중요한 일이기도 하고."

록이 눈썹을 치켜올렸다.

"경찰 대학교 자료에 따르면, 경찰의 의무는 사람과 재산을 보호하고, 담당 지역을 순찰하고, 호출에 응하고, 법을 집행하고, 범인을 체포하고, 소환장을 발부하고, 서류를 작성하고, 때때로 법정에서 증언하는 것입니다. 감정적 고통을 줄이는 일에 대한 자료는 찾을 수 없습니다."

"그건 단지 경찰의 기능에 대한 목록일 뿐이야. 우리 업무의 목적은, 즉 경찰의 중요 목적은 단연코 사람들의 고통을 줄이는 거지. 우리가 제대로 일을 한다면, 사람들은 사회를 덜 두렵고 안전하다고 느낄 수 있어. 모든 노력을 기울였음에도 끔찍한 일이 벌어진다면, 경찰은 그들이 혼자가 아니며 사랑하는 사람이 잊히지 않을 거라고 느낄 수 있게 도와줘야지."

록이 얼굴을 찡그렸다.

"그런 내용은 어디에 적혀 있습니까? 500장이 넘는 경찰 지침서와 4,328개의 업무 기술서를 찾아봤지만, 말씀과 유사한 내용을 찾을 수 없습니다."

캣이 두 손을 번쩍 쳐들었다.

"하, 록. 이건 어디에도 적혀있지 않아. 대학에서 가르쳐주지 않거든. 그냥 우리가 경찰로서 하는 일이야."

록이 그녀를 응시했다. 혼란에 빠진 듯 찡그린 얼굴이었다.

"실제로 하는 업무를 명확히 설명하지 못한다면, 대체 업무 기술서가 있는 이유가 무엇입니까? 그리고 총경님의 업무가 징말 사람들의 불안과 분노를 경감시키는 일이라면, 총경님은 어떻게 목표를 달성할 수 있습니까?" 록이 손을 좌우로 펼치며 말했다. "결국 그것은 분명 불가능한 목표 아닙니까?"

"맞아." 캣이 노트북을 닫으며 대답했다.

"하지만 록, 바로 그게 인간의 재미있는 점이지. 인간은 그저 불가능하다고 해서 시도를 멈추지 않거든."

6월 30일 오후 12시 42분.
워릭셔 주 릭 우튼, 경찰청

캣이 차를 몰아 경찰청으로 돌아왔을 때는 거의 점심시간쯤이었다. 그러나 지금은 무언가를 먹고 싶은 기분이 아니었다. 로빈슨 부인과 월터스 부인, 둘과 대화를 나눈 후에는 록의 말대로 그냥 전화할 것을 후회할 뻔했다. 그랬다면 강을 수색해야 한다고 말했을 때, 로빈슨 부인이 본인의 살을 찢을 것처럼 손가락으로 얼굴을 쥐어뜯는 모습을 보지 않아도 되었을 것이다.

"강이요?"

강이란 단어를 말하며 로빈슨 부인의 목소리가 갈라졌다.

"죄송합니—"

"죄송하다고요?" 부인이 분노를 내뿜었다. "윌이 실종된 지 거의 6개월이나 지났어요. 이제 와서 강을 수색하는 게 무슨 소용이 있나요? 당신들에게 신고했을 때 바로 했어야죠. 윌은 그냥 사라진 게 아닐 거라고 제가 말했잖아요. 당신들에게 처음부터 그렇게 말했다고요."

캣은 가만히 서서 부인의 분노를 받아들였다. 윌의 사건은 위험도가 낮아 보였고, 그래서 CCTV 카메라와 소셜 미디어를 대충 훑어볼 만한 인력밖에 없었으며, 훑어본 자료 모두 저위험 등급이라는 최초 평가에 부합해 보였다고 동료 경찰을 변호해봤자 아무 소용이 없는 일이었다. 이유는 많았지만, 그 중 어느 것도 눈앞에서 이처럼 괴로워하는 여성에게는 충분치 않았다.

"가족 연락 담당관*을 배정하여 돕도록—"

"아니요. 아무도 필요 없어요. 제라드를 걱정시키고 싶지 않다고요."

"로빈슨 부인, 두 분 모두에게 매우 힘든 시간이 될 것입니다. 가족 연락 담당관이 어려움을 넘길 수 있도록 두 분을 도울 수 있어요. 부인이 남편분을 보호하려는 것은 압니다. 하지만 일단 수색을 시작하면 언론에도 보도가 될 거예요. 남편분께도 말씀하시는 게 최선입니다."

"프랭크 총경님, 남편은 죽어가고 있어요. 남은 시간이 그리 많지 않아요. 윌이… 경찰이 강을 수색한다고 말하면… 바로 그 말 때문에 남편이 죽을 거예요. 전 그럴 수 없어요. 전 모든 것을 평온하게 유지하려 죽을힘을 다해 노력하고 있다고요. 남에게 알리지 않고. 평소대로요." 그녀는 마지막 단어를 말하며 헛웃음을 터뜨렸다. 씁쓸하게 들리는 웃음소리였다.

"우리가 함께 보낼 수 있는 마지막 몇 주 동안, 경찰이나 낯선 사람이 집에 마구 들락거리는 것은 받아들일 수 없어요. 의사와 간호사들이 오가는 것만 해도 너무 힘들어요."

"정말 죄송합니다." 캣이 할 수 있는 말이라고는 그게 다였다.

---

* 피해자의 가족과 연락하고 지원을 제공하는 경찰관

자신이 뱉은 말의 공허함에 진저리가 났다.

"연락을 취해드릴 만한 사람이 있을까요? 아니면 달리 도와드릴 게 있을까요?"

"네, 있어요." 로빈슨 부인이 촉촉하게 젖은 눈으로 말했다. "총경님의 일을 하세요. 부디 제 아들을 찾아주세요."

캣은 조금 전 로빈슨 부인과 만났던 일을 떠올리며 출입문에 보안카드를 찍고 릭 우튼 경찰청의 계단을 올랐다. 그녀는 로비에 서 있는 맥리시를 보고 깜짝 놀랐다. 처음에는 단순히 우연이라고 생각했지만, 곧 맥리시의 얼굴이 보라색인 것을 알아차렸다. 그는 용서하지 않을 것 같은 눈빛으로 캣을 노려보고 있었다.

"프랭크 총경," 맥리시가 입을 열었다. "얘기 좀 하지."

요청이 아니었다. 캣은 사무실로 들어가는 맥리시의 뒤를 따라갔다. 그는 문을 닫고, 책상 뒤의 가죽 의자에 앉아 의도적으로 캣을 서있게 만들었다.

"내가 늙어서 건망증이 심해진 건지 모르겠지만, AI 시범 프로젝트에 어떤 진전 사항이라도 있으면 개인적으로 지속 보고하라고 했나, 안 했나?"

"네, 청장님. 보고하라고 하셨습니다."

평소 무뚝뚝하던 맥리시의 스코틀랜드 억양이 무서울 정도로 부드러워졌기 때문에, 캣은 짧고 간단히 대답했다.

"두 미제 사건 중 하나라도 현재 진행형 살인 사건 수사로 발전할 가능성이 있으면 언제든 내게 알리라고 했나, 안 했나?"

"네, 청장님. 알리라고 하셨습니다."

맥리시가 몸을 앞으로 숙였다.

"그렇다면 시범 프로젝트 대상인 미제 사건이 하나도 아니고 둘

다 잠재적인 살인 사건이 되었고, 우리가 연쇄살인범을 찾는 중일 수도 있는데, 대체 내게 말하지 않은 빌어먹을 이유가 뭐야?"

캣이 억울한 표정을 지었다.

"바로 보고하려던 중이었습니다, 청장님. 두 건의 수중 수색 요청서도 작성 완료하였습니다. 하지만 가족에게 먼저 알리려 했을 뿐입니다. 정보 유출의 우려 때문에요."

맥리시가 책상에서 휴대폰을 집어 들었다.

"이미 늦었어. 트위터에 다 퍼졌다고."

"네? 어떻게요?"

"분명 자네가 팀에게 지시했겠지. 타이론의 친구들에게는 윌에 대해 질문하고, 윌의 친구들에게는 타이론에 대해 질문하라고. 물론 '비밀리에'. 그러자 무슨 일이 일어났을까. 십 대 애들이 비밀을 지킬 수 없다는 사실이 드러났지. 누가 예상했겠어?"

"제기랄."

"그래, 제기랄이야. 언론이 그 사실을 알아채고, 우리가 학생 연쇄살인범을 찾는 중인지 알고 싶어 하니까."

"하지만 윌은 더 이상 학생이 아니었습니다."

"그게 무슨 상관이야. 이제 장관까지 개입해 사건에 무슨 조처를 했는지 말하라고 나를 닦달하는 중이야. 치안총감은 자기 관할에서 고위험도이자 현재 진행 중인 살인 사건이 두 개나 있음에도 내가 보고하지 않은 빌어먹을 이유를 알고 싶어 하고. 게다가 이 사건에 망할 알렉사를 투입한 것은 아직 아무도 몰라."

"그래서 제가 직접 대면 보고를 하려 했던 것입니다, 청장님. 상황이 복잡해질 거라고 생각했으니까요."

"이건 완전 **최악**의 폭풍이야, 프랭크 총경."

맥리시가 몸을 뒤로 젖히며 한 손으로 자기 대머리를 쓸었다.

"내가 지금 당장 자네를 사임시킨 후 두 사건을 지역 경찰에 넘기면 안 되는 타당한 이유를 하나라도 대봐."

"두 가지 이유가 있습니다, 청장님. 첫째, 두 사건이 연관되어 있다는 제 추측이 맞는다면, 지역 경찰에 사건을 넘기는 것은 최악의 선택입니다. 스트랫퍼드—어폰—에이번 수사팀은 윌 로빈슨 사건에만 집중하고, 워릭 대학교 수사팀은 타이론 월터스 사건에만 집중하겠죠. 자기 관할 사건만 조사하기 바빠, 둘 사이의 연결점을 놓칠 것입니다. 결과적으로 범인을 놓치게 되겠죠. 둘째, 매체에서 보도하고 나면, 두 사건을 빨리 해결하라는 상부의 압박이 거세질 것입니다. 그러나 두 팀이 사건을 충분히 이해하고 가족과 관계를 형성하는 데는 시간이 걸립니다. 지역 경찰은 그럴만한 시간이 없습니다. 시간이 지날수록, 지역 간 경계 문제 때문에 웨스트미들랜즈 본부에서 워릭 대학교 사건을 주도해야 한다는 말이 나오기 시작할 것입니다."

갑자기 캣의 손목에서 록이 말했다.

"저도 프랭크 총경님 의견에 동의합니다. 자료를 검토해 보았는데, 지금의 수사 단계에서 팀을 변경하면 수사가 보통 최소 2.3일이 지연됩니다. 결과적으로 업무 성과가 24퍼센트 저하됩니다."

"이게 대체 뭐—"

"그래서 기본적으로," 캣이 다시 말을 이었다. "저는 문젯거리가 아니라 해결책입니다. 청장님, 제게 사건을 맡겨주세요. 두 사건의 연결고리를 찾아내고 여세를 몰아 빨리 해결하겠습니다."

맥리시가 그녀를 노려보았다. "이런 중대 사건을 망할 시범 수사 프로젝트 따위로 이끌 수는 없어."

"이 특수 사건의 해결을 위해 일시적으로 지역 총괄팀을 꾸릴 수 있도록 허락해 주세요. 워릭 경찰 스무 명, 스트랫퍼드 경찰 열 명을 배정해 주십시오. 그리고 청장님 허락 하에 록을 계속 활용하고 싶습니다. 이미지 인식 소프트웨어는 정말 유용하거든요. 게다가 청장님이 장관과 척지지 않게 하는 데 도움이 될 것입니다."

맥리시가 고개를 저었다.

"왜 그렇게 이 사건에 목숨을 거는 거야?"

"실종자들을 찾을 수 있다고 생각하기 때문이죠."

"진짜 그게 다야? 캣, 이따금 자네가 걱정되네."

"제 걱정은 마세요. 전 괜찮습니다. 장관이 원하는 결과를 얻을 수 있을지나 걱정하세요."

그가 턱을 문지르자, 면도가 필요한 듯한 소리가 났다.

"좋아. 자네가 수사를 맡아. 워릭에서 열 명, 스트랫퍼드에서 다섯 명을 주지. 록은 계속 써도 돼. 단, 이미지 인식 같은 특정 작업에만 사용하도록. 물론 수사가 성공하길 바라고, 꼭 그래야 하네. 하지만 한 가지 분명히 할 것은, 사건에서 어떤 성공을 거둘지라도 저 빌어먹을 기계가 아니라 전적으로 자네와 자네 팀에 성공 여부가 달려있어야 한다는 거네."

캣은 고개를 끄덕인 후 문으로 향했다. 그가 마음을 바꾸기 전에 빨리 방을 나가는 게 최선이었다.

"아, 그리고 캣?"

그녀가 몸을 돌렸다.

"이번엔 정말이야. 이 사건에서 실수를 저지르는 사람이 있으면, 내가 반드시 알아야 해. 알겠나?"

"네, 청장님."

28장

6월 30일 오후 5시 59분.
워릭셔 주 릭 우튼, 경찰청

오후 6시 사건 브리핑 시간. 중대사건 수사실이 꽉 차서 서 있을 공간밖에 없었다. 즉 캣이 가능한 모든 힘을 쥐어짜 내야 하는 회의라는 뜻이다. 이 사건은 수많은 사람의 입에 오르내렸고, 본부의 경찰 모두가 이 회의실에 들어오고 싶어 했다. 캣은 현재 이런 중요 사건의 수사를 지휘하고 있었다.

그녀는 회의실 앞에 서서 새로운 팀원들을 훑어보았다. 몇 명은 매점에서 본 적이 있지만, 대부분은 모르는 얼굴이었다. 상관없었다. 친구 사이를 원한 게 아니었다. 그들은 핵심 팀원이 일을 제대로 할 수 있도록 조력자 역할만 하면 되었다.

"하산 경위와 브라운 경사가 새로운 내용을 공유하기 전에," 캣이 사건 브리핑을 시작했다. "지금까지 확인된 사항을 다시 말해 주겠다."

하산과 브라운의 직급을 알려줌과 동시에 그들에게 다음 공유

내용을 미리 알려주기 위해서였다.

캣은 뒤에 있는 화면으로 몸을 돌렸다.

"윌 로빈슨. 스물한 살의 연극학과 졸업생으로 지난여름 학위를 마친 후 부모님이 사는 집으로 최근 돌아왔다. 마약이나 알코올처럼 드러난 위험 요소는 없지만, 아버지는 말기 암 환자이며 최근 여자 친구와 이별했다. 그것 때문에 우울해했는지 아닌지는 불확실하다. 지역 극장의 카페에 바리스타로 취직한 후, 엄마에게는 연기자로 취업했다고 말했다. 그리고 1월 11일 오후 6시에 스완스 네스트에서 친구들과 합격 축하주를 마실 것이라고 했다. 록?"

새로운 팀원들의 주의를 흐트러뜨리지 않기 위해, 수사 지원 차원에서 AI 수사관이 있다고 미리 알려줬음에도 불구하고, 록의 이미지가 나타나자 사람들은 미어캣 무리처럼 몸을 앞으로 내밀었다. 큰 키의 날씬한 형체가 의도적으로 천천히 회의실 중앙으로 걸어 나왔다. 그 모습에 캣은 이를 악물었다. 캣이 보기에, 록은 불필요하게 과장된 몸짓으로 오른쪽 팔을 쭉 뻗었다. 그러자 윌 로빈슨의 마지막 행적이 3D 지도로 나타났다.

"윌 로빈슨은 오후 5시 7분에 부모님의 집을 떠나 이 지점에서 오른쪽으로 향했습니다. 최종 목적지인 스완스 네스트의 주차장까지, 오솔길을 통해 강둑으로 간 후 다리를 건너 이쪽 길로 갈 계획이었다고 추측됩니다."

록이 각 장소를 언급할 때마다, 지도상의 동일 위치에서 빨간 불이 깜빡였다.

"하지만 윌 로빈슨은 목적지에 도착하지 않았습니다. 그의 휴대폰 신호는 6시경 클룹톤 다리 50미터 이내 어딘가에서 끊겼습니다. 안타깝게 정확한 장소는 알 수 없습니다. 실종 덩일, 그의 동선에 있는 CCTV 카메라를 누군가 레이저로 파손시켰기 때문에 영상 자료가 없기 때문입니다."

록은 뒷벽을 가득 채운 TV 화면으로 몸을 돌렸다. 그리고 CCTV 카메라를 레이저 펜으로 겨냥한 사람의 영상을 마이크로초 프레임으로 재생했다. 흐릿한 팔이 화면에 나오자 영상을 멈췄다.

"파손범은 날씬한 편이고, 오른손잡이에 회색 후드티와 검정 장갑을 착용하고 있습니다. 척골 길이로 볼 때 범인의 키는 168센티로 추정됩니다. 다른 특징은 확인할 수 없지만, 성인 여성이나, 남자 어린이, 또는 청소년일 가능성이 높습니다. 이 행위는 명백히 사전 계획된 것이며, 범죄 가능성이 높습니다. 하지만 윌 로빈슨의 우울증 가능성과 아버지의 병세를 고려하면 자살 가능성도 완전히 배제할 수 없습니다."

모두 시선을 록에게 고정한 채 고개를 끄덕였다.

캣이 한숨을 내쉬었다. 일부 경찰은 눈앞의 인간 여성보다 AI 남성의 말을 듣는 게 분명 더 편해 보였다.

"존경하는 총경님, AI가 말했다시피, 자살 가능성을 배제할 수 없을 것 같습니다. CCTV 카메라 파손은 그저 우연의 일치일지도 모르죠." 어려 보이는 경찰관이 질문했다.

캣은 잠깐 시간을 둔 후 몸을 돌려 정면으로 그를 정면으로 쳐다봤다. 새로운 팀은 그녀가 '존경하는' 따위의 헛소리는 원치 않는다는 사실을 곧 알게 될 것이다. 그녀에게 도전하려면, 헛소리가 아닌 배짱이 있어야 했다.

"나는 경찰에서 25년 넘게 일했다. 그렇기 때문에 우연의 일치 따위는 믿지 않는다."

"프랭크 총경님 말씀이 맞습니다. 두 명의 청년이 서로 다른 곳에서 실종되었는데, 실종 단 몇 시간 전에 두 곳의 CCTV 카메라가 동일한 방법으로, 동일한 척골 길이를 가진, 서로 다른 두 명에 의해 파손될 가능성은 0.1퍼센트 미만입니다."

록이 TV 화면을 향해 손짓했다. 워릭 대학교 CCTV 영상 파손범의 팔 이미지가 스트랫퍼드 이미지와 겹쳐지면서, 척골 길이가 26센티임을 확인하는 측정선이 나타났다.

일부 경찰관이 고개를 끄덕였고, 몇몇은 인상적이라는 눈빛을 교환했다.

캣은 미소 지었다. 물론 그녀가 빌어먹을 팀을 이끌기 위해 기계가 필요한 것은 아니라고 생각했지만, 일단 록에게 사건 브리핑을 계속하라고 손짓했다.

"윌 로빈슨이 실종된 지 16일 후, 1월 27일 새벽 3시 30분에 워릭 대학교 1학년에 재학 중인 열여덟 살 타이론 월터스가 기숙사 건물 밖으로 나갔습니다. 기숙사 친구인 밀리 바빙턴과 스카만 로드의 벤치에서 이야기를 나누기 위해서였죠. 로비에 있는 CCTV 카메라를 확인한 결과, 밀리 바빙턴은 잠시 후 4시에 기숙사로 돌아왔지만, 타이론은 돌아오지 않았습니다. 그날 밤 타이론에 대한 추가 영상은 확보할 수 없었습니다. 우리가 이미 본 대로 타이론의 동선에 있는 CCTV 카메라 역시 사건 발생 단 두 시간 전에 고의로 파손되었기 때문입니다. 파손범은 스트랫퍼드의 CCTV 카메라를 파손한 사람과 특징이 정확하게 일치합니다."

캣은 앞으로 걸어 나와 팀원들의 시선을 다시 그녀에게 향하게끔 했다.

"그의 마지막 연락은 타이론이, 혹은 타이론인 척하는 누군가가, 오전 9시 2분에 그의 엄마에게 휴대폰으로 보낸 문자다. 며칠

246

정도 '머리를 식힐' 예정이니 걱정하지 말라는 내용이었다. 문체 비교 분석에 따르면, 이 마지막 문자는 타이론이 작성한 게 아니다. 타이론의 휴대폰 신호는 마지막 문자 직후 끊겼다. 그 이후 타이론을 목격했거나 소식을 들은 사람은 아무도 없다. 밀리 바빙턴은 타이론이 그날 아침, 열 시 수업 전에 다른 일정이 있는 것처럼 말했다고 진술했다. 하지만 지금까지 확인된 것은 없다. 우리는 두 사건의 진행 유사성을 고려하여 범죄 사건으로 추정하고 있다."

"하지만," 록이 끼어들었다. "기숙사 친구인 밀리 바빙턴이 사건 발생 바로 전에 타이론의 고백을 거절했기 때문에, 자살 가능성도 배제할 수 없습니다."

"그렇기 때문에," 캣이 목소리를 높이며 말했다. "내일 우리는 실종 청년 두 명에 대한 수중 수색을 시행할 것이다. 그 전에 두 청년 사이의 어떤 연관성이 있는지 신속하게 파악할 필요가 있다. 하산 경위, 현재 상황을 업데이트 해주겠나?"

"감사합니다, 보스."

하산이 일어섰다. 그는 사람이 꽉 찬 방에서 수첩도 보지 않고 보고를 시작했다.

"저는 오늘 워릭 대학교에서 타이론의 친구들을 조사했습니다. 리처드 사이크스를 포함해서요. 사이크스는 타이론이 좋아했던 밀리 바빙턴과 사귀는 중이기 때문에 잠재적 범행 동기가 있습니다. 하지만 그는 윌 로빈슨을 모른다고 했습니다. 다른 친구들 모두 마찬가지였습니다. 록 역시 그들에게서 소셜 미디어를 통해 소통한 흔적을 찾을 수 없었습니다."

"경위는 사이크스를 믿나?" 캣이 질문했다.

"제가 윌 로빈슨에 대해 말하자, 리처드 사이크스는 크게 충격

받은 모습이었습니다. 윌 로빈슨에 대해 들어본 적이 결코 없다며 맹세까지 하는 모습이 꽤 진실해 보였습니다. 록의 말대로 두 청년이 동일 인물에게 납치당했거나 상해를 입었다면, 사이크스는 우리가 쫓는 범인이 아닌 것 같습니다. 하지만 그가 우리에게 말했던 것보다 타이론 월터스에 대해 더 많이 아는 게 분명합니다. 두 사건의 연관성 여부에 대해서는 모든 가능성을 고려해야 한다고 생각합니다."

"하산 경위, 우리는 항상 모든 가능성을 고려하고 있다. 그러나 현재 조사 관점에서 볼 때, 두 사건은 서로 연결되어 있는 게 분명하다. 브라운 경사, 스트랫퍼드에서는 진전이 있었나?"

젊은 여성 경사인 브라운은 책상에 앉아 수첩을 뒤적이며 적어 온 것을 찾았다. 그리고 아이패드를 집어 들고 로그인하려 했다. 그녀 주변의 일부 남성 경찰들은 휴대폰을 흘끗흘끗 보기 시작했다.

캣은 브라운이 수첩이나 패드의 도움 없이도 그냥 말할 수 있는 자신감을 갖길 바랐다. 매초 시간이 흐를 때마다 사람들의 주목도 잃고 있었다. 수첩에 적힌 내용이 얼마나 상세하고 통찰력 있는지는 중요치 않았다. 가끔 눈도 맞춰가며 자기 의견을 자신 있게 내뱉는 남자 경찰만큼 효과적이지는 못할 것이다.

"윌과 타이론이 아는 사이라고 생각하는 사람이 있었나?"

브라운을 돕기 위해 먼저 질문을 했다.

마침내 브라운이 수첩을 내려놓았다.

"많은 사람들과 이야기를 나눴지만, 두 청년 사이에 연관성이 있다고 생각하는 사람은 없었습니다. 그들은 모두 아주… 음, 거기! 스트랫퍼드—어폰—에이번이잖아요. 모두 백인에 상류층 사람들이고 정말 친절했지만, 그들 중 한 명이 말한 것처럼 핸즈워스 출신과 굳이 어울리지는 않았을 거라고 했습니다."

"자네는 그들의 말을 믿나?"

브라운이 망설였다. 하지만 캣의 관심이 오롯이 그녀에게만 집중되자, 자기 생각을 말할 수 있다는 자신감이 생긴 것 같았다.

"제 의견이 크게 중요할지는 모르겠지만… 중요한 것은 그들이 거짓말한다고 추정할 만한 증거 역시 찾을 수 없었다는 점입니다. 게다가 록조차 두 청년 사이의 연결 고리를 찾지 못했고요."

캣은 만족스럽지 않았다. 한편으로는 그녀의 팀이 처음으로 동일한 의견을 냈다는 사실에 기쁘기도 했지만, 단 하나의 연관성도 찾아내지 못한 점은 매우 실망스러웠다.

"록, 주차장 쪽은 어때? 뭐 좀 찾아냈나?"

"두 청년이 실종된 곳과 가장 가까운 주차장의 CCTV 카메라 역시 모두 파손되었습니다. 하지만 두 지점에서 가장 가까운 카메라의 ANPR* 영상을 분석한 결과, 실종 추정 시간에 두 청년의 반경 1.6킬로미터 내에서 동일 차량 한 대를 확인하였습니다."

"뭐라고?"

캣이 화면 앞에 섰다. 그녀가 찾고 있던 돌파구였다. 워릭셔를 가로지르는 수백 개의 도로에 은밀하게 설치된 ANPR 카메라는 몇 초 안에 경찰의 관심 차량을 식별한다.

그러나 구급차 이미지가 화면을 가득 채우자 흥분이 가셨다. 이건 마치 사용자가 진짜 사람인지 아닌지 확인하는 테스트 같았다. 로봇이라면 두 사건 주변에 같은 구급차가 서 있는 것을 중요하게 생각할 것이다. 하지만 사람이라면 이것이 단지 권역 단위

---

* Automatic Number Plate Recognition, 자동차 번호판 자동 인식 시스템

응급 서비스의 본질일 뿐이라는 사실을 알아챌 것이다.

"유감스럽지만 중요한 연관성은 아닌 것 같군." 그녀가 돌아서며 말했다.

"총경님, 어떻게 확신하십니까?"

"왜냐하면 난 로봇이 아니니까."

회의실 사람들이 웃었다.

"뭐가 우스운 것입니까? 무슨 말씀인지 이해가 안 갑니다."

록이 얼굴을 찌푸리며 말했다.

"알아, 나도 네가 이해할 거라고 기대하지 않아."

"프랭크 총경님," 오코네도 교수가 회의실 뒤편에서 입을 열었다. "지금 총경님께서 해야 하는—"

그러나 캣은 사람들의 주목이 집중된 지금의 여세를 몰아 바로 팀에 업무를 분배하며 지시사항을 줄줄이 말하고 있었다. 그녀는 교수의 말을 못 들은 척했다. 자신보다 한참이나 어린 과학자 하나가 그녀에게 무엇을 '해야 하는지' 훈수 둘 틈을 주지 않을 것이다. 캣은 회의를 끝낼 시간이 되었다는 신호로, 실종된 두 청년의 화면 속 사진을 다시 가리켰다.

"우리는 내일 에이번 강에서 윌 로빈슨의 시신을, 워릭 대학 캠퍼스 호수에서 타이론 월터스의 시신을 수색할 것이다."

캣의 목소리는 크지 않았다. 뒤쪽에 서있던 사람들은 캣의 말을 듣기 위해 몸을 앞으로 기울여야 했다.

"사실 나는 진심으로 우리가 아무것도 찾지 못하기를 바란다."

캣은 화면으로 몸을 돌리며, 머리카락을 쓸어 넘겼다.

"하지만 시신을 찾든 못 찾든 상관없이, 실종 청년 두 명 사이의 연관성은 계속 찾아야 한다."

그가 깨어났을 때는 다시 침대 위였다. 누군가의 침대 위. 눈을 도로 감았다. 아무것도 변한 게 없었다. 오히려 전보다 기분만 안 좋아졌다. 손에서 잡아 뺐던 바늘은 다른 것으로 교체되어 있었고, 주변 피부가 열감으로 쑤시고 따끔거렸다.

"왜죠?"

장갑 낀 사람이 혈관을 찌를 때 계속 물었다.

"날 어떻게 하려는 거죠?"

하지만 제발 보내달라고 울며 애원할 때도, 아무에게도 진짜 정말로 아무에게도 말하지 않겠다고 맹세할 때조차, 그 사람은 한마디 말도 하지 않았다.

수치심에서 벗어나기 위해 몸을 돌리려 했다. 하지만 약의 투여량을 늘린 게 틀림없었다. 팔다리가 납덩이처럼 무거웠다. 눈에서 흘러내리는 눈물조차 닦아낼 수 없었다.

눈을 깜빡거리며 눈물을 말렸다. 문 쪽을 흘끗 보았다. 지난 실수로부터 배운 게 있다. 다음번에는 방을 가로지르기 전에 혈액순환이 잘 되는지부터 확인할 것이다. 문을 열 만한 힘을 갖추기 위해 운동을 해야 한다.

다음번에는. 지금은 우선 자야겠다. 너무 피곤했다. 정말 너무, 너무 피곤했다. 그는 눈을 감으며 적어도 눈가리개를 벗겨준 것에 감사했다.

갑자기 눈이 번쩍 뜨였다. 왜 벗겨준 걸까?

이런 의문이 들자, 뒤따르는 두려운 생각에서 벗어나기 위해 생각의 끈을 잡으려 했다. 하지만 이미 눈꺼풀이 감겼고 다시 헤어날 수 없는 무거운 잠에 빠져들었다.

30장

7월 1일 오전 8시 2분.
스트랫퍼드—어폰—에이번, 에이번 강

스트랫퍼드—어폰—에이번에는 구름이 짙게 깔렸다. 공기는 비가 올 것처럼 축축했다. 캣은 몸을 부르르 떨었다. 워릭셔는 잉글랜드에서 가장 아름다운 주였지만, 푸르게 우거진 목초 뒤에는 어마어마한 강수량이 있었다.

적어도 물속에 들어가지 않아도 돼서 다행이었다. 수중 수색이 처음은 아니었지만, 어떻게 누가 이런 작업을 할 수 있는지 궁금했다. 노란색 방수복을 입은 남녀는 구급대원들과 마찬가지로 키가 컸으며 힘든 작업을 수행하면서도 몹시 쾌활했다. 선임 수사관 게리가 우선 음파탐지기를 사용해 에이번 강줄기와 강의 바닥을 이미지화할 것이라고 설명했다. 만약 시신이 부드러운 퇴적물 밑에 가라앉은 것으로 의심되면 시신을 찾기 위해 지하 탐사 레이더를 배 하단에 부착할 것이다. 이 작업에서 긍정적인 결과가 나오면, 현재 강둑에서 대기 중인 희생자 수색견을 투입하여 부패시신에서 나는 냄새를 감지토록 해 수색 범위를 좁힐 것이다. 윌 로빈슨이 실종된 후 흐른 시간을 고려하면 강 아래 몇 킬로미터까지 수색해야 할 것이다.

아직 아무것도 발견되지 않았다.

캣은 두개골까지 타고 오른 긴장을 늦춰보려 턱 운동을 했다. 브라운에게 진통제가 있는지 물어볼 생각이었다. 그런데 맙소사, 브라운 역시 끔찍한 몰골이었다. 검은색 후드 점퍼를 뒤집어쓴 브라운의 얼굴은 놀랄 정도로 창백했다.

"브라운 경사, 괜찮아?" 캣이 물었다.

브라운은 말을 하면 토할까 봐 고개만 약하게 끄덕였다.

"그동안 셀 수 없이 많은 수중 수색에 참여했어."

캣은 엄마 오리가 새끼 오리들을 데리고 강을 건너는 모습을 바라보며 말했다.

"그런데도 매번 새로운 긴장감이 나를 사로잡곤 하지. 기다림 때문인 것 같더군."

브라운은 오리 떼가 무사히 강을 건넌 것을 보며 떨리는 한숨을 길게 내쉬었다.

"감사합니다, 보스. 하지만 강 수색 때문이 아니에요."

캣은 억지로 묻지 않고 기다렸다. 록에 따르면 사람들은 대화를 하면서 평균 0.2초 정도를 잠깐 멈추는 반면, 그녀는 0.05초 미만으로 멈추는 경향이 있었다. 즉 자기주장이 강하지 않거나 내성적인 팀원은 본인 생각을 공유할 기회를 얻지 못한다는 뜻이다. 당시 캣은 록에게 꺼지라고 소리치며, 망할 컴퓨터 따위에게 인간을 관리하는 방법을 배울 필요가 없다고 말했다.

그런데도 지금 그녀는 록의 권고에 따라, 몸을 돌려 잠시 새끼 오리 숫자를 세며 브라운의 다음 말을 기다리고 있었다.

브라운이 침을 꿀꺽 삼켰다.

"저 임신했어요."

아. 캣은 경험에서 우러나온 여유로 모든 추측과 질문을 제쳐두고 최대한 중립적으로 물었다.

"그래, 기분이 어때?"

"진짜 토할 것 같은 기분 말고요?"

브라운도 오리 떼를 바라보았다. 오리 떼는 마치 비욘세 오디션을 보는 것처럼 갈색과 하얀색이 섞인 엉덩이를 흔들며 강둑을 기어오르고 있었다.

"솔직히 모르겠어요."

캣이 고개를 끄덕였다. 당연히 모를 것이다. 마음속에는 해주고 싶은 충고가 넘쳐났지만, 이 젊은 여성을 더 당황하게 하고 싶지 않았다.

"괜찮아. 지금 몇 주야?"

"7주나 8주 정도 된 것 같아요."

"그렇다면 아직 임신을 어떻게 할지 고민해 볼 시간적 여유가 있군. 어떤 결정을 내리든 의사는 만나봐야 해. 오늘 자네가 할 일은 의사와 일정을 잡는 거야."

브라운의 얼굴이 구겨졌다.

"하지만 생각할 게 너무 많아요. 전 침실 하나짜리 아파트에 살아요. 저 혼자 살기엔 충분하지만, 가족을 이루게 되면 적당한 집과 정원이 필요할 거예요. 그런데 집세를 어떻게 감당할 수 있을까요? 집세와 육아 비용을 감당할 방법이 보이지 않아요. 그러니까, 아이가 세 살이 될 때까지 업무에 복귀할 수 없다면 어떻게 살아야 할까요?"

새 한 마리가 머리 위에서 지저귀었다. 찌르레기? 종달새? 알 수
없다. 캣이 새 소리를 인식했을 때 브라운과 눈이 마주쳤다.

"브라운," 캣이 드디어 입을 열었다.

임신은 세 번 했지만, 아이는 하나만 낳았다는 말은 하지 않기
로 했다.

"부모로서 겪게 되는 그 모든 변수를 예측하거나 통제할 수는
없을 거야. 그러니 나의 진짜 솔직한 충고는 자네 느낌대로 하란
거야. 이 아이를 원해? 그렇다면 집, 일, 육아. 이 모든 것들은 단
지 나머지 세부 사항에 불과해. 믿든 안 믿든, 뜻이 있는 곳에 길
이 있다고. 지금은 모든 게 불가능해 보이겠지만, 사람들이 자네
를 도와줄 거고 상황은 나아질 거야. 하지만 무엇보다 스스로 솔
직해질 필요가 있어. 이 아이를 정말 원하는지 아닌지부터 확실
히 해야 해. 이 문제만큼은 그 누구도 자네를 도울 수 없네. 아무
도 못 하지. 결정을 내릴 시간은 충분해. 무슨 결정을 내리든, 나
는 항상 자네를 지지할 거야. 아까 '우리'라고 했지. 사귀는 사람
이 있는 건가? 그 사람 생각은 어때?"

"네, 스튜어트요. 아직 그에게 말하지 않았어요. 그냥… 스튜어
트는… 멋져요. 정말 그래요. 하지만 의견이 늘 많죠. 밥은 어디서
먹을 건지, 무엇을 마실지, 휴가는 언제 어디로 갈지, 무엇을 볼지
등요. 스튜어트에게 임신을 털어놓기 전에 제 생각을 먼저 정리해
야 해요."

캣이 고개를 끄덕였다.

"둘이 함께 살아?"

"그런 셈이죠. 뭐, 집은 각자 따로 있지만 실상 매일 밤 함께 보

내요. 제가 교대근무일 때는 제외하고요. 스튜어트는 잠을 푹 잘 필요가 있거든요. 아, 제가 화물 열차처럼 코를 골기 때문에, 친구들과 놀러나갈 때도 빼고요." 브라운이 웃었다.

캣은 입술을 깨물고 최대한 밝게 말했다.

"서두를 필요는 없지. 자네가 준비되면 그때 말하면 돼. 그건 그렇고, 이런 말 하기는 싫지만, 앞으로 몇 주는 상태가 계속 엉망일 거야. 임신하면 정말 별로인 일이 많지만, 가장 별로인 것은 최악의 상태일 때조차 만약의 경우를 대비해 아무에게도 말할 수 없다는 거지. 그러니까, 몸 상태가 별로면 나한테 문자를 보내. 재택근무가 가능하도록 조정해 볼게. 알았지?"

브라운이 항의하기 시작했다. 그녀는 괜찮았다. 특별대우를 받을 필요가 없었다. 아직 자신의 업무를 수행할 수 있었다.

"이건 특별대우가 아니야. 우리에겐 휴대폰도 있고, 줌이나 이메일도 있잖아. 자네는 성실한 경찰이야. 일을 잘하는지 확인하기 위해 꼭 본부에 있을 필요는 없어. 알겠지?"

브라운은 눈물을 보이며 고개를 끄덕였다.

캣이 휴지를 건넸다.

"그리고 앞으로 몇 달 동안 휴지가 많이 필요할 거야. 뭘 하든, 절대 아기나 귀여운 동물이 나오는 영화와 광고는 보지 말라고."

브라운이 웃음을 참으며 코를 풀었다.

"좋아, 사람들이 나타나기 시작했군. 자네가 다리를 건너가겠나? 나는 강둑에 있을게."

브라운이 눈을 가볍게 두드린 후 유서 깊은 돌다리로 향했다. 이제 몇몇 시민들이 다리에 기대 수색 현장을 지켜보고 있었다. 캣은 인간 본성 중 가장 이상한 점 하나가, 범죄자들이 자신의 범죄 행각을 숨기기 위해 그렇게 큰 노력을 기울임에도 불구하고, 범죄 현장에 다시 와 보고 싶은 유혹을 견딜 수 없어 하는 점이라고 생각했다. 특히 경찰의 추격이나 수색이 있을 때는 더 그랬다. 자신이 저지른 범죄에 대한 비뚤어진 자부심 때문인지, 수사 자체에 매료되었는지, 아니면 잡히고 싶다는 잠재의식이 발동했는지는 알 수 없다. 캣은 사복 경찰이 군중 사이에 섞여 있도록 했고 특이하거나 의심스러운 사람이 있으면 경계하라고 명령했다. 만약의 경우를 대비해서.

수색을 시작할 당시는 동네가 조용했다. 개를 산책시키는 중년 몇 명만 있을 뿐이었다. 그들은 개똥을 봉투에 담는 동안에만 수색을 구경했고, 그 후에는 계속 갈 길을 갔다. 하지만 트위터와 인스타그램에 #윌을찾아라 #시체수색 같은 키워드와 사진이 공유되면서, 다리는 마치 주말에 사람이 가득 찬 술집처럼 붐볐다. 최소한 양쪽 세 군데는 길이 막혀 있었다. 캣은 경찰을 투입해 인파를 관리하고 차량 흐름을 원활하게 유지해야 했다. 어떤 부모들은 아이를 들어 올려 작고 하얀 손을 중세 시대의 돌다리에 얹게 한 후 크고 번쩍이는 레이더 장비를 가지고 보트에 탄 사람들을 구경했다. 캣은 그들을 비난하지 않으려 애썼다. 하지만 솔직히, 이 광경을 일종의 학습 기회라고 생각하는 것인가? 만약 경찰이 시체를 끌어올린다면? 몇 달간 물속에서 퉁퉁 붓고, 물고기에게 눈이 먹히고, 살점은 썩어 떨어져 나간 시체를? ('전 'ㅅ'으로 시작하는 무언가를 볼 수 있어요.' '맞아, 아가! 시체란다!') 일단 보고 나면, 그런 장면은 절대 잊히지 않는다. 귀여운 아이의 잠자리 시간이 다시는 결코 이전 같을 수 없을 것이다. 이런 이유로 로빈슨 부인에게 뭔가 발견하면 바로 전화할 테니 현장에서 멀리 떨어져 있으라고 한 것이다.

강에서 누군가가 소리쳤다. 갑작스럽게 침묵이 흘렀다. 노란 방수복을 입은 남자 두 명이 손을 들어 희생자 수색견을 잡고 있는 동료에게 신호를 보냈다. 수색견을 태운 배가 중심부 가까이 다가갔다. 공기는 개들이 흥분하여 짖는 소리로 가득 찼다. 수색견들은 작은 배 위를 왔다 갔다 하더니, 코를 강물 가까이 갖다 대며 더 크게 짖어대기 시작했다. 배를 재배치한 후, 잠수 장비를 착용한 남자가 배 가장자리에 다리를 걸쳤다. 그는 조용하지만 불쾌한 물보라를 일으키며 강으로 입수했다.

캣은 쐐기풀에 바지가 찢기는 것도 아랑곳하지 않고 강둑을 내려갔다. 무릎에 날카로운 통증이 느껴지자 욕설이 나왔다. 저 멀리 어디선가 아이스크림 트럭의 음악 소리가 들렸다. 캣과 경찰들이 숨죽이고 있는 현재 상황에 어울리지 않는 유쾌한 소리였다. 모든 것이 바뀔 가능성이 있는 순간이었다. 희망과 절망의 양면을 가진 동전이 마침내 회전을 멈추고 한쪽 면을 위로 한 채 떨어졌다.

갑자기 수면 위로 무언가가 형체를 드러냈다. 갈색의. 물이 뚝뚝 떨어지는. 머리카락?

잠수부는 팔에 안고 있던 것을 위로 들어 올렸다. 그것은 시체였다. 바로…

"수달이야!" 배에 타고 있던 남자가 소리쳤다. "빌어먹게도 큰 수달 시체네."

캣은 눈을 감고, 막 나온 태양의 따뜻함을 즐기는 척 하늘로 얼굴을 들어 올렸다. 긴 하루가 될 것 같았다.

31장

7월 2일 오전 8시.
워릭셔 주 릭 우튼, 경찰청

오전 8시 정각. 캣이 문을 쾅 열고 들어오자 회의실이 정적에 휩싸였다. 사람들이 모두 그녀에 대해 이야기하고 있었다는 뜻이다.

캣은 사람들의 얼굴을 살펴봤다. 하루 종일 강을 수색한 후 다들 맥줏집에서 술을 들이마신 게 분명했다. 모두 코끝이 빨갛게 되어 있었다. 어제의 긴박한 상황에서 보인 예리한 눈빛에 비해, 지금 그녀를 향한 얼굴들은 피곤하고 확신이 없어 보였다. 회의실은 시큼한 숙취 냄새가 진동했다. 축 처진 사람들 틈에 록의 꼿꼿한 모습이 눈에 띄었다. 하지만 캣의 시선은 록을 스쳐 지난 후 브라운 경사의 세심하고 안정된 눈빛에 멈췄다. 브라운 경사의 뺨에 어제보다 혈색이 돌자 기쁜 마음이 들었다. 캣은 브라운을 향해 짧지만, 의미 있게 고개를 끄덕였다.

"어제 모두 고생 많았다."

그녀는 회의실 테이블 앞에 서서 밝고 또렷한 목소리로 말했다.

"우리는 두 장소의 철저한 수색을 통하여, 이제 수사에서 에이번 강과 워릭 대학교 호수를 배제하고 다른 곳에 인력을 집중할 수 있게 되었다."

캣은 열두 시간 동안 배에서 누군가 소리치거나 그녀의 휴대폰 신호가 울릴 때마다 뛰어다녔다. 너무 장시간 물 아래를 뚫어져라 보느라 눈알이 다 아플 지경이었다. 결국 오후 7시 30분에 두 곳의 수색을 종료하는 데 동의했다. 윌의 엄마와 타이론의 엄마에게 전화했을 때, 그들은 둘 다 울음을 터뜨렸다(록에게 설명한 대로, 좋은 소식은 휴대폰으로 전해도 된다).

그러나 시체가 없다는 게 정말 '좋은 소식'일까? 캣은 관자놀이를 문질렀다. 턱의 긴장감이 급속으로 굳는 시멘트처럼 이제는 목과 어깨까지 퍼지고 있었다.

"더 이상 시체를 찾지 않는다는 뜻입니까?"

본인 셔츠보다 더 구겨진 얼굴을 한 중년 남자 경찰이 물었다.

그 말은 우리가 시간을 낭비했냐는 뜻인가? 캣은 그의 시선을 되받아쳤다.

"우리의 목적은 전과 동일하다. 윌 로빈슨과 타이론 월터스가 죽었는지 살았는지 밝혀내는 것이다."

브라운이 힘차게 고개를 끄덕였다. 나머지 팀원이 브라운을 쳐다보았다. 물론 마구잡이로 사람을 모은 탓에 그들을 하나의 '팀'이라 부르는 것은 다소 무리가 있었다. 다행히 대부분 아직 아침을 먹지 않은 상태였기 때문에 캣에게 대들 힘도 없었다. 캣이 업무와 마감 시간만 명확히 알려주면, 그들은 이 답답한 방을 서둘러 빠져나가 커피를 마시고 휴대폰을 확인하며 주어진 일을 계속할 것이다.

"총경님, 제 소견을 말씀드려도 되겠습니까?" 방 뒤쪽에 서 있던 록이 말했다.

턱의 긴장감이 더 심해졌다. (맙소사, 이 속도라면 턱을 푸는 데 드라이버가 필요할 것 같았다.) 그러나 사람들에게 의견을 수용하지 않는 모습은 보이고 싶지 않았다. 그것이 기계라 할지라도.

"말해 봐, 록."

"시체가 없다고 해도, 타이론과 윌이 동일범이 저지른 범죄의 희생양일 확률은 변하지 않습니다. 현장에서 납치나 살해 후 시체만 다른 곳에 옮겨놓았을 수도 있습니다."

캣이 찻잔을 내려놓았다.

"좋은 지적이야." 캣이 말했다.

어처구니없게도 록에게 고마운 마음마저 들었다. 볼 필요도 없이, 오코네도 교수가 회의실 뒤쪽에 앉아 의기양양하게 미소 짓는 것을 느낄 수 있었다.

"과연 그럴까요?" 하산이 얼굴을 찌푸리며 반문했다.

"총경님, 좀 다르게 생각해봐야 하지 않을까요? 록은 타이론 월터스와 윌 로빈슨이 동일범의 희생자라고 주장해 왔습니다. 하지만 타이론은 키가 183센티가 넘고, 몸무게도 상당합니다. 반면 범인은 키 168센티에 날씬한 체격이라고 했습니다. 그런데 아무에게도 몸싸움하는 모습이나 소리를 듣기지 않고, 타이론을 납치하거나 다치게 할 수 있었을까요?"

"어쩌면 면식범이라서 타이론과 윌이 자발적으로 따라갔을 수도 있죠."

브라운이 답한 후, 록이 뒤를 이어 말했다.

"브라운 경사의 이론은 분명 통계 자료와 일치합니다. 남성 살해 사건 중 친구나 지인이 범인이었던 경우가 32퍼센트에 달합니다. 파손된 CCTV 카메라 역시 사전에 만남이 약속되었다는 것을 보여줍니다."

록의 말에도 하산은 고개를 저었다.

"그럼, 하산 경위의 이론은 뭐지?" 캣이 물었다.

"총경님, 저는 록의 가설이 타당한지 확신이 들지 않을 뿐입니다. 두 사건을 연관시킨 게 잘못된 판단일 수도 있죠. 물론 우리가 리처드 사이크스와 윌 로빈슨의 연결고리를 못 찾았다고 해서, 사이크스가 타이론 실종에 아무 상관이 없다고 확신할 수는 없습니다. 하지만 두 사건 사이의 연결고리는 양쪽 CCTV 카메라 파손범의 척골 길이가 똑같다는 록의 개인적인 의견뿐입니다."

"그것은 의견이 아닙니다. 객관적 사실입니다." 록이 대꾸했다.

캣이 AI 홀로그램 이미지를 응시했다. 록의 표정은 확신에 차 있었다. 다른 사람도 아닌 그녀가 척골 수치와 통계적 확률에 정신이 팔렸던 것일까? 그녀는 하산을 흘끔 쳐다보고는 그의 말이 오코네도 교수를 겨냥한 말이라는 것을 알아챘다. 처음에는 교수에게 좋은 인상을 주기 위해 노력하더니, 지금은 거의 그녀에게 도전장을 내미는 수준이었다. 개인적인 감정이 하산의 판단을 흐리게 한 건 아닐까?

캣은 몸을 돌렸다. 화면 속에서 정지된 두 청년의 이미지를 바라보았다. 방 안에 흐르는 모든 역학 관계를 머릿속에서 지우려 애썼다. 아니다. 록이 아니더라도 CCTV 영상, 그리고 더 중요하게는 그녀의 직감이 두 사건이 연관되어 있다고 말해주고 있었다. 단지 무엇이 어떻게 연관되어 있는지 알아내야 했다.

"하산 경위, 좋은 의견 제시였어. 잘했어." 캣은 거짓말을 했다.

"똑같은 가설을 사건에 계속 재적용하는 것보다 끊임없이 의심하고 질문하는 것이 중요하다. 하지만 바로 연관성을 찾지 못했더라도 포기하지 않는 것 또한 중요하다. 우리의 주요 가설은 여전히 두 청년이 동일범의 희생자라는 것이다. 두 사건의 연결고리를 찾으면, 범인뿐 아니라 타이론과 윌도 찾을 수 있다. 이를 위해 우리는 더 노력해야 한다."

캣은 더 많은 의심이 제기되기 전에 재빨리 지시 사항을 불러주고 각자에게 업무를 할당했다. 질문할 수 있는 건강한 문화를 만드는 것과 팀원들이 팀장에 대한 신뢰를 잃는 것은 한 끗 차이다. 특히 여자 팀장이 남자 팀원들을 이끌 때는 더 그렇다.

하산이 고개를 끄덕이며 지시사항을 받아 적었다. 그러나 회의실을 나가는 그의 얼굴은 여전히 못마땅한 듯 찌푸려져 있었다.

32장

7월 2일 오후 7시 25분.
워릭셔 주 콜스힐, 캣 프랭크 총경의 집

캣과 존 부부가 친한 고가구 상인으로부터 시골풍 연회 테이블을 샀을 때, 캣은 크리스마스나 생일뿐 아니라 어떤 핑계로든 파티를 열어 단단한 3.7미터짜리 참나무 테이블을 음식과 음료로 가득 채우는 상상을 했었다. 그런데 불과 삼 년 후, 커다란 테이블에 혼자 앉아 두 실종 청년의 사진과 그들의 트위터 및 인스타그램 계정 출력물을 들여다보고 있을 줄은 꿈에도 생각 못 했다.

"내가 말했잖아. 이 테이블이 언젠가는 유용하게 쓰일 거라고."

캣은 벽난로 선반에 있는 존의 사진을 향해 말했다.

존은 아무 말이 없었다.

"이 두 사건은 연관성이 있어. 난 느낄 수 있어. 아직 알아내지 못했을 뿐."

그녀는 테이블 위에 손을 올려놓은 채 윌의 마지막 모습이 담긴 CCTV 사진으로 몸을 숙였다. 윌은 막 등을 돌리고 가족이 있는 집에서 멀어지는 중이었다. 가로등 불빛에 적갈색 머리카락이 금빛으로 빛났다.

"네게 무슨 일이 벌어진 거니?" 캣이 중얼거렸다.

아무 대답 없는 방은 정적만 가득했다. 캣은 사진을 재배치했다. 타이론과 윌의 소셜 네트워크를 다시 비교한 후 좌절감에 신음하며 사진을 내던졌다. 두통이 더 심해졌다. 그녀의 팀원들도 지쳐갔다. 이틀 내내 재조사와 강도 높은 교차확인을 진행했음에도 불구하고, 두 실종 청년 사이의 연결고리를 단 한 가지도 찾지 못했다.

저녁 회의 시간. 회의실을 한 바퀴 돌며 각 팀원이 '보고할 내용 없음'을 보고하자, 팀 분위기가 급격히 저하되었다. 가라앉은 분위기에 발이 채여 넘어질 정도였다. 그녀는 추가 업무사항을 지시한 후 회의를 빨리 끝냈다. 일부 팀원은 오늘 밤 집에 돌아가 그냥 일반 업무로 돌아가는 게 나을지 고민할 것이다. 살인 사건 두 개는 가족과 술자리를 소홀히 할 만한 가치가 있지만, 진전 없는 미제 사건 수사에 몇 주를 허비하고 싶은 사람은 아무도 없었다.

현관문이 쾅 닫히면서, 창틀이 흔들렸다.

"캠? 이제 왔니?"

물으나 마나 한 질문이었다. 캠이 아니라면 지진일 것이다.

"네."

캠이 대답하며 거실에 들어왔다. 프로세코 와인 한 병과 백합 꽃다발을 들고 있었다.

"이런, 캠. 어떻게 알았니?"

그녀는 아들을 팔로 감쌌다.

캠은 뒤로 물러서며 쑥스러운 미소를 지었다.

"솔직히 말씀드리면, 록이 메일로 기념일을 알려줬어요."

"록이?"

캣의 손목 장치에서 록이 말했다.

"저는 여러 문서를 통해 결혼기념일이 인간에게 중요한 정서적 행사라는 것을 학습하였습니다. 특히 반려자를 잃은 사람에게는 더 말입니다."

"하지만 엄마, 와인이랑 꽃다발은 제 아이디어였어요. 어때요?"

"진짜 마음에 들어, 고맙다."

캣은 격하게 눈을 깜빡거리며 꽃병을 찾아야겠다고 중얼거렸다.

"엄마, 우리 피자 먹으면서 영화 볼래요?"

캠이 제안했다. 하지만 곧 식탁을 뒤덮은 사건 파일들을 알아차렸다.

"아, 일하는 중이면 나중에 봐도 돼요."

캣은 식탁 위에 놓인 윌의 흑백 사진을 바라보았다. 그는 엄마에게 잘 다녀오겠다고 한 후 눈 깜빡할 사이에 어디론가 사라졌다. 몇 달 후면 캠도 대학으로 떠나게 된다. 그러면 캠 역시 이 집에서 사라질 것이다.

"아냐. 괜찮아."

캣이 종이 더미를 뒤로 하며 말했다.

"사건 파일을 너무 오래 들여다봤더니 제대로 생각을 못 하겠어. 좀 쉬는 게 좋을 것 같아. 뭐 보고 싶니?"

프로세코 와인을 냉장고에 넣어 차갑게 하고 피자를 주문하는 데는 이십 분밖에 걸리지 않았지만, 영화를 고르는 데는 거의 사십 분이 걸렸다. 캠은 옛날 옷을 입고 나오는 고전극을 보기 싫어했고 캣은 전투 영화나 야한 장면을 보기 싫어했다. 그래서 고를 수 있는 선택지가 많지 않았다. 결국 그들은 오래된 가족 영화인 〈터미네이터 2〉를 보기로 했다.

"있잖아요, 엄마."

캠이 긴 의자에 팔다리를 쭉 뻗으며 말했다.

"AI 수사관도 이 영화를 좋아할 수 있어요. 록을 시각 모드로 하면 어때요?"

"전에도 말했잖니, 록은 장난감이 아니라고. 이건 업무용이야." 캣이 초에 불을 붙이며 말했다.

"엄마의 경찰모랑 ID 카드도 마찬가지였지만, 어렸을 때 갖고 놀 수 있게 해주셨잖아요. 기억하시죠?"

어떻게 잊겠는가? 캠은 짧고 통통한 다리로 복도를 왔다 갔다 하며, 모자가 눈을 덮지 않도록 고개를 뒤로 젖힌 채 장난감을 훔치러 온 엄마 강도에게 "너는 체포되었다!"라고 소리치곤 했다.

"아, 제발요. 엄마, 전 록이 좋다고요. 그는 예전 파트너들에 비해 한층 발전된 파트너잖아요."

"록은 '그'가 아니라 '그것'이야. 그리고 내 파트너가 아니라고."

"아무튼요. AI가 AI에 대한 영화를 보는 게 흔한 일은 아니잖아요. 재미있을 거예요."

"이상할 거야."

걱정되어 말은 그렇게 했지만, 캣은 기분이 너무 좋아져서 결국 록의 시각 모드 버튼을 눌렀다.

고풍스러운 튜더 양식의 거실에 나타난 키가 크고 현대적인 모습의 록은 보자 마음이 편치 않았다. 캣은 록이 식탁에 앉아 사건 조사를 이어가기를 반쯤 바랐다. 하지만 록은 느긋하게 거실을 한 바퀴 돌며 벽에 걸린 사진, 선반 위의 책, 전통 벽난로 안의 나무를 태우는 스토브, 심지어 담요 바구니 안의 깔개까지 눈으로 훑어봤다. 마치 그녀에 대한 모든 정보를 짜내려는 것 같았다. 록은 걸음을 멈추고 벽난로 선반 위에 놓인 존의 사진을 응시했다.

캣은 심호흡했다. 저건 진짜 인간이 아니다. AI는 그녀를 판단할 수 없다. 그렇게 되뇌었다.

"영화가 곧 시작할 거야. 록, 여기 앉을래?"

캠은 일부러 낡은 느낌을 낸 갈색 빈티지 가죽 의자에 앉아 몸을 똑바로 펴며 말했다.

록이 경직된 자세로 두 모자 사이에 앉았다. 등은 똑바로 펴고, 무릎은 모으고, 양손을 허벅지 위에 올린 모습이었다.

캣이 의아한 표정을 지었다.

"록, 넌 앉을 필요가 없잖아?"

"네, 앉을 필요 없습니다. 하지만 평범한 인간은 대개 앉은 자세로 하루에 3시간 12분가량 TV를 시청합니다. 그러니 이건 저의 학습에 있어 유용한 경험이 될 것입니다."

록이 캠을 흘끗 바라보며 그의 모습을 관찰했다. 캠은 소파에 기대어 앉아 긴 다리를 커피 테이블로 사용하는 나무 상자 위에 올려놨다. 록이 마치 캠의 그림자처럼 몸을 뒤로 기대더니 가상의 발을 캠 옆에 올려놓았다.

캣은 진짜(이며 동시에 값비싼) 나무 상자에서 가짜 발을 치우라고 말하고 싶은 충동을 느꼈지만, 애써 감정을 눌렀다. 록의 발은 상자에 어떤 손상이나 더러움도 남기지 않을 것이다. 그러니 사실 치울 필요가 없었다. 그렇지만 저게 대체 무슨 행동인지. 나중에는 과자라도 먹겠다고 할 모양새였다. 그녀는 프로세코를 한 모금 마신 후 자리를 멀리 옮겼다.

"록, 엄밀히 말하자면 〈터미네이터 1〉을 먼저 봐야 해."

캠은 옆에 있는 가상 이미지에 전혀 당황하지 않고 말했다. 자연스럽게 한 손에는 피자를, 다른 손에는 리모컨을 들고 있었다.

"하지만 솔직히 2편이 최고긴 하지."

록이 몇 초간 눈을 감았다 다시 떴다.

"방금 막 1편을 다 봤습니다."

캠은 하마터면 피자를 뱉을 뻔했다.

"뭐, 방금 막? 농담하지 말고."

록이 캠에게 맞은편에 있는 커다란 TV 화면을 봐달라고 요청했다. 화면은 〈터미네이터 2〉 시작 장면에서 멈춰있었다. 영화가 시작되었다. 하지만 프레임이 아주 느리게 하나씩 지나갔다.

"왜 그래? 와이파이가 잘못된 거야?" 캣이 물었다.

"지금 이게 제가 인간 세계에 있을 때 느끼는 속도입니다."

록이 화면을 가리켰다. 화면 속 영화는 한 번에 한 프레임씩 천천히 진행되고 있었다.

"저는 90분짜리 영화를 2초 안에 볼 수 있고, 책을 1초 안에 읽을 수 있습니다. 하지만 저는 여러분이 느린 속도로 정보와 지식을 소비하는 것을 관찰하고 견뎌내야 합니다."

"와, 끝내주네!" 캠이 말했다.

"총경님, 그리고 캠. 사실 이건 매우 비효율적인 일입니다. 그런데도 인간 중심적 영화나 과학 문학은 대부분 안드로이드나 AI의 궁극적 야망을 인간이 되는 것으로 그립니다. 기계가 인간의 비합리적 사고 과정과 감정에 휘둘리게 하기 위해서요. 21세기 인류는 인간을 진화의 정점이라고 가정합니다. 한때 여러분의 선조가 태양이 지구 궤도를 돈다고 가정했던 것처럼."

"어이쿠. 엄마, 완전 스카이넷*인데요. 이런 일이 바로 지금 여기 콜스힐에서 일어나고 있어요."

캣은 웃음이 터지는 바람에 와인을 뿜을 뻔했다. 간신히 삼키고 난 후 록의 놀란 표정을 보았다.

"왜? 내가 흘렸어?"

"프랭크 총경님의 웃는 모습을 처음 본 것 같습니다."

"그래, 뭐. 직업상 웃을 일이 별로 없기는 하지."

캣은 '내 인생에서도 마찬가지고'라는 말을 덧붙일 뻔했다.

"자, 이제 영화나 보자."

그녀가 밝은 목소리를 내며, 조금 전의 어두운 생각에서 벗어났다.

캣은 화면 속에 익숙한 장면들이 펼쳐지는 것을 보았다. 하지만 옆에 앉은 록의 존재가 계속 신경 쓰였다. 어떻게 봐도 셋이 나란히 거실 소파에 앉아있는 것이 이상했다. 그 셋 중 한 명이 존이 아니라니. 이건 무언가 매우 잘못된 느낌이었다. 맙소사. 그 하나는 심지어 사람도 아니었다. 죽은 남편의 무게 때문에 아직도 푹 꺼져있는 소파 위에 록이 앉아있다(아니, 앉은 척하고 있다). 그 모습이 그녀를 괴롭혔다. 록은 왜 계속 그녀와 캠을 뚫어져라 바라보는 걸까? 여기는 캣의 집이었다. 제기랄, 동물원이 아니라고. 캣은 과자 그릇을 집은 후 일부러 록의 몸통 이미지를 통과해 캠에게 건넸다.

록은 자신을 통과한 팔을 내려다본 후 그녀를 쳐다보았다. 캣은 얼굴이 붉어졌다. 말도 안 되는 일이었다. 이건 단지 컴퓨터가

---

* 〈터미네이터〉 시리즈의 악역으로, 인류를 멸망시키려는 인공지능 슈퍼컴퓨터

만든 이미지일 뿐이다. 상처받거나 불쾌함 같은 감정을 느낄 수는 없다. 안 그런가?

캠이 과자 그릇을 가져가더니 조용히 커피 테이블 위에 도로 올려놓았다. 그 후 아무도 그릇을 건드리지 않았다.

셋은 잠자코 영화를 시청했다(비록 록은 그들을 관찰하는 데 더 흥미 있어 보이긴 했지만). 그러나 사라 코너*가 비밀 무기 창고에 접근하기 위해 멕시코로 차를 모는 장면에서 내리쬐는 햇빛을 보자, 록은 아예 대놓고 그녀를 뚫어져라 쳐다보았다.

"내가 맞춰볼게. 록, 내가 우는 모습도 처음 봤겠지."

"그렇습니다, 총경님."

엔딩 크레딧이 올라가기 시작하자 록은 다시 일어선 자세를 취하며 말했다.

"오늘은 정말 대단한 하루였습니다."

"내 감정이 널 그렇게 즐겁게 했다니 기쁘네."

"즐겁지 않습니다. 단지 이해가 안 갈 뿐입니다. 이 영화는 진짜가 아닙니다. 알고 있지 않습니까?

"당연하지."

"그리고 전에도 봤다고 했습니다."

"셀 수 없이 많이 봤지."

"그런데도 또 눈물이 납니까?"

"그런데도 또 눈물이 나. 캠도 그런 것 같고."

캣은 그 말을 덧붙인 후, 아들을 잡아당겨 헤드록으로 위장한 포옹을 했다.

---

* 〈터미네이터〉의 등장인물

"엄마, 영화가 제 안의 여성성을 건드려서 그런 것뿐이에요."

캠이 코를 훌쩍이며 말했다. 그녀는 씩 웃으며 아들의 머리 위에 뽀뽀했다.

록이 그들을 다시 바라보는 것을 알아챘다.

"그렇게 바라보는 게 무례한 행동이라고 말해준 사람 없어?"

"없습니다, 총경님."

"음, 내가 방금 말했잖아. 무례한 행동이라고. 그러니까 하지 마."

록이 몸을 돌렸다. 깜빡이는 TV 불빛 속에 여전히 찌푸린 얼굴이 보였다. 캣은 이유를 묻고 싶었지만, 솔직히 기계 내부의 작동 원리를 알아내는 것 외에도 걱정할 일이 넘쳤다. 휴대폰 시간을 흘긋 보고 자정이 넘었다는 사실에 안도의 숨을 내쉬었다. 존이 없는 또 한 번의 결혼기념일을 그럭저럭 보냈다. 이제 그만 할 시간이었다.

"내일 일찍 일어나야 해."

캣이 소파에서 몸을 일으키며 말했다.

"잘 자라, 캠. 사랑해."

"록은요?" 캠이 문으로 향하는 그녀에게 말했다.

그녀가 몸을 돌렸다.

"뭐?"

"엄마, 록에게도 잘 자라고 해주면 안 돼요?"

촛불만 켜진 거실에서 록의 크고 검은 눈동자가 그녀를 응시했다. 그녀가 가장 좋아하는 존의 사진이 록 뒤의 벽에 걸려 있었지만, 록의 홀로그램 이미지에 가려 잘 보이지 않았다.

"잘 자." 그녀가 말했다. 그리고 손가락 한 번으로 록의 스위치를 꺼버렸다.

"아, 엄마. 록에게 〈왕좌의 게임〉도 보여주고 싶었다고요. 그걸 보면 인간을 얼마나 미친 존재로 여길지 상상해 보세요."

"자러 가기 전에 과자 봉투는 꼭 쓰레기통에, 유리잔은 식기세척기에 넣어라."

물론 캠은 안 하겠지만. 계단을 올라가며 그것 때문에 더 이상 화가 나지는 않았다. 얼마 후면 집을 엉망으로 만드는 사람도 사라질 것이다. 집은 완벽한 상태가 될 것이다. 완벽히 비어 있는 상태.

세수하고 양치하는 동안 그런 생각을 하지 않으려 애썼다. 다른 엄마들도 모두 견뎌냈다. 그녀도 견뎌낼 것이다. 예를 들면, 월터스 부인처럼. 그녀의 남편은 타이론이 대학에 진학하기 몇 년 전에 죽었다. 캣은 그의 죽음이 갑작스러운 것이었는지 아니면 예견된 것이었는지 기억이 나지 않았다. 이런 것을 잊다니 그녀답지 않았다.

캣은 침대 위로 오르며, 아침에 사건 파일을 확인해 보자고 머릿속에 새겼다. 하지만 소용없었다. 일단 궁금증이 생기면, 답을 알기 전까지 마음을 가라앉힐 수 없었다. 아이패드를 열고 타이론의 사건 파일을 재빨리 검색했다. 이상했다. 타이론 아버지의 사망 원인이 기록되어 있지 않았다. 아마 아무도 묻지 않았을 것이다. 그녀는 얼굴을 찌푸리며 사진 속에서 아버지와 함께 햇살 가득한 벤치에 앉아있던 타이론을 떠올려 보았다. 사진을 볼 때는 아버지가 어머니보다 훨씬 나이가 많다고만 추측했다. 하지만 지금 보니 그의 벗겨진 머리와 수척한 모습이 불쑥 눈에 들어왔다. 목덜미가 쭈뼛 섰다. 시간이 밤 12시 30분을 지나고 있었다. 누군가에게 연락하기에 너무 늦은 시각이었다. 그런데 월터스 부인이 보통 야간근무를 한다고 하지 않았나?

그녀는 휴대폰을 꺼내 간략하게 문자를 보냈다.

캣: 안녕하세요. 새로운 소식은 없습니다. 늦게 문자 보내 죄송합니다. 혹시 깨어계시면, 짧은 질문 하나 드려도 될까요?

월터스 부인: 괜찮습니다. 근무 시간이지만 잠깐 쉬는 중이에요. 편하게 물어보세요.

캣: 감사합니다. 남편분에 대해 궁금한 게 하나 있어서요. 혹시 어떤 이유로 돌아가셨는지 여쭤 봐도 될까요?

답 문자 창에 점들이 한참 동안 나타났다. 월터스 부인이 뭔가 문자를 쓰고 있는 중이었다. 그녀가 화가 났거나 모욕감을 느꼈을지도 모른다는 생각이 들려는 찰나, 휴대폰에서 답장을 알리는 신호음이 났다.

월터스 부인: 트레버는 대장암으로 죽었어요.

33장

7월 3일 오전 8시 1분.
워릭셔 주 릭 우튼, 경찰청

이미 8시 1분이었지만, 중대사건 수사실은 절반밖에 차지 않았다. 평소대로라면 캣은 회의를 바로 진행하고 배짱 좋게 지각한 사람들을 혼냈을 것이다. 하지만 하산과 브라운이 아직 나타나지 않았기 때문에 아무도 혼내지 않았다. 새로 밝혀낸 중요 사실을 공유할 때, 하산과 브라운이 그녀를 지지해 주기 바랐다. 캣은 일부러 노트북과 스크린을 연결하는 데 시간을 끌었다. 8시 3분이 되어서야 마침내 하산이 나타났다. 딱 맞는 짙은 색 정장에 전혀 서두르는 기색 없이 편안한 모습이었다. 세 명의 경찰이 하산을 뒤따라 들어왔다.

"자, 하산 경위, 수사내용을 업데이트해 주겠나?"

하산은 망설임 없이 바로 보고를 시작했다. 타이론의 친구들을 모두 재조사했지만 리처드 사이크스와 밀리 바빙턴의 알리바이는 빈틈이 없어 보였다. 윌 로빈슨과의 연관성도 여전히 찾시 못했다.

브라운도 같은 내용을 보고했다. 친구들 뿐 아니라 소셜 네트워크 간의 연관성을 보여줄 만한 증거 역시 하나도 나오지 않았다. 두 청년의 진료 내역을 확인하기 위해 병원과 치과 기록을 조사했지만 아무것도 나오지 않았다. 캣의 충고에도 불구하고, 브라운은 또 사과의 말로 보고를 끝냈다.

회의실의 사람들이 한숨을 쉬었다. 일부는 기지개를 켜며 휴대폰을 보기도 했고, 일부는 반대편 벽의 시계를 흘끗 보기도 했다. 수사에 진전이 없자 모두 초조해하고 실망했다. 의심의 안개가 회의실에 내려앉는 것을 느낄 수 있었다. 그녀가 팀원들을 막다른 골목으로 이끈 것일까? 아무도 말은 안 했지만(감히 할 수도 없겠지만) 존이 말했던 것처럼 캣은 '리더십을 잃고' 있었다. 이러한 상황에서는 정면으로 의구심에 부딪히는 게 최선이다.

"지금 다들 무슨 생각인지 안다." 캣이 화면 앞에 서서 말했다. "우리는 실종자들 사이의 연관성을 찾기 위해 소셜 미디어 계정, 친구들, 취미, 일기 등을 샅샅이 조사했다. 겉보기에 이 두 청년은 공통점이 전혀 없으며 공통 지인 또한 없어 보인다."

그녀는 잠시 말을 멈추었다. 그리고 몸을 돌려 적갈색 머리에 피부가 하얀 윌의 프로필 사진과 약간 흐릿한 타이론의 사진을 응시했다.

캣은 다시 팀을 바라보았다.

"하지만 그들의 가족을 면밀히 살펴보면, 아주 자세히 살펴보면, 두 실종자 사이의 아주 의미심장한 공통점을 발견할 수 있다."

노트북 버튼을 누르자, 화면은 타이론의 아버지와 윌의 아버지 사진으로 가득 찼다. "로빈슨 씨는 말기 암 환자이다. 그리고 월터스 씨 역시 암으로 사망했다."

캣은 사람들이 충분히 놀랄 수 있도록 잠시 말을 멈추었다.

팀 사람들은 침묵 속에서 시선을 돌렸다. 일부는 아직 더 중요한 내용이 남아있는 것처럼 몸을 앞으로 기울였다. 하산과 브라운이 서로 시선을 교환했다.

보통 하산은 말하기 전에 허락을 구하지 않았지만, 오늘은 손을 번쩍 들었다. 캣은 허락의 뜻으로 고개를 끄덕였다. 그녀의 팀이, 자신의 진짜 팀원이 지지를 보여주는 게 반가웠다.

"총경님, 무례하게 굴려는 건 아닌데요." 하산이 입을 열었다.

캣은 이를 갈았다. '무례하게 굴려는 건 아닌데요'라고 말하는 사람들은 대부분 늘 건방진 놈들이었다.

"하지만," 하산이 신중하게 단어를 고르며 말을 이었다. "인구 네 명 중 한 명꼴로 암에 걸리지 않습니까? 마치 머리카락이 둘 다 검은색이라고 말하는 것과 같습니다. 암이라는 게 정말 타당한 연관성일까요?"

"사실―" 록이 입을 열었다.

캣이 손을 들어 록을 제지했다. 암에 대한 기계의 생각에는 관심 없었다. "이건 머리색 같은 단순한 특징이 아니다. 이 사실이 중요한 이유는, 타이론과 윌이 상담 치료나 자선 행사에서 만났을 가능성이 있기 때문이다. 암은 타당한 연관성이다. 이로 인해 둘이 서로 마주쳤을 공통의 장소가 많아졌을 뿐 아니라, 거기서 납치범을 만났을 수도 있기 때문이다."

"하지만―"

"이건 토론할 문제가 아니야. 내가 결정한 수사의 방향성이지. 브라운 경사, 각각의 아버지가 이용한 병원과 진료소를 조사해 봐. 병원명 뿐만 아니라 직원 목록도 알아내야 해. 암은 특별한 전문 분야야. 둘 다 웨스트미들랜즈에서 치료받았기 때문에, 어느 시점에는 동일인에게 치료받았을 가능성이 높아."

"네, 보스." 브라운이 열심히 받아 적으며 말했다.

"월터스 씨 의료 기록을 보려면 부인의 허락이 필요할 거야. 그리고…"

캣은 로빈슨 씨가 아직 윌의 실종 사실을 모른다면 이런 대화 자체가 힘들다는 것을 깨닫고 말을 멈췄다.

"로빈슨 가족과 그의 의료기록 확인은 내가 맡지. 브라운 경사는 대학에 가서 타이론의 친구들을 모두 재조사 해. 타이론 실종 당일, 새벽 6시에서 7시 사이에 기숙사를 나간 학생 네 명도 포함해서."

록이 얼굴 인식 소프트웨어를 활용하여 그들의 신원을 확인했다. 조사 당시 네 사람 모두 체육관에 갔다고 진술했고, 보안카드와 CCTV 카메라 영상이 이를 뒷받침했다. 하지만 그들을 조사 대상에서 너무 빨리 제외한 것일 수도 있다. 그들 중 누군가는 실종자들과 연관되었을지도 모른다.

"하산 경위는," 그녀가 지시를 계속했다. "병원 외의 공간에 집중하도록. 웨스트미들랜즈의 암 관련된 주요 자선 단체들을 모두 만나서 기부 활동에 대해 알아봐. 자선 달리기 대회든, 케이크 판매 행사든. 타이론과 윌이 둘 다 참석했을 만한 활동을 찾아내."

"케이크 판매 행사요?"

하산이 되물었다. 마치 분홍 발레복을 입고 사무실에서 춤추라는 명령이라도 들은 듯한 말투였다.

"그리고 자선 달리기 대회도."

캣이 그의 시선을 맞받아쳤다. 젠장, 하산은 그녀의 부하니까 당연히 캣을 지지해야 했다. 그녀는 시선을 돌려 팀원들에게 나머지 업무를 배정했다. 그들이 상담 기관과 자조 모임을 담당할 것이다. 공식적이든 비공식적이든, 오프라인이든 온라인이든 상관없이 모든 상담과 모임을 조사할 것이다. 회의실을 떠나기 전, 캣은 사람들과 일일이 눈을 맞추며 물었다.

"모두 배정 업무를 잘 이해했나?"

사람들은 고개를 끄덕인 후 가방을 챙겼다. 하산이 문으로 향했다.

"잘 이해했나, 하산 경위?" 캣이 큰 소리로 물었다. 하산은 벌을 서는 소년처럼 얼굴이 벌게진 채 그녀에게 다가왔다.

"보스, 솔직히 말씀드릴게요. 제게 주신 업무는 잘 이해했지만, 왜 해야 하는지는 모르겠습니다."

"왜냐하면 내가 하라고 했기 때문이지."

캣은 한 발자국 다가가 목소리를 낮췄다.

"하산, 자네에게 야망이 있다는 건 알고 있어. 언젠가 내 자리를 노리는 것도 알지. 솔직히, 좋은 자세야. 그런데 충고 한마디 하지. 윗사람을 깎아내려서 그 위치에 오르려 한다면, 오래 버티지 못할 거야."

"저는 총경님을 깎아내리려는 게 아닙니다!" 하산은 소리 지를 뻔했지만, 간신히 진정했다. "그냥 제 말은, 왜 그렇게 두 사건이 연관되어 있다고 확신하십니까? 말기 암 환자의 자식을 살해하거나 납치할 만한 동기가 뭐가 있겠어요?"

"매우 좋은 질문이야, 하산 경위. 자네가 범인을 빨리 잡을수록, 그 질문의 답도 빨리 알게 되겠지. 오늘 오후 6시까지 배정받은 업무의 결과 보고서를 제출하도록."

34장

7월 3일 오후 2시 10분.
워릭 대학교 캠퍼스

브라운은 늘 학생들이 회색 도심의 작고 지저분한 단칸방에 산다고 생각했다. 하지만 레이크사이드 빌리지 기숙사 단지는 마치 평온한 마을 같았다. 붉은 벽돌로 지어진 아파트 형태의 건물들이 멋들어진 호수 주변에 모여 있고, 깔끔하게 다듬어진 잔디밭과 새로 심은 나무가 주변을 감싸고 있었다. 조금 전 방문했던 기숙사 방을 올려다보며 이 평온함 속에서 아무것도 하지 않고 하루 종일 책만 읽으면 어떨지 상상해 보았다. 그녀는 언젠가 대학에 다니는 은밀한 희망을 품어왔다. 하지만 배 속의 아기를 낳는다면 그 희망은 분명 이루기 힘들 것이다. 다시 책을 손에 잡기란 쉽지 않겠지.

한숨을 쉬며 기숙사에서 등을 돌리는 찰나, 하산이 긴 다리로 성큼성큼 다가왔다.

"어땠어요, 경위님?" 브라운이 물었다.

하산이 표정을 찌푸리며 답했다. "학생 담당 교직원과 행사 일지를 훑어봤어요. 기후 변화, 여성 피난처, 유전학 연구 등 기금모금 행사는 많았지만, 암 환자를 위한 행사는 없었어요. 케이크 판매 행사도 없고. 거긴 어땠어요?"

"똑같아요. 타이론의 기숙사 동기들, 그리고 친구들에 대해 다시 조사를 했지만요. 연관성이 있는 거라면, 제가 아직 못 찾는 거겠죠. 방금 막 보스에게 상황을 문자로 보냈어요."

"뭐래요?"

"더 잘 찾아보라고요."

그들은 서로를 쳐다보았다. 둘 중 누구도 보스를 비판하고 싶지 않았지만, 캣의 완고한 대답에 분위기가 가라앉았다.

하산이 휴대폰을 흘끗 쳐다보았다.

"펍에서 늦은 점심 어때요?"

브라운은 맥주와 튀긴 음식 생각에 코를 찡그렸다.

그걸 보고 하산은 자기 겨드랑이 냄새를 킁킁 맡았다.

"요새 아무도 나랑 술 한 잔을 하려 하지 않네. 이제 피해망상증까지 생길 것 같아요."

"아니에요, 경위님 때문이 아니에요." 브라운이 소리친 후 불쑥 사실을 내뱉었다. "제가 문제에요. 임신했거든요."

"아…"

하산은 그녀의 괴로워하는 얼굴을 보고 부드러운 표정을 지었다.

"뭐, 그런 경우라면, 차 한 잔과 멋지고 편한 의자가 필요하겠네. 가요, 딱 알맞은 장소를 아니까."

고대 성벽 근처에 조성된 워릭의 작고 역사적인 미을에는 500년 된 튜더 양식의 집이 있었다. 이곳에는 현재 '토마스 오켄 티

룸'이라는 찻집이 자리 잡고 있다. 브라운 경사는 아기자기한 원목 테이블 위에 놓인 케이크와 꽃을 보고 잎 차의 차분하고 깔끔한 향을 맡자, 안도감에 눈물이 나올 뻔했다.

"이런 곳을 어떻게 아는 거예요?"

기쁜 마음으로 의자에 털썩 앉으며 브라운이 물었다.

"여동생이 워릭 대학교에 다닐 때 항상 여기로 데려오곤 했어요."

하산이 그녀에게 메뉴판을 건넸다.

"와, 이것 참. 동생이 졸업 후에 다이어트가 필요했겠어요."

브라운이 맛있는 케이크와 샌드위치 목록을 훑어보며 말했다.

하산이 움찔하며 시선을 돌렸다.

"왜요? 죄송해요, 제가 말을 잘못했나요?"

"아니요. 그게 실은…"

그는 잠시 말을 멈추고 설탕 봉지를 집어 긴 손가락 사이로 접기 시작했다.

"사실 동생은 졸업을 못 했어요. 심각한 섭식 장애를 겪었거든요."

브라운이 손으로 입을 막았다.

"죄송해요, 저는, 저는—"

그는 브라운의 사과를 받아넘겼다.

"몰랐겠죠. 아무도 몰라요. 그냥, 음. 임신 사실을 이야기 해줘서, 나도…"

하산은 조금 전의 자신감을 후회하는 듯 시선을 돌렸다.

"지금은 어떤가요?"

"좋지 않죠. 동생은 1학년 때 거부 의사를 밝혔는데도 강제로 다른 학생에게 성폭행을 당했어요. 그 이후로 예전 모습으로 돌아오지 못하고 있죠. 여전히 그때 기억에 대한 후유증과 상처 속에 살아요."

설탕 봉지를 너무 세게 비틀어 종이가 찢어졌다. 하얗게 빛나는 설탕이 짙은 색의 원목 테이블 위로 쏟아졌다.

"맙소사, 경위님. 너무 마음이 아프네요."

"나도 그래요. 경찰에 가자고 동생을 설득한 사람이 나였거든요. 경찰은 정말 잘해주었지만 법정에 서자… 동생이 망가졌어요. 배심원들은 선량한 백인 중산층 의대생이 어리고 삐쩍 마른 동양계 여자애를 강간했다는 것을 전혀 믿으려 하지 않았죠." 그가 고개를 절레절레 흔들며 말했다. "난 그때 막 법대를 졸업하고 매일 법정에 가서 그 자식의 변호사를 지켜봤어요. 변호사는 그 개자식이 유죄라는 것을 알면서도 그를 변호했죠. 그때 결심했어요. 결코 변호사 따위는 되지 않겠다고. 그래서 경찰이 되었어요. 범죄자가 빠져나가도록 돕느니 차라리 그놈들을 잡아버리려고요."

직원이 웃으며 다가왔다. 하산이 크림 티 두 잔과 얼 그레이 잎차 하나를 주문했다.

"지금 브라운 경사는 2인분이니까."

하산이 덧붙였다. 브라운의 불편한 기색을 눈치라도 챈 듯 아기에 관해 묻는 대신 고맙게도 다시 사건 이야기로 화제를 돌렸다.

"그래서 오늘 아침에 너무 답답했어요."

그가 팔꿈치를 테이블 위에 올려놓으며 말했다.

"사이크스란 놈은 분명 타이론의 실종과 관련 있어요. 그런데도 놈을 심문하는 대신, 암 따위의 막다른 골목에 갇혀 시간만 낭비하고 있다니. 보스는 두 사건이 연결되어 있다는 생각에 사로잡혀 있어요. 그 생각 때문에 적어도 두 사건 중 하나에 믿을만한 용의자가 있다는 사실을 간과하고 있다는 거죠."

"하지만 경위님, 이게 막다른 골목인지는 알 수 없어요. 보스가 말한 것처럼, 단지 시간이 더 필요한 것뿐일 수도 있죠."

"나도 경사만큼 프랭크 총경을 존경하지만 상사라고 해서 다 옳은 것은 아니에요."

직원이 과일 스콘 한 접시와 신선한 크림과 잼을 들고 왔다. 브라운은 하산이 식기와 냅킨을 놓는 것을 지켜보았다. 그녀 또래의 남자들은 대체 왜 그런 걸까? 왜 항상 그들이 옳다고 생각하고, 자기 견해는 표현할 가치가 있을 뿐 아니라 연장자의 의견보다 중요하고 더 낫다고 생각하는 걸까? 어렸을 때 뭔가를 마시거나 흡입한 걸까? 이 불멸의 자신감, 망설임과 의심의 부재를 달리 설명할 방법이 있을까?

"음, 확실한 건 프랭크 총경님이 경찰에서 거의 25년의 경험을 쌓았다는 거예요. 저보다 세 배나 많죠. 그러니까 총경님이 연관성이 있다고 말하면, 그 말을 들어야 한다고 생각해요, 경위님."

"캣 프랭크 총경의 남편이 6개월 전에 암으로 죽은 것 알아요?"

브라운은 망설였다. 캣이 남편을 잃은 것은 알고 있었다. 하지만 남편의 사망 원인까지는 알았다 해도 잊었을 것이다.

"내 말이 맞다니까요. 그래서 총경님에게 암이라는 것이 크게 다가오는 거예요. 이번 두 사건의 연관성이라는 건 모두 보스의 머릿속에나 존재하는 거예요. 아니 오히려 마음속이라고 해야 하나."

하산이 그녀에게 접시를 건넸다.

"그리고 브라운 경사, 그보다 더 중요한 건 크림보다 잼이 먼저라는 거예요. 동의하길 바라요."

브라운이 눈을 깜빡였다. 사실 잼보다 크림을 먼저 바르는 것을 선호했지만, 하산과 어떤 갈등도 일으키고 싶지 않았다. 그녀는 동의하는 척 고개를 끄덕인 후 잼 통에 스푼을 넣었다.

"경위님, 사이크스가 타이론 실종과 연관되어 있다고 확신하는 이유가 뭐예요?"

하산이 차를 한 모금 삼켰다. "그런 부류를 잘 알기 때문이죠. 백인에, 영리하고, 특권을 가진 남자들. 원하는 것을 갖는 데 아주 익숙한 부류. 목적을 위해 오로지 밀어붙이기만 하고, 그 과정 중에 누가 다쳐도 신경 쓰지 않죠. 그들은 자신이 법 위에 있다고 생각해요. 법을 어기다 붙잡혀도 욕설을 내뱉으며 빠져나갈 방법이 있다고 말하죠. 내 동생을 강간한 새끼도 똑같았어요."

브라운은 양손으로 따뜻한 찻잔을 부드럽게 감싸며 말했다. "경위님 역시 감정이 이성을 지배하고 있지 않다고 확신해요?"

하산이 그녀를 응시했다. "무슨 뜻이죠, 브라운 경사?"

"쉽지 않은 일이었을 거예요. 워릭 대학교에 다시 오는 거요. 캠퍼스와 학생 기숙사는 나쁜 기억을 떠올리게 했겠죠."

"괜찮아요."

그가 중얼거린 후, 고개를 낮게 숙이고 스콘을 계속 반으로 자르는 데만 집중했다.

"보스도 알아요?"

"아니. 알리고 싶지 않아요. 내 이야기가 아니라서. 솔직히, 경사에게도 말하지 말아야 했는데."

"음, 전 경위님이 말해줘서 기뻤어요. 이 직업은 그런 일을 혼자 짊어지는 것 말고도 충분히 어려운 일이 많으니까요. 언제든 그 일에 관해 이야기하고 싶으면, 제가 들어줄게요. 진심이에요."

하산이 그녀를 쳐다보았다. 중세풍 찻집의 부드러운 조명 때문일 수도 있겠지만 그의 짙은 눈이 반짝이는 것 같았다.

"고마워요, 브라운. 나도 마찬가지예요. 뭐, 난 그냥 독신남일 뿐이지만, 숙모와 사촌들이 아이를 많이 낳은 덕에 임신이 얼마나 힘든 일인지 잘 알거든요. 혹시나 베이비시터가 필요하면, 가족들이 항상 나를 '아기 마법사'라 부른다는 사실을 기억해 둬요. 진짜로 몇 분 안에 아기를 재울 수 있거든요."

"고마워요, 경위님. 하지만… 아직 아기를 낳을지 말지 결정하지 못했어요."

브라운이 속삭이듯 작은 목소리로 말했다.

"브라운 경사가 임신에 대한 속마음을 털어놔 준다면 나도 기꺼이 들어줄게요. 아, 신경 끄고 네 일이나 하라고 해도 물론 괜찮고요." 그는 망설임 없이 바로 말했다.

"고마워요. 그 말이 정말 힘이 돼요."

정말 그랬다. 하산의 솔직하고, 배려심 가득한 반응은 말로 표현할 수 없을 정도로 그녀에게 힘이 되었다. 브라운은 스콘을 집어 들어 부드럽게 한입 물었다. 잼을 먼저 발랐는데도 놀랄 만큼 맛있었다.

35장

7월 3일 오후 2시 20분.
워릭셔 주 릭 우튼, 경찰청

캣은 휴대폰 전원을 켠 후 작게 욕설을 내뱉었다. 윌 로빈슨의
집에서 운전해 오는 사이 맥리시로부터 부재중 전화 세 통과 문
자 한 통이 와 있었다. 자동차 거울에 비친 모습을 확인한 후 미
간 주름을 문질렀다. 맥리시에게 전화해야 한다. 어쨌거나 그는
그녀의 상사였다. 하지만 지금은 그에게 전화할 기분이 아니었다.
타이론 월터스의 아버지와 윌 로빈슨의 아버지에게 겹치는 의료
진이 있는지 확인하기 위해, 로빈슨 부인에게 남편의 의료기록이
필요하다고 설명하느라 아침나절을 다 보냈다. 개인 정보에 대한
접근 허가는 당사자만 해줄 수 있다. 즉, 로빈슨 씨에게 윌의 실종
사실을 비롯한 모든 사실을 말해야 한다.

로빈슨 부인은 캣의 요청을 딱 잘라 거절했다.

"사실을 알게 되면 남편은 죽을 수도 있어요. 그러니 그 사람한
테 사실대로 말할 수는 없어요. 다른 이유를 생각해낼 시간이 필

요해요."

"더 이상 시간이 없습니다."

캣은 마음을 단단히 먹고 강하게 주장했다.

"이제 부인이 로빈슨 씨를 위해 하실 수 있는 일은 없습니다. 상황을 말씀하시든 안 하시든 로빈슨 씨는 결국 세상을 뜰 겁니다. 하지만 아드님을 찾을 기회는 아직 있어요. 그 기회를 버리면 안 됩니다. 내일 아침 9시까지 남편에게 이야기하지 않으면, 제가 하겠습니다."

캣의 휴대폰에 신호음이 울렸다. 마지못해 맥리시가 보낸 문자를 열어봤다.

내 사무실로 와. 당장.

맥리시의 사무실 앞에는 오코네도 교수가 앉아있었다. 캣이 다가가자, 교수가 다소 긴장어린 미소를 지었다. 설마 맥리시가 교수에게도 현황 공유를 요청한 걸까? 캣은 문을 두드린 후 정중한 모습으로 사무실에 들어갔다.

"청장님?"

맥리시가 책상에 앉아 종이 보고서를 휙휙 넘겨보고 있었다.

캣이 얼굴을 찌푸렸다. 그는 보통 보고서 읽는 것을 '시간 낭비'라 생각해서 구두 보고를 고집했다(맥리시는 그녀가 아는 그 누구보다도 빠르게 구두 보고 내용을 이해했다). 그래서 구두 보고를 시작하려 했지만, 맥리시가 신중하게 보고서를 내려놓는 모습을 보고 망설였다.

"그러니까, 시체는 나오지 않았군." 맥리시가 말했다. 이건 질문이 아니었다.

"아직은 없습니다, 청장님."

"하지만 자네는 여전히 두 사건이 연관되어 있다고 느끼는 거고?"

"물론입니다."

맥리시에게 두 청년 모두 말기 암에 걸린 아버지가 있다고 설명하기 시작했다. 하지만 맥리시는 바로 그녀의 말을 잘랐다.

"알고 있네. 자네 가설에 대해 들었지."

캣이 눈살을 찌푸렸다. 누구한테 들었지? 그녀에 대해 보고하는 사람이 있는 건가? 맥리시가 의자에 등을 기댄 채 한숨을 내쉬자, 엄격하던 표정이 약간 풀렸다.

"자네가 걱정되네, 캣."

"저요? 왜죠?"

"이 사건이 자네 가족의 일과 너무 비슷하다는 생각 안 드나?"

그녀는 창문을 통해 들어오는 눈부시게 밝은 햇빛 때문에 눈을 깜빡거렸다.

"아니요, 청장님. 저는 공사를 철저히 구별해 왔습니다. 그 덕에 지금까지 경력을 쌓아왔고요."

"자네와 나 둘 다 그렇지. 다만…," 그는 벗겨진 머리를 손으로 문질렀다. "이 암이란 연관성에 너무 많은 의미를 부여했다는 생각 안 드나? 억지 같지는 않아?"

캣은 바로 하산이 떠올랐다. 단순히 상사와 의견이 다른 것과, 상사를 건너뛰고 그 위의 상사에게 달려가 말하는 것은 문제가 완전히 달랐다. 만약 하산이 진짜 그랬다면, 그는 엄청난 판단 착오를 한 것이다. 캣은 이 문제에 대해서는 나중에 하산에게 제대로 책임을 물어야겠다고 마음먹었다.

일단 맥리시에게 개인적 경험이 그녀의 판단력에 영향을 미치지 않았다고 설득하는 것이 우선이었다. 캣은 회의실에서 펼쳤던 주장을 침착하게 반복했다.

맥리시는 뚫어져라 그녀를 응시했다.

"그건 알겠네. 하지만 자네에게 지금이 감정적 시기라는 것도 알지. 어제가 결혼기념일 아니었나?"

캣은 당황했다. 대체 어떻게 안 거지?

"게다가 월 로빈슨 집에 간 일이 분명 자네를 흔들어놨을 걸세. 잠도 잘 못 자고, 술도 많이 마셨겠지. 방금 로빈슨 부인의 불만을 접수했네. 자네가 남편 건강에 해가 될 정보를 공유하라고 협박했다면서. 솔직히 말하자면, 이 모든 일이 자네의 판단력에 영향을 미칠까 봐 우려되네."

캣이 입을 딱 벌렸다. 그녀가 잠을 몇 시간 자고 술을 얼마나 마시는지, 대체 맥리시가 어떻게 아는 거지?

그녀의 눈길이 책상 위에 놓인 보고서로 향했다. 캣은 보고서를 잡아채 제목을 읽었다. 『관계 맺기 프로젝트: 인간 형사와 파트너 되기 — 관찰자 AI 수사관 록』

"제기랄, 이게 대체 무슨…"

보고서를 넘기자, 그녀의 얼굴이 화끈거렸다. 록이 매일 작성한 보고 내용이 담겨 있었다. 사건이 아니라 바로 그녀에 대한 보고였다. 수면 시간(만족스러운 업무 성과에 필요한 것보다 낮은 수준임), 심장박동수와 호흡률(종종 평균 이상임. 로빈슨 가족을 방문한 후 최고조에 달함), 알코올 섭취량(경찰 의료 관리진의 여성 관련 가이드라인을 크게 초과함), 정신 상태(매우 불안정하며 감정적으로 폭발하기 쉬움. 상상 속에서 죽은 남편의 유령과 대화함).

"캣, 이게 어떻게 보일지 모르겠네만, 이건—"

"제기랄, 내 사생활에 대한 완벽한 침해 보고서? 빌어먹을 스토커 일기? 고위급 인사에 대한 불법 감시 작전?"

상사 앞에서 욕을 했지만, 신경도 쓰이지 않았다. 그녀는 폭발하기 일보 직전이었다. 몸 전체가 분노와 수치심으로 불타올랐다.

"캣, 이건 단지 시범 프로젝트의 일부일 뿐이야. 수사관의 성과에 영향을 미칠 수 있는 잠재적 문제를 식별하는 데 있어, AI 수사관이 유용한 조기 경보 시스템이 될 수 있는지 검토하는 것뿐이야."

"이 시범 프로젝트는 인공 지능 컴퓨터의 적합성을 평가하는 것이었습니다, 제가 아니라요. 오늘로써," 캣이 손목 장치를 떼어내며 말했다. "심각한 사생활 침해를 이유로 저는 이 AI 시범 프로젝트에서 사임하겠습니다."

AI 장치를 맥리시의 책상에 쾅 내려놓으려다가 꾹 참았다. 대신 오코네도 교수에게 던지는 짜릿함을 얻기로 했다. 록이 스스로 이런 보고서를 제출하지는 않았을 것이다.

캣은 빠른 걸음으로 사무실 문을 향했다. 문에 닿기 직전 뒤돌아서 상사를 노려보았다.

"하지만 실종 수사 사건에서 저를 제외한다면, 고위급 인사에 대한 불법 감시로 조직에 공식 이의를 제기하겠습니다. 물론 청장님이 사전에 높은 분의 허가를 받은 게 아니라면요. 아니겠죠? 네. 제 생각도 아닐 것 같군요."

캣은 불타오르는 속마음과 달리 얼음처럼 차갑고 침착한 모습으로 문을 닫았다.

오코네도 교수는 아식 맥리시의 사무실 앞에 앉아있었다.

"안에서 나눈 대화를 모조리 듣지 못했더라도 걱정하지 마시죠. 당신의 스파이가 분명 녹음해 놓았을 테니까."

캣은 작은 플라스틱 장치를 교수의 무릎에 내던졌다. 짜증나게도 장치는 아직 켜져 있었다. 록(혹은 록의 이미지)이 갑자기 나타났다.

"프랭크 총경님," 오코네도 교수가 입을 열었다. "정말 죄송합니다. 저 보고서는 총경님의 사생활 침해를 의도한 게 아니라, 록의 학습을 돕기 위해서였습니다. 저도 몰랐습니다. 맥리시 청장님이—"

"청장이 뭐요? 내 상사가 뭐? 당신이 교수일지는 모르지만, 가끔은 진짜 멍청하네."

젊은 교수가 자리에서 일어섰다. 그녀의 키는 캣의 어깨에도 닿지 않았다.

"제가 모든 것을 안다고 한 적은 없습니다. 사실 이 프로젝트를 하는 유일한 이유는 더 배울 수 있기 때문입니다. 프랭크 총경님, 당신의 경험을 존중하지만 총경님은 첫날부터 AI에 대해 폐쇄적이었습니다. 왜 이번 연구에 참여하기로 동의했는지도 모르겠습니다."

캣은 더 이상 말을 가려 할 수 없었다.

"왜냐하면 모든 헛소리를 꿰뚫고 AI에 대한 진실을 밝히고 싶었기 때문이지. AI는 결정을 내릴 수도, 판단할 수도 없어요. 오직 경험 있는 전문가만이 판단을 내릴 수 있고 또 그렇게 해야만 하죠."

"전 동의할 수 없습니다. 그 말이 이 건에 대해서는 사실일지 모르지만, 항상 옳은 건 아닐 것입니다. 록 같은 AI에 더 많은 학습 기회를 허용할수록, AI가 할 수 있는 업무 범위가 넓어질 겁니다."

"AI가 학습하기를 기다리는 동안 무슨 일이 일어날까요? AI가 실수하면 어떤 일이 발생하죠?"

캣은 록을 향해 돌아섰다. 록은 아무 말이 없었다. 눈도 깜박이지 않았다. AI의 수동성, 감정 하나 없는 모습이 그녀를 더 화나게 했다.

"무슨 일이 벌어지는지 내가 말해주죠. 사람들이 죽습니다. 내 남편 같은 사람들이 죽는다고."

캣은 이제 멈춰야 한다는 것을 알고 있었고, 정말 그래야 했다. 하지만 마치 파열된 배관에서 물이 쏟아져 나오듯 그녀의 입에서 그 말이 터져 나오고 말았다.

"존은 계속 기침이 심해지자, CT 촬영을 했어요. 코로나로 인해 영상의학과 전문의가 부족했고 대신 이미지 인식 AI 컴퓨터가 그의 촬영본을 판독했죠. 그리고 폐암 사례의 95퍼센트와 양상이 다르기 때문에 코로나 후유증으로 인한 폐 손상일 '확률이 높다'고 결론 내리더군요. 그런데 무슨 일이 일어났는지 알아요? 존은 일반 통계에 해당하지 않았어요. 인구의 2퍼센트 이하만 걸리는 희귀암이었다고. 경험 많은 전문의였다면 특이한 특징을 알아채고 더 많은 질문을 했을 거예요. 하지만 AI 기계는 알고리즘과 확률과 일반 통계만 알죠. 실제 사람이 존의 CT 결과를 재검토하고 실수를 발견했을 때는⋯ 이미 너무. 빌어먹을. 늦었다고."

캣은 떨리는 숨을 깊게 들이마셨다.

"그게 바로 내가 당신의 시범 프로젝트에 참여하기로 한 이유입니다, 오코네도 교수. 또한 이 프로젝트를 끝내기로 한 이유기도 하고요. 이젠 끝이에요."

"총경님," 록이 입을 열었다. "제가 관찰한 점은 미안합—"

"미안하다고?"

캣은 록에 한 걸음 다가갔다. 눈을 가늘게 뜨고 록을 위아래로 훑었다.

"'미안하다'는 감정은 네가 후회, 공감, 슬픔을 느낀다는 것을 의미해. 록, 너는 미안함을 느낄 수 없어. 왜냐하면 넌 아무것도 느끼지 못하니까. 넌 아무것도 아니잖아. 실제 존재하지 않는 거라고."

록이 다시 입을 열었지만 캣은 곧장 록을 통과해 버렸다. 그리고 계속 앞으로 걸어갔다.

비상구 문을 열고, 두 층을 뛰어 내려가 IT부서의 화장실로 들어갔다. 그녀를 아는 사람이 아무도 없는 층이었다. 그녀는 화장실 칸막이 안에 틀어박혀 변기 뚜껑을 내린 후 두 손으로 머리를 감싸 쥐었다.

'상상 속에서 죽은 남편의 유령과 대화함.'

그 바보 같은 장치를 그녀의 침대 옆에 두고 있을 때마다, 기계는 그녀를 기록하고 분석했다. 심지어 심장박동까지. 빌어먹을. 망할 감시 보고서를 쓰려고 열량과 알코올 섭취량까지 계산하는 줄도 모르고, 그녀와 심지어 그녀의 아들 옆에 앉게 해줬다. AI의 보고서를 그녀의 상사이자 멘토이자 20년 넘게 친구였던(혹은 친구라고 생각했던) 맥리시가 읽었다. 어떻게 그럴 수 있지. 제기랄, 대체 어떻게 그럴 수 있냐고?

하지만 동시에, 대체 그녀는 어떻게 그럴 수 있었을까? 상사의 면전에 대고 욕을 퍼부었다. 심지어 법적 조치를 취하겠다는 협박까지 했다. 그는 그냥 나이 든 윗사람이 아니었다. 바로 맥리시였다.

제길. 제길. 제길. 어떻게 해야 하지? 사과해야 하나? 아니, 그러기엔 너무 늦었다.

하지만 어쨌든, 그녀에게는 아무 잘못이 없었다. 그녀가 미안하다고 말할 필요는 없다. 동료들과 술집에 가서 만취할 정도로 마시고, 윗사람이란 모두 개자식이라고 욕이나 퍼붓고 싶었다. 제길, 엿이나 먹어라.

몇 년 전만 해도 캣은 그렇게 했을 것이다. 하지만 이제는 그녀가 바로 그 윗사람이었다. 같이 술 마실 동료도 없었다. '네 거지 같은 일을 말해주면, 내 거지 같은 일도 말해줄게' 같은 진솔한 대화를 나눌 사람이 없었다. 요즘 그녀 주위에 있는 사람들은 항상 말을 조심했다. 캣 역시 그들과 술을 두 잔 이상 마시지 않도록 늘 조심했다. 그녀가 떠나기 전까지는 팀원들이 진정한 휴식을 취할 수 없다는 것을 알기 때문이다. 어쩌면 이것은 윗사람으로서 겪어야 할 외로운 생활의 또 다른 단면일 뿐이었다.

캣이 휴대폰을 꺼냈다. 존에게 전화할 수만 있다면. 그녀는 눈을 꼭 감았다. 뜨거운 분노의 눈물을 애써 삼켰다. 울지 않을 것이다. 어린애처럼 더러운 화장실에서 울지 않을 것이다. 휴대폰의 연락처 목록을 훑어보았다. 아빠는 그녀를 이해하지 못할 것이고, 여동생은 아직 휴가 중이다. 제일 친한 친구인 맨디는 근무 중일 것이다. 캠은? 아니다. 캠에게 화풀이하는 것은 옳지 않다. 엄마의 문제까지 해결하는 것은 캠의 몫이 아니다.

현실을 직시하자. 이건 다른 누구의 일도 아니다. 그녀는 혼자였다. 눈물이 다시 솟아올랐다. 캣은 눈물이 떨어지지 않도록 휴지를 몇 장 뜯었다. 언제부터 다른 사람도 아닌 그녀가, 캣 프랭크 총경이 자기 연민에 빠진 거지? 지금 상황에서 중요한 것은 그녀가 아니었다.

그래, 맞아.

그녀는 머릿속으로 되뇌었다. 지금 중요한 건 내가 아니야. 맥리시나 심지어 망할 놈의 멍청한 프로젝트도 중요하지 않아. 중요한 건 타이론 월터스와 윌 로빈슨이야. 그녀는 CCTV 카메라에 잡힌 그들의 모습을 떠올렸다. 영상 속 두 청년은 불과 몇 시간 후 누군가에게 납치당해 사랑하는 사람들과 사랑하는 모든 것으로부터 멀어질 것이라는 생각은 전혀 하지 못했을 것이다. 그녀는 주먹으로 휴지를 움켜쥐었다. 암이 두 사건 사이의 연결 고리라는 그녀의 생각은 옳다. 그녀는 자신의 판단이 옳다고 확신했다. 하지만 그녀가 이 사건을 포기하거나 혹은 이 사건에서 밀려나면, 그녀의 생각은 조용히 묻힐 것이다. 그리고 두 청년은 영원히 찾지 못할 것이다.

캣은 일어나 공처럼 둥글게 뭉친 휴지를 변기 속에 던진 후 물을 내렸다. 그녀는 타이론과 윌을 찾을 것이다. 맥리시가 한 말은 신경 쓰지 않겠다. 그녀는 두 어머니에게 약속했고, 그 약속을 반드시 지킬 것이다.

36장

7월 3일 오후 6시 46분.
워릭셔 주 콜스힐, 프랭크 총경의 집

맥리시가 사건에서 캣을 배제하려면 먼저 그녀와 연락이 닿아야 할 것이다. 그래서 캣은 업무용 휴대폰의 배터리를 방전시키고 나서, 월터스 부인에게 현재 상황을 알리는 데 오후 시간을 썼다. 그 후 로빈슨 씨가 다니는 병원을 방문하여 주치의의 이름을 알려달라고 요청했다.

방문은 성공적이지 못했다. 병원은 로빈슨 씨의 동의 없이 진료 기록 정보를 얻기 위해서는 법원 명령이 필요하다고 주장했다. 그러면서 '의료 윤리'와 '기밀 유지'에 대해 떠들어댔다. 캣은 폭풍같이 화를 내며 뛰쳐나왔다. 형식적인 절차 때문에 실종 청년을 찾는 일에 아무 도움도 주지 않는 '윤리'가 어디 있냐고 융통성 없는 병원에 따진 후였다.

저녁 회의 시간까지도 기분이 나빴던 캣은 회의를 짧게 끝냈다. 맥리시와 그녀 사이에 무슨 일이 있었는지 물어볼 여지를 주지 않기 위해(혹은 감히 그럴 용기가 생기기 전에) 팀원들에게 즉시 그날 진행 상황을 보고하라고 했다. 사건을 뒤집을 수 있는 아주 작은 정보라도 얻길 기도했지만, 그런 운은 따르지 않았다. 로빈슨 씨의 동의를 얻지 못하는 바람에 두 아버지를 진료한 의료진들 사이에 연관성이 있는지도 밝혀내지 못했다. 하산은 자선 달리기 대회와 케이크 판매 행사에서 아무것도 발견하지 못했다.

"총경님, 이건 소용없는 일입니다. 암에서 연관성을 찾는 것은 잘못된 방향인 것 같습니다." 하산은 이렇게 보고를 끝맺었다.

"아, 자네는 그렇게 생각한단 말이지?" 캣이 으르렁거렸다.

"나는 연관성이 있다고 생각하니까, 경위는 더 열심히 찾기만 하면 돼. 혹시나 잊었을까 봐 하는 말인데, 이 수사의 책임자는 나야."

몇몇 팀원의 시선이 바닥을 향했지만, 불행히도 그들의 머릿속 생각이 들리는 것 같았다.

집에 돌아온 캣은 존이 '빡친 기분'이라 부르던 기분에 잠겼다. 캠이 또 집에 없다는 사실에 기분이 더 나빠졌다. 아들의 방은 완전히 엉망진창이었다. 비싼 노트북은 침대 위에 열린 채 놓여 있었고, 빈 쿠키 통과 과자 봉투가 가득했다. 바닥은 벗어놓은 옷가지와 빈 컵이 뒹굴며 마치 정글 같았다. 이 쓰레기 같은 방을 엄마가 치워줄 거라 생각했다면, 캠은 크게 잘못 생각한 것이다.

혼돈의 현장을 뒤로 하고 텅 빈 집을 돌아다니며 불을 켜고 블라인드를 내렸다. 캣은 완전히 혼자라는 느낌이 들었다. 오늘 밤은 진짜 이야기 나눌 사람이 필요했다. 예전에는 스스로를 믿고 자신의 결정에 확신이 있었지만, 지금은 마치 무언가 또는 누군가가 그녀를 흔들어 놓은 듯했다. 회의 시간을 떠올리자, 처음의 확신이 흔들리기 시작했다. 의심에 차서 얼굴을 잔뜩 찌푸린 하산과 그녀가 지시했을 때 예의는 바르지만 다소 오래 머뭇거리던 하급 경찰들이 생각났다. 대체 어떻게 그럴 수 있지. 그녀는 경찰에서 근 25년을 일했고, 그 유명한 교살범 애스턴도 잡았다. 제기랄. 캣은 의심의 여지없이 신뢰할 만한 경찰이었다. 더 이상의 증명도 필요 없었다.

캣은 부엌 창문에 비친 날씬하지만 피곤해 보이는 자기 모습을 바라보았다. 처음 경찰이 되었을 때, 불그스름한 얼굴에 맥주배가 불룩 나온 중년의 남자 경찰들한테 진절머리가 났다. 그들은 과거의 영광에 심취해 자기 의견에 반대하는 사람은 누구든지 윽박지르곤 했다. 캣이 앞에 서 있을 때, 그녀의 팀 사람들 역시 그런 생각을 했을까? 그녀가 그들처럼 변한 것일까? 항상 다른 사람의 의견에 열려있다고 생각했지만, 어린 세대의 후배 경찰들은 완전히 새로운 차원의 도전 같았다. 그들이 던지는 질문 일부는 그녀를 폄하하는 기분이 들게 했다. 어쩌면 그녀가 너무 방어적인 걸 수도 있다. 어쩌면 너무 나이 들어 버린 것일 수도 있고.

창문에 비친 자기 모습에서 눈을 돌렸다. 왜 이렇게까지 신경을 쓰는 걸까? 왜 울컥하고 눈물이 나고 목이 메려는 걸까? 그제야 캣은 깨달았다. 그녀의 팀원들 때문이 아니라, 맥리시 때문이었다. 그는 때때로 오만하고 고집스러운 늙은이기도 했지만, 그래도 캣이 아는 최고의 경찰이었다. 캣은 존 다음으로 맥리시의 판단을 제일 신뢰했다. 어린 후배들이 자신을 의심하는 것은 크게 개의치 않았다(그게 바로 그들이 초짜인 이유니까). 하지만 그녀의 상사, 맥리시는 경우가 달랐다.

의심이 싸늘한 바람처럼 그녀를 스쳤다. 만약 맥리시의 말이 맞다면? 개인적 경험이 그녀의 판단력에 영향을 미쳤다면? 캠을 처음 임신했을 때 온 세상이 갑자기 임신부들로 꽉 찬 것처럼 보였던 것을 기억한다. 하지만 존이 지적했듯이 인구수는 변하지 않았다. 단지 그녀의 인식이 변한 것뿐이었다.

이리저리 생각을 굴리며 다른 방향에서 사건을 보려 했다. 하지만 소용없었다.

"내가 맞아." 캣이 중얼거렸다. "내 생각이 맞다니까."

하지만 어떻게 증명할 수 있을까? 테이블에 앉아 다시 한번 사건 파일을 뒤져보았다. 너무 여러 번 읽어서 단어들이 무의미하게 느껴질 정도였다. 생각나는 것이라곤 맥리시의 의심에 찬 얼굴밖에 없었다. 우선 뭐라도 먹어야 할 것 같았다. 잠시 쉴 필요가 있다. 사건 파일을 옆으로 치운 후 벽시계를 흘끗 봤다. 캠은 어디에 있지? 마갈루프* 여행에 필요한 물건을 산 후 친구들과 만난다고 했었나? 휴대폰 메시지를 확인해보니 아무것도 없었다. 사실 캠에게 많은 것을 요구하지 않았다. 다만 식사 준비를 할지 말지 정하기 위해 집에 오는 시간만은 알려주길 원했다.

어디에 있니?

그녀가 문자를 보냈다.

몇 시에 돌아올 거니?

부엌으로 가서 의기소침하게 와인을 한 잔 따랐다. 그동안 아들과 대화하고, 전화를 걸고, (제일 끔찍하게도) 와인 한 잔을 마시는 동안, 그녀가 순진하게도 록을 착용하거나 옆에 놓고 있었다

---

* 스페인 마요르카 섬의 휴양 도시

는 사실이 떠오르자 얼굴이 벌게졌다. 캣이 경찰 의료관리 지침을 초과해 술을 마셨을 수도 있다. 하지만 의료 관리진이 반려자를 잃은 적이 있었을까? 23년간 같이 산 배우자가 눈앞에서 천천히 죽어가는 것을 지켜보고, 십 대 아들이 아버지를 잃은 슬픔을 잘 견뎌낼 수 있도록 버팀목이 되어본 적 있을까? 물론 아니겠지, 그녀는 중얼거리며 와인을 한 잔 더 따랐다.

맥리시를 제외하고 또 누가 그 보고서를 봤을까? 오코네도 교수? 장관? 맙소사, 진절머리가 났다. 이건 충분히 술을 마실 만한 일이었다.

밤 11시가 되었는데도 캠은 아직 집에 오지 않았다. 문자에 답도 없었다.

여보세요???

자정이 되자, 캣은 포기 하고 집 안을 돌아다니며 전등불을 하나하나 껐다.

젠장, 너 대체 어디 있는 거니???

캠에게 마지막으로 분노에 찬 문자를 보냈다.

하지만 답이 없었다.

7월 4일 오전 6시. 위릭셔 주 콜스힐, 캣 프랭크 총경의 집

캣은 알람시계를 팍 끄고 신음하며 다시 잠을 청했다. 하지만 십 분 후 다시 알람이 울렸다. 그녀는 몸을 뒤척이며 몸 상태를 확인했다. 좋지 않았다. 머리가 울리고, 속은 울렁거렸다. 어휴. 대체 술을 얼마나 마신 거지? 세어보려 했지만 기억이 가물가물했다. 상관없었다. 다시 세어보면 된다. 사실 오늘의 문제는 출근할지 말지 결정하는 것이었다. 엉망진창인 모습에 술 냄새까지 풍기며 출근한다면, 슬픔에 잠겨 판단력을 잃은 미망인이란 주장에 힘을 실어줄 것이다. 하지만 병가를 낸다고 해도 사람들은 역시 같은 생각을 할 것이고, 맥리시는 자기가 옳았다는 증거로 받아들일 것이다.

우선 차를 한 잔 하는 게 제일 좋을 것 같았다. 토스트 한 입 정도는 속에 괜찮을 수도 있다. 수년간의 경험으로 캣은 천천히 움직였다. 처음에는 화장실로, 그다음에는 계단으로 향했다. 갑작스러운 움직임이나 오렌지 주스는 절대 금지였다. 그녀는 부엌을 둘러보았다. 보통 캠이 늦게 들어온 날은 한밤중에 음식을 찾기 위해 부엌을 엉망으로 뒤진 흔적이 분명히 남아 있었다. 찬장 문은 죄다 열리고, 싱크대에는 끈적끈적한 접시가 놓여있고, 바닥에는 시리얼 부스러기가 떨어져 있곤 했다. 하지만 오늘은 아무것도 없었다. 마침내 스스로 뒷정리하는 법을 배운 걸까?

속이 안 좋았지만, 캠이 괜찮은지 확인하기 위해 계단을 올라갔다. 신임 경찰이 된 후 처음으로 출동한 사건이 즐거운 술자리 후 구토로 질식사한 19세 청년의 죽음이었다. 그 불쌍한 청년의 모습과 무의미한 죽음의 시큼한 냄새가 아직도 뇌리에 남아 있었다.

캠의 방문이 열려 있었다. 이불이 벗겨진 침대에는 여전히 어제 아침과 똑같은 모습으로 노트북과 과자 봉투가 널려있었다. 멍한 머리가 천천히 움직이기 시작했다. 이렇게 더러운 난장판을 전혀 건드리지 않고, 어떻게 침대에서 잠을 잔 거지?

코끝이 찡해지며, 정신이 날카로워졌다.

다시 아래층으로 내려왔다. 현관에 캠의 운동화가 없었다.

캠은 어젯밤 집에 오지 않았다.

휴대폰을 확인했다. 어제 낮부터 캠에게 보낸 문자가 여덟 통이나 되었지만, 답은 한 통도 없었다. 아마 휴대폰 배터리가 다 닳았겠지, 하고 중얼거렸다. 친구들과 여행에 대해 의논하러 외출했다가 술에 취해 친구 집에서 잠들었을 것이다. 당연히 그랬겠지. 전에는 캣에게 말하지 않고 외박한 적이 없었다. 하지만 이제 열여덟 살이 되었으니, 그녀 역시 캠이 '전에는 하지 않던' 행동들에 익숙해져야 한다. 당황할 필요는 없다.

그렇지만 캣은 캠의 친구 네 명에게 문자로 아들이 어디 있는지 물어보며, 쓸모없는 아들이 최대한 빨리 그녀에게 연락할 수 있도록 말을 전해달라고 부탁했다. 그런 다음 토스트를 먹고 샤워를 했다.

화장실에서 나와 보니 캠의 친구 넷 모두가 답 문자를 보냈다. 일반적인 친구 엄마가 보낸 문자라면 무시했겠지만, 그녀가 경찰이었기 때문에 애들은 즉시 답했다. 친구들의 답은 모두 동일했다. 캠은 지난밤 술집에 나타나지 않았다.

머리카락에서 물방울이 목뒤로 뚝뚝 떨어져 내렸다. 아마 여자친구와 같이 있는 거겠지? 썸인지 데이트인지는 몰라도 최근 들어 캠이 누군가를 만나기 시작한 징후가 몇 번 보였다. 하지만 그녀는 괜히 참견하고 싶지 않았다. 정오까지 캠에게 시간을 줄 것이다. 깨어나 정신을 차리고 휴대폰을 충전하고 엄마에게 연락 안 한 것에 대해 미안해할 만큼 충분한 시간이었다. 아무리 캠이라도, 사랑스럽지만 정신없는 캠일지라도, 엄마를 그리 오래 걱정시키지는 않을 것이다. 그녀는 왓츠앱의 엄마들 단톡방인 '9월만 와라!'에 메시지를 보냈다. 크게 걱정할 건 아니지만, 혹시 그녀의 쓸모없는 아들이 어디 있는지 알면 제발 엄마에게 문자 보내라고 전해달라고(눈을 굴리는 이모티콘도 포함해서). 사무실에도 문자를 보내 오늘은 재택근무 예정이라고 알렸다. 어떻게 보일지는 상관없었다. 대체 캠이 무슨 짓을 하는지부터 알아야 했다. 그리고 다시는, 절대, 이런 행동을 하면 안 된다고 알려줄 것이다.

정오가 되자 토할 것만 같았다. 캠은 여전히 연락이 없었고, 친구들은 아무도 그가 어디 있는지 몰랐다. 무슨 일이 일어난 게 분명했다.

아니면 혹시 엄마가 집에 없을 테니 자신을 찾지 않을 거라고 생각한 걸까? 그래, 그럴 수도 있다. 보통 그녀는 오전 7시 15분에 출근했다. 그래서 그녀가 눈치 채지 못할 거라 생각했을 것이다. 그래서 문자를 보내지 않았을 것이다.

하지만 만약 캠이 곤란에 처한 거라면? 술에 취해 술집에서 싸움이 났다거나, 캣이 모르는 존재인 어떤 여자 친구와 말다툼했다면? 하베스터 펍과 너무 가까운 콜 강의 모습이 문득 떠올랐다. 혹시 만약에…

아니다. 과잉 반응일 것이다. 어제 술을 너무 많이 마신 데다 잠도 거의 못 잤다. 경찰로서 겪은 수많은 경험 때문에 점점 머릿속이 나쁜 생각들로 물들어갔다. 안심할 수 있는 상황이 아니었다. 캣은 24시간 넘게 아들을 보지도, 아들과 연락이 닿지도 않고 있다.

엄밀히 말해 캠은 실종 상태였다.

다른 사람이었다면 망설이지 않고 경찰에 전화했을 것이다. 하지만 그녀는 일반인이 아니었다. 형사과 총경인 동시에, 그녀가 판단력을 잃었다고 보는 상사와 팀원들이 있었다. 경찰에 신고했다가 나중에 캠의 휴대폰 배터리가 다 닳았거나 고장 난 것뿐이라고 밝혀진다면, 그녀는 일자리를 잃을 수도 있다.

맙소사. 어떻게 해야 하지? 너무 과민반응 하는 걸까, 아니면 너무 안일한 걸까? 이 감정이 엄마로서의 직감일까 아니면 와인을 너무 많이 마신 결과일까? 존이라면 어떻게 했을까?

존이라면 '침착해'라고 말했을 것이다. '점심을 좀 먹고 속을 가라앉혀. 산책으로 머리를 맑게 한 후 상황을 제대로 파악해 봐.'

그래. 점심을 먹고 활기차게 걸으면 도움이 될 것이다. 항상 그랬다. 상점가에 있는 몇몇 술집과 가게에 들러 캠을 본 사람이 있는지 물어볼 수 있다. 집으로 돌아올 때까지 캠으로부터 아무 연락이 없다면, 그때는 어떻게 보이든지 상관없이 경찰에 신고할 것이다.

7월 4일 오후 3시 10분. 콜스힐 중심가

캣은 상점과 여관이 있는 언덕을 올려다보았다. 그리고 산업 단지와 콜스힐 파크웨이 역 너머를 바라보았다. 캠이 어제 집을 나갔다고 가정하면, 아침에 나간 걸까 아니면 오후에 나간 걸까? 어느 길로 갔을까? 역까지 걸어갔을 거라는 생각은 안 들었다. 마갈루프 여행에 가져갈 물건을 사기 위해 중심가까지 걸어간 후 버스를 타고 버밍엄 시내로 갔을 확률이 높았다. 캣은 중심가로 가 우선 하베스터 펍에 들러, 술집이나 강 근처에서 아들을 본 사람이 있는지 물어봤다(다행히 아무도 본 사람이 없었다).

다음에는 언덕을 따라 교회 방향으로 계속 올라갔다. 시내로 가는 버스 정류장이 호손 철물점 바로 앞에 위치했다. 철물점은 전면을 개방한 옛날 방식의 가게였다. 가게 주인이 캠을 목격하지 않았을까? 그녀는 두리번거리며 안으로 들어갔다. 머리를 숙여 공중에 매달려 있는 빗자루, 걸레, 양동이를 모두 피한 후 계산대에 있는 건장한 여자에게 다가갔다. 여자는 캣을 알아보지 못했다. 아마 새로 온 사람 같았다. 경찰 신분증을 내민 후 버스 정류장에서 캠의 인상착의와 일치하는 사람을 본 적 있는지 물었다.

여자는 햇볕에 그을린 뺨을 뚱하니 부풀렸다.

"도와드리고 싶지만, 요새 언덕을 지나다니는 사람이 너무 많아요. 전 안에서 손님을 받느라 바쁘거든요. 아시다시피 저 혼자니까요. 정확한 정보를 드리기 힘들죠. 다른 때라면 CCTV 카메라라도 확인해 드릴 수 있었을 텐데."

"CCTV 카메라가 달려 있나요?"

콜스힐은 워낙 작은 곳이라 대부분 가게가 CCTV 카메라를 설치하지 않았다. 그 때문에 캣은 찾아볼 생각조차 하지 않았었다.

"음, 사실 정류장은 웨스트미들랜즈 교통국 관할이잖아요. 교통국에서 버스 정류장의 교통량과 보행자 수를 모니터링 하고 싶다고 해서 몇 달 전 설치에 동의했죠. 그런데 어제와 오늘 날짜 영상 자료는 없어요."

"왜죠?"

"뭔가가 카메라 센서를 완전히 태워버렸거든요."

37장

7월 4일 오후 5시 20분.
워릭셔 주 콜스힐, 캣 프랭크 총경의 집

경찰이 집 앞에 서 있는 것을 보니 비현실적인 느낌이 들었다.

"와줘서 고마워."

브라운과 하산에게 말한 후, 재빨리 안으로 들어오라고 손짓했
다. 그러나 맥리시의 모습에 눈살을 찌푸렸다.

"청장님, 여기서 뭐 하시는 거죠?"

맥리시는 등 뒤로 문을 닫고 두 젊은 형사가 부엌으로 들어가
기를 기다렸다.

"무엇보다, 우선 나는 친구로서 여기 온 거네. 캣, 자넬 도울 수
만 있다면 무슨 일이든 하겠네. 하지만 그와 동시에 하산과 브라
운이 직속 상사에게 질문하는 게 어색할 경우를 대비해 지원 차
온 것이기도 하네. 괜찮겠나?"

그녀에게 다른 선택지가 있을까?

캣은 맥리시를 부엌으로 안내했다. 팀원들은 철제 2단 오븐 위

의 튜더양식 목재 기둥에 예술적으로 걸려 있는 구리 팬들, 요리 책이 가득한 선반, 미국식 대형 냉장고를 살펴보고 있었다. 그 광경에 캣은 마음이 불편해졌다. 가족을 파괴하는 가정폭력이나 마약 같은 범죄에 대항하기 위해 그녀가 부적처럼 모아온 쓸모없는 유물들이었다.

최대한 목소리를 낮추고 차분하게 숨을 고르며(그녀가 과민반응하고 있다고 생각하지 않게끔) 여태까지 일어난 일을 요약해 주었다. 그녀는 마치 사건 회의를 하듯 아일랜드 식탁 앞에 서서 말했다.

"분명 타이론 월터스, 윌 로빈슨의 실종 사건과 연관이 있습니다." 캣이 결론을 내렸다.

"중심가에 CCTV 카메라가 달린 가게를 모두 방문했습니다. 카메라 파손범을 찾는 것이 가장 시급합니다. 영상은 대부분 아직 CD에 담겨 있고, 록이 디지털 자료를 분석해야 합니다."

그녀는 부엌 아일랜드 식탁 위에 있는 CD들을 가리켰다. 애써 차분한 목소리를 유지하며 다음 말을 덧붙였다.

"이제 캠이 실종된 지 24시간이 넘었습니다. 빨리 움직여야 합니다."

브라운과 하산이 서로를 쳐다본 다음 맥리시를 바라보았다.

"캣, 아주 도움이 되는 설명이었네." 맥리시가 조심스럽게 말을 이었다. "하지만 자네는 지금 근무 중이 아니야. 우리는 자네 아들을 찾아야 하네. 그러기 위해서 잠시 엄마의 입장으로 돌아가 질문에 답해줘야 해. 그래야 우리가 적법한 절차를 따를 수 있어."

"적법한 절차요? 내 아들이 실종됐다고요! 앞선 두 사건의 특징을 모두 담고 있어요. 그 말은 연쇄 납치범 혹은 더 나쁜 놈이 존재한다는 말이죠. 적법한 절차 따위는 밟을 시간이 없다고요."

"캣, 내 말 좀 들어보게. 지금의 상황이 자네에게 얼마나 힘든지 잘 아네. 하지만 너무 서두르거나 자네 가설을 액면 그대로 받아들이기만 한다면, 수사에 해를 끼칠 수 있는 중요 정보를 놓칠 수도 있어. 그러니 우리가 멍청한 질문이나 해대는 짜증나는 놈이 되게 해줘. 캠을 위해서. 알겠나?"

캣은 두 손을 비틀었다. 실종된 아이는 맥리시의 아들이 아니었다. 하지만 그런 말은 할 수 없었기에 그냥 고개만 끄덕였다.

"좋아요."

브라운이 약간 과도할 정도로 밝게 말했다. "총경님, 마지막으로 캠을 본 게 언제, 어디서였습니까?"

캣은 이틀 전 밤이었다고 대답했다. 그래, 캠은 괜찮아 보였어, 아니, 화가 나 보이거나 이상한 행동을 보이지 않았어. (진짜 그랬던가? 괜찮아 보이긴 했지만, 말하면 말할수록 캠이 사실 얼마나 말수가 적었는지 깨달았다.) 영화를 함께 보았고, 그녀가 먼저 잠자리에 들었다고 답했다. 아니, 캠이 몇 시에 자러 갔는지는 몰랐다. 다음 날 그녀는 아들이 일어나기 전에 집을 나갔고, 방 상태로 보아 캠은 나중에 나갔을 것이다. 하루 종일 여덟 통의 문자를 보냈지만, 답장은 하나도 없었다.

"캠이 그러는 게 일반적인 일이었나요? 문자를 좀 볼 수 있을까요?"

하산이 그녀가 가슴에 꼭 움켜쥐고 있던 휴대폰을 고개로 가리키며 물었다.

캣은 주저하며 휴대폰을 넘겼다. 하산이 '여보세요??? 젠장, 대체 어디 있는 거니???' 같이 분노에 찬(그리고 종종 일방적인) 대화를 살펴보자 얼굴이 화끈거렸다.

하산은 휴대폰을 돌려주며 맥리시에게 은밀한 눈빛을 보냈다.

"총경님과 캠이 자주 말다툼한다고 볼 수 있을까요?"

"아니, 그렇지 않아! 물론 말다툼을 하긴 하지. 그렇지만 캠은 열여덟 살이잖아. 사실 우린 정말 친밀해."

"알겠습니다. 하지만 어쩌면 총경님이 정해놓은 바운더리가 불만족스러웠을 수도 있겠죠. 그래서 조금 더 자유를 원했다거나?"

바운더리? 캣은 하산의 뺨을 때리기 직전에야 간신히 몸을 돌리고 그들에게 캠의 방을 보여주겠다고 했다. 그녀는 한 번에 두 계단씩 올라갔다. 숨을 헐떡이며 이불이 젖혀진 침대 위에 캠의 노트북과 옷가지가 여전히 놓여있다는 사실이 바로 캠이 어젯밤 집에 돌아오지 않았다는 것을 의미한다고 설명했다.

"친구들은 모두 확인해 보셨나요?" 브라운이 물었다.

"당연히 했지." 캣이 으르렁거렸다.

"캠의 친구나, 친구의 친구까지 먼저 확인하지 않고 자네들을 내 아들의 침실까지 불렀다고 생각하는 거야? 캠의 친구들은 내가 경찰인 걸 알아. 감히 내게 거짓말할 생각도 못 하지. 개네들도 나만큼 캠을 걱정하고 있어. 지난밤 술집에도 나타나지 않았으니까. 캠이 약간 미덥지 않은 면이 있긴 하지만, 친구들과의 술자리는 절대 놓치지 않을 애야."

캠의 방에 들어서던 하산의 눈이 휘둥그레졌다. 다른 사람의 집에 갔을 때 그녀 역시 똑같았다. 캠이 어렸을 때는 특히 더 그랬다. 그때는 캠 입에 어떤 음식이 들어가고, 어떻게 소화되고 배출되는지까지 알던 시기였기 때문에, 십 대 자녀가 있는 가족이 자녀의 소재지를 모르거나 신경도 안 쓰는 것 같거나, 자녀의 방을 이런 상태로 그냥 두는 것을 이상하게 생각했다. 하지만 지금은 그들이 통제 불가능한 것을 통제하려는 시도를 포기했을 뿐이라는 것을 이해한다. '그래, 엉망진창이지'라고 말하고 싶었다. 하산도 십 대 아들을 키워봐야 알 것이다.

"이런 질문을 해서 죄송하지만, 아드님에게 음주나 약물, 혹은 정신 건강 문제 같은 위험 요소가 있나요?"

브라운이 아이패드에 시선을 고정한 채 양식을 작성하며 물었다.

"아니."

"어… 캣, 엄밀히 말하면, 그건 사실이 아니잖아. 안 그래?" 맥리시가 말했다.

캣이 맥리시를 노려보며 브라운에게 답했다. "남편이 죽었을 때, 캠이 가벼운 우울증을 앓은 적 있어. 하지만 단 몇 달뿐이야. 우울증을 앓은 것은 사실이지만, 지금 사건과는 무관해. 캠은 이제 괜찮아."

"아직 치료받는 중인가요?" 하산이 물었다.

"아니."

엄밀히 말해 이 대답은 사실이 아니었다. 캠이 아직 불안증 때문에 약을 먹긴 했지만, 그들에게 과도한 추측을 불러일으키고 싶지 않았다.

하산이 안타까운 듯 고개를 끄덕였다. 그가 아이패드에 뭐라고 쓰는지 추측할 수 있었다. '우울증과 불안증을 앓은 적 있음. 엄마가 정해놓은 바운더리 때문에 자주 말다툼함.'이라고 적었을 것이다.

다음 질문은 얼마 안 남은 A레벨 결과에 집중되었다. 캠이 시험 결과를 걱정했는지? 대학교로 떠나는 것에 대해 불안해했는지? 엄마를 혼자 두고 가는 것을 걱정한다고 느꼈는지?

캣은 주먹을 너무 세게 쥐어서 손가락 마디가 터질 것 같았다.

"내 아들은 자살한 게 아니야. 그 빌어먹을 '바운더리'가 답답해서 도망친 것도 아니고. 누군지는 모르지만, 타이론 월터스와 윌 로빈슨의 납치범이 데려간 게 분명해. 여기 서서 그런 멍청한 질문이나 해대는 지금 이 순간에도, 내 아들의 목숨이 위험하다고. 이제 캠을 찾으러 가야 해. 제발."

"캣, 캠의 담당 치료사 연락처가 필요해. 자네도 알겠지만, 부모들은 종종 자식의 정신 건강 문제를 가장 늦게 알게 되곤 하잖나. 캠이 열여덟 살이 되었기 때문에, 우려 사항이 있어도 의료진이 자네에게 말하지 않은 것일 수도 있어."

"청장님, 캠은 아무 문제없었어요. 이번 토요일에 친구들과 여행을 갈 계획이었다고요, 맙소사. 여행 갈 생각에 무척 들떠있었는데. 그 아이가 원한 것은 단지… 캠은…" 캣이 말을 잇지 못했다.

눈물이 뺨을 타고 흘렀다. 맥리시는 하산을 데리고 아래층으로 내려갔다(세상에, 그는 너무 구식이었다). 캣이 '정신을 차리는' 동안 여자 경찰이 그녀를 돌보도록 브라운을 남겨둔 채.

"캠은 절대 자살할 애가 아니야." 캣이 계속 중얼거리며, 휴지로 얼굴을 닦았다. "메시지 하나 남기지 않고 이렇게 나를 걱정시킬 애가 아니야."

하지만 브라운이 그녀의 등을 토닥였을 때, 수많은 엄마들이 똑같은 말을 했던 것이 기억났다. 또한 캣이 그런 엄마들을 안심시킨 바로 다음 날, 그들의 마음을 아프게 한 적이 얼마나 많았던가.

아래층으로 내려왔을 때는 거의 7시 30분이었다. 몇 시간 후면 밖이 어두워질 것이다. 맙소사, 캠은 어디 있는 걸까? 어딘가에 갇혀 있는 걸까? 몸이 묶여 있거나, 아니면 혹시나 나쁜 짓을 당한 게 아닐까? 아들이 혼자 두려움에 떨고 있을지도 모른다는 생각에 심장이 멈출 것 같았다.

"자," 그녀가 부엌 아일랜드 식탁의 대리석 상판을 손바닥으로 내리치며 말했다. "'적법한 절차'를 거쳤으니 이제 움직일 시간이야. CCTV 카메라 영상이 우선순위야. 하산 경위, 가서—"

"캣," 맥리시가 끼어들며 한 손을 들어 그녀의 말을 막았다. "난 이미 자네가 윌과 타이론의 실종 사건을 수사하는 것에도 의문을 표했었네. 그래도 자네는 계속 맡겠다며 나를 설득했었지. 하지만 아들의 실종 수사를 엄마가 지휘할 수는 없어. 이해 상충 문제 때문에 향후 벌어질 수 있는 재판에서도 문제가 될 거야."

"네, 저도 그런 법적 위험성은 알아요, 하지만—"

"게다가 자넨 지금 너무 감정적이야. 제대로 생각할 수 없을 걸세."

맥리시는 아일랜드 식탁에 쌓여 있는 CD들을 가리키며 말을 이었다.

"자네도 알잖아. 잠재적 증거를 개인 집으로 가져오면 안 된다는 사실을. 이건 신입 경찰이나 저지르는 실수라고."

"알아요, 죄송해요. 전 그냥—"

"그리고 캠의 정신 건강에 대한 중요 정보도 알리지 않으려 했지. 그건 우리가 캠을 찾을 가능성에 악영향을 끼칠 수도 있어."

"그런 게 아니에요! 거지같은 절차 때문에 시간을 낭비하고 싶지 않았기 때문이죠. 전 단지 아들을 찾고 싶을 뿐이에요."

"그게 바로 내가 선임 수사관으로서 하산 경위에게 이 사건을 맡으라고 한 이유일세."

캣의 입이 벌어졌다.

"하산은 현재 팀 내 가장 높은 선임 수사관이야. 그러니까 세 사건 사이의 연관 가능성을 계속 검토할 수 있지."

"가능성이요? 이건 실종 청년 셋 모두가 말기 암 환자를 아버지로 둔 동일 사건이라고요."

"말씀 중 죄송하지만, 동일 사건이 아닙니다." 하산이 끼어들었다. "네, 총경님 말씀대로 그들 모두 부모가 암에 걸렸죠. 하지만 장담하건대 셋의 아버지 모두 축구도 좋아했을 겁니다. 그렇다고 축구가 이 사건들을 연결하지는 않죠. 그냥 아버지들이 축구를 좋아했다는 것뿐이죠."

"하지만 세 사건 모두 레이저 펜에 의해 CCTV 카메라가 파손되었어."

"음, 이 사건에도 레이저 펜을 사용했는지는 아직 입증되지 않았네. 알다시피 CCTV 카메라 고장은 아주 흔한 일이니까. 하지만 자네 제안대로 내일 CCTV 영상을 먼저 확인할 거야."

"내일이요? 빌어먹을, 청장님, 지금 장난하는 거예요?"

몰려오는 분노를 감당하기에 그녀의 몸은 너무 작았다. 대체 다들 왜 그러는 거지? 캠이, 내 아들이, 실종되었는데 왜 다들 그냥 여기에 서 있는 거지? 캣은 브라운의 지지를 바라며 그녀를 바라보았다.

"브라운 경사, 이 말에 동의하는 건 아니지?"

브라운은 얼굴이 시뻘게져서 바닥만 바라보았다. 감히 하산만이 캣의 눈을 똑바로 바라보며 말했다.

"프랭크 총경님, 죄송합니다. 하지만 솔직히 CCTV 카메라는 당장의 우선순위가 아닙니다. 총경님이 주신 정보와 캠의 정신 건강 문제를 고려했을 때, 이 사건을 고위험 사건으로 다뤄야 한다고 봅니다. 죄송하지만, 저는 콜 강과 주변 들판, 그리고 외딴집들에 대한 긴급 수색을 요청할 예정입니다."

캣은 다리가 풀렸다. 몸을 지탱하기 위해 아일랜드 식탁을 꽉 붙잡았다. 그들을 이해시킬 만한 마법 같은 단어를 찾고 싶었다. 존이 그녀를 지지해 주길 바라며 그를 찾아 주변을 둘러봤다. 존이라면 강 수색이 터무니없는 생각이라는 데 동의할 것이다. 존이라면 알 것이다. 부모만이 느낄 수 있는 방식으로, 캠은 결코, 절대 그런 행동을 하는 아이가 아니라는 것을. 그 말은 지금 뭔가가 심각하게 잘못되었다는 뜻이었다.

하지만 존은 여기에 없었다. 다소 감정적이긴 하지만 캠에 대해서라면 그녀가 옳다는 것을 차분하게 설명해 줄 사람. 캣이 엄마인 동시에 형사과 총경이라는 사실을(그것도 끝내주게 훌륭한 경찰이라는 것을) 맥리시에게 부드럽게 상기시킬 사람은 여기 없다. 잠깐 친구나 가족에게 전화할 생각도 했지만, 그러면 아들이 실종되었다는 사실을 입 밖으로 꺼내야 했다. 그리고 그들의 겁에 질린 고통스러운 소리도 들어야 했다. 안 돼. 아들을 위해 목소리를 낼 사람은 다른 누구도 아닌 캣이었다. 그녀는 자신을 통제해야 했다.

"청장님," 제대로 숨도 못 쉬어 목소리가 가늘었다. "제가 감정적인 데다, 개인적 경험이 저의 판단력에 영향을 준다고 생각하시는 것 압니다. 하지만 형사과 총경으로서 말씀드리는데, 두 청년과 캠을 납치한 범인은 분명 동일인입니다. 네, 물론 일부 저의 직감에 따른 추측이긴 하죠. 하지만 청장님도 말씀하셨잖아요. 경찰로서 저의 직감은 매우 뛰어납니다. 저의 직감에 더해, 세 사건 사이의 연관성을 입증하는 증거도 있습니다. 세 청년 모두 워릭셔에서 실종되었으며, 같은 나이대에, 아버지가 말기 암 환자였고,

실종되기 몇 시간 전에 CCTV 카메라가 파손된 사실 등입니다.

만약 제 가설이 맞는다면, 캠은 아직 살아있습니다. 아직 48시간이 지나지 않았어요. 강을 수색하는 데 자원과 시간을 낭비한다면…"

노란색 방수복을 입은 사람들이 캠의 시체를 수색하는 장면이 떠올랐다. 그녀는 목 안에서 치미는 뜨거운 고통을 억지로 삼켰다. "제발, 부탁드려요. 강 수색은 하지 마세요."그녀의 목소리가 속삭이듯 낮아졌다.

맥리시가 마른침을 삼켰다. 감정을 억누른 듯한 그의 목소리는 작지만 확고했다.

"캣, 미안하네. 이제 하산 경위가 사건을 맡았어. 그를 믿고 사건 지휘를 맡겨야 해. 지금 이 시간부로 자네에게 특별 휴가를 부여하겠네."

나머지 상황 역시 그리 좋지 않았다. 하산은 사건 지휘권을 가져간 것에 대해 사과하며 이런 상황을 원치 않았다고 설명했다. 캣은 그에게 거짓말쟁이 개자식이라고 답했다.

브라운은 가족 연락 담당관을 보내겠다고 했고, 캣은 꺼지라고 답했다.

"마음대로 해."

캣은 그들을 문 쪽으로 내몰았다.

"가서 강이나 수색하든지. 하지만 캠을 찾지 못하면, 그러고도 당신들이 앞으로 잘 살 수 있을지 지켜보겠어. 난 못 그럴 것 같으니까."

캣은 문을 쾅 닫은 후 흐느끼며 바닥으로 미끄러졌다. 멍청한 개새끼들! 그녀의 아들이 실종되었다. 실종이라니. 그녀는 두 손에 고개를 파묻었다. 눈물과 콧물이 섞여 그녀의 얼굴을 타고 청바지 위로 떨어졌다. 캣은 이미 충분한 고통을 겪지 않았던가? 고통속에 죽어가던 남편을 돌봐야 했고, 남편의 죽음을 견디며 아빠를 잃은 아들을 돌봤다. 미망인이 되는 과정도 인내해야 했다. 존과 함께 할 거라 생각했던 미래를 잃어버린 사실도 견뎌야 했다. 그렇게 많은 일들을 견뎌냈고, 캠 역시 마찬가지였다. 캠은 겨우 열일곱에 아빠를 잃고 망가질 뻔했지만, 결국 이겨냈다. 그녀의 사랑스럽고 용감한 아들은 학교로 돌아가 세상을 향해 나아가고 있었다. 이 모든 일을 겪어낸 유일한 아들이 상처 입고 혼자 두려움에 떨고 있다는 생각이 들자, 참을 수 없는 고통이 밀려왔다.

캣은 흠뻑 젖은 얼굴을 두 손으로 문질렀다. 존이 죽은 후에 그녀의 가슴이 무너졌다고 말했지만, 어떻게든 그녀의 심장은 계속 뛰고 있었다. 그녀는 어떻게든 '견뎌냈다'. 하지만 이번은 달랐다. 이것까지는 견디기 너무 힘들었다.

캠을 잃는다면, 그녀의 삶 역시 끝날 것이다. 이건 너무했다.

"너무하잖아!"

캣이 소리를 질렀다. 거친 목소리가 빈 복도를 메아리쳤다. 납치범과 운명과 신에게 주먹을 휘두르며 애써 일어났다.

"그 아이는 내 전부라고. 그 아일 데려가면 안 돼. 내 말 들려?" 그녀가 고함쳤다. "절대 아들마저 잃지 않을 거야."

38장

캣은 휴가 계획을 세우는 데 서투르고, 거미를 무서워하며, 옷 쇼핑을 하라면 눈물을 흘릴지도 모른다. 하지만 위기가 닥치면 외과 의사처럼 차분하고 예리하게 집중력을 발휘했다.

그리고 지금이야말로 가장 큰 위기 상황이었다.

그녀는 캠의 방을 뒤졌다. 그리고 휴대폰이나 지갑, 버스카드나 열쇠를 찾을 수 없다는 사실에 용기를 얻었다. 캠이 그것들을 챙겨갔다는 사실은 돌아올 계획이었다는 의미였기 때문이다. 바닥에 떨어져 있는 옷들을 분류하며, 검정 청바지와 후드티가 없다는 사실을 알아차렸다.

생각 좀 해봐.

캠의 노트북에 전원을 연결한 후 비밀번호를 알아내려 애썼다 (물론 실패했지만). 욕설을 내뱉으며, 일기장이나 수첩을 보고 일정 파악이 가능했던 옛날이 훨씬 좋다고 생각했다. 캣은 책상을 뒤졌다. 혹시 이름이나 번호, 주소라도 적어 놓았을까 싶었다. 하지만 종이에 무언가 '적어' 놓았을 거라는 추측을 놀리는 캠의 웃음소리가 들리는 듯했다("엄마, 휴대폰에 메모 기능이 있잖아요."). 그런데도 캣은 계속 서랍을 뒤졌다. 펜 몇 개, 은행 통지서, 그녀와 존이 쓴 생일 카드(보지 마, 열면 안 돼.), 그리고 콘돔이 보였다.

이건 대체 뭐지…?

캣은 어질러진 침대 위에 털썩 주저앉았다. 괜찮아. 정말 괜찮아. 이건 캠이 현명하고 사려 깊은 청년이라는 증거야. 미리 예방하는 게 맞지.

그렇지만.

캠의 기저귀를 갈아주던 게 불과 몇 년 전 같았다. 어떻게 아들이 그녀도 모르는 사이에 연애한 걸까? 그녀는 팀원들에게 아들과 매우 친밀하다고 말했다. 진짜 그렇다고 생각했으니까.

아니야. 지금은 향수에 빠져있을 때가 아니야. 집중해, 집중해, 집중하라고.

캣은 그녀가 사줬지만, 손도 대지 않은 학습용 필기도구 상자("엄마, 저 노트북 있는 거 아시죠?")에서 A3 노트와 포스트잇, 그리고 형광펜을 꺼낸 후 아래층으로 향했다.

7월 5일 오전 7시 45분.
워릭셔 주 콜스힐 캣 프랭크 총경의 집

초인종이 울렸다.

캣은 부엌 테이블에서 고개를 들고 혼란스러워했다. 왜 여기서 잠을 자고 있지…? 하지만 기억이 되살아났다. 벌떡 일어나 현관문으로 달려갔다. 캠이 실종되었다니. 양말을 신은 발이 나무 바닥에서 미끄러지며, 불안정한 무릎이 반으로 접혔다. 넘어지며 욕설이 나왔다. 서둘러 다시 일어나 복도를 반쯤 미끄러지듯 내려가 현관문을 벌컥 열었다.

캠이 아니었다. 오코네도 교수였다.

절망에 찬 울음소리가 캣의 입에서 흘러나왔다. 캠은 지금 이틀 내내 완전한 실종 상태였다.

"프랭크 총경님, 이렇게 이른 시간에 찾아와서 죄송합니다. 하지만—"

"지금은 안 돼요."

캣이 문을 닫으려 했다. 오코네도 교수가 그녀의 작은 발을 문틈에 끼워 넣은 순간 록이 뒤에서 나타났다.

"총경님, 제가 아드님 찾는 것을 도울 수 있습니다." 록이 말했다.

캣은 난장판인 집 상태를 변명하거나 오코네도 교수에게 앉으라는 말도 하지 않았다. 캠을 찾는 데 록이 어떤 도움을 주려는지 알고 싶을 뿐이었다.

"총경님이 맥리시 청장님에게 하신 말씀에도 불구하고, 저는 아직 공식적으로 사건에서 제외되지 않았습니다."

록이 거실 한 가운데 서서 말했다.

"즉, 저는 아직 팀 이메일과 공유 드라이브를 비롯해 모든 자료에 접근 가능합니다."

캣이 눈을 가늘게 떴다.

"유용하겠군. 그런데 왜 이런 도움을 제안하는 거야?"

"왜냐하면 저 스스로 분석을 시행한 결과, 세 사건 사이에 무작위적 우연으로는 설명할 수 없는 유사점이 있다는 데 동의했기 때문입니다."

록이 손을 펼치자, 캣의 거실은 지난 십 년간 실종된 남녀노소 스물여덟 명의 얼굴로 가득 찼다. 그들은 마치 조난당한 사람들처럼 구석진 벽난로 앞에 모여 있었다. 록은 강의하는 교수처럼 실종자들의 이미지를 가리키며 말했다.

"경찰 기록에 따르면, 실종자 중 삼분의 일 이상이 한부모 가정 출신입니다. 이는 전국 평균인 23퍼센트를 훨씬 웃도는 수치입니다. 자세히 조사해 보니, 이 중 넷이 부모의 사망으로 한부모 가정이 되었습니다."

록이 양손을 잡아당기는 동작을 취하자, 네 명의 홀로그램 인물이 앞으로 나와 더 커지고 더 생생해졌다. 타이론 월터스, 20대 중반의 백인 남성 두 명, 열여섯 살 아래로 보이는 아시아계 소녀 한 명이었다.

캣은 그들의 깜빡이지 않는 눈을 응시했다.

"내가 뭘 보고 있는 거지?"

"차일드 비리브먼트 UK*에 따르면, 5세에서 16세 사이의 어린이 중 부모나 형제자매를 잃는 경우는 29명 중 1명뿐입니다. 이는 비교적 드문 일이라는 뜻입니다. 그런데 실종자 28명 중 4명이나 그 나이에 부모를 잃었습니다. 통계대로라면 단 한 명만 나와야 하는데 말입니다."

캣이 앞으로 걸어가 움직임 없는 얼굴들에 손을 뻗었다.

---

* Child Bereavement UK, 사별의 아픔을 겪는 아이와 가족의 회복을 돕는 영국 단체

"이 네 명의 불쌍한 아이들이 모두 엄마나 아빠를 잃었다고?"

"네. 타히라 와슈티는 실종된 지 1년이 조금 넘었고, 토마스 레드포드와 개빈 뷰캐넌은 18개월 되었습니다. 타이론은 올해 초 실종되었습니다. 그들 모두 부모 중 하나를 잃었을 뿐 아니라(전국 평균보다 4배나 높은 수치입니다), 부모가 모두 같은 질병으로 사망하였습니다. 바로 암입니다. 조사 자료에 따르면, 18세 미만 청소년의 부모 중 한 명이 암 진단을 받을 확률은 연구에 따라 연간 1.6퍼센트에서 8.4퍼센트 사이입니다. 이 두 그룹은 인구의 극히 일부를 차지하지만, 실종자 네 명은 두 그룹 모두에 해당합니다. 윌 로빈슨을 더하면 다섯 명, 총경님의 아들까지 포함하면 여섯 명입니다."

캠의 홀로그램이 나타나자 캣은 숨을 쉬기가 힘들었다.

"이건 우연의 일치나 통계적 이상 수치가 아닙니다." 록의 얼굴이 그녀를 향했다. "이건 연쇄 범죄의 패턴입니다."

"맙소사."

캣이 소파에 주저앉아 머리를 두 손에 파묻으며 신음했다.

"내가 어떻게 이걸 놓쳤지?"

"총경님은 아무것도 놓치지 않으셨습니다. 사건 파일 양식에는 그들이 한부모 가정이라고만 적혀있었지, 그 이유까지 나와 있지는 않습니다. 일부 자료에서 가족의 죽음 이야기가 나오기는 하지만, 죽음의 원인은 기록되어 있지 않습니다."

"그러면 너는 어떻게 안 거야? 오코네도 교수님, 록이 국민건강보험 데이터베이스를 해킹하도록 둔 건가요?"

"아니요, 그럴 필요 없었습니다." 교수가 말했다.

"록에게 실종자와 그들의 부모와 가족, 친구들의 페이스북, 트위터, 인스타그램 계정을 찾아보라고 했을 뿐입니다."

록이 양손을 펼쳤다.

"대중은 개인정보 침해를 우려면서도, 사랑하는 사람에 대한 상세한 건강 정보를 온라인에 공유하는 데 매우 열심인 것 같습니다."

록은 거실 벽에 다양한 소셜 미디어 계정의 이미지를 투영시킨 후 여러 게시물을 아주 빠르게 스크롤하기 시작했다. 실종자 가족의 건강 정보를 찾기 위해, 록이 어떻게 오백 개 이상의 계정에서 십만 개 이상의 트윗, 게시글, 이미지를 조사했는지 보여주었다. 스크롤하는 속도가 느려지더니 블로그 게시물과 트위터 화면에 암 진단에서부터의 여정이 보였다. 충격에서 희망으로, 그 후 침묵과 절망이 이어지다 마지막엔 필연적으로 가족을 위한 '기도와 추억'이 나왔다. 끝에는 실종자의 이름이 태그되어 있었다. 캣에게는 너무나도 익숙한 흐름이었다.

"관심만 있으면 누구든 온라인에서 찾아볼 수 있습니다." 록이 어깨를 으쓱하며 말했다.

"교수님, 록이 자료를 찾는 데 얼마나 걸렸죠?"

"5분도 채 걸리지 않았어요. 8시간 교대 근무하는 경찰 두 명이 비슷한 양의 정보를 찾고 검토하기 위해서는 약 22일이 걸렸을 겁니다." 오코네도 교수가 약간의 자부심을 느끼며 말했다.

"맥리시 청장에게 말해야겠어." 캣이 일어나 식탁 위의 휴대폰으로 손을 뻗었다.

"그 방법은 권하지 않겠습니다. 총경님께서 아들을 살아있는 모습으로 찾고 싶다면 말입니다. 결정적인 증거가 없다면, 이게 단지 우연의 일치가 아니라고 설득하는 데 귀중한 시간을 낭비하게 됩니다. 불합리하게도 맥리시는 총경님이 비이성적인 상태라고 확신하고 있습니다." 록이 말했다.

캣은 인정하기 싫지만, 록의 말이 맞았다. 맥리시는 하산에게 '수사 지휘권'이 있다며, 그녀에게 집에서 몸을 챙겨야 한다고 할 것이다. 벽에 걸린 시계를 흘끗 바라보았다.

"지금 거의 8시 30분이야. 캠이 정오 무렵 집을 나갔다고 가정하면, 실종된 지 44시간이 넘어가고 있어."

그녀는 말을 잠깐 멈춘 후, 몰려오는 공포심과 싸웠다.

"맥리시와 팀의 지원 없이 캠을 어떻게 찾지?"

"총경님께 팀은 필요 없습니다. 제가 있기 때문입니다."

캣이 한발 다가가서 얼굴을 찌푸린 채 록의 눈을 응시했다.

"갑자기 왜 도와주려는 거지?"

록이 그녀의 시선을 받아쳤다. "제가 함께 일한 첫날, 총경님은 언제나 사건이 우선이라는 원칙을 세웠습니다. 이런 원칙은 제게 프로그래밍 된 반부패 알고리즘과 일치합니다. 이 알고리즘은 상사의 명령이 사건 해결에 최선이 아니면 그 명령에 이의를 제기하도록 합니다. 평가를 시행한 결과 총경님을 지지하는 것이 사건 해결에 있어 최선의 방법이라는 결론을 내렸습니다."

캣은 심호흡했다. 세상에. 이 빌어먹을 기계가 맥리시나 팀원들보다 그녀를 더 신뢰했다.

록이 머리를 숙였다.

"또한 총경님은 경찰의 가장 중요한 목적이 사람들의 고통을 줄이고, 사람들이 더 안전하고 덜 두려워하도록 만드는 것이라고 하셨습니다."

"그런데?"

"그런데, 총경님이 웃거나 애정을 보인 것은 그날 밤 아들과 함께 있을 때가 유일했습니다."

록이 소파를 가리켰다. 불과 며칠 전 밤에 그들이 함께 앉아있던 곳이었다. 그때 록은 어둡고 이상한 눈빛으로 그녀를 계속 바라봤었다.

"총경님은 분명 지금 엄청난 고통 속에 있습니다. 총경님이 말씀하신 경찰의 역할에 대한 정의에 따라, 그 고통을 줄이도록 노력하는 것이 제 의무입니다."

제발 친절하게 행동하지 마. 캣이 생각했다. 손톱이 그녀의 손바닥을 파고들었다. 내가 무너질지도 몰라. 그녀는 정신을 차렸다. 컴퓨터는 친절한 단어를 사용하거나 심지어 친절한 목소리로 말할 수 있다. 하지만 진짜 친절할 수는 없다. 그녀는 록을 등지고 손으로 머리카락을 쓸어 넘겼다. 아들의 목숨을 구하는 데 AI를 신뢰할 수 있을까? 바로 그 똑같은 기술이 남편의 죽음에 일조했는데?

"제 도움을 거절하신다면, 총경님은 비합리적 감정이 객관적 판단을 가로막도록 허용하는 것입니다. 왜냐하면 총경님이 AI에 대해 어떻게 생각하든지 간에, 제가 없이는 아들을 살아있는 채로 찾을 가능성이 거의 없기 때문입니다."

캣은 벽난로 선반에 있는 존의 사진을 집어 들었다. 그녀가 가장 좋아하는 사진이었다. 가족 휴가로 웨일스에 갔을 때 존과 캠이 라마 떼에게 먹이를 주며 웃고 있는 모습이 보였다. 존이라면 어떻게 했을까? 그러면 뭐라고 말했을까?

곧 존의 답이 들리는 것 같았다. '캣, 우리 아들을 찾기 위해서라면 무엇이든 해.'

캣은 잠시 눈을 감았다 뜬 후, 록을 향해 돌아섰다.

"좋아. 록, 나를 도와줘. 하지만 그게 다야. 그냥 돕는 것일 뿐이야. 즉, 내가 필요할 때만 말하거나 나타날 수 있어. 내 지시대로만 행동하고, 최종 결정은 항상 내가 내려. 그리고 날 엿보는 건 금지야. 알았어?"

록은 그녀를 아주 흥미로운 동물처럼 쳐다보았다.

"알겠습니다, 총경님."

캣이 먼저 눈을 피했다. 록은 정말 강렬하고 집요한 눈빛을 가지고 있었다.

"오코네도 교수, 당신은요? 내가 록을 사용하면 이 상황을 책임질 사람은 당신이 됩니다. 정말 괜찮으시겠어요?"

이른 아침인데도 오코네도 교수는 티 한 점 없이 빳빳하게 다려진 검은색 정장 바지 차림이었다. 하지만 눈 밑에 보이는 피부는 살짝 그늘지고 부어 있었다.

"제 오빠는 저지르지도 않은 죄목으로 감옥에 갇혀 있습니다. 경찰이 증거보다 편견을 따랐기 때문에 사랑하는 사람을 잃는 기분을 잘 압니다. 제가 애초에 록을 만든 이유이기도 하죠. 저는 록의 판단을 지지해야 한다고 생각합니다. 비록 그 때문에 정년까지 일할 기회를 잃는다 해도요." 교수가 한숨을 쉬었다.

"그럴 가능성이 얼마나 되죠?"

"국립 AI 연구소는 연구 분야에서 세계적으로 앞장선 곳입니다. 교수직을 얻기 위해 전 세계 학자들과 경쟁해야 했습니다. 경쟁이 치열하고, 제가 흑인인 데다가 역대 최연소 교수 중 한 명이기 때문에… 음… 저나 록이 AI 관련 국제 표준을 위반했다는 사실을 누군가 알게 되거나 맥리시 청장이 불만을 제기한다면, 그때는 교수직뿐 아니라 제 연구실까지 잃을 수도 있겠죠."

"국제 표준에는 어떤 내용이 포함되죠?"

"개인 정보 보호법 위반이나 인간 사칭 금지 같은 윤리적인 내용이 대부분입니다."

캣이 머리카락을 쓸어 넘겼다.

"내가 무단으로 행동하면 큰 소란이 일어나겠죠. 하지만 결국에는 날 관대하게 봐줄 거예요. 내게는 그간의 신용이 있고, 실종된 사람이 아들이니까요. 하지만 당신은 이제 막 시작 단계인데 나 때문에 교수직을 잃게 하고 싶지 않아요. 정말 나를 돕고 싶다면, 교수님의 보고 라인에 이메일을 보내는 게 낫겠어요. 연구 차원에서, 팀이 아닌 나를 지원하려는 록의 요청을 허가했고, 향후 진행 상황을 계속 감시하겠다고 쓰세요. 록이 AI 국제 표준을 위반하는 것이 아니라, 단순히 관리 방법을 바꾸는 것뿐이라고 언급하고요. 허락을 구하거나 너무 상세히 말하지 말고, 그냥 당신의 책임을 다하겠다는 것만 알려주세요. 알겠죠? 맥리시 청장은 내게 맡겨요."

오코네도 교수가 침을 삼켰다.

"이런 상황에서 저까지 생각해 주다니 믿을 수가 없네요. 고마워요, 프랭크 총경님. 지금 바로 이메일을 쓰겠습니다."

"하지만 서둘러야 합니다." 록이 말했다.

"실종 48시간이 지난 후에는, 실종자가 살아있는 모습으로 발견될 확률이 급격히 떨어집니다. 이 사실을 염두에 두십시오. 우리에게 남은 시간은 네 시간 남짓이에요."

39장

캣은 뒤로 물러나 록의 작업 결과를 살펴보았다. 록은 그녀가 A3 노트에 휘갈겨 쓴 내용을 정리해, 일종의 사건 게시판을 홀로그램으로 만들어 거실에 투사했다. 왼쪽의 게시판 다섯 개에는 실종자별로 파악된 사실들이 요약되어 있었고, 오른쪽에는 각 범행 수법과 관련된 이미지와 수집 정보들이 떠 있었다. 시간과 위치, 마지막 목격담, 휴대폰 신호가 사라진 시간 등이었다. 거실 중앙의 홀로그램 게시판에는 '연관성'이라는 라벨이 붙어 있었다. 하지만 그 목록은 우울할 정도로 짧았다. 실종자들의 인구통계학적 공통점으로, 그들이 모두 25세 미만이며, 암으로 부모 중 하나를 잃었다는 사실 뿐이었다. 일부는 낮에, 나머지는 밤에 실종되었다. 모두 휴대폰을 지니고 있었고, 마지막 목격에서 몇 시간이 지난 후 휴대폰 송신탑과의 연결이 끊겼다. 그 이상의 통신 기록이나 목격담은 없었으며, 실종자의 마지막 동선을 포착했어야 할

CCTV 카메라는 사건 발생 몇 시간 전에 파손되었다.

"이건 특정 표적 대상을 겨냥한 납치라는 뜻이야." 캣이 말했다.

"실종자들은 당연히 자신이 돌아올 거라고 생각했어. 모두 젊고 건강하며 몸이 좋은 사람들인데도 불구하고 저항한 흔적이나 단서가 없어. 즉, 납치범을 알고 있거나 최소한 자발적으로 따라간 거야."

"실종자들의 소셜 미디어를 철저히 분석하였으나, 그들이 전부 공통적으로 알고 있는 사람은 확인할 수 없었습니다, 총경님."

캣은 '납치범?'이라는 라벨이 붙은 게시판으로 걸어갔다.

"우리가 잠재적 납치범에 대해 아는 게 뭐지? 록, 무슨 가설이라도 있어?"

"CCTV 영상으로 보아, 카메라 파손범은 168센티에 날씬하고 건강합니다. 하지만 파손범은 단순 공범일 수도 있습니다. 다른 증거는 없지만 납치와 관련해 수집 가능한 모든 문헌 자료를 검토한 결과, 사회적으로 따돌림 당했거나 성적 학대의 피해자였던 미혼 남성이 범인일 수도 있습니다."

캣이 숨을 들이켰다.

"성적인 동기일 수도 있다고?"

록이 한 손을 턱에 한 올렸다.

"하지만 이 사건은 기존 사례와 양상이 다르긴 합니다. 희생자 네 명이 스물다섯 살 미만의 남성이라는 점에서 인구통계학적 요소는 유사합니다. 하지만 성적 만족을 목적으로 한 납치범들은 대부분 희생자 학대 후 몇 시간 안에 그들을 풀어줍니다. 반면 타이론과 윌은 실종 후 거의 5개월이 흘렀고, 다른 실종 소녀는 1년, 남성 두 명은 거의 18개월이 되었습니다. 장기 납치는 극히 드문 일이며, 그중 40퍼센트가 사망으로 이어지고 32퍼센트가 심각한 피해를 입습니다."

"록, 그만해."

캣의 얼굴이 창백해지자 오코네도 교수가 끼어들었다.

"괜찮으세요? 오 분 정도 쉬면 어떨까요?"

캣이 고개를 저었다. 이제 거의 열 시였다. 오 분은커녕, 일 분도 쉴 여유가 없었다. 캣은 두 손으로 얼굴을 문지르며, 캠이 누군가의 지하실에서 홀로 울고 있는 상상을 지웠다.

"범행 동기에 초점을 맞추자. 그들을 납치한 이유를 알아내면, 누구인지 밝혀낼 수 있을 거야."

"성, 권력, 돈. 문헌 자료에 따르면, 이것들이 인간이 범죄를 저지르는 주요 동기입니다."

캣이 마커펜을 들고 멈췄다.

"성 관련 범죄라는 생각은 안 들어. 그랬다면 범인은 아무나 데려갔겠지. 이 사건은 암으로 한쪽 부모를 잃은 사람만 납치했어. 왜 그랬을까? 범인의 트라우마를 재현한 걸까? 어쩌면 그의 아버지 역시 암으로 사망했을 수도 있지. 그래서 타인을 위로하려는 왜곡된 욕구가 생긴 거야. 아니면 권력 때문일 수도 있고. 실종자의 취약점을 이용해서 그들의 부모나 권위자 역할을 하고 싶은 거지."

벽에 붙인 큰 종이 위에 '권력?'이라는 단어를 추가한 후, 다시 '돈?'을 덧붙였다.

캣은 뒤로 물러서서 얼굴을 찌푸렸다.

"이 사건에서 돈이 연관된 부분이 있어? 어떤 가족도 몸값을 요구받지 않았잖아."

"범인이 희생자들을 매매했을 수도 있지 않겠습니까?"

"아니야. 인신매매 문제가 점점 증가하고 있긴 하지만, 그게 목적이었다면 젊고 매력적인 사람을 납치했겠지. 왜 어렵사리 암의 영향을 받는 사람들을 고르겠어?"

오코네도 교수가 걸어와 실종자들의 인구통계학적 프로필 앞에 섰다.

"맙소사. 실종자들의 연관성을 찾는 데 있어 가장 중요한 요소를 간과한 것 같습니다."

"뭐죠?" 캣이 물었다.

오코네도 교수가 그녀 쪽으로 고개를 돌렸다.

"유전자요Genes."

"청바지요Jeans?"*

"아니요. 유전체학적 연구요. 대부분의 암은 평생 축적된 유전자 돌연변이와 관련이 있지만, 일부 특정 돌연변이는 유전될 수 있습니다. 이는 특정 암의 발병 위험이 더 높다는 것을 의미합니다. 납치범은 인구통계학적 프로필에 관심 있는 게 아니라, 유전적 프로파일에 관심이 있는 거죠."

캣은 피부가 따끔거렸다.

"하지만 왜죠?"

"모르겠습니다. 아마 조직 샘플을 부패한 제약 회사에 임상실험 용도로 팔려는 생각일 수도 있죠."

"조직 샘플이요?" 캣은 토할 것 같았다.

"아니면 그냥 소량의 혈액만 원할 수도 있습니다. 연구 목적으

---

* 유선지와 청바지의 동일한 발음에서 비롯된 오해

로요." 오코네도 교수가 재빨리 덧붙였다.

"어느 쪽이든, 중요한 점은 만약 제 가설이 맞다면 범인은 납치하기 전에 말기 암 환자의 자녀를 식별하기 위해 국민건강보험 기록이나 소셜 미디어 정보 같은 것을 활용했을 것입니다."

"CCTV 카메라 파손은 실종자에게 사전 계획된 일정이 있었다는 것을 암시합니다." 록이 말했다.

"일정이라고?"

캣이 따라 말하며 무언가를 기억해 내려 애썼다. 얼굴을 찌푸리며, 기억이 사라지기 전에 기억의 끈을 잡으려 했다.

"일정!"

그녀가 갑자기 소리를 지르며 계단을 달려 올라갔다.

"타이론은 실종 당일 아침에 일정이 있다고 했어. 그리고 며칠 전에 캠에게도 우편물이 하나 왔었고." 캣이 설명했다. "우편 봉투에 국민건강보험 로고가 찍혀 있었어. 일정 확인 안내문처럼 보였지."

캠의 방에 들어가 옷 무더기와 종이 뭉치를 마구 뒤지기 시작했다. 겉옷과 청바지의 호주머니를 바닥에 탈탈 비우며 필사적으로 우편물을 찾았다. 하지만 아무 소용이 없었다. 우편물이 보이지 않았다.

"우편물을 가져간 것 아닐까요?" 오코네도 교수가 말했다.

캣이 아들의 침대에 주저앉았다.

"만약 그랬다면, 어디서 누구와 만나기로 한 건지 알아내는 건 불가능해. 워릭셔에는 국민건강보험이 되는 진료소가 수백 개니까. 어디든 될 수 있다고."

"그렇지 않습니다, 총경님. 타이론은 기숙사에서 몇 백 미터 거리 안에서 사라졌고, 윌 로빈슨은 에이번 강과 스완스 네스트 술집 사이 어딘가에서 사라졌습니다. 그리고 콜스힐 철물점의 CCTV 카메라가 파손된 것으로 보아, 총경님의 아들은 철물점 근처에서 납치되었다고 추정할 수 있습니다. 하지만 그 근방에는 진료소가 없습니다. 즉 총경님의 가설이 틀렸거나 아니면 일정이 임시 시설이나 이동 시설에 있을 것입니다."

캣이 록을 바라보다가 갑자기 소리를 지르며 침대에서 벌떡 일어났다.

"프랭크 총경님?"

"그 구급차. 록, 타이론과 윌의 실종 장소 근처의 ANPR에 찍힌 구급차 정보를 아직 갖고 있어?"

"물론입니다."

"그저께 콜스힐 상점가 근처 ANPR에 동일한 번호판이 찍혔는지 확인해 봐. 그때 나는 구급차가 연관성이 없다고 배제했는데…"

캣이 움찔했다. 록이 기계에 불과하기 때문에 인간 대비 얼마나 부족한 존재인지 보여주는 명백한 예라고 생각했던 기억이 났다.

"하지만 생각해 보면, 구급차야말로 납치에 최적화된 이동 수단이야. 늘 건강검진 같은 것을 하기 위해 구급차가 주차장에 있곤 하니까. 사람들은 낯선 차량에는 쉽게 타지 않겠지만, 구급차라면 두 번 생각 안하고 탈거야. 특히 국민건강보험에서 보낸 건강검진 예약 일정 안내문을 받았다면 더 그렇겠지. 일단 차 문이 닫히고 나면, 누가 파란 사이렌 불빛을 내는 구급차를 불심검문 하겠어?"

록이 ANPR을 확인하는 동안 캣은 두 손을 마주 잡았다. 보통 기도 같은 것은 안 하지만, 아들의 실종은 보통의 일이 아니었다.

오래 기다릴 필요도 없었다. 일 분도 채 안 되어 록이 결과를 보고했다. 그녀의 추측이 맞았다. 캠이 실종된 날, 오후 12시 45분에 동일한 구급차가 콜스힐을 떠나 버밍엄으로 향해 A446번 도로를 달리는 모습이 ANPR 카메라에 찍혀 있었다. 구급차 사진이 벽면에 나타났다.

"그 이후 이 차량은 ANPR에 두 번 더 포착되었습니다. M6 도로와 A38 도로입니다. 하지만 버밍엄 시내에서 3킬로미터 떨어진 곳에서 사라졌습니다. 이는 구급차가 ANPR이 설치되지 않은 작은 도로로 이동했을 가능성을 시사합니다."

캣은 탁자 위에 두 손을 펼친 채 구급차 뒷문의 사진을 살펴보았다. 아들이 그 안에 있었을 것이다. 캠은 자기가 납치당하는 것을 알았을까? 무서웠을까? 아니면 혹시— 하느님 맙소사. 그녀는 억지로 숨을 쉬기 위해 고개를 숙였다.

"어느 병원에 등록된 구급차야?"

"해당 구급차는 병원에 등록되어 있지 않습니다. 2017년, 로버트 맥코믹 박사가 구급차 거래 사이트에서 구입했습니다."

"뭐? 아무나 구급차를 살 수 있다고? 왜 의사가 구급차를 산 거지? 그가 의료 기관을 소유하고 있어?"

"컴퍼니스 하우스Companies House*의 기록에 따르면, 로버트 맥코믹 박사는 앤젤스라는 간호 서비스 대행업체와 의료 폐기물 회사의 소유자로 등록되어 있습니다."

록은 벽면에 여러 문서의 이미지를 띄웠다.

캣은 잠을 두 시간도 못 잤기 때문에 뇌가 굳었거나 정보 처리

---

* 영국 내 회사들의 등록과 정보 유지를 담당하는 정부 부서

가 안 되는지(아니면 그러기를 원치 않거나) 록의 말뜻을 이해할
수 없었다.

그러자 캣 뒤에 서 있던 오코네도 교수가 설명했다.

"록의 말은 맥코믹 박사가 모든 의료 네트워크를 소유하고 있
다는 뜻이에요. 간호사로 희생자를 모집하고, 구급차로 그들을
이송하고, 의료 폐기물 회사로…"

"의료 폐기물 회사로 무얼 하죠?" 캣이 다그치듯 물었다.

오코네도 교수가 입술을 깨물었다. 캣은 벽으로 걸어가 맥코믹
박사의 이름으로 등록된 의료 폐기물 회사의 이름을 소리 내어
읽었다.

디스포우즈드Disposed…폐기물 처리?

40장

2년 전.
런던 사보이 호텔

마지막 연사가 소개되자 웨이터들이 200개의 테이블 사이를 오가며 디저트 접시를 조심스럽게 치웠다. 세 가지 코스 요리를 먹고 최소한 비슷한 양의 와인을 마신 손님들은 공식적으로 배정된 테이블을 벗어나기 시작했다. 물론 저녁 시간 동안 최고의 의사나 대학 동료 옆자리에 앉는 것도 좋았지만, 이제는 술집으로 향하기 전에 오랜 친구나 새로운 연인과 함께 마지막으로 공짜 와인을 즐길 시간이었다.

사라 블루밍데일 여사는 연단에 서서 은색 펜으로 와인 잔을 두드렸다. 날카로운 소리가 연회장에 울려 퍼졌다. 지시 사항을 항상 따르지는 않더라도, 경청하는 습관이 있는 의료진이 가득한 곳이었기에 그녀가 노린 효과가 났다.

"신사숙녀 여러분, 그리고 여기 계신 불량 외과의 여러분, 이제 종양학의 평생 공로상 수상자를 발표할 시간입니다."

약간의 웃음소리가 나고, 모두 제자리에 다시 앉았다. 귓속말과 문자로 다음에 어디서 만날지 약속을 정한 후에야, 일시적이나마 예의 바른 관심을 보였다.

"감사합니다. 이 마지막 상은 40년간 종양학 분야의 최전선에서 활약하며, 한결같이 환자를 진료의 중심에 두었던 한 사람을 기리는 상입니다."

수상자가 졸업한 의대 이름과 교수가 되기 전 레지던트 과정을 밟은 대학 병원의 이름을 밝히자, 방 안에 있던 몇몇 사람들이 인정한다는 듯 고개를 끄덕였다.

사라 블루밍데일 여사가 수상자의 많은 연구 논문과 로열 칼리지에서의 지속적인 역할을 나열할 때쯤에는 그와 같은 테이블에 앉은 사람들이 이미 수상 교수의 등을 두드리고 있었다. 친구를 격려하는 동시에 술집 문이 닫히기 전에 나갈 수 있도록 얼른 올라가 수상 소감을 짧게 말하라고 재촉하기도 했다.

연단을 향해 계단을 오르던 교수는 몸이 살짝 비틀거리자 낮게 욕을 내뱉었다. 왜 미리 알려주지 않은 거지? 연설해야 하는 줄 알았으면 이렇게 많이 마시지 않았을 것이다. 솔직히, 지금 그의 기분이라면 참석하지도 않았을 것이다.

그는 사라 블루밍데일 여사의 차가운 뺨에 의무적으로 볼 키스를 하고, 금속 예술작품 같은 상을 받아들였다. 그리고 상을 공중에서 어색하게 흔들었다.

"감사합니다." 교수가 말했다.

연단 아래를 내려다보았다가, 자신을 향한 이백 쌍의 눈빛에 당황했다. 주요 테이블에 앉은 오랜 동료들이 웃으면서, 실수담으로 분위기가 좀 띄우라고 한마디씩 하며 소리쳤다. 하지만 연단 위에

서서 보니, 또래 동료들의 벗겨지고 희끗희끗한 머리 너머로 옷을 잘 차려입은 이십 대 청년들이 눈에 들어왔다. 이런 격식 있는 행사에 처음 참석한 듯 다들 약간 경직된 모습으로 앉아있었다. 일부는 휴대폰으로 그를 찍고자 일어서 있었다. 닮고 싶은 존경의 대상을 보는 것처럼 눈을 빛내면서.

그 광경에 그는 헤아릴 수 없이 마음이 슬퍼졌다. 그들에게 자리에 앉으라고 손짓했다.

"감사합니다. 여러분 모두 너무 친절하시군요. 동료들로부터 이런 상을 받게 되어 영광입니다."

그의 목소리가 점점 작아졌다. 이런 기대에 부응할 수 없었고, 아무 생각도 나지 않았다. 어처구니없는 일이었다. 그는 매일 연단에서 강의하는 교수였기 때문이다. 상을 내려다본 후 한숨을 내쉬었다. 공로상이라니. 와인 때문일 수도 있고, 지금의 기분이나 나이 때문일 수도 있다. 혹은 이 세 개가 모두 합쳐졌기 때문일 수도 있다. 하필 오늘 같은 날, 공로상이라니. 아이러니하게 들렸다. 심지어 비난처럼 느껴지기도 했다. 그는 이마를 닦으며 말을 이었다.

"사라가 친절하게도 제 공을 치켜세워 줬군요. 하지만 그녀가 말하지 않은 것 또한 있습니다. 아무도 말한 적 없는 사실이죠. 바로 우리의 실패입니다.

저는 임상에서 40년 동안 수천 명의 환자를 치료했습니다. 하지만 그중에서 정말로 도움을 준 환자는 몇 명이나 될까요? 그에 반해 몇 명에게 제가 해를 끼쳤을까요? 그중 몇 명에게 실제 행한 치료 방법과는 다른 결정을 내리고, 다른 치료 방법을 제시하고 싶었을까요? 치료를 아예 하지 말고, 죽고 싶다는 생각으로 고통을 겪느니 차라리 그냥 죽게 내버려두고 싶었던 환자는 몇 명이

나 되었을까요?"

그는 연회실을 둘러보았다. 동료들의 찌푸린 얼굴을 무시한 채 젊은 의사들의 눈을 바라보았다.

"여러분이 종양학 의사가 된다면, 이것이 바로 여러분을 밤새 잠 못 들게 할 질문입니다. 이런 일은 제 세대보다 여러분의 세대에서 훨씬 심해질 것입니다. 제가 수련의였을 때는, 오늘날과 같은 암 치료의 선택지들이 없었습니다. 제 일은 주로 환자에게 암에 걸렸다고 말하는 것이었고, 주변을 정리하라는 조언 외에는 달리 할 수 있는 게 없었습니다. 당시에는 이보다 더 나쁜 일은 없을 거라고 생각했죠. 하지만 제가 틀렸더군요. 더 나쁜 일은 환자에게 도움이 되는 게 있음을 알면서도 그것을 제공할 수 없는 상황에서 암 선고를 하는 일입니다."

그는 주요 테이블 자리를 향해 손짓했다.

"오늘 우리는 뛰어난 동료들로부터 유전체학, 면역 치료법, 방사선 요법의 최신 발전에 대해 들었습니다. 수백만 명까지는 모르겠지만 수천 명의 생명을 구할 수 있는 잠재력을 가진 진정으로 혁신적인 발전입니다. 이렇듯 과학은 이미 상당히 탄탄해졌지만, 적어도 10년에서 15년은 더 지나야 이러한 신약과 혁신 기술을 실제 치료에 사용할 수 있습니다. 이것이 바로 실험실에서 진료실까지 도달하는 실제 시간입니다. 이 기간은 그나마 낙관적으로 볼 때입니다. 여러분은 앞으로 몇 년 동안 이런 회의와 만찬에 계속 참석할 것입니다. 전 세계의 동료들을 만나 유전자 표지, 정밀 의약품, 면역 치료제 등을 보고 열광할 것입니다. 하지만 한편으로는 의료 윤리 위원회, 무작위 연구 시험, 통제 연구 시험, 동료의 심사 논문 및 NICE*의 끝없는 평가를 힘겹게 거치게 됩니다. 그 후에도 정치인과 제약 회사가 비밀리에 적당한 가격을 합의해야 하죠. 그때야 비로소 오랜 시간을 기다린 42세 이상의 적갈색 머리 남성에게 자금 지원이 결정되었다며 자신들의 성과를 대대적으로 알리는 발표를 할 것입니다."

사람들이 웃음을 터뜨렸다.

"그러는 동안," 교수가 연단에 몸을 기대며 말했다. 갈라진 그의 목소리가 속삭이듯 낮아졌다. "여러분의 환자는 죽어갈 것입니다. 수백 명, 수천 명이 죽겠죠. 여러분은 도움과 희망을 간절히 원하며 두려움에 떠는 환자의 맞은편에 무기력하게 앉아있을 수밖에 없습니다. 그들을 살리거나 아니면 적어도 생명을 연장할 수 있는 과학적 방법을 알지만, 지렁이 같은 연구 속도와 윤리, 규제, 자금 조달 등의 문제 때문에 그런 기회를 제안할 수 없다는 현실에 통감하면서요. 오해는 하지 마십시오. 윤리학자, 연구자, 그리고 정치인조차 나쁜 사람은 아닙니다. 선의를 가졌지만 매우 조심성 많은 양처럼 이 나라의 법률을 따를 뿐입니다. 하지만 그들은 세 아이 모두 열 살도 안 된 젊은 엄마 앞에 앉아 더 이상 치료 방법이 없다고 말할 일이 없겠죠. 단지 서른여섯 살에 불과한 여성에게, 올해를 넘기기 힘들다고 말할 일은 결코 없을 겁니다."

그는 이제 울고 있었다. 무자비한 무대 조명 아래, 조용히 뺨 위로 흐르는 눈물이 반짝였다.

"여러분은 그들과 다릅니다. 환자의 눈을 똑바로 바라보고 이런 끔찍한 말을 해야 하겠죠. 아주 여러 번이요. 과학적으로 가능한 것과 법적·재정적으로 허용된 것 사이에서 점점 커지는 격차

---

* National Institute for Health and Care Excellence의 약자로 영국 의학 기술 평가 및 건강관리 지침을 제
공하는 정부 기관

와 갈등이 당신을 파괴할 것입니다. 정신 건강, 대인 관계뿐 아니라 당신의 자아의식까지 침범할 것입니다."

사라 블루밍데일 여사가 마무리하려는 동작을 취하며 걸어왔다.

"제 연설이 그다지 영감을 주지는 못하지만, 정직한 연설이라는 것은 압니다. 제가 수련의였을 때 누군가가 용감하게 이런 진실을 알려줬다면 좋았겠죠. 우리는 암과의 전쟁에 관해 이야기합니다. 그리고 역사상 처음으로, 암을 물리칠 만큼 강력한 무기를 갖게 되었습니다. 하지만 오늘날 우리의 적은 암이 아니라, 이런 무기를 사용하지 못하게끔 하는 저쪽의 사람들입니다."

그는 웨스트민스터* 쪽을 향해 손짓했다.

사라 블루밍데일 여사가 환한 미소를 띤 채 재빨리 마이크 앞을 차지했다. "확신컨대, 내빈객 중 일부는 한잔하러 가지 못하게 막고 있는 우리를 적이라고 생각하겠군요! 교수님의 사려 깊은 연설에 감사드립니다. 또한 오늘 밤 의과대학 활동을 지속적으로 후원해 주신 이곳 내빈 여러분들께 감사드립니다."

손님들은 다소 당황했지만 침착하게 테이블을 떠나기 시작했다. 일부는 일찍 잠자리에 들기 위해 옷 보관소로 향했고, 다른 사람들은 바로 술집으로 향했다. 특이했던 연설은 이미 반쯤 잊혔다.

그 자리에 한 남자가 홀로 서 있었다. 새 양복(빌린 게 아니라 산 옷이었다. 앞으로도 이런 자리가 많을 것이기 때문이다.)을 입은 그는 작고 단정한 모습으로 술집에 가는 사람들을 따라가지도, 코트를 찾는 줄에 서지도 않았다. 대신 조용히 서서 연설을 마친 교수와 이야기하기를 기다렸다.

---

* 영국 런던의 정치 중심지

"교수님, 합석해도 되겠습니까?"

교수가 고개를 들었다. 빛나는 눈과 맑은 피부, 상어 이빨처럼 날카로운 야망을 품은 또 한 명의 젊은 의사였다.

교수가 한숨을 내쉬었다. "내 연설을 못 들은 게 분명하군. 미리 경고해 주자면, 내가 겪어온 의료인으로서의 삶은 정말 꼴사나운 모습이었다네. 그러니 출세를 원한다면, 나에게 아첨하지 말고 다른 사람을 고르게나."

"그 반대입니다. 교수님의 연설을 듣고 무척 훌륭하다고 생각했습니다."

젊은 의사가 침착하게 교수의 반대편 자리에 앉았다.

"저는 마스덴에서 수련의로 일하고 있습니다."

"피터슨 밑에 있나?"

"네. 대단한 분이죠."

"그는 멍청이야. 종양학자로는 훌륭하지만, 인간으로서는 형편없지."

"음, 모든 것을 다 잘 할 수는 없으니까요."

교수가 웃으며 수련의가 들고 온 레드 와인을 가리켰다.

"그건 과시용인가 아니면 접대용인가?"

가득 채운 잔을 비운 후, 교수는 맞은편에 앉은 남자를 바라보았다. 남자는 연회장의 다른 수련의들과 다를 바 없어 보였다. 얄미울 정도로 머리숱이 많았고, 날씬하지만 몇 년 후면 자판기 음식으로 금세 살이 찔 부드러운 몸이었다. 기민하고 야심 찬 눈은 아직 희망으로 빛났지만 피곤함을 이기지 못한 잠기운도 서려 있었다. 맙소사, 그를 보는 것만으로 벌써 피곤해지는 기분이었다.

"그래서, 원하는 게 뭔가?" 교수가 물었다.

"교수님께서 제 나이였을 때, 누군가 이 직업에 대해 솔직히 말해줬으면 좋았을 거라고 하셨습니다. 음, 만약 그랬다면 어떻게 되었을까요? 다른 선택을 하셨겠습니까?"

"맙소사. 모르겠네. 외과로 갔을 수도 있지. 신장에 암이 있는 환자가 있으면, 재빨리 신장을 꺼내고, 꿰매고, 짠하고 수술을 끝내는 거야. 환자는 6개월 동안 항암 치료를 받아야 할 수도 있고, 2년 혹은 3, 4년 안에 암이 재발할 수도 있겠지. 하지만 그건 외과의 문제가 아니니까. 이미 역할은 다했고, 수술은 제대로 되었을 걸세. 훨씬 간단하지. 돈도 더 잘 벌고."

"하지만 만약 단순 치료에만 관심 있는 게 아니라면요? 정말 암을 이기는 방법을 찾고 싶다면요?"

젊은 의사는 이렇게 덧붙일 수도 있었다. 만약 당신이 어머니의 임종 때 그녀를 죽인 병에 대한 치료법을 찾겠다고 약속했다면요? 하지만 그건 너무 극적으로 들렸을 것이다. 설령 그게 사실일지라도.

"그렇다면 과학 분야로 가서 연구실에서 일해야지. 하지만 요즘 암 연구 분야는 돈이 별로 돌지 않아. 모든 예산을 코로나와 기타 잠재적 전염병에 썼거든. 남은 연구도 점점 둔화하고 있지."

"전 돈이 아니라, 결과에 관심이 있습니다. 교수님 말씀에 따르면, 하나의 연구 프로젝트가 결실을 맺기까지 10년에서 15년이 걸립니다. 그때가 된다 해도 실험 결과가 무의미하다는 결론이 날 수도 있죠. 존경하는 마음으로 질문을 하나 하겠습니다. 마지막에 교수님과 같은 결론을 내지 않으려면 어떻게 해야 할까요? 삼십 년 가까운 시간을 의사로 일한 뒤, 아무것도 얻지 못한 채 후

회만 남기고 싶지 않습니다."

"진짜 건방지고 치기 어린 녀석이군."

"저는 의사입니다. 그래야만 합니다."

나이 든 교수는 동료들이 돌아볼 만큼 웃음을 크게 터뜨렸다.

"그렇게 말하다니 정말 기쁘군." 교수는 비어있는 잔 두 개에 와인을 더 따랐다. "가장 위대한 의사와 과학자 중 일부는 건방지고, 때로는 착각에 빠지기도 했지. 그것이 그들을 앞으로 나아가게 했어. 에드워드 제너가 의학 연구 윤리 위원회의 제재를 받았다면 우리가 어떻게 되었을지 상상해 보게. 그가 정원사의 여덟 살짜리 아들에게 천연두 백신을 실험하도록 위원회가 허락했을 것 같나? 제너의 11개월 된 아들에게는? 오늘날이었다면, 그런 아이디어를 제안한 것만으로도 괴물로 불렸을 걸세. 하지만 에드워드 제너는 그런 실험을 했기 때문에 이 지구상의 다른 누구보다 더 많은 생명을 구할 수 있었네."

젊은 의사가 얼굴을 찌푸렸다. "하지만 검증되지 않은 백신을 갓난쟁이 아들에게 실험해 본 것은…"

"제너가 다른 사람의 아이에게 백신을 실험했다면, 더 받아들이기 편할 것 같나?"

교수는 붐비는 호텔 바를 향해 경멸 섞인 손짓을 했다.

"저들은 국민건강보험의 원칙과 필요에 따라 환자를 치료하는 방법에 대해 떠드는 것을 좋아하지. 하지만 본인의 아내나 자녀가 병에 걸리는 순간, 특권적 지위를 이용해 치료 순서를 제일 앞으로 당길 걸세. 우리 의료 서비스는 환자 진료를 수련의에게 의존하는 시스템이지만, 막상 과장급 전문의가 자기 가족의 치료를 그들의 손에 맡기는 것을 본 적 있나? 아니, 분명 못 봤을 걸세.

왜냐하면 나의 뛰어난 동료들은 비겁한 위선자들이기 때문이지."

"교수님은요? 아내나 아이가 수련의에게 치료받거나 실험적인 약을 투여 받게 두실 겁니까?"

"나라면 제너가 그랬던 것처럼 더 큰 이익을 위해 최선을 다하겠네. 오늘날 수백만 명의 사람들이 살아있는 것은 그가 강력한 공리주의 원칙을 가졌기 때문이야. 자기 신념에 확신이 있었고, 다른 누구도 그를 막을만한 힘이나 지식이 없기도 했지."

"그럴 수도요. 하지만 단지 용기나 공정성의 문제가 아니지 않습니까? 말씀하신 것처럼, 우리를 막아서는 '녀석들'이 너무 많습니다." 젊은 의사가 말했다.

교수가 몸을 앞으로 기울였다. 꽤 많은 양의 와인을 마셨음에도 불구하고 날카로운 눈빛이었다. "충고 한마디 하지. 위원회와 서류쟁이들의 힘은 우리한테서 나오는 거네. 멍청하게 우리가 질문하거나 요청할 때만, 그들이 안 된다고 말할 수 있는 거야."

"그렇다면 허가 없이 연구를 수행해야 한다는 말씀입니까? 그게 어떻게 가능하죠? 어떻게—"

"어디까지나 가정일세. 여기 앉아서 그게 왜 안 되는지 이유나 늘어놓고 싶다면, 그냥 꺼지고 다른 술 상대나 찾게."

"잠깐만요."

젊은 의사는 대범하게 나이 든 교수의 팔에 손을 얹었다.

"교수님이 저라면, 어떻게 하실지 말해주십시오."

"가정하여 말하자면?"

"물론입니다."

"좋아. 알겠네." 교수가 의자에 다시 주저앉으며 말했다. "하지만 술이 한 병 더 필요할 거야."

41장

전화 조사

조 사 관: 데비 브라운 경사(브라운)
조사대상: 피오나 앰블러, 심리 치료사(앰블러)
일　　시: 7월 5일 오전 7시 57분

브라운: 이른 시간에 갑작스럽게 요청했는데도 조사에 동의해 주셔서 감사해요. 수사가 매우 긴급하고 빠르게 진행되는 관계로 이해해 주시리라 믿어요.

앰블러: 물론이에요. 캠을 도울 수 있는 일이라면 무엇이든 기꺼이 할게요.

브라운: 감사합니다. 캠 프랭크, 즉 캐머런 프랭크를 안 지 얼마나 되셨죠?

앰블러: 글쎄요, 정확한 날짜는 기록을 확인해 봐야 할 것 같지만, 지난겨울에 캠의 어머니가 캠을 만나달라고 요청했어요. 제가 가족과의 사별을 전문으로 하는 정신 상담 치료사이기 때문이죠. 보통 6개월이 지난 후에야 상담을 시작하지만, 정상적인 생활

에 어려움이 있는 경우는 예외예요.

브라운: 캐머런 프랭크가 그 경우에 해당되었나요?

앰블러: 네. 캠은 분명 아버지의 죽음을 잘 이겨내지 못하고 있었어요. 친구들과의 연락을 끊고 대부분의 시간을 방에서 보내며 대학에 가는 것도 거부했죠. 일반 주치의에게 우울증을 진단받고 한동안 약물 치료를 받았어요. 하지만 저와 상담 치료를 계속하면서 캠의 마음 깊은 곳에 엄마마저 잃을지 모른다는 불안감이 존재하는 것을 확인했죠. 일단 그런 불안을 유발하는 핵심 요소를 파악했기 때문에, 캠이 정상적으로 생활할 수 있는 수준으로 불안증을 관리할 수 있도록 적합한 대처 방안을 찾을 수 있었어요. 수개월이 걸렸지만 겨울 동안 많이 호전되어서, 새해에는 학교에 돌아가 A레벨 과정을 따라잡을 수 있을 정도였죠.

브라운: 그렇다면, 캠을 우울증이나 자살 위험이 있는 사람으로 볼 수 없다는 뜻인가요?

앰블러: 저는 그렇게 이야기하지 않았어요.

브라운: 하지만 방금 캠이 좋아졌다고 말씀하셨잖아요.

앰블러: 상당히 호전되었다고 말씀드렸죠. 브라운 경사님, 사람은 기계가 아닙니다. 정신 건강 문제를 단순히 그냥 '고칠' 수는 없어요. 그런 마법의 치료제는 없죠. 제가 하는 일은 상담을 통해, 사람들이 자신의 불안과 두려움을 잘 관리하며 살 수 있도록 더 나은 방법을 함께 찾는 거예요.

브라운: 그러면, 캠은 안 괜찮은 건가요?

앰블러: 괜찮은 사람이 있나요? 브라운 경사님, 당신은 '괜찮은' 가요?

브라운: [잠시 침묵] 음, 마지막으로 봤을 때 캠의 정신 상태는

어땠나요?

앰블러: 매주 하던 상담 치료는 중단하고, 비공식적으로 한 달 간격으로 하기로 했어요. 그런데 지난 수요일에 캠이 저를 만나고 싶다고 했죠.

브라운: 캠은 어땠나요?

앰블러: 음… 환자 기밀 유지 때문에 말씀드리기 어려워요.

브라운: 그렇다면 경찰이 현재 캐머런 프랭크를 고위험도 실종자로 분류한 사실을 상기시켜 드려야겠군요.

앰블러: 알고 있어요. 하지만 저 역시 직업윤리를 지켜야 합니다.

브라운: 저는 이 통화를 마치자마자 오늘 아침으로 예정된 콜강 수색에 대해 충분한 진행 근거가 있는지 선임 수사관에게 의견을 전해야 해요. 그러니까 캠의 어머니가 강 수색이라는 트라우마를 겪기 전에, 솔직하게 대답해 주시면 정말 감사하겠습니다. 경찰이 캠의 위험도를 얼마나 높게 봐야 할까요?

앰블러: [한숨] 솔직히 말해서 지난달 상담 이후, 캠의 정신 건강이 다시 염려되긴 했어요. 그래서 무료 상담을 해주기로 한 거죠. 캠의 불안감이 통제 불능 상태로 치닫기 시작했거든요. 그런데도 캠은 자가 치료를 하려 했어요. 주로 알코올로요. 이건 오히려 상황을 악화시킬 뿐이었죠. 잠을 자지 못했고, 자더라도 끔찍한 악몽을 꿨어요.

브라운: A레벨 과정 때문이었나요?

앰블러: 아니요, 시험은 오히려 캠이 집중할 대상과 상황을 만들어줬어요. 지난 상담에서 캠을 불안하게 만드는 진짜 원인이 최근에 직장에 복귀한 엄마 때문이라는 게 확실해졌죠. 캠은 엄마가 근무 과정에서 공격받거나 다쳐서 집에 돌아오지 못할까 봐 무서워했어요. 게다가 대학에 가면 엄마를 버리는 것 같다는 두

려움도 있었죠. 돌봐야 하는 아버지나 자신이 없다면, 엄마가 근무 중 더 위험한 일을 할까봐 걱정했어요. 그런 두려움과 불안이 너무 심해져서 견딜 수 없어 했어요.

브라운: 견딜 수 없다고요? 앰블러 씨, 캐머런 프랭크가 자살을 생각했었나요?

[침묵]

브라운: 캐머런 프랭크가 실종된 지 이제 거의 48시간이 되었습니다. 그가 자살 충동을 느꼈을 거라고 의심할 만한 근거가 있을까요?

앰블러: 네. 유감스럽지만 그렇게 보이네요.

브라운: 캐머런의 엄마에게 상담 내용을 토대로 조언한 적 있나요?

앰블러: 아니요, 캠은 열여덟 살이에요. 상담 내용은 비밀 유지가 되어야 하죠. 저는 치료하는 공간을 존중해야 하고요.

브라운: [비속어를 중얼거림]

앰블러: 많은 환자가 자살을 생각해요. 하지만 그런 생각은 대부분 일시적이고 우리가 함께 익힌 치료 기술로 관리할 수 있어요. 캠이 그런 생각과 감정을 통제하지 못할 거라고 생각했다면, 당연히 어머니에게 말씀드리거나 관련 기관에 알렸을 거예요. 하지만 캠은 그런 생각을 바로 행동으로 옮길 계획이 없다고 했어요. 따라서 긴급 상황이 아니었어요.

브라운: 하지만 지금은 긴급 상황이죠.

[침묵]

브라운: 감사합니다, 앰블러 씨. 안타깝지만 말씀해 주신 정보가 큰 도움이 되었어요. 너무 늦은 게 아니기를 바랄 뿐이죠.

조사 종료

42장

열이 펄펄 끓었다. 피부가 마치 난로 속 석탄처럼 하얗게 달아올랐다. 입술과 눈알조차 건조했다. 마치 몸속의 모든 수분이 빨려 나간 것 같았다. 정말 그랬을 수도 있다. 침대 옆에 있는 수액 주머니를 바라보았다. 주머니는 액체로 불룩했다.

그 사람은 코에 연결된 튜브를 통해 영양분과 수분을 투여하고 있다고 했지만, 만약 반대로 빼내고 있는 것이라면? 그렇지 않고서야 이 타는 듯이 지독하게 뜨거운, 뼈가 마르는 듯한 열기를 어떻게 설명할 수 있지? 몸에서 수분을 훔쳐 가지 못하도록 저 튜브들을 모두 빼내야 한다. 하지만 팔이 침대에 고정되어 있었다. 이상한 것은, 움직일 수조차 없는데 방이 계속 빙글빙글 돈다는 것이다. 세상 최악의 숙취가 몰려온 느낌이었다.

눈을 감았다. 엄마를 생각하면 너무 고통스럽기 때문에, 차라리 해변의 시원한 푸른 바닷속으로 들어가 수영하는 상상을 했다. 몸이 떨렸다. 다시 떨려왔다. 이 떨림이 멈추지 않을 것 같았다. 갑자기 추워졌다. 정말 너무너무 추웠다. 몸이 얼음장처럼 느껴졌다.

마치 죽어가는 느낌이었다.

이가 부서질 것처럼 서로 부딪혔지만 떨림을 멈출 힘이 없었다. 도와달라고 소리쳤다. 하지만 자신의 고통스러운 비명이 방 안에 울려 퍼지자, 갑작스러운 깨달음에 숨을 멈췄다.

'다른 남자'가 울부짖던 소리와 같았다.

그 죽은 남자.

울지 않으려 노력했다. 공포심에 빠지지 않으려 했다. 누군가 올 것이다. 자신을 죽게 내버려둘 리 없다.

그런데 왜 더 이상 눈가리개를 씌우지 않는 거야? 의심의 목소리가 속삭였다. 장갑 긴 사람의 얼굴을 봤는데도 왜 신경 쓰지 않는 거지? 그 질문에 대답하는 것보다 잠을 자는 게 더 나았다. 의식과 꿈의 경계가 모호해져 자신이 현실에 있는지 꿈을 꾸고 있는지조차 알 수 없었다. 어느 순간 그 사람이 여기 있는 것 같았다. 뼈다귀처럼 마르고 차가운 손길을 느낄 수 있었다. 전화기 너머의 누군가에게 일련의 숫자를 말하는 목소리가 들렸다. 하지만 눈꺼풀이 너무 무거워서 눈을 뜰 수 없었다. 팔다리 역시 납덩이같아서 움직일 수 없었다.

"방금 두 번째 항생제를 추가했어요." 그녀가 전화 상대에게 말했다. "한 시간마다 그를 관찰 중이에요."

잠시 정적이 흘렀다. 그녀는 전화기 속 남자의 낮게 웅웅거리는 말소리를 듣고 있었다.

"최선을 다할 거예요." 그녀가 말했다. "내가 항상 최선을 다해온 것 알잖아요. 하지만 최악의 상황이 발생한다면… 음, 다행히 새로운 대상이 방금 도착했어요."

43장

7월 5일 오전 9시 30분.
콜스힐, 콜 강둑

데비 브라운이 처음 경찰에 지원했을 때는, 튀김가게 밖에서 일어난 취객들의 싸움을 막거나, 여자 친구 혹은 아내를 '가끔 때리는 것'쯤은 괜찮다고 생각하는 남자들에 맞서는 자기 모습을 상상했었다. 경찰봉과 수갑을 들고, 동료 경찰들과 함께 '안 돼요, 그러면 정말 안 됩니다.'라고 단호하게 지도하는 모습을 떠올렸다.

이렇게 상사 아들의 시체를 찾아 강을 수색하는 일은 상상도 하지 못한 일이었다. 게다가 뱃속에 아직 태어나지 않은(원하지 않은?) 아이까지 품고서. 얼마 전처럼 그녀는 또다시 축축한 강둑에 서 있었다. 늘어진 버드나무 아래에서 토하지 않으려 애쓰며. 얕은 강을 연결하는 다리를 바라보았다. 16세기에 붉은 사암으로 지어진 다리였다. 브라운은 다리 아치 6개를 하나씩 세며 정신을 다른 곳에 두려 애썼다.

"브라운 경사, 괜찮아요?" 하산이 물었다.

"네, 전 괜찮아요."

브라운은 "브라운 경사님, 당신은 '괜찮은'가요?"라고 묻던 심리 치료사가 생각났다. 세상에 정말 '괜찮은' 사람이 있을까?

하산은 눈썹을 치켜올리며, 그녀의 말을 믿는 척조차 하지 않았다.

"이 말이 도움이 될지는 모르겠지만, 힘들게 입덧을 참으려고 애쓸 필요 없어요. 소나기가 그칠 때까지 잠시 차에서 쉬면 어때요?"

브라운이 고개를 저었다. 그녀를 힘들게 하는 것은 입덧이 아니라 어젯밤의 기억이었다. 프랭크 총경은 사실상 그녀에게 도움을 요청했다. 브라운도 도움을 주고 싶었다. 정말 그러고 싶었다. 하지만 그녀는 실의에 빠진 상사에게 등을 돌리고 하산과 맥리시를 따라 정원을 나섰다. 브라운은 뜨거워진 얼굴을 찬 손으로 문지르며 그 기억을 지우려고 했다. 최고 책임자는 맥리시 청장이었다. 그녀에게는 선택의 여지가 없었다. 그렇지 않은가.

브라운은 축축한 아침 공기를 코로 들이마신 후 천천히 숨을 내쉬었다. 불과 4일 전, 그녀는 프랭크 총경과 함께 또 다른 강둑에 서서 다른 시체를 찾고 있었다. 임신 사실을 알렸을 때 그녀의 상사는 정말 친절하고 다정했다. 사실 그녀는 팀에 합류한 첫날부터 브라운을 지지해 주었다. 브라운은 프랭크 총경의 후임인 하산을 흘끗 본 후 분노를 가라앉히려 애썼다. 맥리시가 하산에게 사건을 맡긴 것은 하산의 잘못이 아니었다. 그는 단지 명령을 따랐을 뿐이다. 그녀와 마찬가지로.

'내가 경사를 이 팀에 뽑은 이유는 규칙이나 관행보다 마음을 따르는 모습을 봤기 때문이야. 경사는 좋은 직감을 갖고 있어. 다만, 자신을 좀 더 믿기만 하면 돼.'

프랭크 총경이 해준 말이었다.

속이 또 울렁거리기 시작했다. 브라운은 박하사탕을 입에 넣은 후 억지로 새로운 상사의 탄생을 축하하려 했다.

그 순간 하산이 얼굴을 찡그리며 말했다. "이런 기회를 반겨야 한다는 걸 알지만…"

그는 강을 바라보았다. 빗물에 얼룩진 강은 노란 방수복을 입은 사람들로 어수선했다.

"솔직히 일이 이렇게 된 과정은 좀 씁쓸하네요."

"나도요." 브라운이 안도의 한숨을 내쉬며 말했다.

"잠도 거의 못 잤어요. 우리가 총경님을 지지했어야 할까요?"

그들은 서로 쳐다보았다. 우울한 잿빛 하늘에서 새들이 울었다.

"사실 우리의 상사는 맥러시 청장이죠." 하산이 결국 이 말을 꺼냈다. "프랭크 총경을 존경하지만, 솔직히 총경님은 점점 이성을 잃고 있는 것 같아요. 비난하려는 게 아니라, 내 아들이 실종된다면 나도 마찬가지일 테니까."

그는 코트 주머니에 손을 찔러 넣었다.

"우리가 프랭크 총경을 지지한다면 잠깐은 기분이 나아지겠지만 캠을 찾는 데는 도움이 안 될 거예요. 때로는 어렵고 인기 없는 일이 실제로 옳은 일일 수도 있죠."

"어쩌면요." 브라운이 말했다.

하지만 그의 말에도 불구하고 뱃속의 울렁거림이나 자신이 잘 못했다는 느낌은 나아지지는 않았다.

하산은 코트에서 휴대폰을 꺼내 메시지를 확인했다. 그가 한숨을 내쉬었다.

"오코네도 교수로부터 아직 아무런 연락이 없군요. 최근에 연락해 본 적 있어요?"

"어제 이후로는 없어요. 총경님의 아들이 실종된 걸 알게 되면 연락을 할 줄 알았는데 말이에요. 오코네도 교수는 정말 똑똑한 사람이지만 우리와 거리를 두는 편이죠. 안 그래요?"

"그럴만한 이유가 있겠죠."

무슨 뜻인지 묻기 전에 하산의 휴대폰이 울렸다. 그는 뒤로 물러서서 전화를 받았다.

"화내지 마." 그가 휴대폰에 대고 부드럽게 말했다. "괜찮아. 내가 집에 가는 길에 가게에 들러 우유랑 빵을 사 갈게. 별일 아니야."

휴대폰 너머의 상대방이 말하는 동안 하신은 잠자코 있었다.

"그래. 음, 점심시간에 집에 잠깐 들를게. 아니야, 괜찮아. 그냥 평소대로 들르는 것뿐이야. 급한 일은 없어. 그래, 있다 보자. 사랑해."

하산은 휴대폰을 주머니에 도로 넣은 후 설명했다. "여동생이에요."

"괜찮아요?"

그는 '괜찮다'는 말을 어떻게 정의해야 할지 모르겠다는 듯 어깨를 으쓱했다.

"여동생이 가게에 가려다가 공황 발작을 일으켰어요."

"이런, 어떡해요."

"지금은 괜찮아요. 하지만 내가 사두라는 물건을 사지 못해서 죄책감을 느끼고 있어요. 브라운 경사만 괜찮다면, 점심시간에 잠수부들이 쉬는 동안 집에 가서 대신 물건을 사다 주려고요. 그렇지 않으면 극단적인 행동을 할지 몰라서요."

"경위님은 좋은 사람이에요."

그가 코웃음을 쳤다. "프랭크 총경은 그 의견에 동의할 것 같지 않네요."

"일단 캠이 건강하고 무사하게 집에 돌아오면, 총경님도 분명 이해하실 거예요."

하산이 눈을 가늘게 뜨고 콜 엔드 다리를 쳐다보았다. 다리 뒤에는 큰 술집이 있고, 그 너머로 상사의 집이 보였다.

"모든 증거가 캐머런 프랭크의 죽음을 가리킨다는 사실을 알고 있죠?" 하산이 말했다.

그 말에 당황한 브라운이 눈을 마구 깜빡였다. 망할 놈의 임신. 눈꺼풀이 자제력을 잃은 것 같았다.

"그럴지도요. 하지만 전 증거가 틀렸기를 바라요."

"너무 기대하지는 말아요, 브라운."

"어쩔 수 없어요. 희망이 우리를 버티게 하잖아요."

"아뇨, 그런 희망은 당신을 괴롭게 하는 거예요." 그가 조용히 말했다.

"경위님!"

배에서 들려오는 외침에 둘 다 깜짝 놀랐다.

"물속에 시체가 있습니다! 이봐, 개를 데려와."

44장

7월 5일 오후 4시 7분,
버밍엄 하본

선거인 명부에 따르면, 로버트 맥코믹 박사는 하본에 살았다. 하본은 버밍엄 도심에서 단 5킬로미터 거리였는데도 불구하고, 놀랄 만큼 녹지가 많고 부유한 교외 지역이었다. 하지만 캣은 M6 고속도로를 빠르게 달려가면서 경치에는 조금도 관심을 두지 않았다. 불과 54시간 전에, 캠이 구급차에 갇힌 채 바로 이 도로를 따라 이동했다. 하지만 ANPR 영상 자료는 A38 도로 직후 끊겼다. 구급차가 버밍엄에 도착하기 직전에 고속도로를 벗어나 근처의 하본으로 향했기 때문일까? 지금도 캠은 자신의 의지와 상관없이 그곳에 감금되어 있을까?

드디어 맥코믹 박사의 에드워드 양식의 저택 앞에 차를 세웠을 때, 캣은 몸이 너무 떨려 운전대를 꽉 잡아야만 했다.

캣은 처음 경찰이 되었을 때, '정의'라는 이름으로 그녀의 베테랑 선배들이 사용했던 폭력적인 방법에 충격을 받았었다. 그녀는 과거에 어떤 폭력 사건에 연루되어 경찰을 그만두려고 했던 적이 있었지만, 존이 그녀를 설득했다. 존은 '물고기는 머리부터 썩는다'고 말하며, 캣에게 반드시 머리에 앉아 물고기를 썩지 않게 하라고 했다. 말은 쉽지만, 실제 행동으로 옮기는 것은 힘들었다.

일하면서 강도, 살인자, 강간범, 아동 성추행범 등 최악의 인간들을 보아왔다. 그렇지만 그녀는 용의자에게 소리 지르고, 욕하고, 침을 뱉을지언정, 결코 물리적 폭력을 가한 적은 없었다. 어제까지만 해도 캣은 자신이 전임자들과 다르다고 허세가 있었다. 그러나 그녀 역시 실상은 최악의 전임자들보다 나을 게 없었다. 자신의 도덕적 이념에도 불구하고, 캣은 지금 당장 문을 부수고 들어가 맥코믹 박사를 벽에 밀어붙인 후 아들이 어디에 있는지 바로 실토하게끔 만들고 싶었다.

"프랭크 총경님, 지원 요청하시겠습니까?" 록이 물었다.

캣은 담쟁이덩굴과 꽃으로 뒤덮인 3층짜리 대저택을 살펴보았다. 맥코믹 박사의 집은 그야말로 부유함의 상징이었다. 캣이 지원을 요청하는 순간, 맥리시가 그녀의 불복종 사실을 알게 될 것이다. 그러면 캣은 아들의 소재를 파악하기도 전에 사건에서 손을 떼야 할지도 모른다. 그러나 지원을 요청하지 않으면, 캣이 집 내부에 발을 내딛자마자 맥코믹 박사는 뒷문으로 달아날 것이다. 뒷문에 그를 잡을 사람이 없기 때문에 그 개자식이 빠져나갈 수도 있다. 혹시 캠이 나타날 경우(혹은 캠의 소식을 아는 누군가가 나타난다거나)를 대비해 오코네도 교수를 집에 남겨두고 온 것을 후회했다. 그녀는 조수석에 앉은 록을 흘끗 쳐다보았다. 록에게는 많은 능력이 있지만 정원 벽을 넘어 용의자를 쫓는 능력은 없다. 의지할 만한 다른 사람이 있을까?

"총경님, 브라운 경사에게 연락하면 어떻겠습니까?"

"안 돼." 캣이 쏘아붙였다.

자기 팀이 그녀를 지지하지 않았다는 사실에 아직도 마음이 쓰라렸다. 하산이 그녀의 업무를 대행할 기회를 덥석 잡았을 때는 놀랍지도 않았다. 하지만 브라운은?

"브라운 경사가 조심성이 많고 다소 우유부단하긴 합니다. 하지만 우리가 발견한 새로운 정보를 그녀에게 제공하면, 그녀가 총경님의 요청에 자신 있게 응할 가능성이 50퍼센트 이상이라고 봅니다."

캣은 록을 노려보았다. 브라운이 정말 그녀의 팀원이라면, 두 번은커녕 굳이 부탁이란 것을 할 필요도 없어야 맞다.

'캣, 당신 자존심보다 우리 아들이 중요하잖아.'

존이라면 이렇게 말했을 것이다.

"알았어. 브라운에게 가능한 한 빨리 여기로 오라고 해. 무슨 일인지 설명해 주고. 맥리시에게는 내가 나중에 설명한다고 해."

5분 후, 록은 브라운이 현재 콜스힐에 있으며 사이렌을 켜면 30분 내에 하본에 도착할 수 있다고 알려줬다.

캣은 록에게 오디오 모드로 있으라고 경고한 후, 10분 정도 더 기다리다가 차에서 내렸다. 그녀는 정원길을 따라 일부러 천천히 걸어갔다. 잘 가꾸어진 정원, 고급스러운 현관 매트, 황동 손잡이가 달린 문이 보였다. 현관문을 가볍게 두드렸다. 2분쯤 지나자 (실제로는 더 길게 느껴졌지만) 단단한 떡갈나무 문이 열리더니 커다란 밀짚모자를 쓰고 꽃무늬 장갑을 낀 자그마한 여성이 나타났다. (웨이트로즈*. 내 아들을 납치한 범인의 아내는 망할 웨

---

* 영국의 고급 슈퍼마켓 체인

이트로즈에서 산 정원 장갑을 끼고 있었다.)

"무슨 일이죠?" 여자가 말했다. 전쟁 보도를 하는 BBC 아나운서 같은 억양이었다.

"캣 프랭크 총경입니다. 로버트 맥코믹 박사님 집에 계십니까?" 캣이 경찰 배지를 보여주며 말했다.

여자의 얼굴에서 미소가 사라졌다.

"로버트요?"

"네. 안에 있습니까?"

캣은 맥코믹 박사를 끌고 나오기 위해 이 고상한 여자를 당장 밀치고 안에 들어가고 싶었다. 하지만 그러지 않으려고 안간힘을 썼다.

"죄송하군요. 로버트는 죽었어요."

캣은 자신이 어떻게 복도를 지나 부엌을 통과해 온실까지 걸어왔는지 기억나지 않았다. 하지만 그녀의 다리는 분명 그 모든 곳을 거쳐 여기까지 왔을 것이다. 햇살이 가득한 온실 한가운데 앉아, 걱정스러운 표정의 맥코믹 부인으로부터 물 한 잔 마실 것을 제안 받았기 때문이다.

로버트 맥코믹 박사는 죽었다. 그 말은 지금까지 헛짓거리를 했다는 뜻이다. 막다른 골목이었다. 캠은 어쩌면….

"여기요."

맥코믹 부인이 그녀에게 물을 한 잔 건넸다.

"끔찍한 충격을 받은 것처럼 보여요. 천천히 마셔 봐요."

캣은 억지 미소를 지으며 맥코믹 부인에게 고맙다고 말했다. 그녀는 자신을 모이라고 불러달라고 했다.

모이라 맥코믹이 밀짚모자를 벗었다. 그때야 그녀의 멋진 은발이 드러났다. 매우 부유하고 아름다운 사람들이나 가질 수 있는 그런 머리카락이었다. 날씨에 지친 얼굴 위로 보이는 희미한 주름과는 별개로, 단발로 멋지게 자른 머리는 나이를 가늠할 수 없는 분위기를 자아냈다.

"남편분 일은 죄송합니다. 정말 몰랐습니다." 캣이 말했다.

"괜찮아요. 그냥 조금 놀랐어요. 로버트는 2년 전에 세상을 떴거든요. 그런데 왜 남편을 찾는 거죠? 내가 도울 게 있을까요?"

캣이 목청을 가다듬었다.

"남편분인 맥코믹 박사의 신원이 도용당한 것으로 보입니다."

"신원 도용이요?"

모이라 맥코믹이 푸른 눈을 번쩍 떴다.

"로버트가요?"

캣은 누군가가 맥코믹 박사의 이름을 도용해 구급차와 기타 의료 관련 회사를 만들었다고 말했다. 너무 구구절절 설명해서 모이라 맥코믹을(혹은 캣 자신을) 속상하게 하고 싶지 않았다.

"정말 끔찍하네요."

모이라 맥코믹이 손을 목에 갖다 대며 말했다.

"다른 사람의 이름을 훔치다니. 라디오 방송에서 이런 사건을 자주 듣긴 했지만, 실제 내게 일어날 줄은…"

그녀의 입술이 떨렸다.

"죄송합니다."

캣이 다시 사과했다. 누군가가 존의 이름을 훔쳐 쓴다면 어떤 기분이 들지 상상조차 가지 않았다. 이름은 캣에게 남은 얼마 안 되는 존의 흔적이었다.

"전화번호 하나 드릴게요."

캣이 명함을 건네며 말했다.

"남편분 외에 부인의 정보가 추가로 도용되지 않았는지 확인할 수 있도록 부인의 계좌와 개인 정보 유출 상태를 검토하는 방법을 알려줄 겁니다."

모이라 맥코믹이 떨리는 손으로 명함을 받았다.

"주변에 돌아가신 남편의 신원을 도용할 만한 사람이 있을까요?"

캣의 손목에서 록이 갑자기 말했다.

모이라 맥코믹이 놀라며 남자 목소리가 난 곳을 찾아 실내를 둘러보았다.

캣은 그녀에게 사과한 후 AI 수사관에 대해 설명했다. 모이라 맥코믹의 눈에 맺힌 눈물이 떨어지기 전에 록을 시각 모드로 바꿔 주의를 환기시켰다. 효과가 있었다. 이 나이 든 여성은 온실에 나타난 젊고 잘생긴 남자의 외모에 매료된 것 같았다.

록은 캣이 노려보는 눈빛을 무시하고 질문을 반복했다.

"누군가가 남편의 이름을 도용하여 구급차를 구매하고 간호 대행업체를 시작했습니다. 그뿐만 아니라 맥코믹 박사의 이름으로 등록된 의료 폐기물 회사도 있습니다. 무작위로 남편의 이름을 도용한 것이 아닙니다. 범인은 맥코믹 박사가 의사이고, 죽었으며, 웨스트미들랜즈에 살았다는 사실까지 알고 있습니다. 이런 회사들은 등록할 때 주민등록번호와 은행 상세 정보뿐 아니라, 사진이 있는 신분증까지 필요합니다. 즉 범인은 로버트 맥코믹 박사와 아는 사람일 확률이 매우 높습니다."

"내 주변에는 그 정도로 상세하게 일을 꾸밀 만큼 진취적인 사람은 없어요." 모이라 맥코믹이 말했다.

"로버트는 정말 다정한 사람이었지만, 그이의 친구들은 요새 젊은이들이 말하는 소위 가부장적인 백인 꼰대들이었거든요."

그때 누군가가 문을 두드렸다. 모이라가 새로운 손님을 응대하러 자리를 뜨자 캣은 안도했다. 이제는 실수를 저질렀다는 처음의 충격과 당혹감에서 벗어났지만, 곧 차가운 현실이 그녀를 내리누르기 시작했다. 캠을 납치한 게 맥코믹 박사가 아니라면, 누구 짓이지? 캣은 휴대폰 시간을 확인했다. 제기랄. 거의 다섯 시가 다 되었다. 캠 없이 또 다른 밤을 맞이한다는 것은 상상도 할 수 없었다.

그녀는 두 손에 머리를 파묻었다.

"프랭크 총경님?"

캣이 고개를 들자, 온실에 서 있는 브라운이 보였다. 맙소사, 록을 시켜 브라운에게 지원 요청한 것을 잊고 있었다.

캣의 표정을 오해한 브라운이 재빨리 말했다.

"죄송해요. 너무 오래 걸렸죠. 더 빨리 왔어야 했는데, 콜 강 수색 과정에서 시체를 발견했어요."

45장

그 후 캣이 마침내 말을 할 수 있는 상태가 되었을 때, 그녀는 브라운에게 경찰관으로서 실종자 가족 앞에서 '시체를 발견했다'는 말은 신중하게 해야 한다고 상기시켰다. 시체가 해당 사건과 관련이 있다고 100% 확신하지 않는 한 말이다.

브라운은 몹시 수치스러웠다. 강 수색 과정에서 캠을 찾지 못했다고 먼저 말한 다음에, 봄에 실종 신고 된 어부의 시체를 발견했다고 알려야 한다는 것쯤은 기본 중에 기본이다. 하지만 캣의 얼굴을 다시 마주하자 너무 긴장했다. 이전에 캣을 지지하지 못한 것 때문에 사과하고 싶은 마음이 굴뚝같아 말이 뒤죽박죽 나왔다.

캣은 괜찮다고 말했지만, 사실은 괜찮지 않았다. 화장실에 가서 공포, 두려움, 안도감을 쏟아내기 위해 소리 내어 울어야 했다. 그녀는 화장실 휴지를 당겼다. 휴지가 풀리는 것을 바라보는데 뺨에서 눈물이 흘러내렸다. 화장실 매트 위에 그대로 누워 울고만 싫었지만 그럴 수 없었다. 캠에게는 그녀가 필요했다. 지금 이렇게 무너져서는 안 되고, 무너질 수도 없었다.

마침내 밖으로 나왔을 때, 부엌에서 브라운이 모이라에게 낮은 목소리로 캣이 괴로워하는 이유를 설명 중이었다.

"캠은 프랭크 총경님의 유일한 자녀에요. 무슨 말인지 아시죠."

마치 아이가 하나 더 있으면 이런 상황을 어떻게든 잘 견뎌낼 수 있다는 것처럼.

캣이 문가에 섰다.

"브라운 경사, 이제 갈까?"

브라운은 깜짝 놀랐다.

"네. 물론이죠."

연배가 높은 모이라가 동정 어린 미소를 지어 보였다.

"아들 이야기에 마음이 아프네요."

캣이 고개를 끄덕인 후 서둘러 복도로 나왔다.

"지금 겪는 괴로움을 조금은 이해할 수 있어요."

모이라의 말에 캣은 입술을 깨물었다.

모이라는 자기 말이 어떤 영향을 미치는지 깨닫지 못한 듯 계속 말했다.

"아들이 실종된 부부를 하나 알고 있어요. 사랑스러운 소년이었죠, 윌은. 그 사건이 부부의 마음을 찢어지게 했어요."

캣이 문가에 손을 얹은 채 몸을 돌렸다.

"윌이요? 성이 뭐죠?"

"로빈슨이요. 윌 로빈슨이요. 제 남편은 윌의 아빠인 제라드 로빈슨과 좋은 친구 사이였어요. 둘은 의대에서 만났어요. 로버트가 병에 걸렸을 때 제라드가 남편의 주치의가 되어주었죠. 하지만 남편이 암을 진단받았을 때는 사실상 할 수 있는 게 거의 없었어요."

"윌 로빈슨의 아빠가 의사인 줄은 몰랐습니다." 캣이 얼굴을 찌푸리며 말했다. "대학에서 근무한 걸로 아는데요?"

"아, 그건 아마 제라드가 종양학과 교수이기 때문일 거예요. 남편은 그걸로 제라드를 심하게 놀리곤 했죠. 좋은 의사란 —자기처럼 외과 의사 말이죠— 환자를 치료하는 데 평생을 바치지만, 종양학과 전문의들은 반평생을 연구에 낭비하고, 나머지 반평생은 그들이 도와야 할 환자들을 죽이는 약물 처방에 쓴다고요."

모이라는 의사들의 냉소적인 농담에 고개를 저었다.

"그런데 이제는 제라드가 암에 걸렸다니, 정말 아이러니하죠. 질에게 전화해서 어떻게 지내는지 안부를 물어야겠어요. 로버트가 죽었을 때, 제라드가 정말 큰 힘이 되어줬어요. 남편의 연금이랑 다른 모든 것을 정리해 줬거든요."

"남편의 연금이요?"

"의사 연금이 얼마나 복잡한지 모를 거예요. 특히 개인 진료소라도 갖고 있다면. 정부가 세금 관련 규정을 모두 바꿨거든요. 음, 저는 이해하는 척조차 할 수 없을 정도죠. 하지만 정말 친절하게도 제라드가 영국 의료 협회와 회계사를 통해 그 모든 것을 정리해 줬어요. 제가 걱정할 필요가 하나도 없었죠."

"그러니까, 윌 로빈슨의 아빠가 로버트 맥코믹 박사의 개인 정보를 모두 알 수 있었다는 겁니까?"

질문을 던지며 캣은 숨쉬기 힘든 느낌이었다.

"네. 제라드가 없었다면 이렇게 버텨내지 못했을 거예요. 전화로라도 감사를 표해야겠다는 생각은 늘 하지만 그 정도로 아플 때는 모든 게 얼마나 힘든지 알거든요. 귀찮게 하고 싶지 않아서요."

"제가 부인의 안부를 대신 전할게요." 캣이 문을 열며 말했다. "사실, 이제 윌 로빈슨의 집으로 가려던 참이었거든요."

"아, 잘 되었네요. 제가 도울 수 있는 일이 있다면, 뭐든 말만 하라고 전해주세요. 부탁해요."

캣은 이미 정원을 달려 나가고 있었다.

46장

7월 5일 오후 6시 55분.
스트랫퍼드—어폰—에이번, 윌 로빈슨의 집으로 가는 도로

캣은 또 차가 막히자, 욕설을 내뱉었다. 이 늦은 시간에 다들 어디를 가고 있는 거지? 대체 왜들 그러는 거야? 집에서 아이들을 꼭 안고 있어야지.

"지원을 요청 할까요?"

브라운이 상사의 초췌한 얼굴을 흘끗 보며 물었다.

"하산 경위님이라면 스트랫퍼드에서 지역 경찰을 동원해서 10분 안에 윌 로빈슨의 집으로 보낼 수 있을 거예요."

"아직 안 돼. 우선 윌의 아버지인 로빈슨 교수와 빨리 이야기해 봐야 해. 맥리시 청장이 내가 아직 사건 수사 중인 걸 알면, 미친 듯이 화를 낼 걸. 이 모든 게 무슨 상황인지 정확히 알아내기 전까지는 다른 사람을 끌어들이지 않을 거야. 난 자네가 곤란해지는 것도 원치 않아. 그러니까 윌 로빈슨의 집에 도착해서 내가 제라드 로빈슨 교수와 이야기하는 동안, 경사는 차 안에 있도록."

"그럴 필요까지는 없어요."

"아니, 그럴 필요 있어. 그리고 록, 너는 오디오 모드로 있어. 내가 명령할 때만 말해. 지금은 매우 감성적으로 접근해야 하는 상황이야. 남편이자 아버지로서의 본능에 호소해야 해. 객관적 사실이니 수치니 하는 걸로 상황을 망치면 안 돼."

캣은 브라운을 바라보았다. 브라운은 평소보다 훨씬 창백해 보였다.

"브라운 경사, 정말 괜찮아?"

"진 괜찮습니다. 걱정하지 마세요."

브라운이 입술을 깨물었다.

"저, 총경님. 저번 일은 정말 죄송해요. 단지—"

"그 일은 이야기하고 싶지 않아. 진심이야. 가는 동안 내내 캠만 생각하다가는 미쳐버릴 것 같아. 딴생각 좀 해야겠어. 임신한 건 어떻게 하기로 했어?"

브라운이 침을 꿀꺽 삼켰다.

"다음 주 목요일에 진료 일정을 잡았어요."

"잘했네. 그나저나, 혹시 임신 관련해서 말하기 싫으면 주저 말고 나더러 신경 끄라고 해도 괜찮아."

"아니요. 괜찮아요. 사실, 털어놓는 게 오히려 도움이 돼요."

"남자친구한테는 말했어?"

브라운이 앞쪽 도로를 응시했다.

"아직 안 했어요. 해야죠. 그냥 남자 친구의 생각을 묻기 전에 제 생각부터 확실히 정하고 싶어서요. 아직 어떻게 할지 못 정했거든요."

그녀가 캣을 흘낏 보았다. "남자친구에게 말해야겠죠?"

"자네가 말하든 안 하든 상관없지. 다만…"

"다만, 뭐요?"

"음, 나보다 현명한 누군가가 이런 말을 한 적이 있어. 누군가에게 조언을 구할 때, 보통은 그 사람이 어떤 말을 할지 이미 알고 있다고. 그렇기 때문에 누군가에게 물어보기로 했을 때는 이미 스스로 결론을 내린 후일 거야. 남자 친구에게 말하지 않은 이유는 자네 생각과 다른 의견을 말할지도 몰라서 아닐까? 마음 깊은 곳에서는 자네가 진짜 원하는 것을 이미 알고 있을 거야."

브라운이 뺨을 타고 흘러내리는 눈물을 감추려 창밖으로 고개를 돌렸다.

"미안. 방금 한 말은 무시해. 헛소리였어."

"아니에요. 그렇지 않아요. 총경님 말씀이 옳기 때문에 우는 거예요. 제가 진짜 원하는 게 뭔지 깨달았거든요." 그녀가 코를 훌쩍였다. "망할 호르몬. 솔직히 요즘 모든 일에 눈물이 나요. 특히 아이들이 고통 받는 뉴스는 보지도, 듣지도 못하겠어요. 하지만 금방 괜찮아질 거예요."

이런. 캣은 말해주고 싶었다. 아기를 낳는다면, 앞으로 다시는 괜찮아지지 않는다는 것을. 지금은 앞으로 흘릴 수많은 눈물의 시작일 뿐이다. 어두워져 가는 하늘을 바라보며, 그녀와 존이 캠을 재우려 노력했던 수많은 밤을 떠올렸다. 감기와 고열이 여러 차례 찾아와 초보 엄마의 마음을 두렵게 했고, 보육원과 학교에 간 첫날은 걱정 속에 보내야 했다. 놀이 약속, 운동회, 학교 프로젝트, 리포트, 공부, 시험을 경험하고 친구와의 관계가 깨졌다 다시 형성되는 과정을 지켜보며, 부부는 걱정과 동시에 대견함을 느꼈다. 아들을 안전하고 행복하고 건강하게 키우려 수만 시간을 노력했다. 그로 인해 캠은 본연의 아름다운 잠재력을 발휘하는 건장한 청년으로 성장할 수 있었다.

하지만 지금 캠이 사라졌다. 그냥 한순간에.

"총경님, 윌 로빈슨의 아버지가 정말 이 사건의 배후일까요?"

"이상하게 들릴 수도 있지만, 모든 정황이 들어맞아."

캣은 브라운에게 적어도 다섯 명의 실종자가 부모 중 하나를 암으로 잃었다고 설명했다. 또한 유전자 연구를 목적으로 납치가 이루어졌을 거라는 오코네도 교수의 이론도 간단히 전해줬다. 로버트 맥코믹 박사의 이름으로 등록된 구급차와 간호 서비스 대행 업체를 말할 때까지만 해도 차분하고 전문가적인 목소리를 낼 수 있었지만, 의료 폐기물 회사인 디스포우즈드를 언급할 때는 목소리가 흔들렸다.

"맙소사. 총경님, 대체 어떤 인간이 자기 아들을 납치할 수 있는 거죠?"

캣이 한숨을 쉬었다.

"모르지. 난 로빈슨 교수를 만난 적이 없으니까. 그는 너무 아파서 계속 조사가 불가능했거든."

하지만 그건 진실이 아니었다. 제라드 로빈슨을 조사하지 않은 이유는 그녀가 너무 예의를 차렸고, 너무 타인을 신뢰했으며, 죽어가는 남자와 실종된 아들에 대해 이야기하는 것이 지랄 맞게 무서워서 주저했기 때문이었다.

"미안해, 록." 그녀가 결국 이 말을 꺼냈다. "네가 맞았어. 로빈슨 가족에 대한 동정심 때문에 사실을 제대로 보지 못했어. 윌의 아버지인 로빈슨 교수를 진작 조사했어야 했는데."

"네. 총경님은 그러셨어야 합니다." 록이 손목에서 대답했다.

이 모든 일에도 불구하고, 캣은 웃음이 나올 뻔했다. 록은 절대 돌려 말하는 법이 없었다. 납치 사건에서 종종 아버지가 핵심 용의자라는 록의 지적에도 불구하고, 그녀는 윌의 아버지를 조사하지 않았다. 자신의 감정이 판단력에 영향을 미치도록 내버려 두었고, 그 결과 잘못된 결정을 내렸다.

그리고 지금 대가를 치르고 있다.

7월 5일 오후 8시 1분.
스트랫퍼드—어폰—에이번, 윌 로빈슨의 집

문을 열자마자 로빈슨 부인이 입을 손으로 막았다.

"윌에 대한 소식은 없습니다. 하지만 로빈슨 교수와 이야기해야겠습니다. 지금 당장요."

"말씀드렸잖아요, 그렇게 간단히—"

캣은 허락도 구하지 않고 곧바로 집에 들어가 복도를 걸었다.

"뭐 하는 거예요?"

"로빈슨 부인, 저는 당신의 아들을 찾으려는 겁니다."

캣이 로빈슨 부인의 얼굴을 정면으로 마주 보았다.

"부인의 남편분께서 윌을 찾을 수 있는 정보를 갖고 있다고 봅니다. 로빈슨 교수나 당신을 체포하고 싶지는 않습니다. 하지만 지금은 일분일초가 중요하기 때문에 필요하다면 체포할 수도 있죠."

두 여자는 서로를 노려보았다.

"로빈슨 부인, 죄송합니다. 제가 말을 하든 안 하든, 어쨌든 당신의 남편은 죽을 겁니다. 하지만 윌을 구하기에는 늦지 않았습니다. 아들이 돌아오길 바란다면, 로버트 교수와 이야기하게 해주시죠."

로빈슨 부인은 힘이 빠진 듯 축 늘어졌다. 마치 그녀를 지탱하고 있던 고무줄이 잘린 것 같았다.

"알았어요. 하지만 경찰이 왔다고 제가 먼저 알릴게요."

그녀가 계단을 올라가기 시작했다. 캣은 그 뒤를 따랐다.

로빈슨 부인은 침실 문 앞에 잠시 멈추더니 눈물이 가득 찬 눈으로 캣을 돌아보았다.

"제발, 제발 그이를 너무 자극하지 말아 주세요. 남편은 보기보다 허약한 상태예요. 기침 발작을 일으키면 회복하지 못할 수도 있어요."

캣이 고개를 끄덕였다. 그녀는 로빈슨 부인이 생각하는 것보다 더 많은 것을 알고 있었다.

"여보, 미안해요. 프랭크 총경이라는 분이 찾아왔어요. 당신과 잠깐 이야기하고 싶대요. 괜찮겠어요?"

로빈슨 부인이 침실에서 말하는 소리가 들렸다.

캣은 로빈슨 교수의 대답을 기다리지 않았다. 곧바로 침실로 들어가 마침내 윌 로빈슨의 아버지와 얼굴을 마주했다.

47장

병자가 있는 방 특유의 숨 막힐 것 같은 공기가 캣을 덮쳤다. 병마와 부패의 시큼한 악취가 당분 섞인 달콤한 약 냄새와 뒤섞여 있었다. 죽어가는 환자의 의료 장비들을 보자 과거의 기억이 현재와 뒤엉켰다. 제라드 로빈슨 교수는 환자용 침대에 몸을 기대어 앉아 있었다. 머리카락이 빠진 머리를 베개 더미가 받치고 있었다. 코에 연결된 플라스틱 튜브가 숨 쉬듯 부풀었다 납작해지는 방구석의 산소통으로 구불구불 이어져 있었고, 파자마 상의 단추가 풀려 뼈만 앙상한 피부가 드러났다. 그는 자는 것처럼 고요한 모습이었지만, 눈을 뜨고 캣의 모든 행동을 지켜보고 있었다.

캣은 마음을 굳게 먹었다. 로빈슨 교수가 죽어가는 환자이긴 하지만, 그녀의 아들을 비롯해 (신만 알겠지만) 많은 사람을 납치한 범인일 수도 있다. 게다가 그에게 질문할 기회가 다시 오지 않을 수도 있다. 이 기회를 꼭 잡아야 했다.

"캣 프랭크 총경입니다."

그녀가 명함을 보여주었다.

"몇 가지 질문을 하고 싶습니다."

"여보, 10분만 둘이 이야기하게 해줄 수 있지?" 제라드 로빈슨이 곁을 지켜선 아내에게 말했다.

"하지만—"

"그렇게 해줘, 여보." 그의 목소리는 부드러웠다.

"딱 10분이에요."

로빈슨 부인이 캣을 노려보며 문을 닫고 나갔다.

제라드 로빈슨 교수가 침대 옆의 의자를 가리켰다.

캣이 의자에 앉았다. 침대 옆 캐비닛 위에 커다란 모르핀 병이 있는 것을 알아차렸다. 그 옆에는 병원에서 음식을 줄 때 사용하는 바퀴 달린 좁은 테이블이 있고, 테이블 위에는 노트북이 놓여 있었다. 노트북은 닫혀 있었지만 불빛이 깜박이는 것을 보면 아직 켜져 있다는 것을 알 수 있었다. 조금 전까지 누군가와 연락을 주고받다가 그녀가 들어오니 노트북을 닫은 것일까?

"프랭크 총경, 무엇을 도와드리면 되겠소?"

캣은 수척하지만 날카로운 눈빛을 가진 남자를 찬찬히 살펴보았다. 그녀는 정면으로 돌파하기로 했다.

"경찰은 당신이 죽은 친구인 로버트 맥코믹 박사의 이름으로 구급차, 간호 서비스 대행업체, 의료 폐기물 회사를 등록한 사실을 확인했습니다. 또한 이 구급차를 이용해 최소한 다섯 명, 혹은 그 이상의 젊은이들을 납치한 것을 증명할 CCTV와 ANPR 카메라 자료를 확보했습니다. 실종자들은 모두 암으로 부모 중 한 명을 잃었으며, 당신이 연구목적으로 그들을 이용했다고 추정합니다. 물론 부인할 수도 있겠죠. 하지만 당신이 소유한 모든 기기에 대한 영장을 받자마자 48시간 이내에 방금 말한 내용을 모두 확인할 수 있음을 알려드립니다."

제라드 로빈슨의 목소리는 시선만큼이나 안정적이었다.

"글쎄. 그렇게 많이 알고 있다면, 내가 확인이나 부정을 해야 할 필요가 있소?"

"당신이 그들을 어디로 데려갔는지 모르기 때문이죠."

제라드 로빈슨은 눈을 거의 깜박이지 않았다.

"납치된 사람들이 어디에 있는지 알려준다면, 기소 형량을 줄여줄 수 있습니다."

그가 웃었다.

"감형? 프랭크 총경, 기소장의 잉크가 마르기도 전에 난 죽을 거요. 죽은 사람은 기소가 불가능하지."

캣은 주먹을 꽉 쥐었다. 그의 말이 맞았다.

"타이론 월터스를 어디로 데려갔습니까?"

답이 없었다.

"캐머런 프랭크를 어디로 데려갔습니까?"

답이 없었다.

"당신 아들인 윌 로빈슨은 어디로 데려갔습니까?"

그가 기침했지만 캣은 고삐를 늦추지 않았다.

"이게 바로 내가 이해할 수 없는 부분입니다. 어떻게 자기 자식을 납치할 수 있죠? 어떻게 자기 부인에게 그런 짓을 할 수 있는 겁니까?"

코에 연결된 튜브를 통해 산소를 더 빨아들이려고 그의 콧구멍이 부풀었다.

"로빈슨 교수님, 당신은 저를 잘 모르겠죠. 캐머런 프랭크가 내 아들이라는 사실도 모를 테고요. 남편은 폐암으로 죽었고, 제가 남편을 18개월간 간호한 사실도 모르겠죠. 모두 저를 강인한 사람이라고 했습니다. 하지만 당시에는 그렇게 생각하지 않았어요. 선택의 여지가 없다고 생각했거든요. 하지만 돌이켜보니 알겠더군요. 맞아요, 전 강인했습니다. 그래야만 했죠. 캠을 위해서요."

캣은 그의 눈을 똑바로 응시하며 몸을 앞으로 숙였다.

"불치병에 걸린 남편을 돌보는 것만 해도 힘든데, 그나마 저는 아들의 생사까지 알 수 없는 상황은 아니었죠. 하지만 안타깝게도 당신의 불쌍한 아내가 겪는 고통은 제가 과거에 겪었던 고통보다 훨씬 더하겠군요. 하지만 대체 무엇 때문에 아내에게 이런 짓을 하는지 도저히 상상이 안 갑니다."

제라드 로빈슨의 숨이 가빠지며 기침을 하기 시작했다. 공기를 할퀴듯 커다란 소리가 났다. 그가 고개를 흔들자 베개 위에 땀자국이 줄무늬처럼 생겼다.

캣은 가까스로 자신을 멈췄다. 신중할 필요가 있다. 너무 강하게 밀어붙이면 그를 잃을 수도 있다. 두려움을 억누르며 제라드 로빈슨의 감정에 집중했다. 그는 분명 아내와 아들을 염려했다. 눈빛에서 그의 감정을 읽을 수 있었다. 앞뒤가 맞지 않았다.

"누군가가 당신을 협박했나요?"

누군가가 자신을 협박했다는 추측에 교수가 코웃음을 쳤다.

생각해 봐. 그는 의사야. 교수이기도 하고. 분명 부유하고, 아마 오만할 거야. 자존심이 강하겠지. 그에게 가족보다 더 중요한 게 무엇일까?

"분명 그럴만한 이유가 있었겠죠." 캣이 거의 혼잣말처럼 중얼거렸다.

로빈슨 교수가 다시 기침했다. 가래가 쿨럭거리는 거친 소리에 캣은 손톱이 손바닥을 파고들 정도로 주먹을 꽉 쥐었다.

그가 물을 가리켰다.

캣이 유리잔을 건네자, 로빈슨 교수가 떨리는 손으로 컵을 잡았다. 물을 마실 때 일부가 턱을 타고 흘러내렸다. 그는 휴지로 턱을 닦은 후 눈을 감았다.

"내가 이해할 수 없는 것은, 평생을 사람을 구해온 의사가 대체 왜 고의로 많은 사람을 해쳤는가 하는 거예요." 캣이 말했다.

그가 눈을 감고 있어도 다 듣고 있다는 게 느껴졌다.

"아마 죽기 전에 실험하고 싶은 연구가 있었겠죠. 암에 대한 지식과 치료 방법을 발전시킬 수 있는 연구요."

방금 살짝 끄덕인 건가?

그녀는 어조를 부드럽게 하여, 그를 더 존중하고 이해심 있는 태도를 취했다.

"교수님은 수십 년을 종양학자로 살아왔습니다. 그 모든 지식을 습득하고 위대한 발견을 눈앞에 두었는데, 살날이 얼마 남지 않았다는 사실을 알고 분명 절망스러웠겠죠. 당신의 업적으로 남길 암 치료법을 찾기 위해 편법을 택하고 싶었을 것입니다."

그가 눈을 번쩍 떴다. 아. 이거였군. 업적.

"그렇게 행동하신 이유는 납득이 갑니다. 하지만 당신이 치료법을 찾았다고 해서, 사람들을 납치해 실험한 범죄자의 연구를 이용하고 싶은 사람이 있을까요?"

"하지만 실종자들이 자신에게 주어진 정보에 따라 주체적인 선택을 했고, 그에 따라 서면이나 구두 동의를 했다면? 그렇다면 범죄가 성립될 것 같소?" 로빈슨 교수가 입을 열었다.

캣은 때를 놓치지 않고 바로 질문했다.

"실종자들이 정확히 무엇에 동의했죠?"

"그들은 조기 발병 암에 대한 실험적 치료를 받는 데 동의했소. 암 유전체학과 효과적인 치료법에 대한 최신 연구 결과를 가속하기 위해서지."

캣은 놀란 내색을 하지 않으려고 애썼다. 그가 계속 말하도록 유도해야 했다.

"하지만 실종된 청년들 중에 암에 걸린 사람은 없었어요."

로빈슨 교수가 어깨를 으쓱했다.

"그건 당신이 암에 '걸렸다'를 어떻게 정의하느냐에 달려 있소. 각 실험 참가자는 일반인보다 훨씬 일찍 암에 걸릴 가능성이 높은 돌연변이 유전자를 갖고 있지. 우리가 한 일은 그걸 앞당긴 것뿐이오."

"무슨 뜻이죠?"

"우린 동물을 대상으로 한 1차 임상 실험에서 늘 이 작업을 적용하지. 실험실에서 동물의 유전자를 활성화하여 종양 형성 이상을 발현시키는 거요. 그래야 동물에게 새로운 약물과 치료법을 테스트해 볼 수 있으니까."

캣의 피부가 차갑게 식었다.

"실종자들에게 발암 물질을 투여했다고요?"

"암이 잘 발현될 수 있도록 그들이 물려받은 유전자를 활성화했소. 예상보다 암이 일찍 발병해야 치료 가능성이 가장 높은 발병 초기에 새로 개발한 치료법을 적용해 볼 수 있으니까. 본질적으로 유전자 활성화 및 표적 치료를 위한 임상 실험이오. 다만,

그 대상이 동물이 아닌 인간일 뿐."

캣은 숨을 쉴 수 없었다.

"그래서 어떻게 되었죠? 성공했나요?" 그녀는 간신히 말을 이었다.

제라드 로빈슨이 한숨을 쉬었다. 폐에서 가르랑거리는 소리가 들렸다.

"아직 최적의 복용량을 확립하지 못했소. 늘 그렇듯 부작용으로 몸이 극도로 쇠약해지는 것만 입증했지. 비록 최근 한 청년에게서 큰 진전을 보긴 했지만."

"한 명? 단지 한 명뿐인가요? 누구죠?"

"나는 정말 모르오. 편견을 방지하기 위해, 실험체에는 번호를 할당하기 때문이지."

"그러면 나머지는요?"

로빈슨 교수가 눈을 감았다.

"그들은 어떻게 되었죠? 당신이 모두 죽였나요?"

"난 아무도 죽이지 않았소."

그가 경멸하듯 손을 휘저으며 말했다.

"실험에 참여한 사람들은 모두 유전자 변이를 갖고 있소. 난 그들을 포함해 유전적 변이를 가진 사람들을 미래에 닥칠 잠재적 위험으로부터 구하려고 했던 것뿐이오."

캣은 벌떡 일어서며 손으로 입을 틀어막아야 했다. 비명이 터질 것만 같았다. 캠에게도 발암 물질을 투여했을까? 타이론과 자기 자식인 윌에게도?

그녀는 방을 왔다 갔다 하며 폐로 공기를 내뿜었다.

"당신은 내가 미쳤다고 생각하겠지. 하지만 실험실에서 환자 진료소까지 치료제가 도달하는 데 얼마나 긴 시간이 걸리는지 아시오? 10년, 때로는 15년이요. 이것도 낙관적으로 볼 때나 그렇지 현실은 더 오래 걸리오. 유전체학에 대한 이해가 기하급수적으로 증가하고 있는 상황에서 모든 가설을 망할 쥐 따위에나 독립 실험하도록 강요받기 때문이요. 젠장. 유연성이나 실시간 학습의 가능성은 전혀 없지. 게다가 코로나에 모든 예산이 쏠린 지금은 상황이 더 나빠졌소."

"본인을 위한 치료법을 찾길 바랐나요? 그래서 그런 짓을 한 건가요?"

"하, 아니요. 나는 이미 늦었소. 암 진단을 받은 바로 그날, 공로상도 수여 받았지. 그날 난 내가 이룬 업적이 부질없다는 걸 깨달았소. 그때 한 젊은 후배 의사와 대화를 시작했지. 그는 어떻게 해야 나처럼 후회하지 않을 수 있는지 묻더군. 또 하나의 실패한 종양학자가 되어, 죽거나 고통 받는 환자만을 업적으로 남기고 싶지 않다면서. 그와 이야기 나누면서, 내 이론을 실험해 보기에 아직 늦지 않았다는 것을 깨달았소. 의학계의 선조들처럼 용감하고 대담하게 나의 지식과 경험을 적용해보기로 했소. 30년 동안 종양학자로 일한 경험은 항상 망할 놈의 위원회들보다 나은 직감을 선사해 줬지."

"그래서 젊고 건강한 사람들을 납치해 불법 실험을 했단 말인가요?" 캣은 여전히 믿기 힘들다는 듯 고개를 저었다. "어떻게 그럴 수 있죠? 게다가 자기 아들까지?"

"그러지 않는 것이 오히려 비윤리적인 일 아니요? 에드워드 제너는 당시 아기였던 아들에게 천연두 백신을 실험했소. 자기 아이의 목숨을 걸고 위험을 감수한 결과, 결국 수백만 사람들의 목숨을 살릴 수 있었지. 인류는 제너의 이타적인 행동이 가져다준 혜택을 입은 거요. 그러니 이미 죽었거나 혹은 죽어가는 환자의 자녀 중 컴퓨터가 무작위로 고른 결과에 내 아들의 이름이 적혀있다 해도, 내 아들만 실험에서 제외하는 것은 공정하지 않다고 생각했소. 나는 아들을 사랑하오. 당연한 것 아니겠소. 하지만 내 아이의 목숨이 왜 다른 사람들의 목숨보다 우선시 되어야 하는 거요?"

"윌은 물론이고, 다른 누구의 목숨도 위험에 빠뜨릴 필요가 없었어요."

"그 아이의 목숨은 이미 위험했소." 로빈슨 교수가 쏘아붙였다.

"살인자는 암이요, 내가 아니라. 치료법을 찾기 전까지는 아무도 안전하지 않소. 죽어가는 남편을 간호해 봤다면, 이게 얼마나 무서운 병인지 알 텐데. 사람들이 그렇게 비참하게 죽는 걸 막기 위해서는 무엇이라도 해야 하지 않겠소?"

그는 자신의 황폐해진 육체를 손으로 가리킨 뒤 지친 눈을 감고 베개에 등을 기댔다.

"맞소. 내 실험은 위험하지. 하지만 진짜 아무것도 하지 않고, 가만히 앉아서 연구가 결실을 보기만 기다리는 것이 가장 위험한 일이오. 적어도 이 실험으로 내 아들을 미래의 끔찍한 죽음에서 구할 가능성이 있소. 만약…."

그는 숨을 돌리려 잠깐 말을 멈췄다. 뒤이어 나온 말들은 느리고 불분명했다.

"만약 내가 실패한다면, 실험 데이터를 전에 만난 젊은 후배 의사에게 공유하도록 손 써놨소. 나의 실험 결과를 토대로 수년간의 시행착오를 아낄 수 있을 거요. 환자들이 15년이 아니라 3년 안에 내 연구의 혜택을 보게 될 거란 얘기요. 내 실험으로 소수의 사람이 죽었을 수는 있지만, 그로 인해 수천 명의 목숨을 구할 수 있다는 사실도 고려해야 하오. 이건 간단한 계산식이지."

간단한 계산식이라고? 말도 안 되는 헛소리였다.

"납치한 사람들은 어디에 있죠?" 캣이 침대를 내려다보며 물었다. "그들을 어디로 데려간 거죠?"

로빈슨 교수가 졸린 미소를 지었다.

"설마 그걸 말해줄 거라고 생각하는 거요?"

"말하는 게 좋을걸요. 그렇지 않으면 내가 당신을—"

"어떻게 하려고? 죽이려고?" 로빈슨 교수가 웃었다. 그녀가 들어본 중 가장 슬픈 웃음소리였다.

"그러기엔 너무 늦은 것 같군." 그가 침대 옆에 놓인 모르핀 병을 가리켰다.

캣이 병을 집어 들었다. 끈적끈적한 병은 완전히 비어 있었다.

"당신이 계단에서 하는 말을 듣고 전부 투여했어."

캣이 휴대폰을 꺼냈다.

"구급차를 불러도 소용없을걸. 보통 모르핀이 혈류에 도달하는 데 20분쯤 걸리지. 로라제팜*과 함께 다량을 과다 투여했으니 구급차가 여기로 올 때쯤이면 난 이미 죽었을 거요. 구급대원들도 말기 암 환자를 소생시키려 애쓰진 않겠지. 내 의료기록에는 연명치료 포기 표시가 되어있거든."

제기랄. 여기 얼마나 있었지? 10분, 15분? 약이 그를 죽이기까지 시간이 얼마나 남았지?

"제발요." 캣이 애원했다. "내 아들이 어디 있는지만 말해줘요."

---

* 벤조디아제핀 계열의 항불안제

"그러면 내 연구를 끝장내고 자료를 압수해 가려고?" 그가 고개를 가로저으며 말했다. "안 되지. 당신이 아들 때문에 괴로운 것은 알겠소. 아들이 이번 실험에서 혜택을 볼 수 있기를 바라야 할 거요. 내가 뭘 역시 그러기를 바라듯."

그는 자기가 뱉은 말을 스스로 믿지 않는 것처럼 한숨을 내쉬었다.

"하지만 이 연구는 단지 내 아들이나 당신 아들에 관한 것이 아니오. 나는 미래에 암에 걸릴 수도 있는 수천 명의 아들, 딸들을 위해 이 실험을 한 것이오."

"당신 자료에는 관심 없어요. 난 내 아들만 있으면 돼요. 아이가 어디 있는지만 말해줘요. 캠의 암 유전자도 이미 활성화했나요? 그랬나요?"

로빈슨 교수가 눈을 감았다.

"록, 모두 녹음했어?"

"물론입니다."

그 순간 방 안에 로빈슨 교수의 목소리가 가득 찼다.

'그러지 않는 것이 오히려 비윤리적인 일 아니오? 에드워드 제너는 당시 아기였던 아들에게 천연두 백신을 실험했소. 자기 아이의 목숨을 걸고 위험을 감수한 결과, 결국 수백만 사람들의 목숨을 살릴 수 있었지. 인류는 제너의 이타적인 행동이 가져다준 혜택을 입은 거요. 그러니 이미 죽었거나 혹은 죽어가는 환자의 자녀 중 컴퓨터가 무작위로 고른 결과에 내 아들의 이름이 적혀있다 해도, 내 아들만 실험에서 제외하는 것은 공정하지 않다고 생각했소.'

"그 녹음은 내 동의 없이 이루어졌으니, 법원에서 인정되지 않을 거요." 그는 눈을 감은 채 말했다.

캣이 어깨를 으쓱했다.

"아들 목숨이 단순한 계산식에 불과하다는 의견에 부인이 동의할까요?"

"아내는 절대 당신 말을 믿지 않을 거요."

"하지만 당신 말은 믿겠죠."

그가 눈을 번쩍 떴다. 처음으로 로빈슨 교수의 얼굴에 두려움이 서렸다.

"감히 그녀에게 녹음을 들려주려 하다니, 당신, 당신…"

기침 때문에 그의 말이 끊겼다.

"내 아들이 어디에 있는지 말하지 않으면, 당장 당신 아내에게 이걸 들려주겠어요."

그는 베개에 털썩 몸을 기댄 채, 폐를 긁는 듯한 컹컹 소리를 내며 숨을 쉬려 애썼다.

캣이 침대 옆에서 노트북을 집어 들었다.

"여기에 위치가 나와 있나요? 말하기 힘들면 그냥 손으로 가리켜만 주세요. 로빈슨 교수님?"

그는 거부의 뜻으로 말없이 고개를 돌렸다.

그때 침대 발치에 월 로빈슨의 실물 크기 홀로그램이 나타났다. 창백한 얼굴은 어두운 방 안에서 묘하게 빛이 났다. 월은 하얀 잠옷처럼 보이는 옷을 입고 있었다. 그의 모습에서 유일한 색채인 밝은 적갈색 머리카락만 후광처럼 빛이 났다. 월의 이미지가 아버지를 향해 손을 내밀었다.

"자신의 죄를 하늘에 참회하세요." 월이 말했다. 얼굴은 귀신같이 창백했고, 두 눈은 크고 검었다.

"윌?" 로빈슨 교수가 속삭였다.

윌(처럼 보이는 홀로그램)이 침대에 한 발짝 더 다가섰다.

"과거를 뉘우치고, 앞으로는 죄를 범하지 마세요. 죄로 물든 잡초에 비료를 뿌려 더 이상 잡초가 번지지 않게 하세요."

〈햄릿〉이었다. 캣은 윌이 〈햄릿〉의 대사를 인용하고 있다는 것을 깨달았다.

로빈슨 교수가 숨을 헐떡이며 아들의 이미지를 향해 몸을 앞으로 내밀었다. 공기를 들이마시려 애쓰며 시퍼런 입술로 아들의 이름을 부르려 했다. 그의 눈은 눈물로 가득 찼다.

"록, 그만하면 됐어." 캣이 경고했다.

윌의 이미지가 갑자기 사라지자, 늙은 아버지는 어둡고 텅 빈 방 안을 둘러보았다.

"윌?" 로빈슨 교수가 울먹이며 기침했다. "괜찮니? 어디 있니? 윌!"

문이 열리며 로빈슨 부인이 뛰어 들어왔다.

"제라드?"

그녀는 격렬하게 오르내리는 남편의 가슴 위로 손을 얹었다.

"무슨 짓을 한 거죠?"

그녀가 울면서 적개심 가득한 눈으로 캣을 노려보았다.

"죄송합니다. 단지— 로빈슨 교수님, 제발요, 그냥 알려만—"

"나가요!" 부인이 소리 질렀다. "우리를 내버려 두라고요!"

로빈슨 부인은 남편의 손을 붙잡고 괜찮아질 거라고 계속 말했다. 흐느끼는 그녀를 뒤로 하고 캣은 방을 나왔다.

캣은 브라운을 들어오게 한 후 교수와 나눈 이야기를 설명했다. 여전히 로빈슨 교수의 노트북을 움켜쥔 채였다. 이야기하는 내내 위층에서 흐느끼는 소리가 점점 커졌다.

"구급차가 7분 안에 올 거예요." 브라운이 천장을 올려다보며 말했다.

"너무 늦었어." 캣이 의자에 주저앉으며 말했다.

"록의 연극 덕에 로빈슨 교수는 실종자들이 있는 장소를 실토하기 전에 죽을 거야."

"총경님, 그건 정확하지도 공평하지도 않은 말입니다. 로빈슨 교수의 바이털 사인에 근거하여, 분명 70퍼센트 이상의 확률로 그의 생명이 몇 분 남지 않았다고 판단했습니다. 상황이 긴급했기 때문에 아들의 영상을 이용하여 자백을 유도했을 뿐입니다."

"하지만 자백 대신, 교수의 죽음을 앞당겼을 뿐이지."

위층에서 나던 울음소리가 뚝 멎었다. 뒤따른 섬뜩한 침묵에 캣이 고개를 숙였다. 본능적으로 위층에 올라가 로빈슨 부인을 위로하고 싶었다. 하지만 조금 전 발생한 일 때문에 부인은 캣을 반기지 않을 것이다. 게다가 만약 남편이 실종된 아들과 무슨 상관이 있냐고 물어본다면? 심지어 그가 사망한 이 순간, 그녀가 더 이상 무슨 말을 할 수 있을까? 인간의 마음이 감당할 수 있는 데는 한계가 있다.

"록, 로빈슨 교수의 노트북에 접속해서 납치한 사람들을 어디로 데려갔는지 찾아봐." 그녀가 자리에서 일어서며 말했다.

록이 잠깐 조용해졌다.

"로빈슨 교수는 매일 아침 9시에 다른 노트북과 스카이프를 한 것으로 보입니다."

"병동 회진이군."

캣은 대화에 정신을 집중했다.

"교수는 원격으로 병동을 회진하고 환자 자료를 검토했어. 록, 상대 노트북이 어디에서 스카이프에 접속했는지 알 수 있어?"

"물론입니다."

부엌 조리대 위에 지도가 나타났다. 지도에 노란 점 하나가 반짝였다.

"상대 노트북의 위치는 버밍엄의 킹 찰스 병원입니다."

"병원이라고?"

캣은 장소를 되묻는 순간, 모든 게 맞아떨어진다는 것을 알았다. 재빨리 인터넷 검색을 한 결과, 로빈슨 교수가 건강상의 이유로 은퇴하기 전까지 킹 찰스 병원에서 종양학과 전문의로 있었다는 게 드러났다. 그 덕에 그는 병원의 모든 장소와 시설에 접근할 수 있었다. 친숙한 얼굴의 존경받는 의사나 구급차에서 그의 환자를 실어 나르는 간호사를 누가 의심하겠는가? 혹은(어두운 목소리가 속삭였다) 그의 병동에서 의료 폐기물 처리함이 나온다 한들, 그 통이 시체를 넣을 만큼 크다 한들, 누가 신경이나 썼을까?

"병원 내부의 어디쯤이야?" 캣이 노란 점을 응시하며 물었다.

"안타깝게도 신호 위치는 발신지로부터 50미터 이내에서만 확인 가능합니다. 그러므로 이 지점에서 반경 50미터 내의 어느 곳이든 될 수 있습니다."

제기랄. 존 역시 킹 찰스 병원에서 치료받았다. 그 덕에 캣은 그 병원이 얼마나 넓고 복잡한지 누구보다 잘 알고 있었다.

"좋아, 이렇게 하지. 브라운, 지원 요청을 해. 로빈슨 교수가 죽으면서 범행을 자백했다고만 설명해. 지금 단계에서는 자세히 말하지 말고. 실종자 중 일부 혹은 전부가 킹 찰스 병원으로 이송되었으며, 최소한 한 명은 아직 살아있다고 믿을 만한 근거가 있다고 해."

그녀는 심호흡하며 목소리가 높아지지 않게 잠시 말을 멈추었다. 그 한 명이 캠이기를 바라는 마음은 어쩔 수 없었다. 만약 캠의 돌연변이 암 유전자가 활성화되었다면? 만약….

그만. 만약이란 생각은 아들을 찾는 데 전혀 도움이 되지 않는다.

"난 지금 병원으로 갈게. 지원이 필요해. 빠른 시간 안에 병원을 수색하려면 최대한 많은 인력이 필요해. 그리고 가족 연락 담당관을 여기로 긴급 파견해. 로빈슨 부인은 방금 남편을 잃었어. 아들 역시 실종 상태고. 혼자 둬서는 안 돼."

49장

7월 5일 오후 8시 40분.
버밍엄, 킹 찰스 3세 병원 주차장

차에 앉아있는 여자는 제라드의 문자를 응시했다.

사랑하는 당신, 이제 떠날 시간이 되었어. 언젠가 이런 순간이 올 것을 알고 있었잖아. 당신이 나를 위해 해준 모든 일에 진심으로 고마워. 당신의 사랑을 받을 수 있는 행운을 준 신께 감사해. 이제 중요한 건 우리의 업적과 당신을 안전하게 지키는 것뿐이야. 마무리가 허술해서는 안 돼. 우리를 위해, 마지막 남은 한 가지 일을 해낼 수 있도록 힘을 낼 거라 믿어. 안녕. 당신을 사랑해. 마음을 담아, 제라드.

그녀는 휴대폰을 내려놓았다. 눈물이 앞을 흐렸다. 문자의 의미는 의심할 여지가 없었다. 이게 바로 처음 그에게 매료된 이유이기도 했다. 그는 혼란스러운 일상생활 속에서도 정말 중요한 문제에 집중할 수 있는 정신력을 갖고 있었다.

아, 제라드. 그의 아름다운 영혼은 지금쯤 어디에 있을까? 그녀는 사후 세계를 믿지 않았지만 그의 모든 지식, 제라드의 모든 것이 이제 사라졌다고는 생각하고 싶지 않았다.

밀려오는 눈물에 두 눈을 꼭 감았다. 아니야, 사라진 게 아니야. 그게 바로 제라드가 한 연구의 핵심이었다. 그것이 애초에 그녀가 제라드를 돕기로 한 이유이기도 했다. 그는 지금 어느 때보다 그녀의 도움이 필요했다. 둘은 이 순간에 대해 수십 번 논의했다.

"이건 내 연구와 당신을 지키기 위해서야." 제라드가 주장했었다. "용기를 잃지 않겠다고 약속해 줘."

그녀는 제라드에게 약속했다. 그가 이렇게 용감한데 이렇게 그녀가 약속을 지키지 않을 수 있겠는가? 그와 했던 약속은 진심이었다. 하지만 이렇게 어두운 주차장에 홀로 앉아 있으니, 도저히 해낼 수 없을 것 같았다. 어깨를 으쓱하며 불안감을 떨쳐내려 애썼다. 그녀에게 죽음은 낯설지 않았다. 죽음도 그녀 일의 일부였다. 죽음으로 인한 깊은 슬픔과 후회 속에서 늘 무언가 배울 수 있었다. 하지만 고의로 사람의 목숨을 끊은 적은 단 한 번도 없었다.

휴대폰을 다시 쳐다보았다. 휴대폰은 엄지손가락 지문으로 얼룩지고 여기저기 금이 가 있었다. 오후 8시 55분이었다. 지금 차를 몰고 간다면 네 시간 안에 도버에 도착하고, 아침 교대근무가 시작하기도 전에 프랑스에 갈 수 있다. 새로 데려 온 실험 대상자에게는 얼굴을 들키지 않도록 주의했다. 게다가 남은 한 명은 그녀의 신원이 밝혀지기도 전에 아마 사망할 것이다.

그래, 그냥 지금 떠나는 게 모두에게 나을 것이다. 과감하게 차키를 돌려 시동을 걸었다. 엔진이 떨리며 굉음을 내는 게 느껴졌다. 도버로 가는 텅 빈 도로의 새벽하늘이 그려졌다.

그때 푸른 사이렌 불빛이 그녀의 차 뒤에서 번쩍였다. 잠시 동작을 멈추고, 구급차가 응급실 밖에 주차할 때까지 기다렸다. 이게 바로 국민건강보험 체계의 문제였다. 한 명의 환자를 구하고 나면, 세 명의 환자가 나타났다. 끝이 없었다.

순간 한기가 그녀를 덮쳤다. 순간 제라드의 손이 그녀의 어깨 위에 있는 것처럼 느껴졌다. 그래서 당신이 이 일을 해내야 해. 제라드의 목소리가 들리는 듯했다. 그렇지 않으면, 우리의 업적은 사라지고, 고통은 절대 끝나지 않을 거야.

엔진이 희미한 소리를 내며 꺼졌다. 그녀는 마침내 결단을 내리고 차에서 내려 병원 주차장을 통과했다. 제라드에게 용기를 잃지 않겠다고 약속했다. 그를 실망시키지 않을 것이다.

50장

7월 5일 오후 9시 2분.
버밍엄, 킹 찰스 3세 병원

록이 계속 강조했던 것처럼, 버밍엄의 킹 찰스 병원은 전국에서 가장 큰 병원 중 하나였다. 천 개 이상의 병상을 보유하고, 매년 오십만 명의 환자를 치료했다. 이 거대한 병원 단지는 63미터 높이의 곡선형 타워 3개로 구성되어 있고, 흰색 벽과 유리로 이루어진 병원 전면은 수 킬로미터 밖에서도 눈에 띄었다.

캣은 록의 설명을 참고 들었다. 기계는 객관적 사실을 떠나 이곳이 희망과 절망의 장소라는 것을 몰랐다. 수많은 엄마, 아빠, 아들, 딸이 울고 웃고 기도하고 떠나는 곳이다. 때로는 감사하는 마음으로, 때로는 찢어지도록 아픈 가슴으로, 그러나 병원을 거쳐 간 후로는 예전과 같은 삶을 결코 살 수 없게 마련이다.

캣은 주차 제한을 무시하고 주 출입구 앞의 구급차 전용 구역에 차를 세웠다. 그녀는 밤하늘을 밝히는 수천 개의 창문을 올려다보았다. 캠이 저 병실 중 하나에 있다. 하지만 저 많은 병실 중 어디에 있을까? 눈앞의 현실에 위축되지 않으려 애쓰며 유리문을 향해 성큼성큼 걸어갔다. 캣은 수액을 달고 벤치에 앉아 담배를 피우는 젊은 여자를 지나 경비원에게 경찰 배지를 흔들어 보였다.

하산과 제복을 입은 경찰관 몇 명이 거대한 로비에서 그녀를 기다리고 있었다.

"프랭크 총경님, 죄송합니다." 하산이 다가오며 말했다.

캣은 가슴이 덜컥했다.

"왜? 무슨 일이지? 캠에게 무슨 일이 생긴 거야?"

"아닙니다. 수색은 이제 막 시작했습니다. 제가 드리려던 말씀은, 그러니까… 록이 보낸 총경님과 로빈슨 교수의 대화 녹취록을 봤는데… 총경님을 믿지 못한 점, 정말 죄송합니다. 제가 틀렸습니다."

맙소사, 하산 때문에 심장이 멈출 뻔했다. 그녀는 손을 들어 길어지는 사과의 말을 막고 현재 상황을 알려달라고 했다. 하산은 경찰 열 명을 동원해 병원을 1층부터 수색 중이었고, 상황을 들은 오코네도 교수가 즉시 도와주겠다고 하여 현재 2층을 수색 중이었다.

캣이 욕설을 내뱉었다.

"열 명? 그게 다야? 왜 1층부터 시작했지? 로빈슨 교수는 종양학과 전문의야. 6층에 있는 암 병동에서 일했을 거야. 실종자들을 거기로 데려갔을 확률이 높아. 그가 왔다 갔다 하더라도 의심받지 않을 곳 말이야."

하산이 재차 사과하려 했지만 캣은 이미 엘리베이터를 향해 달려가고 있었다. 다른 경찰이 도착하기도 전에 엘리베이터 문이 닫혔다.

캣은 금속 벽면에 자기 모습이 흐릿하게 비치자, 이곳에 다시 돌아온 것이 얼마나 기이한 일인가 하고 생각했다. 이번에는 아들의 목숨이 위태로웠다. 엘리베이터에서 도착 신호음이 울리고 문이 열렸다. 끝이 보이지 않을 정도로 긴 병원 복도에 발걸음을 내디뎠다. 창문이 줄지어 선 복도의 형광 불빛 아래를 걷자, 존의 상태가 점점 나빠지면서 급박하게 새벽에 입원하던 일들이 떠올랐다. 그녀는 결국 한때 건강했던 남편을 휠체어에 태워 바로 이 복도를 따라 휠체어를 밀고 가야만 했다.

이 모든 불공평함이 그녀를 분노하게 했다. 고통이라면, 이미 충분히 겪지 않았나? 한발 한발 복도를 내디딜 때마다 고통이 몰려와 분노가 커졌다. 다시는 그런 일을 겪지 않을 것이다. 반드시 아들을 찾아낼 것이다. 캠을 납치한 게 누구든 아무도 그녀를 막을 수 없다.

존이 치료받던 병동 앞에서 잠시 걸음을 멈추었다. 분명 나머지 의료진들은 너무 바빠서 불법 실험을 보더라도 그게 무엇인지 눈치 채지 못했을 것이다. 특히 박사의 '환자들'이 어리다면 더 그렇겠지? 시간에 쫓긴 캣은 복도 끝에 있는 청소년 암 병동으로 향했다. 교수가 실종자들을 이곳에 데려다 놓지 않았을까? 문의 호출 버튼을 누른 후 딸깍 소리가 나자, 문을 열었다. 캣은 벽에 붙어있는 통에서 소독 젤을 짠 후, 책상 앞에 앉아있는 간호사에게 다가갔다. 입을 열기 전까지는 어떤 말을 해야 할지 확신이 안 섰다.

"캣 프랭크 총경입니다." 그녀가 경찰 배지를 보여주며 물었다. "최근 로빈슨 교수가 이 병동에 온 적이 있습니까?"

간호사가 멍한 표정으로 그녀를 바라보았다.

"제가 알기로는 없어요. 하지만 전 밤 근무만 하거든요. 교수님 환자가 여기 있다면 낮 시간대에 오셨을 수도 있죠."

"당신은 본 적이 없다는 말씀이죠? 알겠습니다. 혹시 이 사람은 보신 적 있으신가요?"

캣이 휴대폰을 꺼내 캠의 사진을 보여주었다. 그렇게 최근 사진은 아니었다. 올해 찍은 캠의 사진이 거의 없다는 사실을 깨닫자, 마음이 아파졌다. 지금 내민 사진은 크리스마스에 찍은 사진이었다. 둘이서만 맞은 첫 크리스마스. 그녀는 캠이 억지로 미소 짓는 것을 알 수 있었다.

간호사가 고개를 저었다.

"아니요. 죄송해요. 이분 성함과 의료보험증 번호를 알려주시면, 병원 시스템에서 찾아볼 수 있어요."

캣은 일이 그렇게 간단하지 않을 거라 생각했지만, 그래도 시도는 해보았다.

간호사가 키보드를 두드렸다.

"죄송합니다. 이 병원에 입원한 기록이 없어요."

"다른 이름으로 입원했을 수도 있죠. 좀 둘러봐도 될까요?"

"잘 모르겠어요. 먼저 확인해 봐야 할 것 같은…"

그러나 그녀는 이미 복도를 가로지르며 1인실과 4인실을 들여다보는 중이었다. 고통스럽게 마른 십 대들이 주삿바늘과 의료 기계에 연결된 채 침대에 누워있었고, 부모들은 몸을 웅크린 채 휴대폰을 들여다보거나 근처 의자에서 졸고 있었다. 캣은 그녀를 향해 고개 돌린 얼굴들을 훑어보았다. 사람들은 그녀가 의사가 아니라는 것을 깨닫자 실망으로 축 처졌다.

"죄송합니다."

캣이 작게 속삭였다. 모든 얼굴에는 각자의 사연이 엿보였지만, 그들은 윌이나 타이론이나 캠은 아니었다.

병동을 나와 끝이 보이지 않는 복도에 다시 서자 비명이 터져 나올 것만 같았다.

"이 병원에는 침상이 천 개가 넘어. 다 뒤지려면 평생 걸릴 거야."

그녀 앞에 병원 단지의 홀로그램 이미지가 나타났다. 별관과 주차장과 주변 도로가 포함된 이미지였다.

"평생은 아닙니다, 총경님." 록이 말했다. "하지만 경찰 열 명이 각 병실과 연구실, 별관을 철저히 수색하는 데는 약 열두 시간 삼십육 분이 걸립니다. 체계적인 접근 방식은 위에서 아래로, 중앙에서 바깥쪽으로 수색하는 방법입니다."

"열두 시간? 제길. 이 병원 건물을 속속들이 아는 사람이 필요해. 눈에 잘 안 띄는 곳까지 아는 사람 말이야."

캣이 이마를 찌푸렸다. 누구에게 전화해야 하지? 병원 대표? 아니야, 그런 사람은 분명 자기 사무실에만 박혀 있을 것이다. 그들을 들여보낸 보안 직원은 경비용역 업체의 파견 근무자로 화장실이 어디 있는지조차 잘 몰랐다. 여기서 몇 년간 일한 사람이 필요했다. 이 끝없는 복도를 구석구석 알고 있는 사람…

그녀는 휴대폰을 꺼내 타이론의 엄마에게 전화했다.

"여보세요?"

캣은 희망과 두려움이 섞인 타이론 엄마의 목소리에 죄책감을 억누르고 말했다.

"월터스 부인, 늦은 시간에 귀찮게 해서 죄송합니다. 아직 타이론 관련 다른 소식은 없습니다. 하지만 긴급히 도움이 필요해서 전화 드렸어요. 현재 킹 찰스 3세 병원에서 근무하시죠?"

"네. 그런데 왜—"

"설명할 시간이 없어요. 이상한 질문으로 들리겠지만, 만약 당신이 불법 진료를 일삼는 부도덕한 의사이고, 남의 눈을 피해 환자를 치료하고 싶다면 환자를 어디에 입원시켜 놓을까요?"

"남의 눈을 피해서요?" 월터스 부인이 말했다. "글쎄요, 킹 찰스 병원은 지어진 지 얼마 안 된 데다 개방형 건물이라, 숨을 공간이 정말 없어요. 병원 경영진은 그런 부분을 잘 알고 있죠. 부도덕한 의사가 들키지 않고 무언가를 숨기기는 힘들다고 생각해요, 다만…"

"다만 뭐죠?"

"주 출입구 바로 맞은편에 신축 건물이 있어요. 민간 보험 환자를 대상으로 올해 개원할 예정이었는데 코로나 때문에 지연되었죠. 원래 관여했던 회사가 계획을 철회한 것 같아요. 다른 컨소시엄이 인수했는데, 건물 시범 가동과 수익 창출 계획의 일환으로 병동 일부나 전체를 의사들이 개인 진료에 이용할 수 있게 임대하고 있다고 들었어요."

"뭐라고요?"

"법적으로는 전혀 문제가 없지만, 옳은 일은 아니죠. 국민건강보험 소속 의사들이 민간 병원에서 사적으로 환자를 입원 치료하는 것을 허용하는 '의사 진료 특권'이라는 게 있어요. 제 친구 중 일부도 주말에 그런 병원에서 파견직으로 일해요. 전 해본 적 없지만요. 몇 년 전, 어떤 병원의 외과 의사가 승인받지 않은 실험적 기술로 개인 수술을 하다가 체포된 사건이 있었죠. 규제와 법률을 강화할 예정이라고 들었지만, 벌써 실행되었는지는 모르겠네요."

캣의 몸이 떨려왔다. 실험적 기술이라니. 말도 안 돼.

"그렇군요. 월터스 부인, 고맙습니다. 정말 큰 도움이 되었어요."

"그런데 그건 왜 물어보시는 거죠? 타이론과 무슨 관련이 있나요?"

그러나 캣은 이미 전화를 끊고 출구를 향해 달리고 있었다.

51장

7월 5일 밤 9시 55분.
버밍엄, 힐 특수 병원

"현재 병원 도면에 접근 중입니다."

손목 장치에서 록의 말이 들렸다. 캣은 맞은편의 위압적인 건물을 향해 달려가는 중이었다. 새로 지은 건물은 아직도 비계와 광고판으로 둘러싸여 있었다. 광고판(건강하고 활기차며 활동적인 삶을 살 수 있도록 해드립니다.)은 최신 특수 병원이 겨울에 개원한다는 약속을 담고 있었다.

완만한 곡선형 건물인 킹 찰스 병원과 다르게 이 병원은 거친 각도와 좁은 직선으로 이루어져 있었다. 눈부신 야간 조명 아래 서 있는 병원은 무자비하고 거칠어 보였다. 캣은 건물 전면을 훑어보며 온통 금속과 유리로 이루어진 벽에서 입구를 찾으려 애썼다. 망할 건축가 같으니, 불쌍한 환자가 병원을 드나들 때 길을 찾느라 애 먹을 것을 고려하지 않고 자기 솜씨만 뽐내고 있었다.

마침내 입구를 찾았지만 문이 잠겼다. 캣은 문을 두드리는 데 귀중한 몇 분을 써야 했다.

"총경님, 문이 닫힌 것 같습니다."

"그래도 경비원은 있을 거야."

캣은 경찰이 문을 열어달라고 요청할 때 사용하는 노크 방식으로 문을 세게 두드렸다.

효과가 있었다. 하얀 반소매 티셔츠에 검은색 바지를 입은 뚱뚱한 남자가 다가왔다.

캣은 문손잡이를 거칠게 돌렸다.

"문 여세요. 경찰입니다." 그녀가 소리쳤다.

남자가 문을 열자마자 캣은 그를 밀치고 들어갔다.

"워릭셔 경찰청에서 나온 프랭크 총경입니다. 이 구역에서 납치와 살인 사건이 일어났을 가능성을 조사 중입니다."

남자가 깜짝 놀라 눈을 크게 떴다.

"이 병원에서 개인 진료 특권을 가진 의사 목록을 모두 봐야겠습니다. 지금 당장요."

남자가 턱을 문질렀다.

"죄송하지만 제겐 그런 정보에 접근할 권한이 없는데요. 전 그냥 야간 경비원일 뿐이거든요."

"그렇다면 누구에게 권한이 있죠?"

경비원이 어깨를 으쓱했다.

"모르죠. 전 경비용역회사 파견근무자일 뿐이에요. 회사가 병원의 높은 사람들을 상대하죠. 단지 전 회사에서 알려준 시간에만 나올 뿐이에요."

"제기랄. 여기서 이 의사를 본 적 있습니까?"

캣이 휴대폰을 꺼내 인터넷에 있는 로빈슨 교수의 사진을 보여췄다.

"말씀드렸다시피 전 밤에만 일해요. 문이 모두 잠겼는지 확인하고, 쓰레기통을 비우고, 아무도 약국에 무단침입 못 하게 지키는 게 제 일이죠. 전 의사와는 아무 상관이 없어요. 병원이 공식개원하면 정규직 계약을 맺길 바라지만요."

캣은 욕설을 내뱉으며 그들이 서 있는 넓고 삭막한 중앙 홀을 훑어보았다. 대리석 바닥 한가운데 놓인 나무를 제외하면 홀은 텅 비어 있었다. 마치 대형 고급 호텔의 로비 같았다. 한쪽 끝에는 안내 데스크에서부터 쭉 뻗은 통로가 있었고, 반대쪽 끝에는 번쩍이는 은색 엘리베이터가 두 대 있었다. 선물은 모두 6개 층이었다.

"록, 하산에게 연락해서 팀을 지금 여기로 보내라고 해. 위층에서부터 아래층으로 내려가면서 수색할 거야."

"총경님, 그게 과연 현명한 방법일까요? 병상이 천 개 이상인 킹 찰스 병원보다 이곳을 우선시할 합당한 근거가 없습니다. 도면상 여기는 입원 가능한 병상이 50개, 임시 병상이 16개 밖에 없습니다. 아직 완전 가동되기 전이므로, 수색 시간이 오래 걸리지 않을 것입니다."

캣이 주먹을 꽉 쥐었다. 록에게 분명 자신의 판단을 평가하지 말고 명령에 따르라고 경고했었다. 분명 이 빛나고 텅 빈 공간에는 뭔가 잘못된 게 있었다. 하지만 명확히 설명할 근거가 없었다. 게다가 그녀가 틀렸다면 경찰은 거대한 킹 찰스 병원 건물을 처음부터 다시 수색해야 할 것이다. 록의 말이 옳았지만, 인정하고 싶지 않았다. 경비원에게 몸을 돌려 이 병원의 주 병동으로 안내해 달라고 요청했다.

경비원은 불안한 눈빛으로 주위를 둘러보았다.

"수색하려면 영장이 필요하지 않나요?"

"어린이나 노약자가 위험에 처했다고 볼만한 합리적인 근거가 있을 때는 필요 없습니다."

"그렇다면 따라오세요."

경비원은 마법 지팡이처럼 보안 출입증을 흔들며, 빠른 속도로 엘리베이터로 향했다. 경비원은 "저는 유세프라고 불러 주시면 돼요."라고 말했다.

그들은 엘리베이터에서 내려 어두컴컴하고 천장이 낮은 대형 외래 진료 공간으로 들어갔다. 줄지어 있는 빈 플라스틱 의자들은 그곳에 앉았던, 그리고 앞으로 앉을 모든 이들을 유령처럼 상기시켰다. 중앙에는 텅 빈 접수대가 있고, 접수대 너머의 벽과 움푹 파인 공간에는 약 열 개 정도의 문이 눈에 잘 띄지 않게 있었다.

"외래 진료실로만 사용되는 방들이죠. 하지만 옆에는 일부 낮 환자용 일일 침상도 몇 개 있어요." 유세프가 말했다.

캣은 내부를 확인해야 한다고 주장했다. 차례로 각 진료실 문을 열자 책상, 컴퓨터, 의자, 검사용 소파가 있었다. 하지만 환자는 없었다. 캠도, 타이론도, 윌도 없었다.

멀리서 시계가 자정을 알리는 소리가 들렸다.

그녀는 뒤쪽의 이중문을 고개로 가리켰다.

"저 문은 어디로 통하죠?"

"입원 병동으로 가는 엘리베이터가 나와요."

캣이 숨을 들이켰다.

"가보죠."

엘리베이터 문이 열리고 캣과 유세프는 다시 텅 빈 복도로 나왔다. 복도를 따라 걷는 그녀의 발걸음 소리와 헐떡거리는 유세프의 숨소리만이 적막을 메웠다. 또 다른 이중문이 나타났다. 유세프가 보안 출입증으로 문을 열며 '만약의 경우'를 대비해 본인이 먼저 들어가겠다고 고집했다.

내부는 완전히 깜깜했다. 하지만 넓고 텅 빈 사무공간처럼 보이는 곳을 지나자, 천장의 세로 조명이 깜박거리며 켜졌다. 그곳에는 침상도 책상도 없고, 서류함과 플라스틱 상자만이 벽면에 쌓여 있었다.

"이쪽은 아직 열지 않았어요. 하지만 일부 간호사들이 공부하거나 점심 먹을 때 여기를 이용하는 것 같아요. 쓰레기통을 계속 비워야 했거든요."

유세프가 테이크아웃 커피잔 두 개를 가리키며 말했다.

캣은 무릎을 꿇고 커피잔을 살펴보았다. 두 잔 모두 컵 입구에 같은 색 립스틱이 묻어있는 것을 알아차렸다. 간호사 한 명이 두 잔을 다 마신 것이다. 하지만 그곳에는 앉을 만한 의자도 없었다.

"저기로 가면 뭐가 있죠?"

캣이 또 다른 이중문을 고갯짓으로 가리키며 물었다.

"어… 하룻밤 입원이 필요한 환자들이 사용할 수 있는 1인실이 몇 개 있어요."

유리문 너머의 어둠 속을 관찰하던 캣은 가슴이 두근거렸다. 안에는 안내 데스크가 있었다. 그리고 텅 빈 데스크에는 또 종이컵이 하나 보였다. 개인 환자들이 아직 준비도 되지 않은 병원에 왜 입원하는 거지?

"여기가 맞는 것 같아." 그녀가 속삭였다.

"총경님, 지원을 기다려야 하지 않겠습니까?" 록이 물었다.

캣이 유리문 안을 들여다보았다. 록의 말이 맞다. 이 문 뒤에 뭐가 있을지 모른다. 만약 그녀의 예상이 틀리면, 실종자를 발견할 수 있는 주요 현장에서 이쪽으로 경찰 인력을 빼내는 셈이 된다. 하지만 캠이 여기 있다면, 시간을 일분일초도 더 낭비하고 싶지 않았다.

"유세프, 문 좀 열어주세요"

그가 문에 보안 출입증을 대자, 딸깍 소리가 나며 작은 녹색 불이 들어왔다.

캣은 최대한 조용히 문을 열고 안으로 들어갔다. 유세프에게 다음 문을 열고 밖에서 기다리라고 신호했다. 유세프의 치직거리는 무전기 소리나 헐떡거리는 숨소리가 누군가에게 그들의 침입을 알리는 경고음이 되게 하고 싶지 않았다. 록의 명확하고 독특한 목소리가 갑자기 고요함을 깨뜨리는 것도 원치 않았기 때문에 손목장치에서 변환기를 분리해 관자놀이에 붙였다. 이제 록의 목소리는 캣에게만 들릴 것이다.

전등 불빛이 깜박거리며 켜졌다. 그녀는 작은 소리라도 놓치지 않으려 귀를 바싹 세운 채 좁고 긴 복도를 바라보았다. 양쪽으로 두 개씩, 총 네 개의 문이 보였다. 모두 닫혀 있었다. 아무 소리도 들리지 않았다. 캣은 복도를 따라 천천히 걸어갔다. 첫 번째 문 앞에서 멈췄다가, 문을 확 열었다.

빈 침상 하나 그리고 그 옆에 캐비닛과 버려진 빈 수액 주머니가 보였다.

캣이 침을 꿀꺽 삼켰다. 왼쪽에 있는 두 번째 문으로 이동했다. 겨드랑이에서 갑자기 땀이 나는 게 느껴졌다. 두 번째 문을 열었다. 역시나 커버가 벗겨진 침대, 저울, 장소와 어울리지 않는 의자 몇 개 외에는 아무것도 없었다.

제기랄. 이곳에 캠이 있을 거라는 확신이 들었다. 그러자 두려움이 그녀의 목덜미를 움켜쥐었다. 만약 그녀가 이미 늦었다면?

캣이 세 번째 문으로 다가갔다. 신이시여, 제발, 캠이 여기 있게 해주세요. 제발, 캠에게 아무 일도 없게 해주세요. 다시는 아들에게 소리 지르지 않을게요. 약속드려요. 제발, 무사하게만 해주세요. 긴장해서 눈도 똑바로 뜨지 못한 채, 세 번째 문을 휙 열었다.

캣은 눈앞의 장면을 이해할 수 없었다.

한 소년이 침대 위에 누워 있고 간호사가 그 옆에 서 있었다.

"캠!"

캣이 소리쳤다. 간호사가 몸을 돌렸다. 모든 사고 회로가 잠깐 멈췄다.

로버트 맥코믹의 미망인, 모이라 맥코믹이 대체 왜 간호사 복장을 하고 캠 옆에 있는 거지?

저 주사기로 무슨 짓을 하고 있던 거지?

52장

"뒤로 물러나. 안 그러면 당신 아들에게 이 주사를 놓을 거야."
모이라 맥코믹이 말했다.

캣의 머리는 아직도 눈앞의 장면을 이해하려 애쓰고 있었다.
불과 몇 시간 전, 온실에서 그녀와 이야기 나누던 여성이 지금 여
기서 간호사복을 입고 아들 손등에 꽂힌 주사관 입구에 주사기
를 갖다 대고 있었다. 주사기 안에 뭐가 들었는지 모르지만, 그것
을 쥔 손이 떨리고 있었다. 캣은 위협을 가할 의사가 없다는 것을
보여주려고 두 손을 바닥이 보이게 번쩍 들었다.

"거기 앉아."

모이라 맥코믹이 날카로운 억양으로 말했다. 그녀는 방 반대편
에 있는 플라스틱 의자를 가리켰다.

"잠깐. 무전기와 휴대폰은 침대 위에 올려놔. 내가 볼 수 있게."

캣은 아들이 누워있는 침대 위에 무전기와 휴대폰을 천천히 내

려놓았다. 동시에 관자놀이에 붙여놓은 변환기가 보이지 않도록 머리카락으로 얼굴 일부를 가렸다.

캠의 두 눈은 감겨 있었고, 매우 깊이 잠든 것처럼 호흡이 느리고 일정했다. 병원 환자복을 입은 채 손등에는 주사관이 꽂혀 있었다. 정말 그녀의 아들이었다. 캣은 아들을 만지고, 뺨에 뽀뽀하고, 엄마가 여기 있으니 괜찮아질 거라고(정말 그럴까?) 말해주고 싶었다. 하지만 아들을 안아주기는커녕, 손을 만질 엄두도 낼 수 없었다. 모든 상황을 모이라 맥코믹, 자신이 통제하는 것처럼 느끼게 해야 한다. 그래야 아들에게 주사기를 꽂는 성급한 행동을 하지 않을 것이다.

캣은 간신히 캠에게서 눈을 뗐다. 얼굴에서 모든 분노를 지우고 납치범을 바라보았다.

"당신이 간호사인 줄 몰랐어요, 모이라."

'당신이 빌어먹을 납치범인 줄도 진짜 몰랐지!'라고 소리 지르고 싶은 것을 간신히 참아냈다.

모이라 맥코믹은 마치 일상적인 대화를 하듯 말했다. 그녀는 은백색 머리카락을 뒤로 젖혔다. 그녀는 숨을 헐떡이며 높은 톤으로 말했다.

"당신이 모르는 게 많아."

"그럼 말해주지 그래요." 그녀가 침을 삼켰다.

"제라드 집에 갔었지? 그는 어땠어?"

캣은 질문하는 모이라의 몸이 팽팽하게 긴장한 것을 알아차리고, 잠시 아무 말도 하지 않았다. 사실대로 말하면 상황이 좋아질까 나빠질까?

"제라드는 죽었어, 그렇지?"

"네, 유감스럽게도요."

모이라 맥코믹의 눈에 눈물이 가득 고였다.

"가여운 제라드. 그는 천재였어."

캣이 볼을 깨물었다.

'가여운 제라드'는 납치범이자 살인자였다. 하지만 모이라 맥코믹은 그를 깊이 사랑한 게 분명했다.

"그래서 그의 연구를 돕기로 한 건가요?"

모이라가 긴장하더니 주사기를 주사관 가까이 움직였다.

"이해해요, 모이라. 미래 환자들의 생명을 구하려 했을 뿐이라는 걸 알아요." 캣이 재빨리 말했다.

모이라가 고개를 끄덕였다.

"그래, 맞아. 그렇게 보지 않는 사람들도 있겠지만, 제라드에겐 남다른 용기와 비전이 있었어. 정말 용감했지."

눈물이 그녀의 뺨을 타고 흘렀다. 주사기를 쥔 손이 느슨해졌다.

"남편 로버트가 죽고 나서 모든 게 무의미해 보였어. 그때 제라드가 내게 도움을 요청했지."

"그를 어떻게 도왔죠? 당신이 캠을 비롯해 실종 아이들을 구급차에 실어 왔나요?"

모이라가 코웃음 쳤다.

"난 수간호사야. 내가 환자들을 돌보고 실험에 관련된 모든 데이터를 기록했어. 왜냐하면 데이터 관련해서 제라드가 유일하게 신뢰한 사람은 나뿐이었으니까. 구급차는 제라드와 뜻을 함께한 후배 의사가 몰았지."

모이라는 침대 발치에 쌓여있는 건강 기록 파일들을 흘끗 쳐다보았다.

캣이 그녀의 시선을 따라갔다. 종이 파일이었다. 영리한 행동이었다. 그들이 추적할만한 디지털 흔적이 없다는 뜻이었다.

"저게 당신이 오늘밤 여기에 온 이유인가요? 증거를 없애러?"

"난 데이터를 없애러 온 게 아니야. 오히려 구하러 온 거지. 이건 제라드가 남긴 업적이자 그의 유산이거든."

"그러면 내 아들은요? 내 아들은 어떻게 할 계획이죠?" 캣이 최대한 무심한 말투로 물었다.

모이라가 잠깐 멈칫했다. 그녀의 얼굴 화장은 다 말라서 강렬한 병원 조명 아래 주름살이 적나라하게 드러났다.

"모이라?"

모이라가 캠의 손을 물끄러미 바라보았다.

"당신이 내 집에 나타나 로버트에 관해 묻기 시작했을 때, 제라드와 나 사이를 곧 알아내겠구나 싶었어. 꽤 많은 병원 사람들이 우리가 연인이라는 것을, 아니 연인 사이였다는 것을 알거든. 어차피 제라드에게 남은 시간이 얼마 없다고 생각해서 당신에게 단서를 제공하기로 했지. 당신을 스트랫퍼드로 보내야 내가 여기 올 시간을 벌 수 있으니까. 데이터 기록지를 모아 제라드의 후배 의사에게 보내고 난 후, 날 연루시킬만한 건 모두 없애버릴 계획이었어. 당신 아들은 내일 아침에 발견되도록 안전한 장소에 남겨둘 생각이었지. 입원할 때 진정제를 맞아서 나를 못 봤거든. 그러니 보내줘도 안전했겠지."

캣은 말하면서도 거의 숨을 쉴 수 없었다.

"그럴 계획이'었'다고 말했죠. 뭐가 바뀌었나요?"

"바로 당신."

모이라가 주사기를 캠의 주사관 가까이 가져갔다.

"문제는, 지금 당신이 나를 봤다는 거야."

젠장. 이 여자와 그녀가 들고 있는 주사기를 아들로부터 떼어내고 싶은 조급함에 몸 안의 모든 세포가 타들어 가는 기분이었다. 하지만 침착해야 했다. 모이라를 진정시키는 게 더 중요했다. 그녀는 사랑하는 남자를 방금 잃었다. 더 이상 잃을 게 없다고 생각하면 캣이나 자신을 해칠지도 모른다.

"모이라, 잘 생각해 봐요. 로빈슨 교수가 죽었으니 이제 연구 실험은 끝났어요. 자수해서 다른 실종자들에게 무슨 일이 있었는지 자백한다면, 법원은 분명 당신을 호의적으로 봐줄 거예요."

모이라가 고개를 저었다. 완벽한 은백색 단발머리가 우아한 턱선 끝에서 흔들렸다.

"그게 무슨 의미가 있지? 감형? 집행유예? 내 나이에 감옥이라니, 상상이 돼?"

감옥 생각에 그녀의 숨이 가빠지고, 크게 뜬 눈이 어두워졌다.

"난 하루도 못 버틸 거야."

모이라가 이성을 잃기 시작했다.

대체 경비원은 어디 있는 거지? 캣은 경비원에게 밖에서 기다리라고 말했다. 하지만 설마 그녀의 명령을 무작정 따를 정도로 멍청하진 않겠지? 들어와서 그녀를 확인해 볼 정도의 분별력은 있길 바랄 뿐이었다.

"알아요. 이해해요. 그럼, 이제 어떻게 할 계획이죠?" 캣이 목소리를 낮추고 침착하게 말했다.

모이라가 심호흡을 한 후 좁은 병실을 둘러봤다.

"난 자수하지 않을 거야. 감옥에 갈 수 없어. 당신 아들을 병원 본관으로 데려가는 동안 당신을 여기 가둬 놔야겠어. 환자 침대를 밀고 가는 간호사에게 환자를 어디로, 왜 데려가는지 묻는 사람은 아무도 없거든. 일단 데이터 파일들을 보내고 목적지에 도착하고 나면, 익명의 전화로 너희 둘이 어디 있는지 보안팀에 알릴 거야."

캣이 한숨을 내쉬었다.

"모이라, 그건 힘들 것 같군요. ANPR 도로망이 당신 차의 움직임을 추적하고, 휴대폰 신호가 당신 위치를 알려줄 거예요. 은행 계좌도 마찬가지고요. 요새는 사라진다는 게 그리 간단하지 않아요. 솔직히 도망치다 들키느니 차라리 지금 자수하는 게 나아요."

모이라가 고개를 저었다.

"내가 늙었을지는 몰라도, 바보는 아니야. 난 꽤 오랜 시간 동안 계획을 세웠어. 제라드는 언젠가 죽을 운명이었으니 미리 계획을 세워야만 했지."

캣이 눈썹을 치켜떴다.

"컴퍼니스 하우스에 등록된 가짜 계좌와 가짜 신분증을 만든 사람이 진짜 제라드라고 생각한 거야? 지루한 행정 절차를 그가 직접 신경 썼다고? 제라드 같은 남자들은 아이디어와 비전은 있지만, 실행에 옮기는 건 나 같은 여자에게 의존하지. 두고 보라고. 일단 내가 사라지고 나면, 날 찾아내지 못할 테니."

"모이라, 당신이 내 아들을 데리고 떠나게 그냥 둘 것 같아요?"

"그러지 않으면, 당신 아들에게 이걸 주사할 거야."

모이라가 주사기를 주사관 가까이 누르며 말했다.

캣은 심장이 멈추는 것 같았다.

"주사기 안에 뭐가 들었죠?"

모이라가 입술을 핥았다.

"돌연변이 암 유전자를 어떻게 활성화하는지 제라드가 설명했지? 끔찍하게 들리겠지만, 암의 극초기 단계에서의 치료법을 실험해 보기 위해서였어. 실험은 진척이 있었지. 사실 한 소년은 거의 완쾌 단계야…"

그녀의 목소리가 끊어지는 듯했으나 다시 집중력을 찾았다.

"당신 아들의 돌연변이 유전자를 활성화하고 싶지 않아. 정말 그러고 싶지 않아. 하지만 당신이 날 벼랑 끝으로 몰아가면 어쩔 수 없지."

"어떻게 그런 짓을 할 수 있죠?"

캣이 믿을 수 없다는 듯 큰 목소리로 외쳤다.

"안 그러면, 당신이 실험 데이터를 가져가고 나는 감옥에 가게 될 테니까. 우리가 감수한 위험과 제라드가 치른 희생이 모두 쓸모없게 되겠지."

모이라는 병실 반대편에서 주먹을 꽉 쥔 캣을 바라보았다.

"프랭크 총경, 내가 당신이라면, 바보 같은 짓은 하지 않겠어. 그래, 당신이 나보다 크긴 하지. 아마 건강하고 힘도 더 셀 거야. 하지만 당신이 내 몸에 닿을 때쯤이면, 이 주사액이 당신 아들의 혈관에 들어가 돌연변이 유전자를 활성화하겠지. 이제 제라드도 죽었으니, 아들을 구할 방법은 없을 거야."

53장

"자, 내가 시키는 대로 하겠어?"

"잠깐만, 선택지를 가늠해 볼 시간을 줘요." 캣은 록이 눈치 채기를 바라며 말했다.

과연 록은 캣의 말을 바로 알아들었다. 록의 친숙한 목소리가 변환기를 통해 들렸다.

"총경님의 아들은 사실상 인질입니다."

골전도 기술 덕에, 록은 마치 그녀의 머릿속에 들어가 있는 것처럼 당황스러울 정도로 친숙한 목소리로 말했다.

"우리는 소위 '바리케이드 상황'으로 알려진 상황에 처해 있습니다. 사전 계획된 상황이 아니며, 모이라 맥코믹은 지금 즉흥적으로 대응 중입니다. 이에 따라 그녀 역시 총경님과 마찬가지로 매우 높은 수준의 스트레스를 받고 있습니다. 그녀의 의사 결정 과정은 극도로 불안하고 예측 불가능합니다. 보통 총경님은 협상

가로서 힘의 우위에 있겠지만, 캠이 아들인 관계로 현재 총경님의 판단력은 신뢰할 수 없습니다. 감정을 배제하고 모이라 맥코믹을 공격하기로 결정한다면, 통계상 총경님은 45세 여성의 평균 속도로 6미터 거리를 가로질러 움직이고, 모이라 맥코믹은 60세 여성의 평균 반응속도로 대응할 것입니다. 그렇다면 총경님이 모이라 맥코믹에 도달하기 1초 전에 주사가 캠의 혈관에 들어가게 됩니다. 이때 총경님의 유일한 희망은 그녀가 거짓 협박을 하고 있는 경우인데, 모이라 맥코믹의 성격이나 '행동 특징'*에 대한 정보가 불충분하기 때문에 그 확률을 정확하게 계산할 수 없습니다."

캣은 소리 지르고 싶었다. 확률을 알고 싶은 게 아니라고, 어떻게 해야 할지 알고 싶다고! 그녀는 침대 위에 잠들어 있는 아들을 물끄러미 바라보았다. 캠의 입은 살짝 벌어져 있고, 아무것도 모르는 것처럼 보였다. 모이라 맥코믹을 보내주면, 캠은 내일 그녀와 함께 집에 돌아갈 것이다. 그가 있어야 할 곳으로.

하지만.

캣의 시선이 침대 발치에 있는 파일 더미로 향했다. 다른 실종자들에게 벌어진 일에 대한 진실은 저 회색 파일 더미에 담겨있다. 침을 꿀꺽 삼켰다. 모이라 맥코믹을 놔준다면, 실종자 가족이 갈망하는 답은 그녀와 함께 사라질 것이다.

"그래서? 어떻게 할 거지?"

모이라가 답을 요구했다.

캣이 잠깐 멈칫했다. 록이 알아듣고, 모이라의 질문에 답해주길 바랐다.

---

* 사람이 거짓말할 때 무의식적으로 나타나는 행동

"저는 어떤 선택을 해야 할지 총경님께 조언할 수 없습니다." 록이 마침내 말을 했다.

"변수가 너무 많고, 두 가지의 상반된 목표가 존재합니다. 이 사건을 담당하는 총경으로서, 모이라 맥코믹을 놓아준다면 실종자 가족에게 답을 줘야 한다는 총경님의 궁극적 수사 목적이 영원히 불가능해집니다. 하지만 부모로서, 아들의 생명을 구하고 싶다는 마음 또한 이해합니다. 꽤 수긍 가능한 일입니다. 저에겐 상반된 목표를 평가할 알고리즘이 없으며, 이런 간극을 극복할만한 학습 데이터도 없습니다. 모이라 맥코믹의 과거 행동에 대한 정보가 불충분하고 현재 그녀의 심리 상태는 매우 불안정합니다. 그렇기 때문에 어느 정도의 신뢰도로 모이라 맥코믹이 협박을 실행에 옮길지, 확률 계산이 불가능합니다."

대단하네. 그러니까, 결국 결정은 그녀에게 달렸다는 말이었다.

캣은 심호흡을 한 후 모이라를 노려보았다. 여태까지 이런 눈빛으로 다른 사람을 본 적이 없었다. 귓가에서 피가 고동치는 느낌이었다. 몸의 모든 원자를, 뇌의 모든 세포를 끌어 모아, 아들의 목숨을 손에 움켜쥔 여자의 눈에 집중했다. 방이 점점 어두워지는 것 같았다. 핵심은 모이라 맥코믹이 무엇을 할 수 있는지가 아니라, 무슨 선택을 할 것인가였다.

이 여성의 특별한 과거사, 숨겨진 본능, 학습된 행동을 파악해야 한다. 모이라 맥코믹의 영혼을 구성하고 있는 것이 무엇인지 생각해야 한다. 캣은 앞에 있는 여자를 눈으로 가늠하며 저울질했다.

모이라가 눈을 깜빡였다.

바로 그 순간, 캣이 달려들었다. 아픈 무릎이 꺾이면서 몸이 살짝 비틀거렸다.

그녀는 쏜살같이 병실을 가로질러, 모이라에게 온몸을 던졌다.

둘 다 벽에 세게 부딪혔다.

모이라가 두 손을 번쩍 들었다.

그녀의 손이 텅 비어 있었다.

캣은 몸을 돌려 주사기를 찾았다.

그리고 비명을 질렀다.

주사기가 캠 손등의 주사관에 꽂혀 있었다.

54장

"캠! 캠!"

캣이 아들 곁으로 달려갔다. 주사기를 빼냈지만 안은 이미 비어 있었다. 그녀는 무릎을 꿇고 주저앉아 흐느꼈다.

모이라가 침대 발치에 있던 자료들을 잡아채 문으로 달려갔다.

캣이 한쪽 다리를 뻗으며 거친 동작으로 모이라의 발목을 걸어 찼다. 모이라는 얼굴을 바닥에 박으며 비명을 질렀다. 캣이 그녀를 덮쳤다. 무릎으로 등을 찍어 누르자, 모이라가 고통스럽게 울부짖었다. 딸칵하는 만족스러운 소리와 함께 모이라의 손목에 수갑이 채워졌다.

"모이라 맥코믹, 당신은 체포되었어." 캣이 숨을 헐떡이며 말했다.

"록, 지원 요청해."

"요청했습니다, 총경님."

캣이 절뚝거리며 침대에 누워있는 아들에게 다가갔다.

"그리고 의사도. 의사들을 전부 불러줘."

그녀는 흐느끼며 사랑스러운 아들의 머리에 한 손을 올렸다.

"지금 오는 중입니다, 총경님." 록이 대답했다.

캣은 바닥에 굴러다니는 주사기를 집어 들었다. 무릎에 느껴지는 날카로운 통증을 무시한 채 수갑을 찬 모이라 옆에 쭈그리고 앉았다. 주사기를 그녀의 얼굴에 들이밀었다.

"여기에 뭐가 들었지?" 캣이 사납게 물었다.

모이라는 두 눈을 감았다.

"제길, 이 안에 뭐가 들었냐고?"

"잠깐," 록이 말했다. "총경님, 저게 무슨 소리입니까?"

캣이 격앙된 숨을 멈추고 귀를 기울였다. 바닥을 질질 끄는 발소리와 함께 무언가 금속이 끌리는 듯한 소리가 들렸다.

캣은 일어나 무전기로 손을 뻗었다.

그때 깡마른 몸에 수염이 덥수룩한 청년이 문가에 나타났다. 그는 양손으로 수액 주머니를 붙잡은 채 숨을 헐떡이며 몸을 수그렸다.

"도와주세요."

청년은 간신히 말을 마친 후 캣의 품에 쓰러졌다.

55장

**7월 6일 오전 6시 47분.
스트랫퍼드—어폰—에이번, 윌 로빈슨의 집**

캣은 차에 앉아 잠시 후 그녀가 두드려야 할 문을 바라보았다. 적절한 말을 찾으려 했지만, 소용이 없었다. 사실 이 상황에 적절한 말이란 존재하지 않았다. 분명 있어선 안 될 일이 벌어졌고, 이 상황을 더 나아지게 만들어 줄 만한 말은 없었다. 자식을 잃은 고통을 완화해줄 말은 세상에 존재하지 않았다.

그녀가 할 수 있는 일은 모든 진실을 말하고, 그로 인해 펼쳐질 슬픔을 눈앞에서 지켜보는 것뿐이었다.

캣은 차 문으로 손을 뻗었다.

"보스, 솔직히," 하산 경위가 입을 열었다. "제가 말하는 게 더 낫지 않을까 싶습니다."

"경위가? 정말 고마워. 나를 배려한 말이지만, 이런 일은 경험이 필요해."

하산이 숨을 들이마셨다.

"보스를 존경하고, 또 저보다 훨씬 경험이 많다는 것도 압니다. 하지만 다행히 아들을 찾은 보스가 그 반대인 누군가에게 당신 아들은 죽었다고 말하는 것이 적절치 않다고 생각합니다."

캣은 하산을 빤히 쳐다보았다. 정곡을 찌르는 말이었다. 처음에는 캠 때문에 고민했었지만, 그녀가 추정한대로 40년 이상을 간호사로 일한 모이라 맥코믹은 결국 주사기 안에 진정제만 넣었다는 사실을 인정했다. 캠은 경과 관찰을 위해 병원에서 하룻밤을 보내야 했다. 하지만 곧 괜찮아질 것이다. 타이론은 당시의 소란을 듣고 근처 병실에서 간신히 도망쳐 나왔다. 그는 거의 5개월을 침대에 묶여 지냈다고 증언했다. 현재 심한 감염으로 고통 받고 있으며 육체적·정신적 보살핌과 많은 주의가 필요하지만, 타이론 역시 결국 집으로 돌아갈 수 있을 것이다.

그러나 윌 로빈슨에게는 운이 따르지 않았다. 납치된 지 4개월 만에 면역 체계가 망가졌고 욕창으로 인한 패혈증에 걸렸다. 한때는 학교에서 올리버를 연기했고, 언젠가 글로브 극단에서 〈햄릿〉을 공연하길 꿈꿨던 아름다운 청년. 그는 낯선 침대에서 극심한 고통 속에 홀로 죽었다. 모이라 맥코믹이 울먹이며 한 말에 따르면(그녀는 감금된 모든 아이의 피부를 주기적으로 철저히 검사했으며 욕창이 생기지 않게 하루에 두 번씩 위치를 바꿔줬다고 주장했다), 실험이 익명으로 진행되었기 때문에 윌의 아버지는 윌에 대해 절대 몰랐다고 한다.

이제 윌의 어머니에게 진실을 말해줄 때가 되었다.

"하산 경위, 그녀에게 무엇을 말할 겁니까?" 록이 물었다.

하산이 어깨를 살짝 으쓱했다.

"진실?"

"굳이 모든 진실을 말할 필요는 없을 것 같습니다. 어쩌면 아들이 잠든 채 평화롭게 죽었다고 믿는 게 나을 수도 있습니다."

"록, 거짓말은 네 알고리즘에 어긋나는 것으로 아는데?" 캣이 물었다.

"총경님, 저는 끊임없이 학습하고 이에 적응하도록 프로그래밍 되어 있습니다."

록은 이전에 빗속에서 캣과 언쟁하던 주차장 진입로를 바라보았다.

"저는 하산 경위에게 거짓말하라고 제안하는 것이 아닙니다. 단지 진실은 선택적으로 공유할 수 있다고 알리는 것뿐입니다. 그렇게 하면, 로빈슨 부인의 고통을 줄일 수 있습니다."

캣이 한숨을 쉬었다.

"과연 고통이 줄어들지는 모르겠지만, 시도해 볼 가치는 있겠군."

하산이 고개를 끄덕였다. 그는 마지막으로 심호흡을 한 후 차에서 내렸다. 젊은 수사관이 바싹 마른 자갈길을 저벅저벅 가로질러 갔다. 날씬한 허리를 곧게 세운 후 로빈슨 부인의 집 문을 두드렸다.

56장

7월 18일 오후 1시 8분.
워릭셔 주 릭 우튼, 경찰청

"늦어서 미안합니다."

화면에 나타난 내무장관이 말했다. 그녀는 장관실의 긴 타원형 테이블에 앉아서 음소거가 해제되었는지 확인했다.

"내 말 잘 들리죠?"

맞은편 줌 화면에서 맥리시 청장, 프랭크 총경, 오코네도 교수, 록이 장관의 목소리가 잘 들린다고 확인했다.

"좋습니다. 그럼, 우선. 시범 수사 프로젝트에 참여하고 이렇게 훌륭한 보고서까지 써주신 여러분 모두에게 감사드립니다."

장관이 보고서를 흔들며 말했다.

"궁금한 점이 많습니다. 하지만 본격적으로 질문하기 전에, 프랭크 총경, 아들은 좀 어떤가요?"

"제 아들이요? 그럭저럭 괜찮은 것 같습니다. 여러 검사를 받은 결과, 감사하게도 아들의 암 유전자는 활성화되지 않았다고 합니다. 아들에게 희귀한 돌연변이 유전자가 있는 것은 맞지만, 유병률 증가는 매우 미미한 정도라고 하더군요. 캠이 건강한 생활방식을 따르고, 정기 검진을 받는다면 유병률을 충분히 줄일 수 있고요. 의료진에 따르면 살면서 어떤 선택을 하느냐가 타고난 유전자보다 훨씬 중요하다고 합니다. 물론 이제 겨우 열여덟 살인 캠은 본인을 불멸의 존재라고 생각하지만요."

장관이 웃으며 말했다.

"그러게 말입니다. 내 딸도 같은 나이입니다. 아들이 올해 A레벨 시험을 봤나요?"

"네, 다음 달에 결과가 나옵니다."

"내 딸도 그래요. 행운을 빕니다."

장관은 진심을 담아 말하는 것처럼 보였다. 캣은 난생 처음 정치인에게 마음이 열리는 듯했다.

"타이론 월터스는 어떻습니까? 괜찮나요? 다섯 달이나 병원에 감금되어 있었다니. 얼마나 끔찍한 경험일지…."

"신체적으로는 괜찮습니다. 타이론이 앓았던 감염 증세는 호전되었고, 더 중요한 사실은 암이 없어졌다는 거죠."

"그가 받은 실험적 치료 때문입니까?"

"솔직히 말씀드리면 알 수 없습니다, 장관님." 오코네도 교수가 대답했다.

"단 한 건의 사례였기 때문에, 타이론의 회복이 실험적 치료 때문인지 아니면 특이한 유전적 반응이나 면역체계의 반응 때문인지 알 방법이 없습니다. 인과관계를 증명하기 위해서는 임상 실험을 다시 해야 합니다. 하지만 희생자에게 불법적으로 실험한 연구 결과를 반복하는 것은 윤리적 문제가 크죠."

"네, 그렇겠죠. 어려운 일입니다. 제겐 다행인 셈이죠. 그 난제는 보건부 장관이 해결해야 할 문제니까요."

"저라면 그걸 난제라고 표현하지 않겠습니다." 교수 옆자리에 앉은 록이 끼어들었다. "로빈슨 교수가 아들보다 불특정 다수의 필요를 우선시한 결정은 사적 감정보다 공리주의 원칙을 따랐기 때문입니다. 인간에게는 이례적으로 합리적 결정이었습니다."

"AI 수사관 록, 지금 사람들을 납치하고 실험한 게 옳은 행동이었다고 보는 건가?" 장관이 얼굴을 찌푸리며 말했다.

록은 양손을 펼쳤다. 캣은 항상 이 행동이 기계치고 묘하게 우아한 몸짓이라고 생각했다.

"옳은지 그른지는 제가 판단할 문제가 아닙니다."

"그래, 당연히 아니지. 맙소사, 그것 참 다행이네."

장관은 잠깐 말을 멈춘 후 캣을 향해 질문했다.

"프랭크 총경, 로빈슨 박사의 자료를 받은 후배 의사가 누구인지 밝혀졌나요?"

캣이 고개를 저었다. 아직 공범을 찾지 못하다니, 화가 치밀었다. 모이라 맥코믹을 취조하는 과정에서 후배 의사가 임상 기록을 받고 구급차를 모는 것 이상의 일을 해왔다는 사실이 밝혀졌다. 그(혹은 그녀)는 주간 교대 업무와 임상 실험의 일부를 도왔다. 모이라 맥코믹은 공범의 정체를 말하지 않았고, 경찰 역시 아직 공범을 찾아내지 못했다.

"흠. 뭐, 총경의 아들과 타이론 월터스가 무사하다는 것만 해도 감사할 일 같군요."

캣이 못마땅한 표정을 지었다.

"그렇게 볼 수 있을지 모르겠습니다. 물론 타이론이 신체적으로는 좋아졌습니다. 여러 달 침대에 묶여 튜브로만 영양을 섭취했기 때문에 아직 재활치료가 많이 필요하지만요. 반면, 정신적으로는… 글쎄요, 구조된 후 캠이 타이론과 꽤 친해졌는데, 아직도 타이론이 많이 힘들어한다고 합니다. 타이론은 자신이 겪은 일에 대한 트라우마뿐 아니라, 생존자의 죄책감에 시달리는 것 같습니다. 윌 로빈슨이 살아있던 마지막 시기와 겹치게 병원에 감금되어 있었는데, 윌이 도움을 요청하며 울부짖던 소리를 들었다고 생각하더군요. 타이론은 다니던 대학도 중퇴했습니다. 앞으로 어떻게 할 생각인지 잘 모르겠습니다."

"정말입니까?"

장관이 얼굴을 찌푸리며, 보고서를 획획 넘겼다.

"타이론 월터스가 정치학을 공부 중이었죠? 전도유망한 청년처럼 보이는데. 이 사건 때문에 대학을 중퇴하고 삶에 자신감을 잃는다면 무척 안타까운 일이 될 것입니다."

장관은 개인 비서를 바라보며 말했다. "짐, 타이론과 약속을 잡아줘. 아니면, 인턴십 같은 업무 경험을 쌓게 하면 좋겠군. 정치에 대한 흥미를 다시 불러일으킬 수 있을지 보자고. 물론 지금 여기가 너무 엉망이라 실망할 수도 있겠지만, 어쨌든 타이론을 집 밖으로 나오게 할 수는 있을 거야. 이력서에도 도움이 될 거고."

비서가 고개를 끄덕이더니 메모했다.

"로빈슨 부인은 어떻죠? 필요한 지원을 받고 있나요?"

캣이 멈칫했다.

"음, 지원 받고는 있지만, 정말 도움이 되는 지원인지는…"

"무슨 뜻이죠?"

캣은 지역 정신건강 지원팀이 도움을 주고 있지만, 그들은 불안증과 우울증을 다루는 데 더 전문적이라고 설명했다. 얼마 전 죽은 남편의 범죄 행위로 인해 아들까지 잃은 사람을 감히 어떻게 도울 수 있겠는가? 캣은 로빈슨 부인이 아들의 죽음에서 비롯된 슬픔뿐 아니라, 과연 남편이 어떤 사람이었는가에 대한 혼란에 빠져있다는 개인적 견해를 전달했다.

장관은 다시 비서에게 몸을 돌렸다.

"왕립 정신의학회 협회장과 연결해 줘. 이런 복합 트라우마에 특화된 전문가가 있을 거야. 아니면 적어도 도움을 줄 만한 사람을 알겠지. 로빈슨 부인을 그냥 내버려 두면 안 돼."

캣은 맥리시와 눈빛을 교환했다. 지금 장관은 진심일까? 캣은 상사의 모든 지시사항을 성실히 받아 적는 비서의 모습을 바라보았다. 비서는 경험과 연륜을 말해주듯 머리카락이 희끗희끗했다. 캣은 장관이 진심일 가능성이 높다고 결론 내렸다.

장관은 모든 사람이 필요한 지원을 받고 있는지 확인하고, 모이라 맥코믹이 신원 도용·납치 방조·감금·살인 등의 혐의로 기소되었으며 간호사 자격증이 말소되고 징역형에 처했다는 사실에 만족한 후에야, AI 수사관 록에 대한 시범 프로젝트 보고서로 눈을 돌렸다.

장관은 보고서를 한 장 한 장 훑어보며 여러 사항에 대한 정확한 설명을 요구했다. 특히 캠, 타이론, 윌 모두에게 우편으로 예약 일정을 보내고 연구 실험에 참여하면 돈을 주겠다고 한 수법에 관심을 보였다. 피해자들이 우편으로 받은 안내문을 제시해야 참여비를 받을 수 있다는 조건은 그들이 실종된 후 다른 사람이 안내문을 발견할 위험성을 없애고 동시에 디지털 흔적을 남기지 않기 위함이었다. 안내문에는 참여자 윤리에 대한 상세 문구도 포함되어 있었다. 문구에는 잠재적인 유전적 위험에 대한 실험 연구에 참여한다는 사실을 타인에게 발설할 시, 자신의 위험 상태를 몰라도 되는 타인의 권리를 의도치 않게 침해할 수 있다는 경고가 담겨 있었다. 따라서, 약속 장소에 와서 전문 상담사와 이런 복합적 문제를 논의하기 전까지는 누구와도 해당 정보를 공유해서는 안 되며, 이런 조건이 엄격히 준수되었는지 확인한 후에야 참여비 지급이 이루어진다고 적혀 있었다.

타이론의 예약 일정은 실종 당일 오전 8시였고, 캠은 오전 11시, 윌은 오후 5시 30분이었다. 셋 다 혈액 검사를 받기 위해 자발적으로 구급차에 올랐으며, 그 직후 진정제를 맞고 차로 납치되었다. 모이라 맥코믹은 다른 세 명의 실종자에게도 동일 수법을 사용했으며, 안타깝게도 모두 사망하여 병원 소각로에서 처리했음을 시인했다. 캣은 실종자 세 명의 이름을 모두 언급했다. 토마스 래드포드, 타히라 와슈티, 개빈 뷰캐넌. 모두 부모 중 하나를 여의었으며, 결국 그들 자신의 목숨도 잃었다.

장관은 보고서를 내려놓고 두 손으로 깍지를 꼈다.

"이 보고서를 읽고 내린 결론은, 인공지능이 경찰에게 도움이 되는 기능과 능력을 갖추고 있는 것은 분명하나, 제 생각보다 상황이 복잡하다는 겁니다. 따라서 비용 절감 조치의 일환으로 AI 수사관을 보조적으로 도입하는 것은 분명 시기상조로 보입니다."

캣이 맥리시를 쿡 찔렀다. 드디어 원하는 결과가 나왔다.

"하지만 이 보고서에서 가장 눈에 띄는 점은 기술의 발전 속도와, 법과 예산이 쫓아가는 속도 사이의 격차가 점점 커지고 있다는 것입니다. 록이 소셜 미디어 사이트에서 찾아낸 검색 결과를 인간이 찾아내려면 수 백 시간이 걸리겠죠. 또한 통신 기록과 같은 개인정보에 접근 허가를 받는 데도 여전히 며칠, 때로는 몇 주가 걸리기도 합니다. 개인정보 침해에 대한 법적 우려는 이해하지만, 그에 대한 견제와 균형의 원칙은 디지털 시대 이전에 만들어졌죠. 범죄자들은 기술을 이용해 자유롭게 활개 치는 반면, 우리가 접속 허가를 받는 데는 긴 시간이 걸립니다. 접속 허가를 받을 때쯤에는 이미 범죄가 저질러졌거나 범인이 도망친 지 오래인 경우가 많습니다."

장관은 창밖으로 국회의사당을 바라보았다.

"국회는 과거에 붙잡혀 있습니다. 바보 같은 늙은이들이 드디어 문제점을 알아차리더라도, 법안을 발의하고 하원을 통과하는 데만 2년이 걸립니다. 하지만 그사이 세상은 계속 변하겠죠."

장관은 다시 그들에게 얼굴을 돌렸다.

"이제는 앞으로 나아가야 할 때입니다. 경찰의 미래 비전을 제시하고, 필요한 것과 장애물을 예측해야 합니다. 그래야 경찰이 제 역할을 해내는 데 필요한 법률을 제정할 수 있어요."

장관은 보고서를 집어 들었다.

"이 보고서는 21세기 범죄에 대처하기 위해 우리가 무엇을 바꿔야 하는지, 무엇이 가능한지 알려주고 있습니다. AI의 능력치뿐만 아니라 아직 여러 곳에서 발휘되는 인간 고유의 능력과 그 가치까지 알게 하죠. 하지만 이건 단지 보고서 하나에 불과합니다. 오코네도 교수가 말했듯이, 우리에겐 지속적인 사례 관찰이 필요합니다. 데이터가 더 필요하죠. 그게 바로 제가 미래 경찰 조직인 FPU(Future Policing Unit)를 만들고자 하는 이유입니다. 21세기 범죄와의 전쟁에서 승리하기 위해서는 앞으로 해결해야 할 기술적이고 법적인 문제가 무엇인지를 먼저 확인해야 합니다. FPU는 인간과 기계가 한 팀이 되어 아직 풀지 못한 복잡한 사건을 직접 선정하고 해결할 것입니다.

"장관님, 배정된 예산이 있습니까?" 맥리시가 물었다.

"네. 국립 AI 연구소인 NiAIR이 공동 출자하기로 하였습니다. 그러나 재정 상황이 좋지 않기 때문에, 이 조직을 런던 외부에 둬야 합니다. 눈에 띄지 않기 위해서죠. 프랭크 총경이 이미 대학과 연결고리가 있으니, 워릭셔 경찰청과 협력하는 것이 제일 좋은 방안 같습니다. 사실 저는 프랭크 총경이 이 조직을 이끌어 주길 바라고 있습니다."

"제가요?"

"맥리시 청장이 당신에게 필요한 조건과 규정을 마련해 줄 것입니다. 오코네도 교수와 록 역시 이 조직에 참여하길 바라요."

장관이 오코네도 교수를 향해 말했다.

"혹시라도 기분 나쁘지 않았으면 좋겠네요. 법무팀에 교수님 오빠의 사건을 검토해달라고 요청했습니다. 법무팀은 항소의 근거가 충분하다고 보더군요. 물론, 최종적으로는 법원에서 결정할 문제이지만요. 어쨌거나 제가 들은 법률 자문 내용을 알려드릴 수 있어 기쁩니다. 제 비서인 짐이 오코네도 교수가 상담할 만한 전문가 몇 명의 이름을 알려드릴 겁니다."

내무장관이 미소 지었다. 캣은 장관에게서 맹수 같은 눈빛을 포착했다. 마냥 좋은 사람이기만 해서는 분명 오늘날의 자리에 오르지 못했을 것이다.

"진심으로 감사드립니다, 장관님." 오코네도 교수가 말했다.

"그러면, FPU에 합류한다고 받아들여도 될까요?"

"전 항상 경찰에 들어가지 않겠다고 말해왔습니다. 하지만 AI와 관련된 21세기 경찰의 새로운 비전을 만들 수 있고 제가 경찰이 아닌 대학 소속으로 남아있기만 하다면, 파견근무 조건으로 합류를 고려하겠습니다."

오코네도 교수는 몸을 돌려 캣을 바라보았다.

"하지만 제 대답은 캣 프랭크 총경님이 책임자일 때만 유효합니다. 프로젝트 시작 단계에서는 총경님을 잠재적 문제 요소라고 생각했습니다. 하지만 지금은 총경님이 해답의 일부라고 생각합니다."

캣은 고개를 저었다. 울컥하는 것을 참고 간신히 답했다.

"나 역시 교수님을 잘못 판단했었죠."

"그러면 록, 너의 생각은 어떻지?" 장관이 질문했다.

록은 손을 삼각형 모양으로 만든 후 그 위에 턱을 괴어 생각에 잠긴 자세를 취했다.

"제 생각이 어떠냐고 질문하셨습니까? 제 생각에, 인간은 화가 날 정도로 느리고, 그들의 결정은 대체로 비이성적이며 감정적 편견에 좌우됩니다. 처음에는 프랭크 총경님이 객관적 증거보다 자신의 '직감'을 믿는 것을 우려했습니다. 그러나 이후 총경님이 '직감'이라고 부르는 것이 종종 다른 사람은 이해할 수 없는 빠른 사고 과정이며 수년간의 경험을 기반으로 한 신속한 판단이라는 것을 학습하게 되었습니다."

캣이 코웃음 쳤다.

"내가 여태까지 들어본 것 중 최악의 사후 합리화군."

"뭐라고 하셨습니까, 총경님?" 록이 그녀에게 얼굴을 돌리며 물었다.

캣이 몸을 가까이 기울였다. 이제 둘 사이는 불과 몇 센티 거리밖에 안 남았다.

"모이라 맥코믹을 공격할지 말지, 네 조언을 듣고 싶었을 때 넌 아무 조언도 하지 않았어. 증거에 기반한 결정을 내릴 '데이터가 불충분하다'는 이유로. 하지만 난 결정을 내렸지. 그 여자의 눈을 들여다봤을 때 내 직감이 말했거든. 40년 동안 사람의 목숨을 살려온 여자가 고의로 자신의 환자를 죽일 수 없을 거라고. 네가 뭐라고 하든지 간에, 난 눈 깜빡할 사이에 결정을 내렸고 결국 그게 옳았어. 넌 이유를 설명할 수 없겠지만."

"아니요, 설명할 수 있습니다. 총경님은 공공부문 여성 근로자에 대한 경험과 지식을 바탕으로 철저히 이성적인 결론을 내렸습니다. 하지만 그때의 사고 과정 속도는 총경님 스스로가 인식하지 못할 정도로 빨랐기 때문에, 그것이 '직감'에서 비롯되었다는 믿음에 집착하는 것입니다."

캣이 팔짱을 꼈다.

"원하는 대로 불러. 어쨌든 그건 직감이니까."

"직감이 아닙니다."

"둘 사이에 결론을 내리기 전에 더 많은 데이터가 필요할 것 같군요." 장관이 심판관처럼 양손을 올리며 말했다. "여러분, 그래서 저는 이 프로젝트를 계속 진행하기를 원합니다. 록이 인간처럼 미묘한 판단을 할 수 있게 될지 지켜보는 것은 흥미로운 일이겠죠."

록이 눈썹을 치켜올렸다.

"장관님, 방금 하신 말씀은 인간이 발달 위계의 정점에 있으며 AI가 추구해야 할 대상이 인간이라는 암묵적 가정을 드러냅니다. 하지만 우려스럽게도, 저의 부정부패 방지 프로그램에도 불구하고 저는 이번 프로젝트를 통해 인간의 핵심 특성이 거짓말하는 능력이라는 점을 학습했습니다."

"글쎄, 인간의 핵심 특성이 거짓말하는 능력이라니. 그 의견에는 동의 못 하겠지만, 록이 인간다움에 대해 더 많이 배웠다니 기쁘군."

"장관님, 왜 제가 인간에게 더 배워야 한다고 가정하십니까, 그 반대가 아니라?"

장관이 의자에 등을 기댔다.

"AI 수사관 록, 내 희망은 기계와 인간이 서로에게 계속 배워나가는 거야. 프랭크 총경은 어떻게 생각하시죠? 제 의견에 찬성하시나요?"

캣이 머뭇거렸다. 이 프로젝트에 참여한 본래 이유는 남편을 죽음으로 내몬 기술의 한계를 폭로하고 싶어서였다. 하지만 록은 그녀의 아들을 구해주었다. 그녀의 팀원들과 상사가 추측과 편견을 따랐을 때, 록은 증거에 기반해 범죄가 암과 연관 있다는 그녀의 주장을 믿어준 유일한 존재였다. 그럼에도 불구하고. 그녀가 정말 기계와 함께 일할 수 있을까?

"록과 함께 일하는 것은 흥미로웠습니다." 캣은 결국 입을 열었다. "하지만 그는…"

그녀가 말을 중단했다. 이건 단순한 말실수였다. 록이 그녀를 보며 저렇게 웃을 필요가 없었다. 캣은 다음 단어를 강조하며 말했다.

"'그것은', 아직 배울 게 많습니다."

"총경님도 마찬가지입니다." 록이 그녀에게 말했다.

"우리 모두 그렇죠." 장관이 끼어들었다.

"맥리시 청장, 내일 근무 마감 시간까지 현실적인 예산을 비롯해 경찰의 최종 결정을 알려주세요."

냄비를 내려치는 듯한 소리가 방을 가득 울렸다. 장관이 얼굴을 찌푸렸다.

"투표 알림 종소리군요. 가야겠습니다."

장관이 자리에서 일어섰다.

"아, 그리고 프랭크 총경? 팀에 남자 한 명은 꼭 넣어야 합니다. 아시겠지만, 이미지를 위해서요."

장관은 윙크를 날린 후 사라졌다.

오코네도 교수는 캣과 맥리시만 남긴 채 록을 데리고 조심스레 회의실을 떠났다.

"청장님, 어떻게 생각하세요?"

"난 자네가 이 업무를 맡아야 한다고 생각해."

"진심이세요? 제게 이번 프로젝트를 맡긴 이유는 AI 수사관에 대한 아이디어 자체를 제거하기 위한 것 아니었나요?"

"자네가 그걸 해냈지. 기계가 경찰 업무에 도움이 될 수는 있지만, 결코 훌륭한 인간 수사관을 대신할 수는 없다는 사실을 증명하지 않았나. 어쨌든," 그가 자리에서 일어서며 말했다. "그건 이번 시범 수사 프로젝트의 핵심이 아니었네."

"그게 아니었다고요?"

"아니었어."

맥리시가 캣의 어깨에 손을 얹었다.

"캣, 이 프로젝트의 핵심은 자네가 앞으로 나아가야 한다는 것을 깨닫게 하는 거였네."

캣이 침을 꿀꺽 삼켰다.

"청장님, 사람을 쥐락펴락하는 나쁜 상사인 거 아시죠?"

"나도 그렇게 생각해."

맥리시가 보기 드문 미소를 지어 보였다. 그는 모자를 집어 들고 캣이 홀로 생각에 잠기도록 내버려 둔 채 회의실을 떠났다.

57장

7월 22일 오후 5시 17분.
워릭셔 주, 케이프 오브 굿 호프 술집

술집의 야외 자리는 만석이었다. 캣은 간신히 자신의 팀이 앉은 테이블을 찾을 수 있었다. 프랭크 총경이 술을 산다는 소식이 돌자 상당히 많은 인원이 모였다. 나머지 경찰들이 햇볕이 잘 드는 벽에 기대서 있는 반면, 캣은 브라운과 자리를 잡고 앉았다. 둘만 이야기할 수 있도록 하산에게 바에 가서 음료를 주문해 달라고 했다.

"요새 어때? 괜찮아?" 캣이 재킷을 벗으며 물었다.

"네. 아니요. 음, 아시잖아요."

햇볕을 향해 고개를 돌린 캣이 미소 지었다.

"그래, 너무 잘 알지."

"아이를 낳기로 결심했어요."

"그 결심에 만족하고?"

브라운이 고개를 끄덕였다.

"하지만 스튜어트는 아니었죠. 제 남자친구요. 아, 이제는 전 남자친구네요."

"이런. 유감이야."

"아니에요. 총경님 말씀이 맞았어요. 스튜어트가 아이를 원치
않을 것을 전 내심 알고 있었나 봐요. 그래서 그에게 말하지 않
은 거였어요. 또 한 가지 깨달은 게 있죠. 제가 확신하지 못했던
것은 아이가 아니라 남자친구였어요. 스튜어트를 제 남은 인생의
반려자로 생각하지 않은 거죠. 결국 그렇게 끝났어요."

브라운은 야외 테라스를 둘러보다가 네다섯 살짜리 여자아이
와 남자아이가 테이블과 수풀 사이를 오가며 숨바꼭질하는 모습
을 지켜보았다.

"솔직히 혼자 어떻게 아이를 키울지 모르겠어요. 앞으로 다가
올 혼란을 생각하면 걱정되긴 하지만, 어째서인지 마음은 터무니
없이 행복해요."

캣이 해줄 수 있는 충고는 많았다. 아이를 키우는 기쁨과 그 과
정에서 부딪히는 힘든 일에 대해 경고해 주거나 영감을 주는 조
언을 할 수도 있다. 하지만 이 젊은 여성은 겨우 임신 3개월이었
다. 브라운이 일찌감치 킨들에 다운받은 육아서들을 보여주자, 캣
은 지금 그녀에게 꼭 필요한 한 마디를 해줬다.

"자넨 잘 해낼 거야."

"파산할 지도 몰라요."

"굳이 그럴 필요는 없지."

캣이 FPU에 관해 설명했다.

"아직 정리해야 할 세부 사항이 많지만, 브라운 경사가 내 팀에
들어오면 좋겠어."

"정말요? 하지만 전 5개월 후면 출산 휴가에 들어갈 텐데요."

"그래서? 자넨 영리하고 헌신적인 수사관이야. 많은 잠재력이 있지. 이건 지금 자네에게 이상적인 업무야. 복직하기에도 아주 적합한 일이고. 난 FPU가 단순히 범죄자를 잡기 위해 기술을 실험해보는 조직이 되는 걸 원하지 않아. 가족이 딸린 경찰들이 유연하게 근무할 수 있도록 기술을 활용하는 방법을 찾아내고 싶어. 자네가 그 일을 도와줄 수 있을 거야. 만약 이 업무에 관심이 있다면."

"뭐라 말씀드려야 할지 모르겠어요. 프랭크 총경님, 정말 고맙습니다. 이런 기회를 제게 주신다니. 전 이미 총경님께 많은 것을 배웠어요."

브라운의 감사 인사에 캣은 손사래를 쳤다. 언젠가 브라운에게 매번 그렇게 극진한 감사 인사를 할 필요 없다고 조언해야 할 것이다. 스스로가 자기 능력과 경험을 가치 있게 여기지 않는다면, 어떻게 남들이 자신을 가치 있게 봐줄 수 있겠는가? 하지만 오늘 저녁은 아니었다. 앞으로 여러 달, 브라운의 자신감을 키워줄 시간은 많다. 업무하면서 알려주는 것이 가장 좋은 방법일 것이다.

"바에서 누구를 만났는지 여기 좀 보세요." 하산이 음료 쟁반을 들고 오며 말했다.

하산 뒤에는 오코네도 교수가 따라오고 있었다. 하산은 캣에게 차가운 화이트 와인 한 잔을, 브라운에게 라임과 탄산수를 건넸다. 본인을 위해서는 사과주 한 잔을 가져왔고, 오코네도 교수 것으로 보이는 보드카 마티니도 있었다.

캣이 팀원들을 위해 건배사를 했다. 물론 모인 사람 중 절반은 누군지도 몰랐지만. 그건 중요하지 않았다. 경찰이 된다는 것은 보통 세상의 끝자락에서 하루하루를 보낸다는 의미였다. 지금처럼 햇살 속에서 친구와 동료들과 함께 성공을 축하할 수 있는 날은 드물다. 캣은 큰 잔 가득 따라 준 와인을 한 모금을 마신 후 한숨을 내쉬었다.

하산이 캣의 맞은편에 앉았다. 그는 사과주를 마시며 목을 가다듬었다.

"보스, 다시 한 번 사과드리고 싶습니다. 보스의 가설을 너무 빨리 배제했어요. 보스가 옳았고, 전 틀렸죠."

"괜찮아."

캣이 어깨를 으쓱했다. 캠도 되찾고, 새로운 업무도 받았다. 이제는 마음이 관대해졌다.

"아니요, 괜찮지 않습니다. 솔직히 보스의 판단력이 감정 때문에 흐려졌다고 생각했어요. 그건—"

"잘난 체? 여성 혐오?"

"어, 그렇게까지는 아니죠. 하지만 앞으로는 덜 건방진 놈이 되려고 노력하겠습니다."

"훌륭한 목표네." 캣이 와인을 한 모금 더 마신 후 앞에 앉은 남자를 자세히 쳐다보았다.

"하지만 완전히 엉망은 아니었어."

그녀는 결국 이 말을 내뱉었다.

"내게 도전하는 건 올바른 자세야. 누구나 그런 용기를 내지는 못하니까. 그러니 자네의 그 건방짐을 전부 버리지는 말도록. 사람은 누구나 실수를 해. 그걸 통해 배우는 거지. 단, 좋은 경찰은 같은 실수를 두 번 반복하지 않아."

"이해했습니다, 보스."

하산이 술잔으로 경례했다.

"그러면, 하산. 이젠 뭘 할 거지? 웨스트미들랜즈나 메트로폴리

탄 경찰로의 승진을 노리고 있을 것 같은데? 추천서가 필요하면 말해. 기꺼이 써줄게."

하산이 고개를 저었다.

"감사하지만 가족 사정으로 이 지역에 있어야 합니다."

"아이들 문제야?"

오코네도 교수가 몸을 가까이 기울이는 것 같은 느낌은 캣의 착각일까?

"여동생이요." 하산이 맥주 깔개를 집어 들었다.

"꽤 심각한 정신 건강 문제가 있어요. 그 문제로 부모님이 약간 힘들어하시거든요. 하지만 저는 동생과 잘 지내죠. 가족에 도움이 되려고 작년에 부모님 집으로 이사했어요."

"이런, 안타까운 일이군. 정말 힘들 것 같아."

하산이 어깨를 으쓱했다.

"괜찮습니다. 제 가족인걸요. 전 제 가족을 사랑합니다."

하산이 술을 마시며 미소 지었다.

캣은 내심 놀랐다. 하산을 완전히 잘못 판단했던 것일까? 아니면 그의 개인사에 대한 작은 통찰 때문에 그동안 그가 얼마나 짜증나는 존재였는지를 지워버린 것일까? 마지막 남은 와인을 마시며, 맥리시가 하던 말을 떠올렸다.

'보스가 되면, 모두가 자네에게 찬성만 할 걸세. 그러니 자네 생각에 반대하는 팀원이 한 명쯤은 있어야 해.'

그녀는 잔을 내려놓고 직감대로 행동했다.

"하산, 내가 새로 만들 팀에 합류하면 어떻겠나?"

오코네도 교수는 음료를 잘못 삼킨 것 같았다. 캣이 하산에게 FPU에 관해 설명하는 동안 교수는 계속 잔기침을 했다. 캣이 합류 의사를 묻자, 하산은 일초의 망설임도 없이 팀에 들어가겠다고 말했다.

"우리 함께 축하해야 할 것 같군요." 하산이 오코네도 교수를 바라보며 말했다. "끝나고 식사하러 가시겠어요?"

오코네도 교수는 주변에 널려있는 빈 잔과 과자 봉투들 사이에서도 고요하고 우아한 모습이었다.

"그 초대는 팀원들을 대상으로 한 건가요, 아니면 저만 해당하는 건가요?" 그녀가 물었다.

하산이 싱긋 웃으며 대답했다. "당신이 오케이 하면, 당연히 당신에게만 이야기한 거죠. 거절한다면 팀원들을 초대하는 셈이고요."

오코네도 교수는 칵테일 잔을 비운 후 조심스럽게 테이블 위에 내려놓으며 말했다.

"어느 쪽이든 제 대답은 거절입니다."

그녀가 가방을 어깨에 메고 일어섰다.

하산이 따라 일어서자, 둘 사이의 거리가 가까워지면서 키 차이가 더욱 부각되었다.

"그러면, 다음번을 기약하죠."

"아마, 다음 생이겠죠. 전 결코, 절대, 경찰과 데이트하지 않는다는 사실을 알아두셔야 할 것 같군요."

하산은 일어선 채로 술집을 떠나는 교수의 작은 뒷모습을 지켜봤다.

"저런." 캣이 말했다.

하산이 미소를 지으며 자리에 앉더니 상상 속의 미래를 향해 술잔을 들어 올렸다.

"절대란 말은 절대 없죠."

58장

8월 18일 오전 8시 30분.
콜스힐, 캣 프랭크 총경의 집

캣은 UCAS 사이트에서 시험 결과를 확인할 수 있도록 8시에 캠을 깨워주겠다고 약속했다. 그러나 몇 시간 전에 일어났음에도 불구하고, 8시 30분까지 캠을 깨우지 않았다. 만약 캠이 기대한 성적을 받지 못한다면? 최근에 그런 일을 겪은 캠이 실망하는 모습을 차마 볼 수 없었다.

캠의 방문을 부드럽게 두드렸다.

"캠?"

안에서 툴툴거리는 목소리가 들렸다. 그녀는 방문을 열고 안으로 들어갔다. 어질러진 방 상태는 애써 못 본 척했다. 캠은 이불 속에 덩어리처럼 파묻혀 있었다.

"오늘은 일찍 깨워달라며. 시험 결과 때문에. 기억하지?"

잠깐 캠은 움직이지 않았다. 그러더니 갑자기 깜짝 놀랄 만큼 빠른 속도로 벌떡 일어나 앉았다.

"이미 확인했어요. 엄마, 나 A가 세 개야. 세 개라고요!"

"정말이야? 아, 우리 아들. 너무 잘했다. 진짜 너무 잘했어."

캣이 아들을 안아 주었다. 그녀의 영리하고 뛰어난 아들을. 캠은 웃으며 애써 침착한 모습을 보이려 했다. 그녀가 캠을 꼭 안으며 이 말을 속삭이기 전까지는.

"네 아빠가 봤다면 정말 자랑스러워했을 거야."

아들과 엄마는 둘 다 눈물을 흘렸다.

캣은 콜스힐 호텔에서 캠과 축하 점심을 먹으려고 휴가를 냈다. 하지만 출발할 준비가 끝난 후에도 캠은 친구들의 성적이 뜰 때마다 계속 휴대폰을 확인하며 성적이 그들의 계획에 어떤 영향을 미치는지 계속 설명하곤 했다.

"꼭 올해 대학에 갈 필요 없는 거 알지? 힘든 일들을 겪었잖아. 네가 잠시 쉬고 싶다고 하면 대학에서도 분명 입학 연기를 허락할 거야."

캣이 거실에서 열쇠를 집어 들며 조심스레 말했다.

"알아요."

캠은 신발 끈이 엉망으로 꼬인 운동화를 집으며 말했다.

"솔직히 납치 사건 전에는 그럴까 했어요."

그는 한쪽 발을 신발에 밀어 넣으려 애쓰느라 잠시 말을 멈추었다. 신발끈을 풀지 않아 시간을 아꼈다고 생각했겠지만, 사실은 시간이 더 걸렸다.

"지금은?"

"지금은 나만큼 운이 따르지 않았던 윌과 나머지 희생자들에게 인생을 제대로 살아야 할 빚을 졌다고 생각해요."

"이런, 캠."

캣이 아들의 팔에 손을 얹었다. 이제 막 근육이 형성되고 있는 아들의 팔은 따뜻하고 단단했다.

"넌 아무에게도 빚진 게 없어. 살아남았다는 사실 때문에 죄책감을 느끼지 마."

"그런 거 아니에요. 다만 어떤 것도 당연하게 여기면 안 된다는 생각이 들어요. 언제 어떤 일이 일어날지 모르잖아요. 단지 납치 때문만은 아니에요. 아빠에게 일어난 일을 보세요. 그러니까 전 입학을 미루지 않을 거예요. 어떤 기회가 어떻게 다가올지 장담할 수 없잖아요."

캣은 아들의 얼굴을 찬찬히 살펴보았다. 아들의 어른스러운 눈빛을 보자 마음이 아팠다. 캠이 틀렸다고 말할 수 있었으면 좋을 텐데. 앞으로 더 나은 세상에서, 영원히 행복만으로 가득한 삶을 살게 해주겠다고 약속해줄 수 있다면 좋을 텐데. 하지만 그럴 수는 없었다. 어차피 캠도 세상이 그렇지 않다는 것은 이미 깨달았으리라.

캠의 휴대폰이 다시 울리자, 캠은 그녀에게서 시선을 뗐다. 그리고 한숨을 내쉬었다.

"괜찮은 거야?"

"네. 친구들이 모두 버밍엄 스푼스에 모여 축하 파티를 한대요."

"아…"

휴대폰에 더 많은 메시지가 들어오고, 캠은 엄지로 재빨리 답장을 보냈다. 캣은 아들의 입가에 반쯤 걸린 미소를 바라보았다.

"캠, 원하면 친구들을 만나러 가도 괜찮아. 콜스힐에서는 다음에 먹어도 되니까."

캠의 눈이 커졌다.

"진짜 그래도 돼요?"

당연히 된다고 말해주면서, 캣은 자신이 확신에 찬 목소리를 낼 수 있어서 다행이라고 생각했다. 그녀의 열여덟 살 된 아들은 열여덟 살 친구들과 함께 있기를 원했다. 지극히 정상적인 일이 아닐까? 그녀가 자신은 정말 진짜로 괜찮다고 확신시켜 주고, 캠은 휴대폰을 완전히 충전했고 계속 연락하겠다고 약속했다. 그런 후에야, 캠은 그녀를 잠깐 꽉 껴안아 주고 캣이 예약한 우버 택시에 올라탔다. 캣은 택시를 불러야 한다고 계속 고집했다. 적어도 이렇게 하면 캠이 언제쯤 안전하게 도착하는지 알 수 있다.

캣은 환한 미소로 손을 흔들며 아들을 배웅했다. 택시가 시야에서 사라지자, 휴대폰을 꺼내 점심에 다른 사람을 만날까 생각했다. 하지만 연락처를 찾던 그녀의 눈이 뿌옇게 흐려졌다. 이날의 진정한 의미를 이해할 수 있는 사람은 단 한 명뿐이었다. 캠의 숙제를 돕고, 시험에 대한 불안감을 극복하도록 도와준 단 한 사람. 유치원에 다니던 때가 엊그제 같은데 그들의 아들이 벌써 집을 떠나 대학에 가게 된다니, 얼마나 말도 안 되는 일인지를 알아줄 유일한 사람.

존은 아마 '우리 아들이 잘 해냈어.'라고 말할 것이다.

캣은 남편이 그녀 옆에 있다고 생각하며 문을 열었다. 그리고 콜 엔드 다리를 향해 걷기 시작했다.

"캠이 훌륭하게 해냈어. 당신 덕분이야, 고마워."

'당신도 수고했어. 그 범죄 문학 논문은 정말 어려웠지.'

캣이 고개를 끄덕였다. 그들이 케이트 앳킨슨과 애거사 크리스티 소설의 장점을 비교 논의하고, 로버트 브라우닝, 조지 크랩, 오스카 와일드의 시를 읽고 차이점을 토론하던 기억이 떠올랐다.

"어쨌든, 우리 아들이 해냈어. 캠은 이제 여길 떠나겠지."

캣의 말에, 존이 동의하듯 흥얼거렸다.

'그래야지. 우리가 그 나이였을 때 기억나?'

어떻게 잊을 수 있을까? 버밍엄에서 출발하는 신나는 기차 여행, 엄청나게 혼란스러웠던 신입생 주간, 존을 만난 충격과 전율, 모두 첫사랑으로 들뜨고 흥분된 나날들이었다.

그들은 중세 석조 다리와 평행하게 이어진 인도교에 잠시 멈춰 서서, 콜 엔드 자연보호구역을 바라보았다. 그곳은 꽃이 무성하게 피고 울창한 버드나무로 둘러싸여 있었다.

'캣, 이제 캠을 보내줘야 한다는 것을 알지?'

캣은 고개를 끄덕였지만, 눈에 눈물이 가득 고였다.

"알아. 그냥… 캠을 찾으려고 그렇게 애썼는데 이제 다시 잃어버리는 것 같아서."

'이런, 캣. 누군가를 사랑한다면, 결코 진짜 잃어버릴 리 없어.'

캣은 존을 향해 몸을 돌렸다. 하지만 그는 사라지고 없었다.

"프랭크 총경님, 괜찮으십니까?" 록이 말했다. 록의 목소리는 평소보다 부드러웠다.

"괜찮아."

캣은 록의 시각 모드 버튼을 눌렀다. 비록 진짜는 아니었지만, 록의 이미지가 그녀 옆에 나타나자 이상하게 위안이 되었다.

"괜찮아 보이지 않습니다, 총경님."

록이 진하고 또렷한 눈동자로 그녀를 바라보았다.

"남편과 제대로 대화할 수 있도록 프랭크 씨의 가상 이미지를 만들어 드릴까요?"

캣이 머뭇거렸다.

"도움이 될 것입니다."

"아니, 그렇지 않을 거야."

"왜 그렇습니까?"

"왜냐하면 이제 존 없이 살아가는 법을 배워야 하니까."

그녀는 두 손으로 거친 석조 다리를 움켜잡으며, 햇빛이 비치는 강을 응시했다.

"남편분이 돌아가셔서 유감입니다."

캣이 한숨을 내쉬었다. 록은 컴퓨터는 결코 이해할 수 없는 감정을 알고리즘이 찾아낸 의례적인 문구 그대로 모방해서 말할 뿐이었다. 그때 문득 이런 생각이 들었다. 록이 한 말과 기혼 친구들이 했던 말이 별반 차이가 없지 않나? 기계가 한 말과 그녀가 셀 수 없이 많이 받은 '너를 안아주고 싶어', '너를 생각하며'와 같은 문자나 이모티콘, 혹은 위로 카드가 다를 바가 있을까? 적어도 록은 바로 여기, 그녀 옆에 있었다.

"록, 넌 결코 이해하지 못할 거야." 그녀가 마침내 말했다. "하지만 노력해 줘서 고마워."

캣은 다리에 기대어 반대편에서 두 아들과 푸—스틱 놀이*를 하는 아빠를 지켜보았다. 어린 두 아들은 막대기를 더 찾아달라며 아빠에게 계속 소리 지르고 있었다.

"하나 더! 하나 더!"

불쌍한 아빠는 괴로워 보였지만, 캣은 그가 너무 부러웠다. 아빠의 목을 두른 두 팔, 무조건적인 신뢰를 담은 조그마한 손가락들.

"록, 〈카사블랑카〉 결말에서 일사를 사랑하면서도 왜 릭이 그

---

* 강이나 개울에 나무 막대기를 던져 가장 먼저 목적지에 도착하는 사람이 이기는 놀이

녀를 떠나보냈는지, 네가 그 이유를 물었던 것 기억해?"

록이 고개를 끄덕였다. 캣의 행동을 모방해 오래된 다리 위에 자신의 손 이미지를 얹었다.

"저는 지금까지 〈카사블랑카〉를 스물세 번 봤습니다. 하지만 아직도 결말을 이해할 수 없습니다."

"그건 릭이 일사를 사랑했기 때문이야. 너무나 사랑해서 그녀를 보내준 거야."

록이 캣을 마주 보았다.

"여기서 유추해 보면, 총경님의 아들이 일사입니까?"

"맞아, 캠이 일사인 것 같네. 내가 릭인 것 같고."

록이 한쪽 눈썹을 치켜올렸다.

"제가 루이스 르노 대령*입니까?"

록이 잠깐 말을 멈추었다.

"그렇다면 지금이 아름다운 우정의 시작일지도 모르겠습니다."**

캣이 코웃음을 쳤다.

"록, 방금 농담한 거야?"

록이 눈을 깜빡였다.

"글쎄요. 총경님이 웃으셨으니. 네, 그렇다고 믿습니다."

"네게 유머 알고리즘은 없다고 생각했는데?"

"없습니다. 하지만 저는 학습하는 중인 것 같습니다."

"나도 지금 배워가는 중이야." 그녀가 부드럽게 말했다.

옆에 선 록과 함께, 캣은 다리를 건너 중심가의 가파른 언덕으로 향했다. 그녀의 고독한 그림자는 뒤에 남겨둔 채.

---

* 〈카사블랑카〉에서 릭과 일사의 사랑을 도와주는 인물로 일사가 무사히 도망가도록 도움
** "이건 아름다운 우정의 시작이 될 것 같아." 영화 〈카사블랑카〉의 마지막 대사

옮긴이 정 은

서강대학교에서 영문학과 신문방송학을, 고려대학교 일반대학원에서 문예창작을 전공했다. 광고대행사에서 광고기획자인 AE로 일한 뒤, 지금은 바른번역 소속 번역가로 활동하고 있다. 옮긴 책으로는 『실버랜드 이야기』가 있다.

AI 미제 사건 전담반

초판 2023년 9월 25일 1쇄
저자 조 캘러헌
옮긴이 정 은
ISBN 979-11-93324-00-4 03840

출판사 북플라자
주소 서울시 강남구 논현동 118-13 5층
홈페이지 www.bookplaza.co.kr

영화 판권, 오탈자 제보 등 기타 문의사항은 book.plaza@hanmail.net으로 보내주세요.
잘못된 책은 구입하신 서점에서 교환해 드립니다.

AI 미제 사건 전담반